| JAN 1 1 2019

3 1994 01575 1578

D0883680

Las Supervivient

Riley Sager

Las Supervivientes

Traducción del inglés de Eugenia Vázquez Nacarino

SP FICTION SAGER, R.
Sager, Riley
Las supervivientes

$19.95
CENTRAL   31994015751578

NEGRA
ALFAGUARA

Papel certificado por el Forest Stewardship Council®

Título original: *Final Girls*
Primera edición en castellano: marzo de 2018

© 2017, Riley Sager
Todos los derechos reservados
© 2018, Penguin Random House Grupo Editorial, S. A. U.
Travessera de Gràcia, 47-49. 08021 Barcelona
© 2018, Eugenia Vázquez Nacarino, por la traducción

© Diseño: Penguin Random House Grupo Editorial, inspirado en un diseño original de Enric Satué

Penguin Random House Grupo Editorial apoya la protección del *copyright*.
El *copyright* estimula la creatividad, defiende la diversidad en el ámbito de las ideas y el conocimiento,
promueve la libre expresión y favorece una cultura viva. Gracias por comprar una edición autorizada
de este libro y por respetar las leyes del *copyright* al no reproducir, escanear ni distribuir ninguna
parte de esta obra por ningún medio sin permiso. Al hacerlo está respaldando a los autores
y permitiendo que PRHGE continúe publicando libros para todos los lectores.
Diríjase a CEDRO (Centro Español de Derechos Reprográficos, http://www.cedro.org)
si necesita fotocopiar o escanear algún fragmento de esta obra.

Printed in Spain – Impreso en España

ISBN: 978-84-204-2812-3
Depósito legal: B-287-2018

Compuesto en Arca Edinet, S. L.
Impreso en Unigraf, Móstoles (Madrid)

AL 28123

Penguin
Random House
Grupo Editorial

Para Mike

Pine Cottage. 01:00 h

El bosque tenía garras y fauces.

Quincy corría entre los árboles gritando mientras todas aquellas rocas, espinas y ramas la mordían y la arañaban, pero no se detuvo. Ni cuando las piedras se le hincaron en las plantas de los pies descalzos. Ni cuando un tallo le azotó la cara como un látigo y un hilo de sangre le chorreó por la mejilla.

Detenerse no era una opción. Detenerse era morir. Así que siguió corriendo, incluso cuando una zarza se le enredó en el tobillo y le atravesó la carne. La zarza se estremeció al tensarse, antes de que Quincy se liberara por el propio ímpetu de la carrera. Si le dolió, no registró nada. Su cuerpo soportaba más dolor del que podía asimilar.

Era el instinto lo que la hacía correr. Una certeza inconsciente de que necesitaba seguir adelante, a toda costa. Ya había olvidado por qué. Los recuerdos de cinco, diez, quince minutos atrás habían desaparecido. Si su vida dependía de recordar de qué estaba huyendo, estaba segura de que moriría allí mismo en el lecho del bosque.

Así que corrió. Y gritó. Intentó no pensar en la muerte.

Un resplandor blanco apareció a lo lejos, tenue a lo largo del horizonte ahogado de árboles.

Faros.

¿Había una carretera cerca? Quincy esperaba que sí. Junto con los recuerdos, había perdido cualquier sentido de la orientación.

Corrió más rápido, chilló más fuerte, se precipitó hacia la luz.

Otra rama le golpeó la cara. Era más gruesa que la anterior, como un rodillo de amasar, y el impacto la aturdió y la cegó a la vez. La cabeza le retumbó de dolor al mismo tiempo que unos destellos azules le nublaban la vista. Cuando se disiparon, vio una silueta que descollaba frente a los haces de luz de los faros.

Un hombre.

Él.

No, él no.

Otro.

Estaba a salvo.

Quincy apuró el paso. Tendió los brazos ensangrentados, como si así pretendiera atraer al desconocido hacia ella. Con el gesto, el dolor en el hombro se reavivó. Y con el dolor llegó, si no un recuerdo, una constatación. Una constatación tan atroz que solo podía ser cierta.

No quedaba nadie más con vida.

Todos los demás estaban muertos.

Quincy era la única que se había salvado.

1.

Tengo las manos pringadas de chocolate cuando Jeff me llama. Por más que haya procurado no mancharme, la crema me chorrea por los nudillos y se me mete en el hueco entre los dedos, pegajosa como el engrudo. Nada más ha quedado indemne un meñique, con el que pulso el botón de manos libres.

—Carpenter y Richards, detectives privados —digo, imitando la voz susurrante de una secretaria de cine negro—. ¿En qué puedo ayudarle?

Jeff me sigue el juego, con una voz áspera de tipo duro en algún punto entre Robert Mitchum y Dana Andrews.

—Ponga a la señorita Carpenter al aparato. Necesito hablar con ella urgentemente.

—La señorita Carpenter está ocupada en un caso importante. ¿Quiere dejarle un mensaje?

—Sí —dice Jeff—. Dígale que mi vuelo de la Segunda Ciudad se ha retrasado.

Abandono la farsa.

—Oh, Jeff, ¿en serio?

—Lo siento, cariño. Los riesgos de volar a la Ciudad de los Vientos.

—¿Cuánto retraso hay?

—Entre dos horas y «con suerte estaré en casa la semana que viene» —dice Jeff—. Por lo menos espero librarme del principio de la Temporada Repostera.

—No te hagas ilusiones, amigo.

—¿Cómo va, por cierto?

Me miro las manos.

—Patas arriba.

Temporada Repostera es como Jeff llama al agotador tirón entre principios de octubre y finales de diciembre, cuando llegan todas esas festividades de postres suculentos sin tregua. Le gusta decirlo con voz amenazante, levantando las manos y moviendo los dedos como patas de araña.

Irónicamente, es por culpa de una araña que tengo las manos embadurnadas de crema. Hecha con trufa de chocolate amargo, se tambalea sobre la panza en el borde de un pastelito, que apresa por ambos lados con sus patas negras. Cuando los pastelitos estén listos, los colocaré para fotografiarlos y los expondré en la pestaña de sugerencias de postres para Halloween en mi página web. El tema de este año es «Deliciosa Venganza».

—¿Cómo está el aeropuerto? —le pregunto.

—A tope. Pero creo que sobreviviré atacando el bar de la terminal.

—Llámame si el retraso se alarga —le digo—. Estaré aquí, rebozada de chocolate.

—Que vayas ligera como el viento —contesta Jeff.

Nada más colgar, vuelvo a la araña de trufa que cubre en parte el pastelito de chocolate y cereza. Si lo he hecho bien, el relleno rojo debería rezumar al primer mordisco. Esa prueba vendrá después. Ahora mismo, mi principal preocupación es el exterior.

Decorar pastelitos es más difícil de lo que parece. Sobre todo cuando los resultados circularán por internet para que miles de personas los vean. Las manchas y los goterones no están permitidos. En un mundo en alta definición, cualquier fallo es capital.

«Los detalles importan».

Ese es uno de los diez mandamientos de mi página web, encajado entre «Las jarras graduadas son tus amigas» y «No temas fracasar».

Acabo el primer pastelito y me pongo con el segundo cuando el teléfono vuelve a sonar. Esta vez no me queda ni siquiera un meñique limpio, y me veo obligada a ignorar la llamada. El teléfono sigue vibrando, desplazándose por la encimera como de puntillas. Luego queda en silencio, deteniéndose un momento antes de emitir un pitido delator.

Un mensaje.

Curiosa, dejo la manga pastelera, me limpio las manos y miro el teléfono. Es de Coop.

Tenemos que hablar. Cara a cara.

Mis dedos se detienen encima de la pantalla. Aunque Coop tarda tres horas en llegar en coche a Manhattan, ha hecho ese viaje de buena gana muchas veces. Siempre que es importante.

Le contesto. *¿Cuándo?*

Su respuesta llega en cuestión de segundos. *Ahora. Donde siempre.*

Siento una punzada de inquietud en el nacimiento de la columna. Coop ya está aquí. Y eso solo puede significar una cosa: algo va mal.

Antes de salir, ejecuto rápidamente el ritual previo a uno de mis encuentros con Coop. Dientes cepillados. Labios brillantes. Xanax adentro. Trago la pastillita azul con zumo de uva, que bebo a morro de la botella.

En el ascensor se me ocurre que debería haberme cambiado de ropa. Sigo con el uniforme de cocina: vaqueros negros, una camisa de vestir vieja de Jeff y bailarinas rojas. Todo moteado de harina y restos de colorante. Veo que un zarpazo de crema reseca me cruza el dorso de la mano, una marca morada que deja traslucir la piel. Parece un cardenal. Me lo quito con la lengua.

Al salir a la acera de la calle Ochenta y Dos, giro a la derecha hacia Columbus Avenue, ya a rebosar de transeúntes. Me pongo tensa al ver a tantos desconocidos. Paro y rebusco en el bolso con los dedos crispados hasta dar con el frasco de espray lacrimógeno que llevo siempre encima. La multitud protege, sí, pero también transmite más incertidumbre. Solo después de encontrar el espray echo a andar de nuevo, frunciendo el ceño con cara de pocos amigos.

Aunque ha salido el sol, el aire es fresco y cortante. Típico de principios de octubre en Nueva York, cuando el tiempo parece oscilar al azar entre el calor y el frío. De todos modos no hay duda de que el otoño se nos echa encima. Cuando el parque Theodore Roosevelt aparece a lo lejos, las hojas están suspendidas entre el verde y el amarillo.

A través de las copas de los árboles alcanzo a ver el Museo de Historia Natural, atestado de hordas de colegiales esta mañana. Sus voces revolotean como pájaros entre las ramas. Uno de ellos pega un grito, y los demás se callan. Solo un segundo. Me paralizo en la acera, turbada, no por el grito, sino por el silencio que se hace de pronto. Entonces las voces de los niños arrancan de nuevo y me tranquilizo. Sigo andando, hacia una cafetería dos calles al sur del museo.

Nuestro sitio habitual.

Coop está esperándome en una mesa junto al ventanal, igual que siempre. Esa cara sagaz y angulosa que parece reflexiva en momentos de reposo, como ahora. Un cuerpo a un tiempo alargado y grueso. Manos grandes, donde luce el anillo de graduación con el rubí en lugar de la alianza. Solo su pelo, que lleva siempre al rape, ha cambiado. Cada nuevo encuentro trae algunas canas más.

Su presencia no pasa desapercibida a todas las niñeras y los modernos cafeinómanos que abarrotan el local. Nada como un policía de uniforme para que la gente se ponga alerta. Ya sin uniforme, Coop intimida. Es un hombre corpulento, una masa de músculos torneados. La camisa azul almidonada y los pantalones negros con la raya bien marcada solo acrecientan su tamaño. Levanta la cabeza cuando entro, y veo el agotamiento en sus ojos. Debe de haberse echado a la carretera nada más acabar el turno de noche.

Ya hay dos tazas en la mesa. Earl Grey con leche y doble de azúcar para mí. Café para Coop. Negro. Amargo.

—Quincy —dice, asintiendo.

Siempre me saluda con ese gesto seco. Es su versión de un apretón de manos. Nunca nos abrazamos. No desde el abrazo desesperado de la noche en que nos conocimos. Por más veces que nos veamos, siempre tengo presente ese momento, que se repite hasta que consigo desterrarlo de mi cabeza.

«Están muertos —conseguí articular mientras lo abrazaba, desatascando las palabras viscosas del fondo de la garganta—. Están todos muertos. Y él aún anda suelto».

Diez segundos más tarde, Coop me salvó la vida.

—Vaya, qué sorpresa —digo mientras me siento. Hay un temblor en mi voz que procuro aplacar. No sé por qué me ha llamado, pero si son malas noticias, quiero estar tranquila para oírlas.

—Te veo bien —dice Coop, dándome ese repaso rápido con la mirada al que ya estoy acostumbrada—. Aunque has perdido peso.

También detecto inquietud en su voz. Está pensando en lo que pasó seis meses después de Pine Cottage, cuando perdí el apetito hasta tal punto que acabé de nuevo en el hospital, entubada para no morir de inanición. Recuerdo despertarme y encontrar a Coop al lado de mi cama, mirando fijamente la sonda de plástico que me habían metido por la nariz.

«No me decepciones, Quincy —dijo entonces—. No sobreviviste aquella noche para morir así».

—No es nada —le digo—. Por fin he aprendido que no tengo que comerme todos los postres que hago.

—¿Y cómo te va con la repostería?

—Genial, la verdad. Gané cinco mil seguidores el último trimestre y conseguí otro patrocinador.

—Eso es estupendo —dice Coop—. Me alegro de que vaya todo bien. Un día de estos deberías prepararme alguna de tus recetas.

Igual que su saludo seco, esta es otra de las constantes de Coop. Siempre lo dice, aunque nunca va en serio.

—¿Cómo está Jefferson? —pregunta.

—Bien, bien. Acaban de asignarle un caso grande y jugoso en la Oficina de Defensa Pública.

Obvio explicarle que el caso implica a un hombre acusado de matar a un agente de narcóticos en una redada que salió mal. Coop no valora el trabajo de Jeff. No hay necesidad de echar más leña al fuego.

—Me alegro por él —dice.

—Lleva un par de días fuera. Tuvo que viajar a Chicago para conseguir declaraciones de los familiares. Dice que así el jurado será más compasivo.

—Ajá —musita Coop, sin prestar atención—. Supongo que aún no te ha pedido que os caséis.

Niego en silencio. Le conté a Coop que creía que Jeff iba a pedírmelo cuando en agosto nos fuimos de vacaciones a Outer Banks, pero de momento no hay anillo. Esa es la verdadera razón de que haya perdido peso últimamente. Me he convertido en la clase de chica que sale a correr para que le entre un vestido de boda hipotético.

—Sigo esperando —digo.

—Ya llegará.

—Y tú, ¿qué me dices? —le pregunto, medio en broma—. ¿Por fin te has echado novia?

—No.

Arqueo una ceja.

—¿Ni novio?

—Tú eres la razón de mi visita, Quincy —dice Coop, sin esbozar ni siquiera una sonrisa.

—Claro. Tú preguntas. Yo contesto.

Así es como van las cosas cuando quedamos una, dos, o tal vez tres veces al año.

Por lo general, las visitas parecen sesiones de terapia, sin que yo tenga nunca oportunidad de hacerle a Coop mis propias preguntas. Solo conozco los aspectos básicos de su vida. Tiene cuarenta y un años, sirvió con los marines antes de hacerse policía y apenas se había quitado el rango de novato cuando me encontró gritando en el bosque. Y aunque sé que sigue patrullando en el mismo pueblo donde ocurrieron todos aquellos sucesos espantosos, no tengo ni idea de si es feliz. O de si está satisfecho. O de si se siente solo. Nunca sé de él en vacaciones. Jamás he recibido una felicitación de Navidad suya. Hace nueve años, en el funeral de mi padre, se sentó en el banco del fondo y se escabulló de la iglesia antes de que pudiera darle las gracias por haber venido. Lo más parecido a una muestra de afecto es por mi cumpleaños, cuando me manda el mismo mensaje: *Otro año que por poco no cuentas. Vívelo.*

—Jeff acabará por rendirse —dice Coop, torciendo de nuevo la conversación a su antojo—. Apuesto a que va a ser en Navidad. A los hombres les gusta pedirlo por esas fechas.

Da un trago al café. Yo tomo un sorbito del té y pestañeo, manteniendo los ojos cerrados un instante, esperando que la oscuridad me permita sentir los efectos del Xanax. Sin embargo, estoy más angustiada que cuando entré.

Al abrir los ojos veo a una mujer bien vestida que entra a la cafetería con un crío rollizo, igual de bien vestido. Una niñera, probablemente. La mayoría de las mujeres de menos de treinta en este barrio son niñeras. En los días de calor, soleados, inundan las aceras: un desfile de chicas intercambiables recién salidas de la universidad, armadas con títulos de literatura y créditos de estudios. La única razón de que repare en esta es que nos parecemos. Cara fresca y recién lavada. Pelo rubio prendido en una cola. Ni flaca ni gorda. Un ejemplar del corazón de América, robusta y bien alimentada.

Podría haber sido yo en otra vida. Una vida donde no existiera Pine Cottage, ni la sangre, ni un vestido que cambiaba de color como en una horrible pesadilla.

También pienso en eso cada vez que nos encontramos: Coop creyó que mi vestido era rojo. Lo susurró cuando dio aviso por radio pidiendo refuerzos. Así consta tanto en el informe policial, que he leído muchas veces, como en la grabación del aviso, que solo conseguí escuchar una vez.

«Hay alguien corriendo por el bosque. Mujer caucásica. Joven. Lleva un vestido rojo. Está gritando.»

Era yo quien corría por el bosque. Galopaba, de hecho. Pateando las hojas, insensible al dolor que me recorría todo el cuerpo. Y aunque lo único que oía eran los latidos de mi corazón, es cierto que estaba gritando. Coop solo se equivocó en el color de mi vestido.

Hasta una hora antes era blanco.

Parte de la sangre era mía. El resto era de los demás. De Janelle, sobre todo, de cuando la abracé momentos antes de que me hirieran.

Nunca olvidaré la expresión de Coop cuando comprendió su error. El espanto que centelleó en sus ojos. La contorsión de sus labios al intentar no quedarse boquiabierto. El bufido que se le escapó. Dos medidas de horror, una de compasión.

Es una de las pocas cosas que recuerdo.

Mi experiencia en Pine Cottage se divide en dos mitades bien definidas. Una es el principio, cargado de temor y confusión, cuando Janelle apareció tambaleándose entre la espesura, aún viva pero herida de muerte. Y la otra es el final, cuando Coop me encontró con mi vestido rojo, que no era rojo.

Entre esos dos puntos, todo es una laguna en mi memoria. Una hora, más o menos, borrada por completo.

«Amnesia disociativa» es el diagnóstico oficial. También se conoce como memoria reprimida. En pocas palabras, presencié algo demasiado horrendo para que una mente frágil como la mía pudiera resistirlo. Así que, mentalmente, lo suprimí. Una lobotomía que me practiqué yo misma.

No por eso dejaron de suplicarme que recordara lo ocurrido. Familiares bienintencionados. Amigos insensatos. Psiquiatras con visiones de casos clínicos publicados bailando en su cabeza. «Piensa —me decían todos—. Concéntrate y piensa en lo que sucedió». Como si eso pudiera cambiar algo. Como si mi capacidad de recordar cualquier detalle salpicado de sangre pudiera de alguna manera devolver a la vida al resto de mis amigos.

Aun así, lo intenté. Terapia. Hipnosis. Incluso un ridículo juego sensorial para activar los recuerdos, en el que un especialista de pelo crespo me vendó los ojos y me fue acercando tiras de papel con diversos aromas mientras me preguntaba qué sentía al olerlas. Todo fue en vano. En mi mente, esa hora es una pizarra borrada por completo. No queda nada salvo el polvo.

Entiendo esas ansias de conocer más datos, ese afán por los detalles, pero en este caso prefiero no saber más. Sé lo que ocurrió en Pine Cottage. No necesito recordar exactamente cómo fue. Porque los detalles son un arma de doble filo: también pueden convertirse en una distracción. Añade demasiados, y ocultarán la brutalidad de una situación real. Acaban por convertirse en el collar vistoso que tapa la cicatriz de una traqueotomía.

Yo no intento tapar mis cicatrices. Solo finjo que no existen.

Sigo fingiendo en la cafetería. Como si pretender que Coop no está a punto de echarme encima una granada de malas noticias pudiera evitar que suceda.

—¿Has venido a la ciudad por trabajo? —le pregunto—. Si vas a quedarte un tiempo, a Jeff y a mí nos encantaría llevarte a cenar. Creo que a los tres nos gustó el italiano donde fuimos el año pasado.

Coop me mira desde el otro lado de la mesa. Sus ojos son del azul más claro que he visto nunca. Más claros aún que la pastilla que en estos momentos se disuelve y se abre paso hacia mi sistema nervioso central. Pero no son de un azul tranquilizador. Hay una intensidad en sus ojos que siempre me hace apartar la mirada, a pesar de que quiero asomarme más adentro, como si con eso bastara para dilucidar los pensamientos que se ocultan justo detrás. Son de un azul feroz, los ojos que quieres en la persona que te protege.

—Creo que sabes por qué estoy aquí —dice.

—Sinceramente, no.

—Tengo malas noticias. Todavía no han llegado a la prensa, pero llegarán. Muy pronto.

Él.

Es lo primero que pienso. Esto tiene algo que ver con él. A pesar de que lo vi morir, mi cerebro se lanza hacia ese reino inevitable, inconcebible, donde sobrevivió a las balas de Coop, escapó, pasó años escondido y ahora aparece con la intención de encontrarme y acabar lo que empezó.

Está vivo.

Siento un peso en el estómago, inamovible y angustioso. Parece como si se me hubiera formado un tumor del tamaño de una pelota de baloncesto. Me entran unas ganas terribles de orinar.

—No es eso —dice Coop, adivinando a la primera lo que tengo en mente—. Está muerto, Quincy. Los dos lo sabemos.

Aunque me alegra oírlo, no me tranquiliza lo más mínimo. Tengo los puños apretados encima de la mesa.

—Por favor, dime de una vez lo que pasa.

—Se trata de Lisa Milner —dice Coop.

—¿Qué le pasa?

—Ha muerto, Quincy.

La noticia me corta la respiración. Creo que ahogo un grito. No estoy segura, porque estoy demasiado distraída por el eco acuoso de su voz en mi memoria.

«Quiero ayudarte, Quincy. Quiero enseñarte cómo ser una Última Chica.»

Y dejé que lo hiciera. Al menos durante un tiempo. Supuse que ella sabía lo que se traía entre manos.

Ahora resulta que ya no está.

Ahora solo quedamos dos.

2.

La versión de Pine Cottage para Lisa Milner fue la casa de una hermandad universitaria en Indiana. Una lejana noche de febrero, un hombre llamado Stephen Leibman llamó a la puerta. Era un estudiante fracasado que vivía con su padre. Robusto. Con una cara tan sebosa y amarillenta como la grasa de pollo.

La chica que abrió lo encontró en el umbral empuñando un cuchillo de caza. Un momento más tarde, estaba muerta. Leibman arrastró el cuerpo hasta dentro, cerró con llave todas las puertas y cortó la luz y la línea telefónica. A continuación lo que siguió fue básicamente una hora de carnicería que acabó con la vida de nueve mujeres jóvenes.

Lisa Milner había estado a punto de redondear la decena.

Durante la matanza se refugió en el dormitorio de otra de las chicas de la hermandad y se quedó acurrucada dentro de un armario, abrazando ropas que no eran suyas y rezando para que el loco no la encontrara.

Al final dio con ella.

Lisa no vio a Stephen Leibman hasta que él abrió de golpe la puerta del armario. Primero se fijó en el cuchillo, y luego en su cara, ambos ensangrentados. Después de que la apuñalara en el hombro, consiguió darle un rodillazo en la entrepierna y huir de la habitación. Había llegado al primer piso y se abalanzaba hacia la puerta principal cuando Leibman la alcanzó, clavándole el cuchillo.

Se llevó cuatro cuchilladas en el pecho y el estómago, además de un tajo de diez centímetros en el brazo que levantó para defenderse. Una estocada más la habría liquidado. Pero Lisa, gritando de dolor y aturdida por la pérdida de sangre, se las arregló para agarrar a Leibman del tobillo y derribarlo. El cuchillo resbaló. Lisa lo atrapó y se lo hundió en la barriga hasta el mango. Stephen Leibman se desangró a su lado en el suelo.

Detalles. Fluyen libremente si no te atañen.

Cuando eso ocurrió, yo tenía siete años. Fue la primera vez que una noticia me impactó. No pude evitarlo. No, con mi madre de pie delante de la consola del televisor, tapándose la boca con una mano, repitiendo las mismas palabras. «Cielo santo. Cielo santo.»

Lo que vi en aquel televisor me asustó, me confundió y me disgustó. Las personas que lloraban contemplando la escena. El cortejo de camillas cubiertas de lona deslizándose por debajo de la cinta amarilla cruzada en el vano de la puerta. Las salpicaduras de sangre rojísima sobre la nieve de Indiana. En ese momento tomé conciencia de que podían ocurrir atrocidades, de que el mal existía en el mundo.

Cuando me eché a llorar, mi padre me alzó en brazos y me llevó a la cocina. Mientras se me secaban las lágrimas dejando un rastro de sal en mis mofletes, colocó una serie de cuencos dispares sobre la encimera y los llenó con harina, azúcar, mantequilla y huevos. Me dio una cuchara y me dejó mezclarlo todo. Mi primera clase de repostería.

«Existe el riesgo de que las cosas sean demasiado dulces, Quincy —me dijo—. Todos los grandes reposteros lo saben. Tiene que haber un contrapunto. Algo oscuro. O amargo. O agrio. Cacao puro. Cardamomo y canela. Limón y lima. Traspasan el azúcar, matándolo un poco para que cuando saborees el dulce, lo aprecies todavía más».

Ahora solo siento en la boca una acidez seca. Echo más azúcar al té y apuro la taza. No sirve de nada. El estímulo del azúcar solo contrarresta el Xanax, que por fin empieza a obrar su magia. Ambas sustancias chocan y provocan un hormigueo en mi interior.

—¿Cuándo fue? —le pregunto a Coop, una vez que la conmoción inicial da paso a una difusa sensación de incredulidad—. ¿Cómo fue?

—Anoche. La policía de Muncie descubrió su cadáver a eso de medianoche. Se mató.

—Cielo santo —exclamo, tan alto como para llamar la atención de la niñera sentada en la mesa de al lado, la chica que se parece a mí. Levanta la mirada de su iPhone, inclinando la cabeza como un cocker—. ¿Suicidio? —siento la palabra amarga en mi lengua—. Pensaba que era feliz. Vaya, parecía feliz.

La voz de Lisa sigue resonando en mi cabeza.

«No puedes cambiar lo que ha ocurrido. Solo está en tu mano elegir cómo sobrellevarlo.»

—Están esperando el informe de toxicología, por si tomó alcohol o drogas —dice Coop.

—O sea, que a lo mejor fue un accidente, ¿no?

—No fue un accidente. Se cortó las venas.

Se me para el corazón un momento. Noto la pausa del latido ausente. La tristeza llena el vacío, inundándome tan rápido que empiezo a marearme.

—Quiero más detalles —digo.

—No los quieres —dice Coop—. No cambiarían nada.

Coop mira fijamente su café, como si escrutara sus ojos brillantes en el reflejo turbio. Al cabo, vuelve a hablar.

—Mira, esto es lo que sé: Lisa llamó al 911 a las doce menos cuarto, porque al parecer se arrepintió.

—¿Qué dijo?

—Nada. Colgó enseguida. La centralita rastreó la llamada y mandó a un par de agentes a su casa. La puerta no estaba cerrada con llave, así que entraron. La encontraron en la bañera. Su teléfono estaba en el agua. Probablemente se le resbaló de las manos.

Coop mira por la ventana. Está cansado, se le nota. Y sin duda le preocupa que un día se me ocurra hacer algo parecido; pero a mí nunca se me ha pasado esa idea por la cabeza, ni siquiera cuando estaba ingresada y me alimentaban con una sonda. Alargo los brazos sobre la mesa buscando sus manos, pero las aparta.

—¿Cuándo te has enterado? —le pregunto.

—Hace un par de horas. Me llamó una conocida de la Policía Estatal de Indiana. Mantenemos contacto.

No necesito preguntarle a Coop cómo es que conoce a una patrullera de Indiana. Quienes sobreviven a una masacre no son los únicos que necesitan apoyo.

—Ella creyó oportuno avisarte —dice—. Para cuando la noticia salga a la luz.

La prensa. Por supuesto. Me asalta la imagen de buitres voraces con tripas escurridizas colgando del pico.

—No pienso hacer declaraciones.

Eso vuelve a llamar la atención de la niñera, que levanta la cabeza y me observa con suspicacia. Le sostengo la mirada hasta que baja la vista y deja el iPhone en la mesa para hacer como que juega con el niño a su cuidado.

—No tienes ninguna obligación —dice Coop—. Pero por lo menos deberías plantearte un mensaje de condolencia. Esos tipos de la prensa sensacionalista van a perseguirte como perros de presa. Quizá valga la pena lanzarles un hueso antes de que tengan ocasión de dar contigo.

—¿Por qué tengo que decir nada?

—Ya sabes por qué —dice Coop.

—¿Por qué no puede hacerlo Samantha?

—Porque sigue desaparecida del mapa. Dudo que vaya a salir a la luz pública después de todos estos años.

—Qué suerte la suya.

—Así que solo quedas tú —dice Coop—. Por eso he querido darte la noticia en persona. En fin, sé que no te puedo obligar a hacer nada que no quieras, pero no sería una mala idea que empezaras a mostrarte más cordial con la prensa. Ahora que Lisa está muerta y Samantha en paradero desconocido, solo les quedas tú.

Meto la mano en el bolso y saco el teléfono. No hay novedades. Ninguna llamada nueva. Ningún mensaje. Nada, salvo una docena escasa de correos electrónicos de trabajo que no he tenido tiempo de leer esta mañana. Apago el teléfono; una solución provisional. La prensa me rastreará de todos modos. Coop tiene razón en eso. No serán capaces de resistirse a intentar conseguir un titular de la única de las Últimas Chicas a la que tienen acceso.

Al fin y al cabo, ellos nos crearon.

En jerga de cine, la Última Chica es la que se salva al final de una película de terror. Eso me han contado, por lo menos. Ni siquiera antes de Pine Cottage me gustaba ver películas de miedo, por toda esa sangre de mentira, los cuchillos de goma, las decisiones de los personajes, tan estúpidas que me parecía que merecían morir, aunque el mero hecho de pensarlo me llenaba de culpa.

Solo que nosotras no estábamos en una película. Nos pasó en la vida real. Nuestra vida. La sangre no era de mentira. Los cuchillos eran de acero, afilados como en las pesadillas. Y quienes murieron desde luego no merecían morir.

Sin embargo, por alguna razón, nosotras chillamos más fuerte, corrimos más rápido, luchamos con más ahínco. Nosotras *sobrevivimos*.

No sé dónde se usó el apodo por primera vez para describir a Lisa Milner. Un periódico del Medio Oeste, probablemente. Cerca de donde vivía. Allí a algún reportero le dio la vena creativa al hablar de los asesinatos en la casa de la hermandad, y el apodo cuajó. Solo porque el morbo hizo circular la noticia por la red. Todos los portales informativos que despuntaban en internet, ávidos de atención, encontraron carnaza. Para no quedarse atrás, los medios en papel fueron a la zaga. Primero los tabloides sensacionalistas, luego los periódicos y por último las revistas.

En cuestión de días se llevó a cabo la transformación. Lisa Milner no solo era la única que se había salvado en una masacre. Era la Última Chica, sacada del final de una película de terror.

Volvió a suceder con Samantha Boyd cuatro años después, y luego conmigo, ocho años más tarde. Aunque hubo otros homicidios múltiples entre los tres sucesos, ninguna otra matanza captó tanto la atención pública. Nosotras, quién sabe por qué, fuimos las únicas afortunadas que salieron con vida. Chicas bonitas cubiertas de sangre. Así pues, no es de extrañar que nos consideraran un fenómeno raro y exótico. Una hermosa ave que extiende sus lustrosas alas solo una vez cada década. O esa flor que apesta a carne putrefacta cuando por fin se abre.

La atención que cayó sobre mí durante meses después de Pine Cottage viró de la compasión a la excentricidad. A veces en una combinación de ambas, como la carta que recibí de una pareja sin hijos ofreciéndose a pagarme los estudios de la universidad. Les contesté, rehusando su generoso gesto. Nunca volví a saber de ellos.

Hubo correspondencia más turbadora. He perdido la cuenta de los mensajes de chicos siniestros o presidiarios que quieren una cita conmigo, o que me case con ellos, o estrecharme entre sus brazos tatuados. Un mecánico de coches de Nevada se prestó a encadenarme en su sótano para que nadie me hiciera daño nunca más. Me dejó perpleja su sinceridad, como si en serio creyera que tenerme recluida fuese un acto de lo más encomiable.

Luego me llegó la carta que decía que había que acabar conmigo, que mi destino era morir asesinada. Sin firma. Sin remitente. Se la di a Coop. Por si acaso.

Empiezo a temblequear. Es por el azúcar y el Xanax, que se me disparan por el cuerpo como la última droga de diseño. Coop advierte mi ansiedad.

—Sé que es mucho con lo que lidiar —dice.

Asiento.

—¿Quieres salir un poco?

Asiento otra vez.

—Pues vámonos.

Cuando me pongo de pie, la niñera vuelve a fingirse ocupada con el niño, rehuyendo mirarme. Quizá me ha reconocido y se siente incómoda. No sería la primera vez que me ocurre.

Al pasar a su lado, detrás de Coop, cojo su iPhone de la mesa sin que se dé cuenta.

Me lo he guardado en el fondo del bolsillo antes de salir por la puerta.

Coop me acompaña a casa. Camina con su cuerpo ligeramente por delante del mío, como un agente del Servicio Secreto. Los dos escrutamos la acera en busca de periodistas. No aparece ninguno.

Se detiene justo antes del toldo granate que protege la entrada. Es un edificio de antes de la guerra, elegante y de techos altos. Mis vecinos consisten en señoras de sociedad con el pelo violeta y señores homosexuales modernos de cierta edad. Sé que cada vez que Coop ve la fachada se pregunta cómo una bloguera aficionada a la repostería y un abogado de oficio pueden permitirse alquilar un apartamento en el Upper West Side.

La verdad es que no podemos. No con el sueldo de Jeff, que es irrisorio, y desde luego no con los escasos ingresos de mi página web.

El apartamento está a mi nombre. Soy la dueña. Los fondos llegaron de la batería de pleitos que se presentaron después de Pine Cottage. Alentados por el padrastro de Janelle, los padres de las víctimas interpusieron demandas a diestro y siniestro. Al hospital psiquiátrico que permitió que él se fugara. A sus médicos. A las compañías farmacéuticas responsables de los diversos antidepresivos y antipsicóticos que habían colapsado su cerebro. Incluso al fabricante de la puerta del hospital con el sistema de cierre fallido que le había permitido escapar.

Todos pactaron antes de llegar a juicio. Sabían que merecía la pena pagar unos pocos millones de dólares si evitaban la mala publicidad que les daría ir en contra de un puñado de familias afligidas. El acuerdo ni siquiera bastó para que salieran airosos. Uno de los antipsicóticos al final se retiró del mercado. El hospital psiquiátrico, Blackthorn, cerró sus puertas fallidas un año después.

Los únicos que no pudieron apoquinar fueron los padres del culpable, que se habían arruinado pagando su tratamiento. A mí eso no me importó. No tenía ningún deseo de castigar a aquella pareja de ojos llorosos por los pecados que él había cometido. Además, la cantidad que recibí por las otras indemnizaciones fue más que suficiente. Un contable amigo de mi padre me ayudó a invertir la mayor parte en Bolsa mientras las acciones aún estaban baratas. Compré el apartamento al salir de la universidad, justo cuando el sector inmobiliario se recuperaba del colosal estallido de la burbuja. Dos dormitorios, dos cuartos de baño, salón, comedor, cocina y un office que ha acabado por ser mi obrador improvisado. Fue una ganga.

—¿Te apetece subir? —le pregunto a Coop—. Nunca has venido a casa.

—A lo mejor en otra ocasión.

Otra cosa que siempre dice pero nunca cumple.

—Supongo que tienes que irte —le digo.

—Me espera un viaje largo. ¿Vas a estar bien?

—Sí —digo—. Cuando se me pase el disgusto.

—Llámame o mándame un mensaje si necesitas algo.

Sé que eso lo dice de corazón. Coop no ha dudado nunca en dejarlo todo para acudir a mi lado, desde aquella primera mañana después de Pine Cottage. La mañana que, ofuscada por el dolor y la pena, aullé: «¡Quiero que venga el agente! ¡Por favor, déjenme verlo!». En media hora estaba allí.

Diez años después sigue aquí, y se despide con el mismo gesto seco de costumbre. Cuando le digo adiós, Coop se protege sus tristes ojos azules con unas Ray-Ban y se aleja hasta desaparecer entre los demás transeúntes.

Nada más entrar, voy directa a la cocina y me tomo un segundo Xanax. A continuación, el azúcar del refresco de uva, sumado al del té, me provoca un escalofrío en los dientes, pero sigo bebiendo, echando varios tragos mientras saco el iPhone robado de mi bolsillo. Un breve examen del teléfono me dice que su antigua dueña se llama Kim y que no usa ninguna clave de seguridad. Puedo ver todas las llamadas, las búsquedas de internet y los mensajes, incluido uno reciente de un tipo de mandíbula cuadrada llamado Zach.

¿Un poco de diversión esta noche?

Por puro capricho, le contesto: *Cómo no.*

El teléfono da un pitido en mi mano. Otro mensaje de Zach. Ha mandado una foto de su polla.

Encantador.

Apago el teléfono. Por precaución. Kim y yo podemos parecernos, pero nuestros tonos de llamada son completamente distintos. Luego le doy la vuelta al teléfono y miro la superficie plateada cubierta de huellas. La limpio hasta que puedo ver mi reflejo, tan distorsionado como en un espejo de feria.

Me irá perfecto.

Palpo la cadena de oro que siempre llevo al cuello. De ella cuelga una llavecita, que abre el único cajón de la cocina que está permanentemente cerrado. Jeff supone que ahí guardo los papeles importantes de mi página web. Dejo que lo crea.

Dentro del cajón tintinea una serie de objetos metálicos brillantes. Una reluciente barra de labios y un grueso brazalete dorado. Varias cucharas. Una polvera plateada que birlé de la enfermería cuando me dieron de alta en el hospital después de Pine Cottage. Durante el largo trayecto de vuelta a casa, me miraba a cada rato para cerciorarme de que aún estaba allí. Ahora estudio los reflejos alabeados que me devuelven la mirada y siento esa misma serenidad.

Sí, aún existo.

Guardo el iPhone con los demás objetos, cierro el cajón y echo la llave antes de volvérmela a colgar del cuello.

Es mi secreto, tibio sobre mi pecho.

3.

Me paso la tarde esquivando los pastelitos que dejé abandonados a medias. Parecen mirarme desde la encimera de la cocina, reclamando el mismo trato que los dos que hay decorados a unos pocos palmos, petulantes en su integridad. Sé que debería terminarlos, aunque solo sea por el valor terapéutico. Al fin y al cabo, ese es el primer mandamiento de mi página web: «La repostería es la mejor terapia».

Normalmente, lo creo. La repostería tiene sentido. Lo que Lisa Milner hizo, no.

Hoy me siento tan baja de ánimo que ni siquiera la repostería me consuela, así que voy al salón, acariciando con las yemas de los dedos el *New Yorker* y el *Times* de esta mañana, aún intactos, y procuro engañarme como si no supiera exactamente adónde voy. Al lugar donde siempre acabo. En las estanterías junto a la ventana, encaramada a una silla para sacar un libro de la última balda.

El libro de Lisa.

El libro que escribió un año después de toparse con Stephen Leibman, al que dio un título que ahora se antoja triste, *El afán de vivir: mi viaje personal de dolor y curación*. Cosechó cierto éxito de ventas. Lifetime lo adaptó en un telefilme.

Lisa me mandó un ejemplar justo después de lo ocurrido en Pine Cottage. En la dedicatoria se leía: «Para Quincy, mi hermana superviviente. Cuenta conmigo si alguna vez necesitas hablar». Debajo había anotado su número de teléfono, con dígitos pulcros, casi geométricos.

No pensaba llamarla. No necesitaba su ayuda, me dije. Total, ¿para qué, si no podía recordar nada?

Sin embargo, no estaba preparada para que cada periódico y canal de televisión por cable del país cubriera exhaustivamente los Asesinatos de Pine Cottage. Así llamaron al suceso: los Asesinatos de Pine Cottage. No importaba que de *cottage* tuviera poco y fuese más bien una cabaña. Sonaba mejor para un titular. Además, su nombre oficial era PINE COTTAGE, grabado con fuego al más puro estilo de los campamentos de verano en un tablón de cedro que colgaba sobre la puerta.

Tras los funerales intenté pasar desapercibida. Solo salía de casa para ir al médico o al psicólogo. Como una horda de periodistas ocupaba el jardín, mi madre se veía obligada a hacerme salir por la puerta de atrás y el patio del vecino hasta un coche que esperaba una esquina más allá. Eso no impidió que plantaran mi foto del anuario del instituto en la portada de *People,* con las palabras ÚNICA SUPERVIVIENTE rozando mi barbilla punteada por el acné.

Todo el mundo quería una entrevista en exclusiva. Los periodistas llamaban y mandaban mensajes de texto o correos electrónicos. Una presentadora famosa —la repulsión me impide llamarla por su nombre— aporreó la puerta de mi casa, mientras yo, encogida en el suelo, sentía los golpes de la madera retumbando en mi espalda. Antes de marcharse, deslizó bajo la puerta una nota a mano ofreciéndome cien de los grandes por una entrevista cara a cara. El papel olía a Chanel N.º 5. Lo tiré a la basura.

Incluso con el corazón roto y los puntos de las cuchilladas aún frescos, sabía por dónde iban los tiros. La prensa se había propuesto hacer de mí una de las Últimas Chicas.

Quizá podría haber manejado mejor la situación si las cosas en casa hubieran sido medianamente estables. No lo eran.

En ese momento el cáncer había vuelto a atacar a mi padre con saña, y el pobre hombre se sentía demasiado débil y mareado por la quimio para sacarme de mi abatimiento. Aun así, lo intentó. Después de haber estado a punto de perderme una vez, dejó claro que mi bienestar era su prioridad. Se aseguró de que comiera, de que durmiera, de que no me regodeara en mi dolor. Solo quería que yo saliera adelante, a pesar de que era obvio que él no lo conseguiría. Cerca del final, llegué a creer que había sobrevivido a Pine Cottage únicamente porque mi padre se las había ingeniado para pactar con Dios, cambiando mi vida por la suya.

Imaginaba que mi madre sentía lo mismo, pero el miedo y la culpa me atormentaban demasiado para preguntarle siquiera. Tampoco es que ella me diera pie. A esas alturas había adoptado la actitud del ama de casa desesperada, empeñada en guardar las apariencias a toda costa. Se convenció de que había que reformar la cocina, como si un suelo de linóleo nuevo pudiera absorber de algún modo el doble revés del cáncer y Pine Cottage. Cuando no estaba acompañándonos con cara de pena a mi padre o a mí al médico, se dedicaba a comparar encimeras y elegir entre muestras de pintura. Y por supuesto seguía su estricto régimen burgués de gimnasio y tertulias literarias. Para mi madre, renunciar a un solo compromiso social habría sido reconocer la derrota.

Como mi psicóloga, en su consultorio perfumado con pachuli, dijo que era bueno contar con un sistema de apoyo estable, recurrí a Coop. Dios sabe que hizo lo que pudo. Soportó más que unas cuantas llamadas angustiosas a altas horas de la noche. Aun así, necesitaba a alguien que hubiera pasado por un trance similar al mío. Lisa parecía la persona más indicada.

En lugar de huir del escenario de su trauma, Lisa se quedó en Indiana. Tras seis meses de recuperación, volvió a la misma facultad y se tituló en Psicología Infantil. Cuando recibió su diploma, los asistentes a la ceremonia de graduación se pusieron en pie para aplaudirla. Un muro de periodistas al fondo del auditorio capturó el momento en un estroboscopio de flashes.

Así que leí su libro. Encontré su número. La llamé.

«Quiero ayudarte, Quincy —me dijo—. Quiero enseñarte cómo ser una Última Chica».

«¿Y si no quiero serlo?»

«Eso no lo decides tú. Ya lo han decidido por ti. No puedes cambiar lo que ha ocurrido. Solo está en tu mano elegir cómo sobrellevarlo.»

Para Lisa, eso significaba encarar la situación de frente. Me sugirió que concediera alguna entrevista a la prensa, pero con condiciones. Dijo que hablarlo públicamente me ayudaría a lidiar con lo sucedido.

Seguí su consejo y concedí tres entrevistas: una al *New York Times,* otra a *Newsweek* y otra a Miss Chanel N.º 5, que acabó pagándome los cien de los grandes aunque no se los pidiera. Cundieron mucho a la hora de comprar el apartamento. Y si alguien cree que no me siento culpable por eso, que lo piense bien.

Las entrevistas fueron un suplicio. Me violentaba hablar abiertamente sobre amigos muertos que ya no podían hablar por sí mismos, sobre todo cuando en realidad no recordaba lo que les había ocurrido. Me sentía tan morbosa como la gente que consumía mis entrevistas como si fueran caramelos.

Cada una de ellas me dejaba tan vacía y hueca que, por más que comiera, no podía sentirme llena de nuevo. Así que me cansé de hacer esfuerzos y al final acabé de nuevo en el hospital seis meses después de haber salido. Para entonces mi padre ya había perdido la batalla contra el cáncer y simplemente esperaba la estocada final. Aun así estuvo a mi lado, todos los días. Endeble en su silla de ruedas, me daba cucharadas de helado para ayudarme a tragar los amargos antidepresivos que me obligaron a tomar.

«Con un poco de azúcar, Quinn —decía—. La canción no miente».

Una vez recuperé el apetito y me dieron de alta en el hospital, llegó la propuesta de Oprah. Uno de sus productores llamó de buenas a primeras diciendo que nos quería en su programa. A Lisa y a mí, y también a Samantha Boyd. Las tres Últimas Chicas al fin reunidas. Lisa aceptó, por supuesto. Y también Samantha, lo que fue una sorpresa, puesto que ya había empezado a practicar su número de escapismo. A diferencia de Lisa, ella nunca intentó ponerse en contacto conmigo después de Pine Cottage. Era tan esquiva como mis recuerdos.

Yo también dije que sí, aunque la idea de sentarme delante de un público de amas de casa chasqueando la lengua con lástima casi me hizo caer de nuevo en el pozo de la anorexia. Pero quería encontrarme con las otras cara a cara. Sobre todo con Samantha. A esas alturas, tenía ganas de ver la alternativa a la agotadora transparencia de Lisa.

Al final, no pudo ser.

La mañana que mi madre y yo debíamos volar a Chicago, me desperté y me encontré de pie en la cocina recién remodelada. Todo estaba completamente destrozado: platos rotos esparcidos por el suelo, zumo de naranja chorreando del frigorífico abierto, las encimeras convertidas en un páramo de cáscaras de huevo, grumos de harina y mareas negras de extracto de vainilla. Sentada en el suelo en medio de los estragos, mi madre lloraba por la hija que seguía a su lado aunque se había perdido sin remedio.

«¿Por qué, Quincy? —gemía—. ¿Por qué has hecho esto?».

Por supuesto, había sido yo quien había revuelto la cocina como un ladrón sin escrúpulos. Lo supe en cuanto vi el estropicio. La destrucción seguía una lógica que reconocí al momento, a pesar de que no recordara nada. Esos minutos inciertos que dediqué a arrasarlo todo se me habían borrado igual que aquella hora en Pine Cottage.

«Ha sido sin querer —le dije—. No sé lo que ha pasado, te lo juro».

Mi madre fingió creerme. Se levantó, se secó las lágrimas y se arregló el pelo con cautela. Sin embargo, un temblor oscuro en sus ojos delató sus verdaderas emociones. Me di cuenta de que me temía.

Mientras yo limpiaba la cocina, mi madre llamó al equipo de Oprah y canceló el compromiso. Puesto que la idea era todas o ninguna, el plan se truncó. No habría encuentro televisado de las Últimas Chicas.

Ese mismo día, mi madre me llevó a un médico que básicamente me prescribió Xanax de por vida. Tan ansiosa estaba mi madre por tenerme medicada, que me obligó a tragarme uno en el aparcamiento de la farmacia, bajándolo con el único líquido que había en el coche: una botella de refresco de uva tibio.

«Se ha acabado —me anunció—. Basta de lagunas. Basta de rabietas. Basta de hacerte la víctima. Te tomarás estas pastillas y serás normal, Quincy. No queda otra».

Le di la razón. No quería una tropa de periodistas en mi graduación. No quería escribir un libro o hacer otra entrevista o reconocer que las cicatrices aún me escocían cuando se aproximaba una tormenta. No quería ser una de esas chicas atadas a la tragedia, asociada para siempre con el momento más atroz de mi vida.

Todavía aletargada por aquel primer Xanax, llamé a Lisa y le conté que no pensaba conceder ninguna entrevista más. Me había cansado de ser la eterna víctima.

«No soy la chica del final de una película», le dije.

Lisa parecía tener una paciencia a prueba de bombas, y eso me enfurecía.

«Entonces ¿qué eres, Quincy?»

«Normal.»

«Chicas como tú, Samantha y yo jamás podremos ser normales —dijo—. Pero entiendo que quieras intentarlo».

Lisa me deseó suerte. Me dijo que estaría allí si alguna vez la necesitaba. No volvimos a hablar nunca más.

Ahora escruto la cara que me mira desde la cubierta del libro. Es una foto bonita de Lisa. Retocada, claro, pero no con mal gusto. Ojos cariñosos. Nariz pequeña.

Barbilla un poco ancha, quizá, y frente ligeramente abombada. No una belleza clásica, pero guapa.

Lisa no sonríe en la fotografía. Este no es uno de esos libros que justifiquen una sonrisa. Aprieta los labios en el punto justo. Ni demasiado alegre, ni demasiado severa. El equilibrio perfecto de seriedad y aplomo. Imagino a Lisa practicando la expresión delante de un espejo. La idea me entristece.

Luego la imagino encogida en la bañera, con el cuchillo en la mano. Un pensamiento aún peor.

El cuchillo.

Eso es lo que no me cuadra, menos aún que el suicidio en sí. Cosas que pasan. La vida da asco. A veces la gente no puede más y opta por quitarse de en medio. Por triste que parezca, ocurre constantemente. Incluso a personas como Lisa.

Pero usó un cuchillo. No se tragó un frasco de pastillas con vodka. (Mi primera opción, llegado el caso.) Ni optó por el abrazo suave y letal del monóxido de carbono. (Opción número dos.) Lisa decidió acabar con su vida con el mismo objeto que por poco no se la había arrancado a cuchilladas décadas antes. Deliberadamente deslizó la hoja por sus muñecas y se cortó las venas, para acabar la faena que Stephen Leibman había empezado.

No puedo evitar preguntarme qué habría ocurrido de haber mantenido el contacto con Lisa. Quizá habríamos llegado a conocernos en persona. Quizá nos habríamos hecho amigas.

Quizá habría podido salvarla.

Vuelvo a la cocina y abro el portátil, que uso más que nada para atender mi blog. Después de una búsqueda rápida de Lisa Milner, veo que la noticia de su muerte aún no ha llegado a internet. Pronto será inevitable. La incógnita es cuánto repercutirá en mi propia vida.

Unos cuantos clics más tarde, estoy en Facebook, esa insulsa ciénaga de «me gusta» y enlaces y gramática atroz.

A mí no me van las redes sociales. Nada de Twitter. Nada de Instagram. Tenía una página personal en Facebook hace años, pero la cerré después de ver que demasiados amigos me seguían por lástima y de recibir demasiadas solicitudes de amistad de desconocidos fetichistas de las Últimas Chicas. Sin embargo, todavía mantengo el perfil de mi página web. Un mal necesario. Por ahí accedo con facilidad a la página de Facebook de Lisa. Después de todo, ella era seguidora de *Las delicias de Quincy*.

El muro de Lisa se ha convertido ya en un monumento virtual a su memoria, lleno de mensajes de pésame que ella nunca leerá. Paso varias docenas, en su mayoría genéricos pero sinceros.

¡Te echaremos de menos, Lisa Pisa! XOXO

Nunca olvidaré tu hermosa sonrisa y tu increíble fortaleza de espíritu.

Descansa en paz, Lisa.

El más conmovedor viene de una chica de pelo castaño y ojos rasgados oscuros. Se llama Jade.

Gracias a que superaste el peor momento de tu vida, me inspiraste a superar el peor momento de la mía. Me inspirarás siempre, Lisa. Ahora que estás entre los ángeles del cielo, vela por los que seguimos aquí abajo.

Encuentro una imagen de Jade entre las muchas, muchas fotos que Lisa colgó en su muro a lo largo de los años. Es de hace tres meses, y las dos aparecen posando con las caras muy juntas en lo que parece ser un parque de atracciones. De fondo se ve el entramado de vigas de una montaña rusa. Lisa abraza un enorme oso de peluche.

No cabe duda de que sus sonrisas son genuinas. No puedes fingir esa clase de alegría. Dios sabe cuántas veces lo he intentado. Aun así, ambas irradian un halo de pérdida. Se delata en sus ojos. Esa misma tristeza sutil siempre asoma en mis fotos. La pasada Navidad, cuando Jeff y yo fuimos a Pensilvania a visitar a mi madre, posamos todos juntos delante del abeto decorado, como si fuéramos una familia real, estructurada. Después, mientras miraba las fotos en el ordenador, mi madre confundió mi sonrisa rígida por una mueca y dijo: «¿Tanto te costaba sonreír, Quincy?».

Me entretengo media hora husmeando en las fotos de Lisa, atisbando una existencia muy distinta de la mía. Aunque no se casó, ni se asentó ni tuvo hijos, su vida parecía plena. Lisa se había rodeado de gente: familiares y amigos y chicas como Jade, que buscaban una mano amiga. Yo podría haber sido una de ellas, de haber accedido.

En cambio, hice lo contrario. Guardar una distancia prudencial con los otros. Desterrarlos, si hacía falta. Los lazos afectivos eran un lujo que no podía permitirme perder de nuevo.

Mientras reviso las fotos de Lisa, me inserto mentalmente en cada una de ellas. Ahí estoy, posando con ella en el borde del Gran Cañón. Míranos, secándonos el rocío de la cara frente a las cataratas del Niágara. Esa soy yo, apretujada entre un grupo de mujeres levantando nuestros zapatos bicolores en una bolera. *¡Compañeras de bolos!*, se lee debajo.

Me detengo en una imagen que Lisa colgó hace tres semanas. Es un selfi, tomado desde arriba y en un ángulo ligeramente forzado. Lisa aparece levantando una botella de vino, en lo que se diría un comedor con las paredes revestidas de madera. Como pie de foto, había escrito: *¡Hora del vino! LOL.*

Hay una chica detrás de ella, prácticamente cortada del encuadre torcido. Me recuerda a esas presuntas imágenes del Bigfoot que a veces veo en programas cutres de fenómenos paranormales. Poco más que un borrón de pelo negro apartándose de la cámara.

Me identifico con esa chica anónima, aunque no pueda verle la cara. Yo también me aparté de Lisa y me retiré al fondo, sola.

Me convertí en una figura borrosa, una mancha difusa y oscura despojada de detalles.

Pine Cottage. 15:37 h

Al principio, la idea de la cabaña hizo pensar a Quincy en un cuento de hadas, sobre todo por ese nombre caprichoso.

Pine Cottage.

Oírlo evocaba imágenes de enanos y princesas y criaturas de la naturaleza entusiasmadas por ayudar con las tareas domésticas. Pero cuando el todoterreno de Craig se encabritó al enfilar el camino de grava y la cabaña finalmente apareció a lo lejos, Quincy supo que su imaginación la había traicionado. El lugar era mucho menos encantador.

Desde fuera, Pine Cottage era una construcción achaparrada, recia y tosca. Poco más que cualquier cosa que se pueda montar con piezas de juguete Lincoln Logs. Asomaba entre un macizo de pinos altos que descollaban por encima del tejado de pizarra, con lo que parecía más pequeña de lo que era en realidad. Juntos y con las ramas entrecruzadas, los árboles rodeaban la cabaña formando un muro tupido, y más allá otros árboles se prolongaban en una negrura silenciosa.

Un bosque oscuro. Ese era el cuento de hadas con el que Quincy había fantaseado, solo que más de los hermanos Grimm que de Disney. Cuando bajó del todoterreno y escrutó la maleza enmarañada, un desagradable cosquilleo de aprensión la estremeció.

—Así que esto es lo que significa estar en medio de la nada —anunció—. Da escalofríos.

—Eres una miedica —dijo Janelle detrás de Quincy, arrastrando no una sino dos maletas.

—Y tú traes equipaje para un mes —le soltó Quincy.

Janelle le sacó la lengua y aguantó la pose hasta que Quincy se dio cuenta de que esperaba a que la inmortalizara con la cámara. Obedientemente desenfundó su Nikon nueva y le hizo varias fotos, y siguió cuando Janelle dejó de posar e intentó levantar las dos maletas con toda la fuerza de sus brazos escuálidos.

—Quiiiincy —dijo con aquella voz cantarina que Quincy conocía demasiado bien—. ¿Me ayudas a llevarlas? ¿A que sí, preciosa?

Quincy se colgó la cámara al cuello.

—Ni hablar. Tú eres quien ha traído todos esos bártulos. Dudo que uses ni la mitad.

—Pero vengo preparada para cualquier cosa. Siempre lista. ¿No es ese el lema de los exploradores?

—Ya puedes prepararte —dijo Craig, adelantándolas a las dos con una nevera cargada sobre sus robustos hombros—. Y espero que una de las cosas que metiste sea la llave de este sitio.

Janelle aprovechó la excusa para abandonar las maletas y se rebuscó en los pantalones de los vaqueros hasta encontrar la llave. Luego llegó de un brinco a la puerta, dando una palmada en un tablón de cedro donde estaba grabado el nombre de la cabaña.

—¿Retrato de grupo? —propuso.

Quincy accionó el temporizador de la cámara y la colocó encima del capó del todoterreno de Craig, antes de correr junto a los demás delante de la cabaña. Los seis aguardaron sonrientes hasta oír el chasquido del obturador. La Pandilla del Pasillo Este, como Janelle los había apodado durante las jornadas de orientación del primer año. Seguían siendo una piña dos meses después de empezar segundo.

Después de la foto, Janelle hizo girar ceremoniosamente la llave en la cerradura.

—¿Qué os parece? —preguntó nada más abrir la puerta, sin dar a los otros más que un segundo escaso para echar una ojeada—. Acogedora, ¿verdad?

Quincy asintió, aunque su idea de lo acogedor no era piel de oso en las paredes y una alfombra gastada en el suelo. Ella habría empleado la palabra *rústica,* intensificada por la herrumbre que bordeaba el fregadero de la cocina y teñía el agua que salía a borbotones de las tuberías del único cuarto de baño.

Pero era grande, para ser una cabaña. Cuatro dormitorios. Un porche en la parte de atrás que solo se cimbreaba ligeramente al pisar la tarima de madera. Una magnífica sala de estar con una chimenea de piedra vista casi tan grande como el cuarto que Janelle y Quincy compartían en la residencia, con leña apilada con esmero a un lado.

La cabaña, o más bien el fin de semana completo, era un regalo de cumpleaños de la madre y el padrastro de Janelle. Aspiraban a ser padres enrollados. De los que veían a sus hijos como amigos. De los que asumían que su hija universitaria bebía y se colocaba de todos modos, así que le alquilaban una cabaña en las Poconos para que lo hiciera en un entorno relativamente seguro. Cuarenta y ocho horas libre de los conserjes, las comidas y las tarjetas de la residencia con las que había que identificarse en cada puerta y ascensor.

Antes de empezar el fin de semana, eso sí, Janelle les ordenó a todos que dejaran sus teléfonos móviles en una pequeña caja de madera.

—Ni llamadas, ni mensajes, y desde luego nada de fotos ni vídeos —dijo antes de meter la cajita en la guantera del todoterreno.

—¿Y mi cámara? —preguntó Quincy.

—Esa está permitida. Pero solo para que me hagas fotos favorecedoras a mí.

—Por supuesto —dijo Quincy.

—En serio —advirtió Janelle—. Si veo algo de este fin de semana colgado en Facebook, dejaré de ser vuestra amiga. En las redes y en la vida real.

Entonces, a la de tres, los seis echaron a correr, intentando pillar la mejor habitación. Amy y Rodney se quedaron con la de la cama de agua, que se sacudió a lo bestia cuando se tiraron encima. Betz, como no iba con ningún chico, ocupó diligentemente el cuarto de las literas, dejándose caer en la de abajo con su tocho de *Harry Potter y las Reliquias de la Muerte,* grueso como un diccionario. Quincy empujó a Janelle hasta la de las camas gemelas arrimadas contra la pared, igual que su habitación en la residencia.

—Hogar dulce hogar —dijo Quincy—. O al menos una aproximación bastante fiel.

—Mola —dijo Janelle; a Quincy la palabra le sonó hueca—. Aunque no sé.

—Podemos escoger otra habitación. Es tu cumpleaños. Tienes prioridad para elegir.

—Tienes razón. Y elijo —Janelle agarró a Quincy de los hombros, levantándola del colchón lleno de bultos— dormir sola.

Guio a Quincy hasta la habitación del final del pasillo. Era la más grande de la cabaña, con una ventana apaisada y vistas al bosque. Varios tapices de retales adornaban las paredes en caleidoscopios artesanales de tela. Y allí, sentado en el borde de la cama, estaba Craig. Mirando el suelo, como abstraído en el espacio entre sus Converse de caña alta. Las manos apoyadas en los muslos, los dedos enlazados, los pulgares girando uno sobre el otro. Levantó la mirada cuando Quincy entró. Ella se dio cuenta de que esbozaba una sonrisa tímida, esperanzada.

—Seguro que aquí vas a estar mucho más cómoda —dijo Janelle, con un guiño en la voz—. Que disfrutéis.

Al pasar chocó la cadera con la de Quincy, empujándola un poco más hacia el centro de la habitación. Cerró la puerta al salir y se alejó ahogando la risa por el pasillo.

—Fue idea suya —dijo Craig.

—Me lo imagino.

—No tenemos que...

Se quedó callado, obligando a Quincy a acabar la frase. ¿Compartir la habitación? ¿Acostarnos juntos, cayendo en la encerrona descarada de Janelle?

—No pasa nada —dijo.

—Quinn, de verdad. Si no estás preparada...

Quincy se sentó a su lado y le puso una mano en la rodilla temblorosa. Craig Anderson, estrella en ciernes de baloncesto. Castaño, de ojos verdes, desgarbadamente sexi. De todas las chicas del campus, Craig la eligió a ella.

—No pasa nada —repitió Quincy, con toda la sinceridad posible de una chica de diecinueve años que contempla el fin de su virginidad—. Estoy contenta.

4.

Jeff me encuentra en el sofá con el libro de Lisa en el regazo y los ojos escocidos después de haberme pasado la tarde llorando. Cuando suelta la maleta y me abraza, recuesto la cabeza en su pecho y me echo a llorar de nuevo. Después de dos años viviendo juntos, y otros dos de noviazgo, ha aprendido a no preguntarme inmediatamente qué me pasa. Me deja llorar, sin más.

Hablo solo cuando ya le he empapado el cuello de la camisa con lágrimas.

—Lisa Milner se ha suicidado.

Noto que los brazos de Jeff se tensan.

—¿Lisa Milner, Lisa Milner?

—La misma.

No hace falta añadir nada. Entiende el resto.

—Quinn, mi amor, lo siento. ¿Cuándo ha sido? ¿Qué ha pasado?

Volvemos al sofá y le cuento los detalles. Jeff escucha con los cinco sentidos, gajes de su oficio, que le exige absorber toda la información antes de cribarla.

—¿Cómo te sientes? —me pregunta cuando acabo de hablar.

—Bien —digo—. Conmocionada, nada más. Y con mucha pena. Aunque supongo que eso es una tontería.

—No lo es —dice Jeff—. Tienes todo el derecho a estar disgustada.

—¿Sí? Lisa y yo ni siquiera llegamos a conocernos en persona.

—Eso no importa. Hablabais mucho. Ella te ayudó. Erais almas gemelas.

—Éramos víctimas —le digo—. Eso es lo único que teníamos en común.

—No hace falta que le quites importancia, Quinn. Conmigo, no.

Quien habla es el abogado de oficio Jefferson Richards. Adopta el tono de abogado cuando no coincide conmigo en algo, cosa que no ocurre a menudo. Normalmente es tan solo Jeff, el novio al que no le importa mimarme. Que cocina mucho mejor que yo y que luce un culo increíble con los trajes que lleva a los tribunales.

—No me puedo ni imaginar por lo que pasaste aquella noche —dice—. Nadie puede. Nadie, salvo Lisa y aquella otra chica.

—Samantha.

Jeff repite el nombre con aire ausente, como si en todo momento lo hubiera sabido.

—Samantha. Seguro que ella se siente igual que tú.

—No tiene ningún sentido —le digo—. No entiendo que Lisa se haya matado después de pasar por lo que pasó. Qué desperdicio. Esperaba más de ella.

De nuevo, oigo la voz de Lisa en mi cabeza.

«Hay nobleza en ser una superviviente —me había dicho una vez—. Y virtud. Seguir viviendo después de lo que sufrimos nos concede el poder de inspirar a otros que sufren».

Eran patrañas. Todo.

—Siento que me encuentres tan hecha polvo —le digo a Jeff—. El suicidio de Lisa. Mi reacción. Todo parece anormal.

—Lógico. Lo que te pasó fue anormal. Pero una de las cosas que adoro de ti es que no dejaste que eso te definiera. Has seguido adelante.

Jeff ya me ha dicho antes lo mismo. Bastantes veces, de hecho. De tanto oírlo, he empezado a creer que es cierto.

—Sí, lo sé —digo—. Es verdad.

—Y esa es la única opción sensata que tienes. Aquello es el pasado. Esto es el presente. Y me gustaría creer que el presente te hace feliz.

Justo en ese momento, Jeff sonríe. Tiene una sonrisa de película. Ancha como en cinemascope y con brillo en tecnicolor. Fue lo que me atrajo de él cuando nos conocimos en un acto de trabajo tan aburrido que sentí la necesidad de tomarme unas copas para entonarme y coquetear.

«Déjame adivinar —le dije—. Eres modelo de dentífrico».

«Me has pillado.»

«¿De qué marca? A lo mejor empiezo a usarlo.»

«Aquafresh. Pero apunto más alto: Crest.»

Me reí, aunque no era tan divertido. Había algo adorable en sus ganas de agradar. Me recordó a un perdiguero rubio, dulce, leal. A pesar de que aún no sabía cómo se llamaba, le di la mano. Y desde aquel día no la he soltado.

Entre Pine Cottage y la aparición de Jeff, mi vida social había sido tan tranquila que prácticamente no existía. Una vez me juzgaron recuperada para retomar los estudios, no volví a mi antigua facultad, donde sabía que me acosarían los recuerdos de Janelle y los demás. Me trasladé a una universidad un poco más cerca de casa y pasé tres años en la residencia, viviendo sola en una habitación doble.

Mi reputación me precedía, por supuesto. La gente sabía de sobra quién era y por lo que había pasado. De todos modos agaché la cabeza, fui a lo mío, me tomé religiosamente mi Xanax con refresco de uva. Era cordial aunque no tenía amigos. Accesible pero distante a propósito. No veía sentido en intimar más de la cuenta con nadie.

Una vez a la semana iba a una sesión de terapia de grupo, donde lidiábamos con problemas para todos los gustos y colores. Entre nosotros se entabló algo parecido a una amistad. No muy estrecha, pero sí lo suficiente para llamar a alguien si nos angustiaba ir solos al cine.

Incluso entonces me costaba mucho relacionarme con aquellas chicas vulnerables que habían sufrido violaciones, agresiones físicas o accidentes de coche que las había dejado desfiguradas. Sus traumas no tenían nada que ver con el mío. Ninguna de ellas sabía qué se siente cuando te arrebatan a tus mejores amigos de un zarpazo. No comprendían qué espantoso es no recordar la peor noche de tu vida. Creo que incluso me envidiaban por eso. Que habrían deseado olvidarlo todo también. Como si olvidar fuese más fácil.

En la universidad, solía atraer a una serie intercambiable de chicos escuálidos y sensibles anhelantes por desvelar los misterios de la chica tímida y callada que guardaba distancias con todo el mundo. Hasta cierto punto, yo los complacía. Quedábamos para estudiar en un clima cargado de tensión. Charlas de cafetería en las que me entretenía contando todas las maneras en que evitaban mencionar Pine Cottage. Tal vez un incitante beso de buenas noches si me sentía especialmente sola.

En el fondo me iban más los tipos atléticos que solo se encontraban en las fiestas de las residencias y en los botellones desmadrados. Ya sabes. Brazos fuertes. Macizos y con una incipiente tripa cervecera. Tipos a los que no les interesan tus cicatrices. Que son incapaces de ser tiernos. Que están encantados de follar sin descanso, como máquinas, y desde luego no se molestan si después te escabulles sin darles tu número de teléfono.

Después de esos encuentros me marchaba dolorida y con escozor pero curiosamente revigorizada. Hay algo estimulante en conseguir lo que quieres, aunque ese algo sea vergüenza.

Pero Jeff es distinto. Es perfectamente normal. Normal de los de Polo Ralph Lauren. Salimos un mes entero antes de que me atreviera a mencionarle Pine Cottage. Él seguía pensando que era Quincy Carpenter, una machaca de la publicidad a punto de abrir un blog de repostería. No tenía ni idea de que en realidad era Quincy Carpenter, la única superviviente de una masacre.

Reconozco que se lo tomó mejor de lo que me esperaba. Dijo todas las frases oportunas, acabando con: «Estoy convencido de que es posible soltar el lastre del pasado. La gente puede recuperarse. Puede seguir adelante. Desde luego, tú lo has hecho».

Ahí supe que era un tesoro.

—Bueno, ¿y qué tal Chicago? —le pregunto.

Por el gesto desganado que hace, me doy cuenta de que no fue bien.

—No conseguí la información que esperaba —dice—. Mira, casi prefiero no hablar de eso.

—Y yo casi prefiero no hablar de Lisa.

Jeff se levanta de pronto, con una idea.

—Entonces deberíamos salir. Deberíamos ponernos elegantes, ir a algún sitio de lujo y ahogar nuestras penas en comida y copas. ¿Qué me dices?

Niego con la cabeza y me estiro como un gato en el sofá.

—Creo que esta noche no me apetece —contesto—. Pero ¿sabes lo que me encantaría de verdad?

—Vino en cartón —dice Jeff.

—¿Y?

—Pedir *pad thai* por teléfono.

Consigo sonreír.

—Qué bien me conoces.

Más tarde hacemos el amor. Soy yo quien toma la iniciativa, arrancándole el expediente de las manos y poniéndome a horcajadas encima. Jeff protesta. Un poco. Más bien finge que protesta. Pronto está dentro de mí, excesivamente tierno y atento. Jeff es de los que hablan. El sexo con él implica sortear un centenar de preguntas. «¿Te gusta eso? ¿Demasiado brusco? ¿Así?»

Normalmente agradezco su consideración, su deseo verbal de satisfacer mis necesidades. Esta noche es distinto. La muerte de Lisa me ha nublado el ánimo. En lugar del vaivén del placer, el malestar cala poco a poco en mi cuerpo. Deseo las embestidas impersonales de aquellos chicos anónimos de la universidad, que creían seducirme cuando en realidad era al revés. Es como una comezón interna, un escozor exasperante que Jeff, por más empeño que le ponga, ni siquiera llega a mitigar. Aun así, finjo. Simulo gemidos y aúllo como una diva del porno. Cuando Jeff me pide un informe de los progresos, le tapo la boca con la mía, para que deje de hablar.

Luego nos acurrucamos y vemos el canal clásico de TCM. Nuestra costumbre poscoital. Últimamente esa es mi parte favorita del sexo. El después. Sentir su cuerpo firme y viril junto al mío, mientras los diálogos de fuego graneado de los años cuarenta nos arrullan hasta quedarnos dormidos.

Esta noche, sin embargo, el sueño se resiste. En parte es por la película, *La dama de Shanghái*. Hemos llegado al final. Rita Hayworth y Orson Welles en el laberinto de los espejos, sus reflejos haciéndose añicos en una lluvia de balas. En parte también es por Jeff, que cambia de postura sin parar, inquieto a mi lado bajo la manta.

Al final se decide a preguntar.

—¿Seguro que no quieres que hablemos de lo que ha pasado con Lisa Milner?

Cierro los ojos, deseando que el sueño me agarre del cuello y me hunda.

—Es que no hay nada que hablar —le digo—. ¿Quieres hablarme de tu historia?

—No es una historia —dice Jeff, crispándose—. Es mi trabajo.

—Perdona —hago una pausa, sin mirarlo aún, intentando calcular su grado de irritación conmigo—. ¿Quieres hablarme de tu trabajo?

—No —dice, antes de cambiar de opinión—. Un poco, quizá.

Me doy la vuelta y me incorporo, recostada en el codo izquierdo.

—Supongo que la defensa no está yendo bien —le digo.

—No demasiado. Que es todo lo que legalmente puedo decir al respecto.

Hay muy poco que a Jeff le esté permitido contarme sobre sus casos. El compromiso de confidencialidad con el cliente abarca incluso a los cónyuges. O, en mi caso, los futuros cónyuges. Esa es otra razón de que Jeff y yo nos complementemos. Él no puede hablar de su trabajo. Yo no quiero hablar de mi pasado. Conseguimos salvar dos de las trampas dialécticas que suelen atrapar a las parejas. Aun así, por primera vez en meses, presiento que estamos a punto de caer en una y lucho con todas mis fuerzas por evitarlo.

—Deberíamos dormir —digo—. ¿Mañana no tienes que estar en los tribunales a primera hora?

—Sí —dice Jeff, no mirándome a mí sino hacia el techo—. ¿Y te has parado a pensar siquiera que por eso no puedo dormir?

—No, la verdad —me dejo caer de espaldas otra vez—. Lo siento.

—Me parece que no entiendes lo grande que es este caso.

—Ha salido en las noticias, Jeff. Me hago una idea.

Ahora es Jeff quien se incorpora sobre el codo y me mira.

—Si sale bien, podría significar grandes cosas para mí. Para nosotros. ¿Crees que quiero ser abogado de oficio para siempre?

—No lo sé. ¿Quieres?

—Claro que no. Ganar este caso me abriría muchas puertas. Con suerte a uno de los grandes bufetes, donde podría empezar a ganar dinero de verdad en lugar de vivir en el apartamento de mi novia pagado con una indemnización por daños y perjuicios.

Estoy demasiado dolida para contestar, aunque sé que Jeff se arrepiente en el acto de lo que acaba de decir. Sus ojos se apagan fugazmente y su boca se tuerce en una mueca de angustia.

—Quinn, no era mi intención...

—Ya lo sé —salgo de la cama, todavía desnuda, sintiéndome expuesta y vulnerable. Cojo lo primero que pillo a mano (el albornoz de felpa de Jeff) y me cubro—. No pasa nada.

—Sí que pasa —dice Jeff—. Soy un imbécil.

—Anda, duerme un poco —le digo—. Mañana te espera un día importante.

Camino sin ruido hasta el salón, desvelada de repente y sin remedio. Mi teléfono sigue apagado encima de la mesa. Al encenderlo, la pantalla azulada resplandece gélida en la oscuridad. Tengo veintitrés llamadas perdidas, dieciocho mensajes y más de tres docenas de correos electrónicos. Prácticamente todos son de periodistas.

La noticia de la muerte de Lisa ha salido a la luz. Se abre la veda para la prensa.

Reviso la bandeja del correo, que no había abierto desde la noche anterior. Enterrados bajo el muro de peticiones de los reporteros hay mensajes previos, más benévolos, de seguidores de mi página web y varios fabricantes de utensilios de repostería ansiosos por que pruebe sus productos. Una dirección destaca entre el aluvión de nombres y números, como un pez de escamas plateadas abriéndose paso hacia la superficie.

Lmilner75

Aparto el dedo de la pantalla. Un impulso involuntario. Miro la dirección hasta que me abrasa la vista; la imagen residual persiste cuando pestañeo.

Solo conozco a una persona que podría tener esa dirección, y lleva muerta más de un día. La revelación forma un cosquilleo nervioso en mi garganta. Trago con esfuerzo antes de abrir el correo.

Quincy, tengo que hablar contigo. Es muy importante. Por favor, te lo ruego, no ignores este mensaje.

Debajo aparece el nombre de Lisa y el mismo número de teléfono que anotó bajo la dedicatoria de su libro.

Leo el mensaje varias veces, mientras las cosquillas de la garganta se transforman en una sensación que solo puedo describir como un aleteo. Como si me hubiera tragado un colibrí y sus alas batieran contra mi esófago.

Miro cuándo se envió el mensaje. A las once de la noche. Teniendo en cuenta los minutos que tardó la policía en rastrear la llamada al 911 y acudir a su casa, calculo que Lisa mandó el mensaje menos de una hora antes de suicidarse.

Tal vez soy la última persona con la que intentó comunicarse.

5.

La mañana llega gris y espesa. Cuando me despierto, Jeff ya se ha ido al encuentro de su presunto asesino de un policía.

En la cocina me aguarda una sorpresa: un jarrón, no con flores sino lleno de utensilios de repostería. Cucharas y espátulas de madera, y una batidora industrial con un mango tan grueso como mi muñeca. Hay un lazo rojo anudado al cuello del jarrón. Lleva una tarjeta.

Soy un idiota. Y lo siento. Siempre serás mi dulce favorito. Con amor, Jeff.

Junto al jarrón, los pastelitos sin terminar vuelven a mirarme fijamente. Los ignoro mientras me tomo mi Xanax de la mañana con dos tragos de refresco de uva. Luego me paso al café, metiéndomelo en vena en el office, intentando despertar.

Mi sueño ha estado plagado de pesadillas, una fase que creía haber dejado atrás. En los primeros años después de Pine Cottage, no pasaba una noche en que no tuviera una. Eran el clásico alpiste para psicólogos: yo corriendo a través del bosque, Janelle tambaleándose al salir de la arboleda, él. Últimamente, en cambio, pasan semanas, incluso meses, sin que me asalte ninguna.

Anoche en mis sueños pululaban periodistas que arañaban las ventanas y dejaban huellas sangrientas en el vidrio. Pálidos y flacos, repetían mi nombre con gemidos lastimeros, aguardando como vampiros a que los invitara a entrar. En lugar de colmillos, sus dientes eran lápices afilados como picahielos, entre los que resplandecían restos de vísceras.

Lisa apareció en una de las pesadillas, exactamente igual que en la imagen de la solapa de su libro. La ensayada forma de sus labios no se inmutó en ningún momento. Ni siquiera cuando empuñó el lápiz de uno de los reporteros y se abrió las venas con la punta.

Nada más despertarme he pensado en su correo electrónico, por supuesto. Durante la noche ha estado agazapado en mi cabeza como un cepo, esperando a que lo disparara el menor atisbo de conciencia. Sigue apresando mi cerebro mientras me tomo una taza de café, y una segunda.

Más allá de cualquier otro pensamiento, no me quito de la cabeza que al margen de su llamada frustrada al 911 tal vez yo fui la última persona con quien Lisa intentó comunicarse. De ser cierto, ¿por qué? ¿Quería que yo, ni más ni menos, intentara sacarla de la cornisa mental en la que se había encaramado? ¿No haber consultado el correo me hace de algún modo responsable de su muerte?

Mi primer impulso es llamar a Coop y contárselo. No me cabe duda de que lo dejaría todo y vendría de nuevo hasta Manhattan solo para asegurarme de que nada de esto es culpa mía. Aun así, no sé si quiero ver a Coop dos días seguidos. Sería la primera vez que ocurriría desde Pine Cottage y la mañana siguiente, y no es una experiencia que desee repetir.

Opto por mandarle un mensaje de texto, intentando que suene casual.

Llámame cuando tengas un momento. No hay prisa. Nada importante.

A pesar de todo, algo me dice que sí es importante. O que al menos podría serlo. Si no fuera importante, ¿por qué me he despertado pensando en eso? ¿Por qué a continuación se me ocurre llamar a Jeff solo para oír su voz, aunque sé que está en el juzgado, con el móvil apagado y enterrado en las profundidades de su maletín?

Intento no darle más vueltas, pero es en vano. Según mi teléfono, tengo otra docena de llamadas perdidas. Mi buzón de voz está empantanado de mensajes. Escucho solo uno: un mensaje sorpresa de mi madre, que ha llamado a una hora en que sabía que aún estaría durmiendo. El último de sus diversos intentos por evitar una conversación de verdad.

Quincy, soy tu madre, anuncia, como si no confiara en que reconozca su voz nasal monocorde. *Acaba de sacarme de la cama un periodista interesado en saber si tengo algo que declarar sobre lo que le ha pasado a aquella chica, Lisa Milner, que era amiga tuya. Le he dicho que mejor hable contigo. Pensé que querrías saberlo.*

No creo que merezca la pena devolverle la llamada. Es lo último que quiere mi madre. Ha sido así desde que volví a la universidad después de Pine Cottage. Ella acababa de enviudar y quería que yo viajara todos los días desde casa. Cuando opté por marcharme, dijo que la estaba abandonando.

Al final, sin embargo, fui yo quien acabó abandonada. Cuando por fin me gradué, se había vuelto a casar con Fred, un dentista que venía con tres hijos adultos de un matrimonio anterior. Tres hijos felices, dóciles y con buena dentadura. Ninguna chica del final de la película en el lote. Pasaron a ser su familia. Yo pasé a ser una rémora de un pasado que ella a duras penas toleraba. Una mácula en su impecable nueva vida.

Vuelvo a escuchar el mensaje de mi madre, buscando un indicio de interés o preocupación en su voz. Al no encontrar ninguno, vacío el buzón de voz y abro la portada del *Times* de la mañana.

Para mi sorpresa, un artículo sobre la muerte de Lisa asoma en una esquina de la primera página. Lo leo del tirón, como un trago desagradable.

MUNCIE, INDIANA. Lisa Milner, destacada psicóloga infantil y única superviviente de la masacre perpetrada en una hermandad universitaria que conmocionó los cam-

pus de todo el país, falleció en su domicilio, según confirmaron ayer las autoridades. Tenía 42 años.

La mayor parte del artículo se centra en los horrores que Lisa presenció aquella noche tantos años atrás. Como si ningún otro momento de su vida importara. Leerlo me da un atisbo de lo que será mi obituario. Me revuelve el estómago.

Sin embargo, una línea me da que pensar. Está cerca del final; casi como una idea de última hora.

La policía continúa su investigación.

Investigación ¿de qué? Lisa se cortó las venas, no creo que eso tenga muchos entresijos. Entonces me acuerdo de que Coop mencionó unas pruebas de toxicología. Para ver si Lisa estaba bajo los efectos de alguna sustancia.

Tiro el periódico a un lado y me acerco el portátil. Una vez conectada, me salto los portales de noticias y voy directa a los blogs de sucesos, entre los que hay un número alarmante dedicado en exclusiva a las Últimas Chicas. Los tipos que llevan esos blogs —que siempre son hombres, por cierto; se diría que las mujeres tienen mejores cosas que hacer— todavía se ponen en contacto conmigo a través de mi página, intentando engatusarme para que conceda una entrevista. Nunca les contesto. Lo más parecido a una correspondencia fue cuando recibí la carta de amenaza y Coop les escribió a todos para preguntarles si alguno de ellos la había enviado. Todos dijeron que no.

Suelo evitar esos sitios de internet, por temor a encontrar algo escrito sobre mí, pero hoy se impone hacer una excepción, y pronto me veo pasando de una página a otra. La mayoría menciona el suicidio de Lisa. Como en el artículo del *Times*, hay poca o ninguna información nueva. Muchos destacan la ironía de que una superviviente famosa en el mundo entero se haya quitado la vida. Uno incluso tiene la desfachatez de sugerir que quizá alguna otra de las Últimas Chicas siga su ejemplo.

Asqueada, cierro la ventana del buscador y el portátil de un manotazo. Luego me levanto, intentando sacudirme la adrenalina furiosa que me corre por dentro. La mezcla de Xanax, cafeína y navegar temerariamente por internet me ha alterado y ofendido. Tanto que me cambio para ponerme la ropa de deporte y las zapatillas de correr. Cuando me siento así, que es bastante a menudo, solo se me pasa con un buen trote.

En el ascensor se me ocurre que podría haber reporteros fuera. Si saben mi número de teléfono y mi dirección de correo electrónico, por lógica también pueden saber dónde vivo. Echaré a correr en cuanto ponga un pie en la calle, en lugar de dar mi caminata habitual hasta Central Park. Empiezo a trotar cuando estoy aún dentro del edificio, arrancando en cuanto se abre la puerta del ascensor.

Una vez en la calle, sin embargo, veo que no hay necesidad. En lugar de toparme con una aglomeración de periodistas, encuentro solo a uno. Parece joven, entusiasta y con un aire de chico listo que le da cierto atractivo. Gafas de pasta a lo Buddy Holly. Pelazo. Más Clark Kent que Jimmy Olsen. Se abalanza hacia mí cuando me ve salir trotando del edificio, y las páginas de su cuaderno aletean.

—Señorita Carpenter.

Se presenta: Jonah Thompson. Reconozco su nombre. Es uno de los periodistas que me llamaron, me mandaron correos electrónicos y mensajes por el móvil. La trifecta del incordio. Luego me dice para qué periódico trabaja. Uno de los tabloides diarios más importantes. A juzgar por su edad, o es bueno en lo que hace o carece completamente de escrúpulos. O ambas cosas, sospecho.

—Sin comentarios —digo, echando a correr.

Hace un intento por seguirme, las suelas rígidas de sus zapatos de cuero resuenan en la acera.

—Solo quiero hacerte unas preguntas sobre Lisa Milner.

—Sin comentarios —repito—. Si sigues aquí cuando vuelva, llamaré a la policía.

Jonah Thompson se queda atrás mientras me alejo. Noto su mirada, me arde en la nuca como una quemadura. Acelero el paso, surcando velozmente las manzanas que me separan de Central Park. Antes de entrar en el parque, miro por encima del hombro, para comprobar si ha conseguido seguirme hasta aquí.

Improbable.

No con esos zapatos.

En el parque, me dirijo al norte hacia el embalse. Mi lugar preferido para correr. Es más llano que otras áreas del parque, con mejor campo visual. No hay senderos serpenteantes con recodos donde Dios sabe qué te espera. No hay arboledas con rincones umbríos. Solo largos tramos de grava donde puedo apretar la mandíbula, erguir la espalda y correr.

Esta mañana fría y despejada, sin embargo, me cuesta concentrarme en correr. Tengo la mente en otras cosas. Pienso en la cara aniñada de Jonah Thompson y en su irritante tenacidad. Pienso en el artículo sobre la muerte de Lisa y en cómo obvia hasta qué punto debía de haber sufrido para decidirse a cortarse las venas. Pero sobre todo me detengo a pensar en la propia Lisa y en qué pasaba por su mente cuando me escribió aquel correo electrónico. ¿Estaba triste? ¿Desesperada? ¿Empuñaba ya el cuchillo con manos temblorosas?

De repente todo me parece demasiado, y la adrenalina abandona mis músculos tan rápido como los había llenado. A cada momento me adelantan otros corredores, cuyas pisadas sobre la grava me alertan de su proximidad. Dándome por vencida, aflojo el paso, me aparto hacia el borde del sendero y voy andando el resto del camino de vuelta a casa.

Al llegar a mi edificio compruebo con alivio que Jonah Thompson se ha ido, pero en su lugar hay otra reportera, matando el tiempo al otro lado de la calle. Bien mirado, no creo que sea una reportera al uso. Parece demasiado tensa para el trajín mediático, me recuerda a una de aquellas chicas guerreras ya maduras que vagaban por Williamsburg antes de que los bohemios modernos ocuparan el barrio. Una mujer a la que le importa una mierda vestirse como una jovencita a la que dobla la edad. Chaqueta de cuero sobre un vestido negro ceñido a la cadera. Medias de rejilla asomando de las botas militares peladas. Su pelo azabache es una cortina partida en dos que solo deja entrever unos ojos perfilados con lápiz negro. Lleva un pintalabios tan rojo como la sangre. Una bloguera, deduzco. Una con lectores muy distintos de los míos.

Aun así, hay algo en ella que me resulta familiar. La he visto antes. Quizá. Siento un nudo en el estómago, con esa inquietud de no reconocer a alguien aunque sé que debería.

En cambio, ella sí me reconoce. Sus ojos de mapache me escrutan a través del encaje oscuro de su pelo. La miro mientras me observa. Ni siquiera pestañea. Sigue apoyada en la pared del edificio del otro lado de la calle, sin intentar mimetizarse con el entorno. Un cigarrillo sobresale de sus labios de rubí, entre volutas de humo. Estoy a punto de meterme en el portal cuando me llama.

—Quincy —es una afirmación, no una pregunta—. Eh, Quincy Carpenter.

Me paro, doy media vuelta y la fulmino con la mirada.

—Sin comentarios.

Frunce el ceño, una nube de tormenta que oscurece el paisaje de su cara.

—No quiero ningún comentario.

—¿Qué quieres, entonces? —le digo, plantándole cara, intentando que baje la vista.

—Solo quiero hablar.

—¿De Lisa Milner?

—Sí —dice—. Y de otras cosas.

—O sea, que eres periodista. Y no tengo nada que declarar.

—Ay, Dios —mascula, y tira el cigarrillo a la calle.

Recoge un macuto que tiene a los pies. Pesado, tan lleno que las costuras deshilachadas se tensan cuando lo levanta. Acto seguido cruza la calle y se me planta delante, soltando el macuto tan cerca de mí que por poco me cae en un pie.

—No hace falta que tengas tan mala baba —dice.

—¿Cómo?

—Oye, solo quiero que hablemos —de cerca, su voz suena ronca y seductora. Cigarrillos y whisky cabalgan en su aliento—. Después de lo que le ha pasado a Lisa, me pareció que podía ser una buena idea.

De pronto caigo. No es como la imaginaba. Nada que ver con la foto del anuario escolar que circuló por todas partes aquel verano de hace años. Está cascada, ha perdido el lustre angelical de la juventud. El tiempo la ha convertido en una versión enjuta y consumida de la chica que fue.

—Samantha Boyd —digo.

Asiente.

—Prefiero Sam.

6.

Samantha Boyd.

La segunda de las Últimas Chicas.

De las tres, tal vez fue la que se llevó la peor parte.

Había terminado el instituto apenas hacía un par de semanas cuando ocurrió. No era más que una chica que intentaba juntar algo de dinero para pagarse un módulo universitario. Encontró trabajo limpiando habitaciones en un motel de carretera a las afueras de Tampa llamado Nightlight Inn. Como era nueva, a Samantha le tocaba el turno de madrugada, reponiendo toallas para camioneros exhaustos y cambiando sábanas que apestaban a sudor y semen en habitaciones ocupadas solo la mitad de la noche.

Dos horas después de empezar su cuarto turno, apareció un hombre con un saco de arpillera en la cabeza y se desató el infierno.

Era un tipo que iba de aquí para allá haciendo chapuzas y se empalmaba con esos pasajes de la Biblia de los que a pocos les gusta hablar. Rameras de Babilonia. Azotar a los pecadores. Ojos por ojos y dientes por dientes. Se llamaba Calvin Whitmer, pero después de aquel verano se le conocería para siempre como el Hombre del Saco.

El nombre le iba al pelo, porque acarreaba muchos sacos de un lado a otro. La caja de su camioneta estaba llena de ellos. Sacos de latas vacías. Sacos de pieles de animales. Sacos de arena, sal, guijarros. Luego estaba el saco de herramientas que cargó hasta el Nightlight Inn, con hojas de sierra, cinceles y clavos de mampostería. La policía encontró veintiuna herramientas en total, la mayoría con restos de sangre reseca.

Samantha conoció en carne propia dos de ellas. Primero, una broca afilada que le atravesó la espalda. Dos veces. La otra fue una sierra de arco que le alcanzó el muslo, cortándole una arteria. La broca fue antes de que el Hombre del Saco la atara a un árbol detrás del motel con un rollo de alambre de espino. La sierra de arco fue después de que se las arreglara para soltarse.

Seis personas murieron aquella noche: cuatro huéspedes del motel, un recepcionista del turno de noche llamado Troy y Calvin Whitmer. Esa última muerte fue obra de Sam, cuando consiguió liberarse y echar mano de la misma broca que le había atravesado la espalda. Saltó encima del Hombre del Saco y se la clavó en el pecho una vez, y otra, y otra, y otra. Así la encontraron los policías, arrastrando alambre de espino, a horcajadas sobre un hombre muerto, apuñalándolo sin cesar.

Conozco estos detalles porque salieron en la revista *Time*. Mis padres daban por hecho que no la leía nunca, pero ese número lo leí, enfrascada en el artículo bajo la colcha, sosteniendo una linterna de bolsillo con las manos sudorosas. Me asaltaron pesadillas durante una semana.

La historia de Sam, entretanto, siguió el mismo circuito que había hecho la de Lisa y, con el tiempo, haría la mía. Informativos de la noche. Primeras páginas. Portadas de revistas. Ah, con qué rapidez acudieron los periodistas. Probablemente los mismos que más adelante acamparon en el jardín de mis padres. Sam concedió unas pocas entrevistas a la prensa escrita, además de una exclusiva a aquella zorra de la televisión que mandaba cartas perfumadas con Chanel, supongo que por más o menos la misma cantidad que me ofrecieron a mí.

La única condición que puso fue aparecer en el programa con el rostro velado y que no le hicieran fotografías. La gente solo vio aquella foto del anuario escolar, el rostro permanente de su suplicio particular. Por eso fue un bombazo que accediera a participar con Lisa y conmigo en el programa de Oprah, ante las cámaras, para que el mundo entero la viera. Y el bombazo fue aún mayor cuando me eché atrás. Gracias a mí, nadie consiguió volver a ver a Samantha Boyd.

Un año después, se esfumó.

No fue una desaparición súbita, más bien se desvaneció poco a poco, como la niebla con el sol de la mañana. Los reporteros que escribían sobre el décimo aniversario de los Asesinatos del Nightlight Inn de pronto no pudieron dar con su paradero. Al final su madre declaró que había perdido el contacto con ella. Las autoridades federales, que suelen seguir la pista a las víctimas de crímenes violentos, no podían encontrarla.

Se había borrado. Había desaparecido del mapa, como dice Coop.

Nadie sabe con certeza lo que ocurrió, pero eso no impidió que surgieran teorías y se extendieran como los hongos. Leí un artículo donde se conjeturaba que se había cambiado de nombre y emigrado a Sudamérica. Otro sugería que vivía aislada en algún lugar al oeste del país. Los portales de sucesos morbosos adoptaron un enfoque más oscuro, naturalmente, lanzando teorías conspiratorias en las que se barajaban suicidio, secuestro y tapaderas del gobierno.

Y de pronto está aquí, justo delante de mí. Su aparición es tan inesperada que me quedo sin palabras.

—¿Qué haces aquí? —consigo balbucir al fin.

Sam chasquea la lengua.

—Se te da fatal saludar.

—Perdona —le digo—. Hola.

—Buen trabajo.

—Gracias. Pero eso sigue sin explicar por qué estás aquí.

—Es obvio, ¿no? Estoy aquí para verte —la voz de Sam me hace pensar en un tugurio clandestino, lleno de humo y con olor a alcohol. Trae la cadencia oscura de lo prohibido—. He pensado que iba siendo hora de conocernos.

Nos estudiamos mutuamente en silencio durante un momento, en busca de secuelas. Me da la impresión de que Sam también ha leído sobre mí, porque primero me mira el estómago, luego el hombro, mientras yo observo su pierna, tratando de recordar si se advertían signos de cojera cuando ha cruzado la calle.

No puedo evitar pensar en Lisa. «Somos una especie rara —me dijo una vez—. Hemos de mantenernos unidas».

Ahora que Lisa no está, nadie más puede entender por lo que hemos pasado. Sam y yo somos las únicas. Y aunque sigo sin comprender muy bien que haya salido de su escondite para venir a verme, me descubro asintiendo a regañadientes.

—Pues ya nos conocemos —digo, mi voz todavía amortiguada por la sorpresa—. ¿Te apetece subir?

Nos sentamos en el salón, sin decidirnos a tomar el café que he servido. Me he cambiado la ropa de deporte por unos vaqueros azules, bailarinas rojas y una blusa turquesa. Un baño de color para contrarrestar toda la negrura de Sam.

Me acomodo en el borde de una silla de respaldo recto tapizada de terciopelo granate. Rígida y estricta, es más para lucir que para sentarse. Sam está en el sofá antiguo, y parece igual de incómoda. Mantiene las rodillas juntas, los brazos pegados al cuerpo, intentando hablar de cosas intrascendentes, aunque se nota que no es su fuerte. Las palabras salen en ráfagas cortas, intensas. Cada una es como una traca lanzada a toda prisa.

—Bonita casa.

—Gracias.

—Parece grande.

—No está mal. Solo tenemos dos habitaciones.

Me avergüenzo nada más decirlo. «Solo.» Como si pasara aprietos. A juzgar por el abultado macuto que Sam acarrea, no estoy segura de que tenga siquiera una habitación propia.

—Qué bien.

Sam cambia de postura en el sofá. Me da la impresión de que se esfuerza por no quitarse las botas y tumbarse. Parece tan a disgusto como yo.

—No es que el piso sea pequeño —añado en un intento desesperado de que no suene a que llevo una vida regalada—. Sé que tengo mucha suerte. Y es cómodo disponer de un cuarto libre cuando la familia de Jeff viene de visita. Jeff es mi novio. Sus padres viven en Delaware, y su hermano, su cuñada y sus dos sobrinos en Maryland. Nos visitan mucho. Es divertido tener críos por aquí de vez en cuando.

Adoro a la familia de Jeff, todos tan perfectos que parecen sacados de un catálogo, igual que él. Saben lo de Pine Cottage. Jeff se lo contó en cuanto quedó claro que íbamos en serio. Como buenos protestantes íntegros de clase media, ni siquiera pestañearon. Su madre incluso me mandó una cesta de fruta con una nota a mano diciendo que esperaba que me alegrara el día.

—¿Y tu familia? —me pregunta Sam.

—¿Qué pasa con mi familia?

—¿Te visitan mucho?

Pienso en la única visita que me hizo mi madre. Se invitó ella sola, con la excusa de que atravesaba una mala racha con Fred y quería pasar un fin de semana fuera. Jeff lo vio como una buena señal. Inocente de mí, yo también quise creerlo. Pensé que a mi madre le impresionaría ver la nueva vida que me había construido a pulso. En cambio, se pasó el fin de semana entero criticándome por todo, desde la ropa que me ponía hasta cuánto vino tomaba con la cena. Cuando se marchó, apenas nos dirigíamos la palabra.

—No —le digo a Sam—. No lo hacen. ¿Y a ti?

—Igual.

Una vez vi a la señora Boyd en una entrevista en *20/20*, poco después de que se supiera que Sam estaba en paradero desconocido. Era una mujer desaliñada, con ronchas en la piel y el pelo rubio platino con unas raíces negras escandalosas. A lo largo de la entrevista habló de su hija con un desapego impactante. La rigidez de su mandíbula hacía que su voz sonara pastosa y cruel. Se la veía cansada y de vuelta de todo. A pesar de que Sam tiene ese mismo aire de hastío, es fácil saber por qué quiso huir de una mujer así. La señora Boyd parecía una casa estragada por demasiadas tormentas.

Mi madre es lo contrario. Sheila Carpenter no tolera que nadie vea el deterioro y el desgarro. Mientras estuve en el hospital después de Pine Cottage, aparecía cada mañana maquillada, sin un pelo fuera de lugar. Por supuesto que su única hija había estado a punto de morir a manos de un loco que había asesinado a todos sus amigos, pero eso no era excusa para presentarse desaliñada. Si la madre de Sam es una casa al borde del derribo, la mía es una mansión prefabricada de los barrios residenciales podrida por dentro.

—Lo último que oí es que te habías esfumado.

—Algo así —dice Sam.

—¿Dónde has estado todos estos años?

—Aquí y allá. Ya sabes, procurando no llamar la atención.

Sin darme cuenta he metido las manos debajo de las axilas, cruzando los brazos sobre el pecho. Consigo arrancarlas y las enlazo con aire remilgado sobre las rodillas, pero en cuestión de segundos mis brazos vuelven a la posición inicial. El cuerpo me pide un Xanax a gritos.

Sam no se da cuenta. Está demasiado ocupada remetiéndose el pelo detrás de las orejas para echar otro vistazo vagamente crítico alrededor. He decorado el apartamento con un énfasis en la elegancia decadente. No hay nada a juego, desde las paredes azules a las lámparas de rastrillo, pasando por la alfombra blanca de pelo largo que compré en plan irónico pero que acabé por adorar. Me doy cuenta de que es el apartamento de alguien que intenta disimular que en realidad tiene dinero, y no sé si a Sam eso le impresiona o le molesta.

—¿Trabajas? —me pregunta.

—Sí. Soy... eeh...

Me atasco, como siempre antes de hablar de mi trabajo frívolo y caprichoso. Sobre todo con alguien como Sam, que irradia un aura de eterna pobreza. Se delata en los agujeros de sus medias de rejilla, sus botas remendadas con cinta aislante, sus ojos duros. La desesperación fluye de su interior como las ondas de radio, trémula e intensa.

—No hace falta que me lo cuentes —dice—. Quiero decir que ni siquiera me conoces.

—Soy... ¿bloguera? —contesto, aunque con el tono de una pregunta. Como si ni yo misma tuviera ni idea de lo que soy—. Tengo una página web. Se llama *Las delicias de Quincy*.

Sam esboza una sonrisa educada.

—Bonito nombre. ¿Qué es, de gatitos y demás?

—De repostería. Pasteles, galletas, magdalenas. Cuelgo fotos y consejos para decorar. Recetas. Montones de recetas. Lo han recomendado en Food Network.

Por Dios. ¿Fanfarroneando de Food Network? Hasta a mí me dan ganas de abofetearme. Pero Sam lo encaja todo asintiendo tranquilamente.

—Genial —dice.

—Puede ser divertido —digo, imponiéndole por fin a mi voz un registro más bajo.

—¿Por qué pasteles? ¿Por qué no el hambre del mundo o política o...?

—¿Gatitos y demás?

Esta vez la sonrisa de Sam es sincera y amplia.

—Sí. Exacto.

—Siempre me ha gustado la repostería. Es una de las pocas cosas que se me dan bien. Me relaja. Me hace feliz.

Después de... —titubeo de nuevo, por una razón muy distinta—. Después de lo que me pasó...

—¿Te refieres a los Asesinatos de Pine Cottage? —dice Sam.

Al principio me sorprende que conozca el nombre, pero luego comprendo que es lógico. Igual que yo conozco el Nightlight Inn.

—Sí —digo—. Después de aquello, cuando aún estaba en casa, dediqué mucho tiempo a preparar postres para amigos y vecinos. En agradecimiento, supongo. La gente fue tan generosa... Una fuente cada noche, durante semanas.

—Cuánta comida —Sam se lleva los dedos a la boca y se muerde las cutículas. La manga de su chaqueta de cuero resbala y revela tinta oscura en su muñeca. Un tatuaje, apenas oculto a la vista—. Debía de ser un barrio agradable.

—Sí.

Sam atrapa un padrastro entre los dientes, lo arranca y lo escupe.

—El mío no.

Se hace el silencio mientras las preguntas bailan en mi cabeza. Quizá si son demasiado personales Sam no quiera contestar. ¿Cuánto tiempo estuviste atada a aquel árbol con el alambre de espino? ¿Cómo te soltaste? ¿Qué sentiste al atravesarle el corazón a Calvin Whitmer con la broca?

Así que opto por decir:

—¿Deberíamos hablar de Lisa?

—Lo dices como si tuviéramos elección.

—No estamos obligadas.

—Se mató —dice Sam—. Claro que lo estamos.

—¿Por qué crees que lo hizo?

—Tal vez ya no aguantaba más.

Sé a qué se refiere. Aguantar la culpa, las pesadillas, el sufrimiento persistente. Sobre todo, aguantar que te corroa y te atormente la sospecha de que quizá no merezcas estar viva. De que no eres más que un insecto que se retuerce desesperadamente y al que el destino olvidó aplastar.

—¿Has salido a la luz después de tanto tiempo por el suicidio de Lisa?

Sam me sostiene la mirada.

—¿Tú qué crees?

—Que sí. Porque te ha impactado tanto como a mí.

Sam guarda silencio.

—¿Es así?

—Tal vez —dice.

—Y querías conocerme en persona, por fin. Porque tenías curiosidad de saber cómo era.

—Ah, ya lo sé todo sobre ti —me dice Sam.

Se reclina en el sofá, permitiéndose al fin ponerse cómoda. Cruza las piernas, lanzando la bota izquierda por encima de la rodilla derecha, sin ceremonias. Separa los brazos del cuerpo, abriéndolos como unas alas sobre los cojines. Llevo a cabo un despliegue similar. Destrabo los brazos del pecho cuando me inclino hacia delante en mi silla.

—Te sorprenderías.

Sam arquea una ceja. Las dos están perfiladas con lápiz de ojos negro, y el gesto delata unos pelos finos debajo del trazo oscuro.

—Un desafío inesperado de la señorita Quincy Carpenter.

—No es un desafío —le digo—. Solo un hecho. Tengo secretos.

—Todos tenemos secretos —contesta Sam—. Pero ¿eres algo más que la joven Martha Stewart por la que te haces pasar en tu blog? Esa es la cuestión.

—¿Cómo sabes que finjo?

—Porque eres la chica que llega viva al final de la película. Para nosotras es distinto.

—No lo soy —digo—. La verdad es que nunca lo he sido. Yo soy yo, y punto. Mentiría si dijera que no pienso en lo que pasó. Claro que pienso. Pero no mucho. He pasado página.

A Sam se le nota en la cara que no me cree. Ahora ha enarcado las dos cejas falsas.

—O sea, ¿me estás diciendo que te has curado gracias al valor terapéutico de la repostería?

—A mí me ayuda —le digo.

—Pues entonces demuéstralo.

—¿Que lo demuestre?

—Sí —dice Sam—. Prepara algo.

—¿Ahora?

—Claro —Sam se pone de pie, se estira y me levanta de un tirón de la silla—. Muéstrame quién eres de verdad.

7.

La repostería es una ciencia, tan rigurosa como la química o la física. Hay que respetar ciertas reglas. Pasarse con una cosa y quedarse corto con otra puede acabar en desastre. A mí eso me consuela. Ahí fuera, el mundo es un lugar sin ley donde merodean hombres con cuchillos afilados. En repostería, solo hay orden.

Por eso existe *Las delicias de Quincy*. Cuando me licencié en Publicidad y me mudé a Nueva York, seguía viéndome como una víctima. Igual que me veía todo el mundo. La repostería parecía la única manera de acabar con eso. Quería volcar mi existencia líquida y viscosa en un molde de forma humana y subir la temperatura hasta resurgir tierna, elástica y nueva.

De momento, funciona.

En la cocina, coloco dos hileras gemelas de cuencos sobre la encimera, ordenados por tamaño según lo que contienen. En los más grandes está la base: sendos montones de harina y azúcar que parecen nieve acumulada tras la ventisca. Los cuencos medianos son para el aglutinante. Agua. Huevos. Mantequilla. En los cuencos pequeños van los sabores, que con una pizca pegan más fuerte. Puré de calabaza y cáscara de naranja, canela y arándanos.

Sam contempla el despliegue de ingredientes, indecisa.

—¿Qué vas a preparar?

—Vamos a preparar un budín de calabaza.

Quiero que Sam sea testigo de primera mano de la fórmula que rige la repostería y experimente la seguridad que transmite; quiero que vea cómo me ha ayudado a ser alguien más que la chica que gritaba por el bosque huyendo de Pine Cottage.

Si ella lo cree es que quizá de verdad sea cierto.

Sam se queda quieta, observándome primero a mí y luego lo que nos rodea. Creo que la cocina es acogedora, decorada en verdes y azules apacibles. Hay un jarrón de margaritas en la repisa de la ventana y manoplas cursis colgadas de las paredes. Los electrodomésticos son de última generación pero con un diseño retro. Sam observa todo con un terror apenas disimulado. Parece una criatura salvaje arrastrada de repente a la civilización.

—¿Sabes cocinar? —le pregunto.

—No —dice Sam—. Yo solo uso el microondas.

Entonces se ríe. Una carcajada escandalosa y gutural que inunda la cocina. Me gusta cómo suena. Cuando estoy sola en la cocina, reina el silencio.

—Es fácil —le digo—. Créeme.

Pongo a Sam delante de una hilera de cuencos y me sitúo delante de la otra. Le enseño, paso a paso, a unir la mantequilla y el azúcar; a mezclarlos con la harina, el agua y los huevos; a introducir los sabores, uno por uno. Sam forma la masa tal y como habla, a ráfagas breves e inconstantes. Vaharadas de harina y pegotes de calabaza saltan de su cuenco.

—Eh, ¿lo estoy haciendo bien?

—Casi —le digo—. Eres un poco brusca.

—Hablas como uno de mis ex —bromea Sam, a pesar de que empieza a seguir mi consejo y a mezclar los ingredientes con un poco más de suavidad. Los resultados son inmediatos—. ¡Oye, funciona!

—Despacio y con constancia se gana la carrera. Ese es el décimo mandamiento de mi blog.

—Deberías escribir un libro de cocina —dice Sam—. *Repostería para inútiles.*

—Lo he pensado. Pero un libro de cocina normal y corriente.

—¿Y un libro sobre Pine Cottage?

Me tenso al oír esas dos palabras juntas. Por separado no tienen ningún poder sobre mí. Pine. Cottage. Palabras inofensivas, nada más. Combinadas, en cambio, se vuelven afiladas como el cuchillo que me atravesó el hombro y el estómago. Sé que si pestañeo, veré a Janelle apareciendo entre los árboles, técnicamente viva todavía pero ya muerta. Así que mantengo la mirada fija en la masa que se va espesando en el cuenco.

—Sería un libro tremendamente corto —le digo.

—Ah, ya —hay un deje de falsedad en la voz de Sam, como si tratara de insinuar que acaba de acordarse de mi pérdida de memoria—. Claro.

También ella mantiene la mirada fija, aunque en mí en lugar de en su cuenco, y la noto en la mejilla tan tibia como el sol de la tarde cuando entra por la ventana de la cocina. Me turbo al sentir que de alguna manera me está poniendo a prueba. Que si me vuelvo y la miro, fracasaré. Continúo mirando la masa del bizcocho, espesa y reluciente en el fondo del cuenco.

—¿Leíste el libro de Lisa? —le pregunto.

—No —dice Sam—. ¿Tú?

—No.

No sé por qué miento. Y hasta eso es mentira. Claro que lo sé. Miento para despistar un poco a Sam. Apuesto a que da por hecho que he leído el libro de Lisa de principio a fin, y no se equivoca. No hay nada tan aburrido como ser previsible.

—¿Y no llegaste a conocerla en persona? —le pregunto.

—Lisa nunca tuvo el gusto —dice Sam—. ¿Tú?

—Hablamos por teléfono. Sobre cómo afrontar el trauma. De lo que espera la gente de nosotras. No fue lo mismo que conocerse en persona.

—Y me juego la piel a que no fue como hacer juntas un pastel.

Sam me da un empujoncito con la cadera y se ríe otra vez. Sea cual fuera la prueba, creo que la he superado.

—Es hora de meterlos en el horno —anuncio.

Vierto la masa en un molde rectangular con ayuda de una espátula. Sam simplemente vuelca el cuenco, pero apunta mal y la masa se derrama por la encimera.

—Mierda —dice—. ¿Dónde hay uno de esos chismes planos?

—¿Una espátula? Ahí dentro.

Señalo uno de los cajones de la encimera a su espalda. Agarra el tirador del cajón de más abajo. El que está cerrado con llave. Mi cajón. Dentro algo tintinea.

—¿Qué hay ahí?

—¡No toques eso! —grito, más alarmada de lo que pretendía, y con un punto de rabia. Palpo la llave en el collar, como si temiera que por arte de magia hubiera llegado a la cerradura. Sigue en su sitio, por supuesto, pegada a mi pecho—. Hay recetas —digo, serenándome—. Mi alijo secreto.

—Perdona —Sam suelta el tirador del cajón.

—Nadie puede verlas —añado.

—Vale, ya lo pillo.

Sam levanta las manos. La manga de su chaqueta resbala y revela el tatuaje de la muñeca. Es una sola palabra, grabada en negro.

SUPERVIVIENTE

Letras mayúsculas. Trazo rotundo. Es a la vez declaración y desafío. *Adelante,* dice. *Intenta joderme.*

Una hora después, todos los pastelitos de ayer están decorados y dos bizcochos de calabaza se enfrían encima del horno. Sam contempla el resultado con orgullo y cansancio, un rastro de harina le cruza la mejilla como pintura de guerra.

—Y ahora ¿qué? —pregunta.

Empiezo a colocar los pastelitos en recias fuentes de porcelana; el oscuro glaseado resalta en contraste con el verde pálido de los recipientes.

—Ahora diseñamos un arreglo de mesa para cada postre y los fotografiamos para la página web.

—Me refería a nosotras —dice Sam—. Nos hemos conocido. Hemos hablado. Hemos hecho repostería. Ha sido mágico. Y ahora ¿qué?

—Eso depende de por qué estás aquí —le digo—. ¿De verdad es por lo de Lisa?

—¿No es suficiente?

—Podrías haber llamado por teléfono. O haberme escrito un correo electrónico.

—Quería verte en persona —dice Sam—. Después de saber lo que había hecho Lisa, quería saber cómo te iba.

—¿Y cómo me va?

—No lo sé. ¿Podrías darme una pista?

Me pongo a trajinar con los pastelitos, probando distintos arreglos mientras Sam sigue de pie detrás de mí.

—¿Quincy?

—Estoy triste, ¿vale? —digo, girándome de golpe para mirarla de frente—. El suicidio de Lisa me pone triste.

—A mí no —Sam se examina las manos mientras lo dice, rascándose la masa pegada en las uñas—. Estoy cabreada. Después de sobrevivir a todo aquello, ¿morir así? Me pone furiosa.

Aunque es exactamente lo mismo que le dije a Jeff anoche, la irritación me crispa. Me vuelvo de nuevo hacia la encimera.

—No te enfades con Lisa.

—No, no es eso —dice Sam—. Estoy cabreada conmigo misma. Por no haberle tendido nunca la mano. O a ti. Si lo hubiera hecho, a lo mejor...

—¿Podrías haberlo impedido? —le digo—. Bienvenida al club.

Aunque sigo dándole la espalda, sé que me está escrutando de nuevo. Ahora cierta frialdad mitiga el calor de su mirada. Curiosidad, que no llega a articularse. Nada me gustaría más que hablarle del mensaje que Lisa me mandó antes de morir. Sería un alivio, compartir con Sam la carga de una culpa posiblemente fuera de lugar. Pero en parte es la culpa lo que la ha traído a mi puerta. No voy a echarle más peso encima, sobre todo si esta visita es un rito expiatorio tácito.

—Lo que le pasó a Lisa es una putada —dice—. Me siento como una mierda sabiendo que yo, o nosotras, de hecho, hubiéramos podido ayudarla. No quiero que pase lo mismo contigo.

—No tengo tendencias suicidas —le digo.

—Pero si las tuvieras, tampoco me habría enterado. Si alguna vez necesitas ayuda, o lo que sea, dímelo. Prometo hacer lo mismo. Hemos de cuidarnos la una a la otra. Así que puedes hablarme de lo que te pasó. Si lo necesitas, quiero decir.

—No te preocupes —digo—. Soy feliz.

—Bien —la palabra suena hueca, como si no me creyera—. Es bueno saberlo.

—De verdad, lo soy. La página web va fenomenal. Jeff es estupendo.

—¿Podré conocer al tal Jeff?

Es una pregunta en forma de muñeca rusa, que oculta otras, no formuladas, en su interior. Si abro «¿Podré conocer a Jeff?», encontraré «¿Te caigo bien?», de donde aparece «¿Vamos a ser amigas?». Y dentro está la pregunta más compacta, más importante. El meollo de la cuestión: «¿Tú y yo somos iguales?».

—Por supuesto —digo, contestándolas todas de golpe—. Tienes que quedarte a cenar.

Acabo la preparación de la mesa, los pastelitos en perspectiva para que las arañas de trufa queden encuadradas. De fondo, he elegido una banda de tela con un atrevido estampado años cincuenta y calabazas de cerámica *vintage* que encontré en un rastrillo.

—Precioso —dice Sam, frunciendo la nariz para subrayar que no es un cumplido.

—En el mundo de los blogs de repostería, lo precioso vende.

Nos quedamos una al lado de la otra, observando el arreglo. A pesar de todos esos ajustes mínimos, sigue sin convencerme. Falta algo. Una chispa intangible que se me ha pasado por alto.

—Es demasiado perfecto —concluye Sam.

—De eso nada —replico, aunque evidentemente tiene razón. El conjunto resulta anodino, sin vida. Tan impecable que hasta los pastelitos podrían ser falsos. Desde luego, lo parecen. Cobertura de plástico sobre una base de gomaespuma—. ¿Qué cambiarías tú?

Sam se acerca con el índice en la barbilla, cavilando. Entonces se pone manos a la obra, haciendo estragos como Godzilla al arrasar Tokio. Quita los pastelitos de algunas fuentes y los apila de cualquier manera. Una calabaza de cerámica queda tumbada de lado, y luego arruga una servilleta, que salta en medio de la escena. Rasga los envoltorios de tres pastelitos y los deja tirados aquí y allá.

El arreglo, antes impecable, ahora es caótico. Recuerda a una mesa después de una cena alocadamente divertida, desordenada y abundante y real.

Es perfecto.

Saco la cámara y empiezo a hacer fotos, con primeros planos de los pastelitos revueltos. Detrás aparece una pila desigual de platos de porcelana de colores, algunos con pegotes de crema oscura sobre el fondo verde.

Sam coge un pastelito y da un bocado pantagruélico mientras caen migas y rezuma el relleno de cereza.

—Hazme una foto.

Dudo, por razones que ella ni alcanza a imaginar.

—No cuelgo fotos de gente en el blog —le digo—. Solo de comida.

Tampoco hago fotos a nadie, aunque no sean para mi página web. Los selfis al estilo Lisa no son lo mío. No desde Pine Cottage.

—Va, solo esta vez —dice Sam, fingiendo un mohín—. ¿Por mí?

Titubeante, miro por el visor de la cámara y respiro hondo. Es como si me asomara a una bola de cristal y no viera el futuro, sino el pasado. Veo a Janelle, frente a la puerta de la cabaña, haciendo poses absurdas con sus demasiadas maletas. No me había percatado hasta ahora, pero de pronto es obvio. Aunque Sam y Janelle no se parecen físicamente, comparten el mismo espíritu. Alegres, indómitas e increíblemente vivas.

—¿Ocurre algo? —pregunta Sam.

—No —disparo la cámara, una sola vez—. No es nada.

Sam se acerca enseguida, y no para hasta que le enseño la fotografía.

—Me gusta —dice—. Tienes que colgarla en tu blog, hazme caso.

Le digo que sí, por complacerla, aunque pienso borrarla a la primera ocasión.

Luego es el turno de arreglar y fotografiar el budín de calabaza. Dejo que Sam rebane uno de los bizcochos, las rodajas desiguales abriéndose como páginas arrancadas de un libro. Las calabazas de cerámica son sustituidas por unas tazas de té antiguas que encontré hace una semana en West Village. Cuando se derrama un poco de café sobre la mesa, dejo que encharque el pie de una taza. Sam da el toque final tomando un sorbo largo y ruidoso que deja el borde manchado de pintalabios. Un beso rojo como el rubí, misterioso y seductor. Se aparta para que haga la fotografía. Disparo, más veces de las necesarias, atraída por el caos.

8.

La hora de la cena llega con un remolino terrorífico de preparativos y detalles de último momento. Revuelvo los *linguini* con la salsa *puttanesca* casera que la madre de Jeff me enseñó a preparar. Hay ensalada, palitos de pan recién horneados, vino en botella, todo perfectamente dispuesto en la tosca mesa de madera que compramos el verano pasado en Red Hook.

A Jeff lo reciben los clásicos de Rosemary Clooney que suenan en el estéreo del salón, antes de que me vea con el vestido de fiesta de mediados de los años cincuenta que he sentido la necesidad imperiosa de ponerme, y la cara sonrosada y radiante. Quién sabe lo que se le pasa por la cabeza. Desconcierto, sin duda. Quizá preocupación por que se me haya ido un poco la mano, que se me ha ido. Pero espero que también haya una parte de orgullo en la combinación. De lo que he logrado. Por el hecho de que después de tantas comidas informales y bulliciosas con su familia, al fin tengo una invitada.

Entonces aparece Sam desde el comedor con la cara sin restos de harina y los labios recién pintados, y sé exactamente lo que Jeff está pensando. Inquietud mezclada con recelo teñido de sorpresa.

—Jeff, esta es Sam —anuncio.

—¿Samantha Boyd? —pregunta Jeff, dirigiéndose más a mí que a ella.

Sam sonríe y le tiende la mano.

—Prefiero Sam.

—Claro. Hola, Sam —Jeff está tan aturdido que por poco se olvida de darle la mano, y se la estrecha con tanta languidez que casi parece una mano muerta—. Quincy, ¿puedo hablar contigo un segundo?

Vamos a la cocina, donde rápidamente le cuento los sucesos del día, acabando con:

—Espero que no te importe que la haya invitado a cenar.

—Es una sorpresa, desde luego —dice.

—Sí, todo ha sido muy repentino.

—Deberías haberme llamado.

—Habrías intentado disuadirme —le digo.

Jeff ignora el comentario, sobre todo porque sabe que es verdad.

—Es solo que me parece muy raro que se presente así de pronto. No es normal, Quinn.

—Te veo demasiado suspicaz, señor abogado.

—Supongo que me sentiría mejor si supiera por qué está aquí.

—Todavía estoy intentando averiguarlo —digo.

—Entonces ¿por qué la has invitado a cenar?

Quiero hablarle de esta tarde, de cómo por un momento Sam me recordó tanto a Janelle que se me cortó la respiración. Pero no lo entendería. Nadie lo entendería.

—No sé, creo que me da lástima —le digo—. Después de todo lo que ha pasado, me parece que a lo mejor solo necesita una amiga.

—Estupendo —dice Jeff—. Si tú no tienes problema, yo tampoco.

Aunque el destello de malestar que le ensombrece la cara me dice que no está muy convencido, volvemos al comedor, donde Sam finge educadamente que nuestros cuchicheos no iban con ella.

—¿Todo bien? —pregunta.

Pongo una sonrisa tan grande que me duelen las mejillas.

—Perfecto. ¡Vamos a comer!

Durante la cena hago el papel de anfitriona, sirviendo la comida y el vino, esforzándome por ignorar que Jeff ha-

81

bla con Sam como si fuese uno de sus clientes; jovial pero sondeando. Jeff es un dentista con labia. Extrae lo que hace falta sacar.

—Quinn me ha contado que desapareciste varios años —dice.

—Prefiero pensar que me he limitado a no llamar la atención.

—¿Y qué tal te fue?

—Vivía tranquila. Nadie sabía quién era. Nadie sabía las cosas horribles por las que había pasado.

—Suena como ser un fugitivo —dice Jeff.

—Supongo —contesta Sam—. Solo que yo no hice nada malo, recuerda.

—Entones, ¿por qué esconderse?

—¿Por qué no?

Como a Jeff no se le ocurre una buena respuesta, se hace el silencio, interrumpido de vez en cuando por el ruido de los cubiertos contra los platos. Eso me pone nerviosa, y antes de darme cuenta he vaciado la copa de vino. La lleno de nuevo antes de ofrecerles a los demás.

—¿Sam? ¿Te sirvo?

Parece intuir mi nerviosismo y sonríe para tranquilizarme.

—Cómo no —dice, apurando el resto de su copa para que pueda llenársela otra vez.

Me vuelvo hacia Jeff.

—¿Más vino?

—Estoy bien —me dice, y luego le pregunta a Sam—: ¿Y dónde has estado viviendo?

—Aquí y allá.

La misma respuesta que me había dado a mí. Una respuesta que no satisface a Jeff. Baja el tenedor y escruta a Sam con la mirada, como en un interrogatorio.

—¿Dónde exactamente?

—En ningún sitio del que hayas oído hablar —dice Sam.

—Conozco el nombre de los cincuenta estados —Jeff pone una sonrisa cordial—. Incluso puedo recitar la mayoría de sus capitales.

—Creo que Sam quiere mantenerlo en secreto —digo—. Por si decide volver al anonimato.

Desde el otro lado de la mesa, Sam asiente agradecida. Estoy cuidando de ella. Como ha dicho que debíamos hacer. Aunque, al menos en este punto, tengo tanta curiosidad como Jeff.

—Estoy segura de que tarde o temprano nos lo contará —añado—. ¿Verdad, Sam?

—Quizá —la dureza de su voz deja patente que no habrá un quizá. Aun así, intenta limar su tono con una broma—. Depende de lo bueno que sea el postre.

—No importa, de todos modos —dice Jeff—. Lo que importa es que por fin habéis tenido la oportunidad de poneros en contacto. Sé cuánto significa para Quinn. Lo que le ha pasado a Lisa la ha dejado hecha polvo.

—A mí también —dice Sam—. En cuanto me enteré, decidí venir aquí y hablar con ella.

Jeff ladea la cabeza. Con su pelo greñudo y sus grandes ojos castaños, parece un perro delante de un hueso. Hambriento y alerta.

—¿Así que sabías que Quinn estaba en Nueva York?

—Estos años les he seguido la pista a ella y a Lisa.

—Interesante. ¿Y con qué fin?

—Curiosidad, supongo. Me tranquilizaba saber que les iban bien las cosas. O al menos creerlo.

Jeff asiente, clava la mirada en su plato, aparta los *linguini* de un lado al otro con el tenedor.

—¿Es la primera vez que vienes a Manhattan? —dice al fin.

—No. Había estado antes.

—¿Cuándo fue tu última visita?

—Hace décadas —dice Sam—. De niña.

—O sea, antes de toda aquella historia del motel, ¿no?

—Sí —Sam le sostiene la mirada desde el otro lado de la mesa, aguzando los ojos, al filo del desprecio—. Antes de toda aquella *historia*.

Jeff finge no advertir el sarcasmo con que recalca esa última palabra.

—Así que ha pasado un tiempo, supongo.

—Así es.

—¿Y la única razón de que hayas venido es para comprobar que Quincy está bien?

Le doy unas palmadas a Jeff en la mano. Una señal silenciosa de que se ha pasado de la raya, de que ha llevado las cosas demasiado lejos. Me hace lo mismo cuando visitamos a mi madre y me exaspero con las opiniones que tiene sobre... bah, cualquier cosa.

—¿Qué otra razón podría haber? —dice Sam.

—Muchas, supongo —replica Jeff, mi mano todavía firme sobre la suya—. Tal vez buscas un poco de publicidad, aprovechando el tirón de la muerte de Lisa. Tal vez necesitas dinero.

—No estoy aquí por eso.

—Espero que no. Espero que solo hayas venido para ver que Quinn está bien.

—Supongo que ese fue siempre el deseo de Lisa —dice Sam—. Que las tres nos conociéramos, ¿sabes? Y nos ayudáramos.

La situación se ha enrarecido sin remedio. El recelo se cierne sobre la mesa, húmedo y acre. Impulsivamente, levanto mi copa. Vuelve a estar casi vacía, salvo por un último trago de tinto que oscila en el fondo.

—Creo que deberíamos brindar —anuncio—. Por Lisa. Aunque no llegamos a encontrarnos las tres en persona, creo que su espíritu está presente. También creo que se alegraría de ver al menos a dos de nosotras por fin juntas.

—Por Lisa —dice Sam, siguiéndome la corriente.

Me sirvo más vino. Luego a Sam, aunque su copa todavía está medio llena. Brindamos con demasiado impulso, a un pelo de que el cristal de agriete. Una ola de pinot noir rebasa el borde de mi copa, derramándose sobre la ensalada y los palitos de pan de la mesa. El vino empapa el pan, dejando un reguero de gotas rojas.

Se me escapa una risa nerviosa. Sam suelta una de sus carcajadas, que resuena como una ráfaga de disparos.

A Jeff no le hace gracia y me fulmina con una de esas miradas que a veces me lanza en incómodas reuniones de trabajo. La mirada de «¿Estás borracha?». No lo estoy. Bueno, aún no. Pero me doy cuenta de que él cree que sí.

—Entonces ¿cómo te ganas la vida, Sam? —pregunta.

Ella se encoge de hombros.

—Un poco de esto, otro poco de aquello.

—Ya veo —dice Jeff.

—Ahora mismo no trabajo.

—Ya veo —repite Jeff.

Tomo otro trago de vino.

—Y tú ¿eres abogado? —viniendo de Sam, suena a acusación.

—Exacto —dice Jeff—. Abogado de oficio.

—Interesante. Apuesto a que te encuentras con gente de toda calaña.

—Así es.

Sam se deja caer sobre el respaldo de la silla, cruzando un brazo sobre la cintura. Con la otra mano sostiene la copa de vino, cerca de los labios.

—¿Y todos tus clientes son criminales? —dice sonriendo por encima del borde.

Jeff reproduce la postura de Sam. Reclinado en su silla, empuñando la copa de vino. Observo el careo, con el plato a medias, sintiendo la comida pesada y revuelta en el foso de mi estómago.

—Mis clientes son inocentes hasta que se demuestra que son culpables —dice Jeff.

—Pero con la mayoría pasa eso, ¿verdad? Se demuestra que son culpables, ¿no?

—Supongo que podría decirse que sí.

—¿Y qué sientes? ¿Qué se siente al saber que el tipo que está sentado a tu lado en el juicio con un traje prestado hizo todas esas cosas de las que le acusan?

—¿Estás preguntando si me siento culpable?

—¿Te sientes culpable?

—No —dice Jeff—. Me siento noble sabiendo que soy una de las pocas personas que le dan al tipo del traje prestado el beneficio de la duda.

—Pero ¿y si hizo algo malo de verdad? —pregunta Sam.

—¿Cómo de malo? —dice Jeff—. ¿Asesinato?

—Peor.

Sé adónde quiere ir a parar Sam, y se me encoge aún más el estómago. Me paso una mano por encima, con delicadeza.

—No hay cosas mucho peores que el asesinato —dice Jeff, sabiendo también lo que Sam se propone y sin hacer nada por evitarlo. Con mucho gusto irá con ella al límite de la discusión. He visto esta situación antes.

—¿Alguna vez has representado a un asesino?

—Sí —dice Jeff—. De hecho, ahora mismo lo estoy haciendo.

—¿Y te gusta?

—No importa si me gusta. Debo hacerlo.

—¿Y si el tipo mató a varias personas?

—Aun así, merece una defensa —dice Jeff.

—¿Y si es el tipo que mató a toda aquella gente en el Nightlight Inn? ¿O el tipo que organizó la masacre en Pine Cottage? —ahora la rabia de Sam es palpable, un calor que late a través de la mesa. Su voz se acelera, y cada palabra suena más dura, más brusca—. Sabiendo todo eso, ¿aún serías capaz de sentarte tan tranquilo al lado de ese hijo de puta para intentar librarlo de la cárcel?

Jeff permanece inmóvil, salvo porque aprieta ligeramente la mandíbula. En ningún momento aparta la mirada de Sam. Ni siquiera pestañea.

—Debe de ser práctico —dice— tener una excusa a la que echarle la culpa de todo lo que te ha ido mal en la vida.

—Jeff —tengo la garganta reseca, la voz débil y fácil de ignorar—. Déjalo.

No lo deja.

—Quinn podría hacer lo mismo. Y con todo el derecho del mundo. Pero no lo hace. Porque ha conseguido dejarlo atrás. Imagínate si es fuerte. No es una...

—Jeff, por favor.

—... víctima indefensa que huyó de su familia y amigos en vez de intentar superar algo que ocurrió hace más de una década.

—¡Basta!

Me levanto de un salto, volcando mi copa; el vino se derrama sobre la mesa. Al secarlo con la servilleta, la tela blanca se tiñe de rojo.

—Jeff. A la habitación. Ahora.

Cerramos la puerta y nos quedamos cara a cara; nuestros cuerpos, un estudio de contrastes. Jeff está tranquilo y distendido, los brazos sueltos. Los míos cruzados como una camisa de fuerza sobre el pecho, que sube y baja con exasperación.

—No tenías por qué ser tan tajante.

—¿Después de lo que me ha dicho? Creo que sí, Quinn.

—Al menos deberías reconocer que has empezado tú.

—¿Por ser curioso?

—Por ser suspicaz —le digo—. La estabas sometiendo a un tercer grado ahí delante. Esto no es un tribunal. ¡Ella no es uno de tus clientes, Jeff!

Grito demasiado, mi voz resuena en las paredes. Jeff y yo miramos a la vez hacia la puerta, temiendo que Sam nos haya oído. A mí no me cabe duda de que sí. Y aunque por casualidad se le hubiera pasado por alto mi tono de voz cada vez más estridente, es obvio que de nuevo estamos hablando de ella.

—Le estaba haciendo preguntas bastante sensatas —dice Jeff, bajando la voz para compensar mi volumen—. ¿No te parece que se anda con evasivas?

—No quiere hablar de este tema. No puedo culparla.

—De todos modos, eso no le da derecho a hablarme así. Como si fuese yo quien la atacó.

—Es susceptible.

—Chorradas. Me estaba provocando.

—Se estaba defendiendo —le digo—. No es una enemiga, Jeff. Es una amiga. O al menos puede serlo.

—¿Es que acaso quieres ser amiga suya? Hasta ayer parecías muy de acuerdo con no tener nada que ver con esta historia de las Últimas Chicas. Bueno, ¿qué ha cambiado?

—¿Aparte del suicidio de Lisa Milner?

Un suspiro de Jeff.

—Entiendo cuánto te ha disgustado. Sé que estás triste y decepcionada por lo sucedido. Pero ¿a qué viene este interés repentino en ser amiga de Sam? Ni siquiera la conoces, Quinn.

—La conozco. Pasó por lo mismo que yo, Jeff. Sé exactamente quién es.

—Solo me preocupa que, si os conocéis más a fondo, vayas a volver sobre lo que te pasó. Y tú lo has superado.

Jeff tiene buenas intenciones. Lo sé. Y vivir conmigo no siempre es fácil. También lo sé. Pero eso no impide que su comentario me enoje más todavía.

—Mataron a mis amigos a sangre fría, Jeff. Eso no lo superaré jamás.

—Ya sabes que no lo decía en ese sentido.

Levanto la barbilla, desafiante en mi ira.

—Entonces ¿en qué sentido lo decías?

—En que has logrado ser más que una víctima —dice Jeff—. En que tu vida, nuestra vida, no está definida por esa noche. No quiero que eso cambie.

—Que sea amable con Sam no va a cambiar nada. Y no es que tenga un ejército de amigos aporreando la puerta.

No pretendía reconocerlo. A Jeff no suelo mencionarle que me siento sola. Sonrío alegremente cuando vuelve a casa del trabajo y me pregunta qué tal me ha ido el día. Estupendo, digo siempre, cuando en realidad mis días están empañados por la soledad. Largas tardes preparando postres en aislamiento, a veces hablando con el horno solo para oír mi voz.

En lugar de amigas, tengo conocidas. Antiguas compañeras de clase o de trabajo. Casadas y con hijos y trabajos de oficina que no propician el contacto asiduo. Con ellas mantuve las distancias adrede hasta que se convirtieron en nada más sustancial que un mensaje o un correo electrónico de vez en cuando.

—Necesito esto de verdad, Jeff —le digo.

Jeff me agarra de los hombros, masajeándolos. Me mira a los ojos y detecta algo fuera de lugar, algo no expresado.

—¿Qué es lo que no me estás contando?

—Recibí un mensaje —digo.

—¿De Sam?

—De Lisa. Me lo mandó una hora antes de... —«quitarse de en medio», quiero decir. Acabar lo que Stephen Leibman no tuvo ocasión de zanjar—. Fallecer.

—¿Qué decía?

Recito el mensaje palabra por palabra, el texto grabado en mi memoria.

—¿Por qué haría algo así? —dice Jeff, como si yo pudiera tener una respuesta.

—No lo sé. Nunca lo sabré. Pero por alguna razón estaba pensando en mí justo antes de morir. Y no puedo dejar de pensar que, si hubiera visto el mensaje a tiempo, podría haberla salvado.

Afloran las lágrimas, calientes en las comisuras de mis ojos. Intento apartarlas pestañeando, en vano. Jeff me atrae hacia él, mi cabeza contra su pecho, sus brazos ciñéndome la espalda.

—Dios mío, Quinn. Lo siento mucho. No lo sabía.

—Cómo ibas a saberlo.

—Que no se te ocurra ni por un momento que eres responsable de la muerte de Lisa.

—No, no —digo—. Pero sí pienso que perdí la oportunidad de ayudarla. No quiero que me pase lo mismo con Sam. Aunque sé que está curtida, creo que me necesita.

Jeff exhala un largo suspiro de derrota.

—Me portaré bien —dice—. Lo prometo.

Nos besamos y hacemos las paces, las lágrimas saladas en mis labios. Las seco mientras Jeff me suelta, sacudiendo los brazos para liberar la tensión. Me aliso la blusa y paso la mano por la mancha del llanto que le he dejado en la camisa. Entonces salimos del cuarto, caminando por el pasillo de la mano. Un frente unido.

En el comedor, encontramos la mesa desierta, la silla de Sam retirada. Tampoco está en la cocina. Ni en el salón. En el recibidor, veo que ha desaparecido el macuto que había dejado junto a la puerta.

Una vez más, Samantha Boyd se ha esfumado.

9.

Suena mi teléfono a las tres de la madrugada, arrancándome de una pesadilla en la que corro por un bosque. Huyendo de él. Tropezando y chillando, las ramas de los árboles se ciernen hacia mí para enredarme las muñecas. Corro todavía al despertarme, pataleando debajo de las sábanas. El teléfono sigue sonando, un timbre urgente que atraviesa el silencio de la habitación. Jeff, que tiene el sueño profundísimo, entrenado solo para registrar la campana pavloviana de su despertador, ni siquiera se mueve. Tapo la pantalla al coger el teléfono, para que el resplandor no lo moleste. Atisbo entre los dedos tratando de ver quién me llama.

Contacto desconocido.

—¿Sí? —susurro mientras salgo con sigilo de la cama hacia la puerta.

—¿Quincy?

Es Sam, me cuesta oír su voz entre el ruido de fondo. Se oyen voces de gente y tecleos.

—¿Sam? —estoy en el pasillo, la mirada turbia en la oscuridad, el cerebro nadando en un caldo de confusión—. ¿Adónde te marchaste así? ¿Por qué me llamas tan tarde?

—Lo siento. De verdad. Pero ha pasado algo.

Creo que va a hablarme de él. Seguramente por la pesadilla, que persiste pegajosa en mi piel como el sudor seco. Me armo de valor para oír que él ha reaparecido, como siempre supe que ocurriría. No importa que esté muerto. Que me alegrara de verlo morir.

Sin embargo, no es eso lo que Sam me dice.

91

—Necesito ayuda.

—¿Cuál es el problema? ¿Qué ha pasado?

—Digamos que estoy arrestada.

—¿Cómo?

La palabra hace eco en el pasillo y Jeff se despierta. Oigo crujir el colchón en el dormitorio cuando se incorpora de golpe y me llama.

—Por favor, ven a buscarme —dice Sam por el teléfono—. Comisaría de Central Park. Trae a Jeff.

Cuelga antes de que me dé tiempo a preguntarle cómo sabe mi número de teléfono.

Jeff y yo tomamos un taxi hasta la comisaría, situada justo al sur del embalse. He pasado por delante decenas de veces cuando salgo a correr, y siempre me desconcierta un poco su contraste entre lo viejo y lo nuevo. Consta de varias naves apaisadas de ladrillo, que están ahí desde que existe el parque, seccionadas por un atrio moderno que brilla desde el interior. Cada vez que la veo, pienso en una bola de nieve. Una aldea sacada de un relato de Dickens bajo una cúpula de cristal.

Entro y pregunto por Samantha Boyd. El sargento de turno en el mostrador es un irlandés rubicundo con michelines que se sacuden bajo el uniforme. Consulta en el ordenador.

—No hemos registrado a nadie con ese nombre, señorita —me informa.

—Pero ella me dijo que estaba aquí.

—¿Hace cuánto de eso?

—Veinte minutos —digo mientras me ajusto la blusa, medio engurruñada en la cintura. Jeff y yo nos hemos vestido a toda prisa. Yo me he puesto lo mismo que llevaba por la tarde, y Jeff unos vaqueros y una camiseta de manga larga. Tiene el pelo revuelto, con mechones apuntando en todas direcciones.

El sargento Michelines frunce el ceño al tiempo que comprueba la pantalla.

—No figura nada.

—Quizá la hayan soltado —dice Jeff, anunciando que eso es lo que le gustaría—. ¿Cabe esa posibilidad?

—Estaría en el sistema de todos modos. Tal vez se confundió de comisaría. O quizá la oyeron mal.

—Era aquí —le digo—. Estoy segura.

Recorro con la vista la nave diáfana del vestíbulo. De techos altos e iluminada, parece más una moderna estación de tren que una comisaría de policía. Hay una escalera de líneas minimalistas, luces halógenas, pisadas rítmicas en los suelos pulidos.

—¿Han traído a alguna mujer hace poco? —pregunta Jeff.

—A una —dice el sargento, escrutando todavía el ordenador—. Hace treinta y cinco minutos.

—¿Cómo se llama?

—Me temo que eso es confidencial.

Miro a Jeff, esperanzada.

—Quizá sea ella —luego miro al sargento, suplicante—. ¿Podríamos verla?

—Eso no está permitido, la verdad.

Jeff saca la cartera y muestra sus credenciales. Explica, con su cortesía infalible, que es abogado de oficio, que no hemos venido a causar problemas, que una amiga nuestra decía estar bajo custodia policial en esta comisaría.

—Por favor —le digo al sargento—. Estoy preocupada por ella.

Cede y nos deja en manos de otro agente, más grande, más fuerte, sin michelines. Nos guía hasta las entrañas de la jefatura. En la sala se respira nerviosismo, tensión cargada de cafeína. La fluorescencia institucional ilumina las horas técnicamente muertas de la noche. Y resulta que Sam está ahí, al fin y al cabo, esposada a un mostrador.

93

—Es ella —le digo a nuestro escolta. Me sujeta del brazo cuando hago ademán de ir a su encuentro, impidiéndome avanzar. La llamo—: ¡Sam!

El policía del mostrador se levanta, le hace una pregunta. Puedo leerle los labios. «¿Conoce a esa mujer?» Cuando Sam asiente, el policía que me retiene con suavidad me acompaña hasta ella, aunque su mano sigue apresándome el brazo como una brida. Me suelta una vez estoy al alcance del agente que la custodia.

—Sam, ¿qué ha pasado? —digo.

Su policía la mira de nuevo, arrugando la frente.

—¿Está segura de que conoce a esta mujer?

—Sí —contesto por ella—. Se llama Samantha Boyd, y creo que todo esto no es más que un malentendido.

—Ese no es el nombre que le dio al agente que la detuvo.

—¿Qué quiere decir?

El policía carraspea mientras hojea el papeleo.

—Aquí dice que se llama Tina Stone.

Miro a Sam. Sus mejillas están hinchadas y enrojecidas por el cansancio. Se le ha corrido la pintura de los ojos, por las cuencas caen churretes negros.

—¿Es cierto?

—Sí —dice, encogiéndose de hombros—. Me cambié de nombre hace un tiempo.

—Entonces ¿en realidad te llamas Tina Stone?

—Ahora. Legalmente. Me dio por ahí, ya sabes.

Lo sé. Pensé hacer lo mismo un año después de Pine Cottage, por las mismas razones que Sam no tiene necesidad de explicar. Porque estaba harta de que mi nombre le sonara de algo a cualquier desconocido que me presentaban. Porque detestaba cómo se les congelaba la expresión, aunque fuera un segundo, cuando ataban cabos. Porque me asqueaba saber que mi nombre y el de él estarían vinculados para siempre.

Coop al final me disuadió. Conservar mi nombre, me dijo, era una demostración de orgullo y tenacidad. Cambiarlo no desligaría a Quincy Carpenter de las atrocidades de Pine Cottage. Mantenerlo sí podría, si salía adelante y conseguía hacer algo con mi vida. Algo más que ser la afortunada que se salvó cuando tantos no lo lograron.

—Ahora que hemos aclarado la cuestión del nombre —dice Jeff—, ¿alguien puede explicarme de qué se la acusa?

—¿Es usted su abogado? —pregunta el policía.

—Supongo que sí —suspira Jeff.

—La señorita Stone —dice el policía— se enfrenta a los cargos de agresión en tercer grado a un agente y resistencia a la autoridad.

Los detalles vienen fragmentados, tanto por parte de Sam como del agente del registro. Jeff, sereno y compuesto, hace las preguntas. Me esfuerzo por no perder el hilo, con la cabeza pivotando entre los tres, embotada por la falta de sueño. Por lo que alcanzo a entender, Sam, ahora conocida también como Tina Stone, fue a un bar en el Upper West Side después de marcharse de mi casa. Tras varias copas, salió a fumar y se topó con una pareja, marido y mujer, que discutía. Acaloradamente, según Sam. Hasta que llegaron a las manos. Cuando el hombre empujó a la mujer, Sam intervino.

—Intentaba separarlos —nos dice.

—Usted agredió a ese hombre —replica el policía.

Ambos coinciden en que Sam, al final, le dio un puñetazo. El hombre llamó a la policía, mientras Sam le preguntaba a la mujer si estaba bien, si esas peleas eran frecuentes, si el hombre le había pegado alguna vez. Cuando llegaron dos agentes, Sam echó a correr por Central Park West y se perdió en el parque.

Los policías fueron tras ella, la pillaron, sacaron las esposas. Ahí fue cuando Sam se resistió.

—Me estaban deteniendo por la cara —dice.

—Golpeó a un hombre —dice el policía.

Ella resopla.

—Intentaba ayudar. Parecía a punto de darle una paliza a esa mujer. Probablemente lo habría hecho si yo no me hubiera metido para impedírselo.

Frustrada ante tanta injusticia (palabras de Sam, no mías), hizo amago de golpear a uno de los agentes, quitándole la gorra de un manotazo y dando pie a su detención.

—Fue solo la gorra, por el amor de Dios —murmura a modo de conclusión—. No es que le haya hecho daño ni nada.

—A él le pareció que era eso lo que pretendía —dice el agente que la está fichando—. Que desde luego su intención era hacer daño.

—Vamos a ver —dice Jeff—. Solo la acusarán por lo que pasó en el parque, ¿correcto?

El policía asiente.

—El hombre al que le dio el puñetazo no quiso presentar cargos.

—Entonces seguro que podemos arreglar la situación.

Jeff se lleva al policía aparte. Hablan junto a la pared, en voz baja pero aun así no tanto que no alcance a oírlos. Me quedo de pie al lado de Sam, con la mano sobre su hombro, los dedos hundidos en el cuero suave de su chaqueta. Ella ni se molesta en intentar seguir la conversación. Se limita a mirar al frente, rechinando los dientes.

—Todo esto me parece un gran malentendido —le dice Jeff al policía.

—A mí no —contesta el policía.

—Evidentemente no debería haber hecho lo que hizo, pero estaba intentando ayudar a esa mujer, y con las emociones a flor de piel se alteró un poco.

—¿Me está diciendo que deberíamos retirar los cargos?

El agente mira hacia nosotras. Le sonrío, con la esperanza de que eso ayude a convencerlo. Como si al verme alegre e inofensiva al lado de Sam pudiera decantar la balanza a su favor.

—Estoy diciendo que para empezar no deberían haberla denunciado —dice Jeff—. Si supieran por lo que ha pasado esa mujer, entenderían por qué actuó así.

La cara del policía no se inmuta.

—Cuénteme por lo que ha pasado.

Jeff le susurra algo que no alcanzo a entender del todo; capto solo palabras sueltas. «Nightlight Inn», entre otras. También «asesinatos». El agente del mostrador se vuelve de nuevo a mirar a Sam. De pronto detecto en sus ojos una potente mezcla de curiosidad y lástima. He visto esa mirada mil veces. Es la mirada de quien cae en la cuenta de que tiene ante sí a una de las Últimas Chicas.

Le susurra algo a Jeff. Jeff contesta en susurros. Siguen así unos segundos hasta que se estrechan la mano, y luego Jeff viene con paso brioso hasta nosotras.

—Recoge tus cosas —le dice a Sam—. Puedes irte cuando quieras.

Al salir, nos demoramos en el patio que da justo a la fachada de vidrio de la comisaría, mientras el sargento del vestíbulo nos observa desde su puesto. Una brisa fría sopla desde el parque, siento que me entumece las orejas y la nariz. Con las prisas, me he olvidado incluso de coger un jersey, y ahora me abrazo para entrar en calor.

Sam se sube la cremallera de la chaqueta de cuero hasta la barbilla, con el cuello levantado. Lleva el macuto a la espalda, colgado en bandolera, y el peso la hace ladearse.

—Gracias por ayudarme ahí dentro —dice—. Después de toda la mierda que solté anoche, no te habría culpado por dejar que me pudriera en el calabozo.

—De nada —dice Jeff—. Ya no te parezco tan mal tipo, ¿verdad?

Nos mira a las dos, sonriendo con complacencia. Aparto la cara. Aunque sé que debería sentir gratitud, la irritación me recorre la piel. Sam, en cambio, está agradecida. Cuando le tiende la mano, su tatuaje de SUPERVIVIENTE asoma bajo la manga. Jeff me mira mientras se despiden, y nota algo raro. Esquivo su mirada.

En lugar de la mano, Sam me da un abrazo rápido.

—Quincy, me alegro de haberte conocido por fin.

—Espera... ¿Te vas?

—Creo que ya he causado demasiadas molestias —dice—. Solo quería ver cómo te iba. Ahora ya tengo una respuesta. Te va estupendamente. Me alegro por ti, nena.

—Pero ¿adónde vas a ir?

—Aquí y allá —dice Sam—. Cuídate, ¿de acuerdo?

Empieza a alejarse. O quizá solo amaga con marcharse, confiando en que la detendré. Resulta difícil saberlo, porque el macuto le da unos andares lentos, vacilantes. Sin embargo, sé que no puedo dejar que se escabulla de nuevo. Así, no.

—Sam, espera —la llamo—. Sé que no tienes dónde quedarte.

El viento le azota el pelo en la cara cuando se vuelve.

—No sufras. Estaré bien.

—Claro que sí —le digo—. Porque te vienes con nosotros.

10.

En cuanto llegamos a casa, Jeff y yo parlamentamos en la habitación, con la puerta cerrada, hablando en susurros exhaustos para que Sam no nos oiga desde el salón.

—Puede quedarse esta noche —dice Jeff.

—Ya es casi de día —digo, todavía enfadada con él por razones que no puedo articular—. Dos noches. Por lo menos.

—Esto no es una negociación.

—¿Por qué eres tan reacio?

—¿Por qué estás tú tan exaltada? —dice Jeff—. Es una desconocida, Quinn. Ni siquiera se molestó en darte su verdadero nombre.

—Sé su nombre. Es Samantha Boyd. Y no es una desconocida. Es una persona que pasó por lo mismo que yo, y que ahora necesita un sitio donde quedarse.

—Estamos en Manhattan —dice Jeff—. Hay mil sitios donde puede ir. Hoteles.

—No creo que pueda pagarse un hotel.

Jeff suspira, se sienta en la cama, se quita los zapatos pataleando.

—Ya solo eso debería darte que pensar. ¿Quién viaja desde Dios sabe dónde a Nueva York sin dinero? ¿O sin un plan, al menos?

—Alguien que está muy disgustado por lo que le pasó a Lisa Milner y ahora quiere que sea de otra manera.

—No podemos responsabilizarnos de ella, Quinn.

—Vino aquí para verme —digo—. Eso la hace responsabilidad nuestra. Mía.

—Y conseguí que retiraran los cargos. Creo que es un gesto bastante caritativo hacia una persona que ni conocemos.

Jeff se quita la camiseta y los pantalones y se arropa en la cama, listo para dejar atrás toda la noche. Me quedo junto a la puerta, cruzada de brazos, mascando la rabia en silencio.

—Ya. Para quitarse el sombrero.

Jeff se incorpora y me mira perplejo.

—Espera. ¿En serio estás enfadada conmigo por eso?

—Estoy enfadada porque te ha faltado tiempo para jugar la carta de la víctima. Bastó con mencionar una sola vez el Nightlight Inn.

—A Sam no le ha molestado.

—Porque no te ha oído. Si no, seguro que sería otra historia.

—No pienso disculparme por sacarla de la cárcel.

—Ni falta que hace —le digo—. Aunque al menos podrías reconocer que hay maneras mejores. Deberías haber visto cómo la miró ese policía. Como si fuera un perro herido o algo así. Por eso se cambió de nombre, Jeff. Para que la gente dejara de compadecerla.

Pero estoy furiosa con él por razones que van más allá de Sam. Cuando le habló en susurros a ese policía, entreví a Jefferson Richards en acción. Al abogado. Al tipo dispuesto a decir cualquier cosa con tal de ayudar a su cliente, aunque suponga reducirlo a un objeto digno de lástima. No me gustó lo que vi.

—Mira —dice Jeff, acercándose a abrazarme—. Siento haberlo hecho, pero en ese momento parecía la forma más rápida de resolver la papeleta.

Me cruzo de brazos.

—Si fuese al revés, si me hubieran detenido a mí, ¿habrías hecho lo mismo?

—Claro que no.

Detecto un deje de falsedad en su voz. Sus palabras suenan tan endebles que me devuelven el malestar y la irritación de hace un rato. Me rasco el cuello, intentando ahuyentarlos.

—Pero eso es lo que soy, ¿verdad? —digo—. Una víctima. Igual que Sam.

Un suspiro frustrado de Jeff.

—Sabes que eres más que eso.

—Sam también. Y mientras esté con nosotros, trátala como se merece.

Jeff intenta formular otra disculpa, pero zanjo la discusión dando media vuelta y abriendo de golpe la puerta del dormitorio. Al salir, cierro tan fuerte que las paredes tiemblan.

El cuarto de invitados es pequeño y ordenado, sofocante. La pantalla roja de la lámpara de la mesilla de noche arroja en las paredes un resplandor rosado. A esta hora, todo tiene un halo de ensueño. Sé que debería tratar de dormir un poco, pero no me apetece. Y menos cuando Sam parece tan despierta e irradia calor, energía y vida. Nos acurrucamos juntas en la cama doble después de dejar los zapatos tirados en el suelo y remetemos los pies bajo el edredón.

Sam se agacha hasta el macuto que dejó en el rincón y saca una botella de Wild Turkey.

—Un quitapenas —dice, trepando de nuevo a la cama—. Creo que lo necesitamos.

El Wild Turkey va y viene, las dos bebemos a morro de la botella. Cada trago es un bulto ardiente que me baja por la garganta. Encienden vestigios de la memoria. Janelle y yo, la primera noche en nuestro cuarto de la residencia. Las dos, hombro con hombro, ella bebiendo la sangría que le había camelado a un estudiante de primero del otro lado del pasillo, yo tomando una Coca-Cola light. Esa noche nos hicimos amigas íntimas. Aún pienso en ella así, como mi mejor amiga. No importa que ella lleve diez años enterrada, ni que yo sepa que nuestra amistad no habría sobrevivido aunque ella lo hubiera hecho.

—Esto es solo por esta noche —dice Sam—. Me iré por la mañana.

—Puedes quedarte todo lo que necesites.

—Y solo lo necesito por una noche.

—Deberías haberme dicho que ibas apurada —le digo—. Me alegra ser de ayuda. Puedo prestarte dinero. O lo que sea.

—Seguro que tu novio estará encantado.

Me atraganto con el Wild Turkey.

—No te preocupes por Jeff.

—No le caigo bien.

—Aún no te conoce, Sam —aguardo—. ¿O debería llamarte Tina?

—Sam —dice—. Lo de Tina es solo una formalidad.

—¿Hace cuánto que lo hiciste?

Sam bebe, y habla mientras traga.

—Hace años.

—¿Cuando desapareciste?

—Sí. Estaba harta de ser Samantha Boyd, la chica del final de la película. Quería ser otra persona. Al menos sobre el papel.

—¿Tu familia lo sabe?

Sam niega en silencio y me pasa la botella antes de salir escopeteada de la cama. Su primer destino es el macuto, del que saca un paquete de cigarrillos. Luego va hacia la ventana.

—¿Puedo? —pregunta.

Le doy vía libre con un gesto vago y Sam abre la ventana. Fuera, jirones de nubes jaspean el cielo morado. En la oscuridad reverbera una débil energía. No tardará en amanecer.

—Tengo que dejarlo —dice Sam, encendiendo el pitillo—. Fumar se ha vuelto condenadamente caro.

—Por no mencionar mortal —digo.

Exhala una bocanada de humo a través de la mosquitera de la ventana.

—Esa parte no me preocupa. Ya he burlado a la muerte una vez, ¿no?

—Entonces ¿empezaste después de lo del Nightlight Inn?

—Necesitaba algo que me tranquilizara, ¿sabes?

Oh, sí, lo sé. Además del Xanax, mi válvula de escape es el vino. Tinto, blanco o entre medias, tanto da. Estoy segura de que a Janelle le hubiera parecido irónico.

—Me sorprende que tú y Lisa nunca hayáis sido fumadoras —dice Sam—. A mí me pareció natural.

—Una vez lo intenté. No me gustó —una pregunta resuena en mi cabeza—: ¿Cómo sabes que Lisa no fumaba?

—Lo supongo —contesta—. No lo mencionaba en su libro ni nada.

La punta de su cigarrillo se ha convertido en un cilindro de ceniza, a punto de caer al suelo. Sam se aparta de la ventana, manteniendo la mano del cigarrillo junto a la mosquitera, mientras con el brazo libre alcanza el macuto y saca un cenicero portátil. De cuero y con forma de bolsa, parece un monedero de boquilla. Con la destreza de una fumadora de toda la vida, Sam lo abre y, de un toquecito, deposita la ceniza que cuelga del cigarrillo.

—O sea, que sí leíste su libro —digo.

Sam inhala, asiente, exhala.

—Me pareció que estaba bien. Aunque fijo que a mí no me ayudó a lidiar con lo que me había pasado.

—¿Piensas mucho en ello?

Doy otro trago de Wild Turkey, acostumbrándome al calor que me deja en el velo del paladar. Sam alarga un brazo, en busca de la botella. Cuando se la doy, pega dos lingotazos, separados solo por una calada del cigarrillo.

—Constantemente.

Me pasa la botella de nuevo. Al acercármela a los labios, mis palabras en voz baja reverberan en el vidrio.

—¿Quieres hablar de ello?

Sam apura el cigarrillo y exhala el humo con solemnidad antes de apagarlo en el cenicero, que guarda acto seguido. Cierra la ventana, aunque el humo sigue viciando el aire de la habitación como un mal recuerdo.

—Crees que solo pasa en las películas —dice—. Que no podría pasar en la vida real. No así, por lo menos. Y desde luego, no a ti. Pero pasó. Primero en una hermandad universitaria en Indiana. Luego en un motel de Florida.

Se quita la chaqueta, dejando ver el vestido negro que lleva debajo. Los brazos y los hombros quedan al descubierto, su piel tersa y pálida. En la espalda hay un tatuaje de la Parca justo debajo del hombro derecho, la calavera momentáneamente seccionada por el tirante del vestido.

—Calvin Whitmer —dice, volviendo a la cama—. El Hombre del Saco.

El nombre me provoca un escalofrío profundo, visceral. Es como si un bloque de hielo se hubiera enredado en mis entrañas.

—Has dicho su nombre.

—¿Por qué no iba a hacerlo?

—Yo a él no lo he nombrado nunca —sobran las explicaciones. Sabe de quién le estoy hablando—. Ni una sola vez.

—A mí no me molesta —Sam me quita la botella—. Pienso en él a todas horas. Todavía puedo verlo, ¿sabes? Cuando cierro los ojos. Había recortado unos agujeros en el saco, para mirar. Además de una raja bajo la nariz para que entrara el aire. Nunca olvidaré cómo aleteaba la arpillera con su respiración. Se había atado un cordel alrededor del cuello para que el saco no se le moviera.

Siento otro bloque de hielo formándose en mis tripas. Le arrebato la botella de Wild Turkey antes de que acabe de beber. Doy dos tragos, esperando que derrita el escalofrío.

—¿Demasiados detalles? —dice Sam.

Niego con la cabeza.

—Los detalles importan.

—¿Y tú? ¿No recuerdas ningún detalle?

—Unos pocos.

—Pero no gran cosa.

—No.

—He oído que no es real —dice—. Todo ese rollo de la memoria reprimida.

Tomo otro trago, procurando ignorar el vago aguijonazo de Sam. A pesar de todo lo que tenemos en común, es incapaz de asomarse a mi cerebro y ver el agujero negro donde deberían estar los recuerdos de Pine Cottage. Nunca sabrá hasta qué punto es un consuelo y a la vez una frustración recordar tan solo el principio de un suceso y el coletazo final. Es como salir del cine a los cinco minutos de comenzar la película y llegar justo cuando empiezan los créditos de cierre.

—Créeme —le digo—. Es real.

—¿Y no te importa no recordarlo?

—Probablemente sea mejor así.

—Pero ¿no quieres saber lo que pasó de verdad?

—Sé cómo acabó —digo—. Es lo único que necesito saber.

—Por lo visto, sigue en pie —dice Sam—. Pine Cottage. Lo leí en uno de esos asquerosos portales de sucesos.

Leí lo mismo hace unos años. Quizá en la misma página web. Una vez cerrada la investigación, el dueño de Pine Cottage había intentado vender las tierras. Nadie quiso comprarlas, evidentemente. Nada hunde más el valor del suelo que la sangre derramada. Cuando el tipo cayó en la bancarrota, la propiedad pasó a sus acreedores. Tampoco consiguieron venderla. Así que Pine Cottage sigue ahí, una lápida en forma de cabaña en los bosques de Pensilvania.

—¿Te has planteado alguna vez volver allí a echar una ojeada? —pregunta Sam—. A lo mejor te ayudaría a recordar.

La mera idea me repugna.

—Nunca.

—¿Alguna vez piensas en él?

Es obvio que quiere hacerme pronunciar su nombre. La expectación emana de su piel como el calor corporal.

—No —miento.

—Suponía que dirías eso.

—Es la verdad.

Doy otro trago de Wild Turkey y miro la botella, sorprendida de cuánto hemos bebido. Más bien de cuánto he bebido. Sam apenas la ha tocado, ahora que lo pienso. Cierro los ojos, tambaleándome un poco. Me noto al filo de caer borracha. Un lingotazo más hará el efecto deseado.

Levanto la botella de nuevo, doy dos tragos, saboreo el ardor.

La voz de Sam se ha vuelto distante y metálica, aunque está justo a mi lado.

—Actúas como si hubieras superado totalmente lo que pasó, pero no es así.

—Te equivocas —digo.

—Demuéstralo. Dime su nombre.

—Deberíamos intentar dormir —digo, mirando hacia la ventana y el cielo que clarea—. Es tarde. O temprano.

—No hay razón para tener miedo —dice Sam.

—No lo tengo.

—Eso no va a devolverlo a la vida.

—Lo sé.

—Entonces ¿por qué te comportas como una pava?

Suena exactamente igual que Janelle. Incitándome. Pinchándome. Acosándome para que haga algo que no quiero hacer. La irritación crece dentro de mí, teñida de rabia. Cuando intento aplacarla con más Wild Turkey, veo que Sam me ha quitado la botella de las manos.

—Es así, ¿sabes? —dice—. Te comportas como una pava.

—Basta, Sam.

—Si tan por encima estás de lo que pasó, un simple nombre no debería ser para tanto.

—Me voy a acostar.

Sam me agarra del brazo cuando intento ponerme de pie. Me suelto de un tirón, salgo de la cama y me caigo al suelo. Redonda. Un dolor intenso me sube por la cadera.

Atontada, por el Wild Turkey y por la falta de sueño, me cuesta levantarme. El bourbon se agita agriamente en mi estómago. Se me nubla la vista. Sam empeora las cosas.

—Me gustaría que lo dijeras —insiste.

—No.

—Solo una vez. Por mí.

Me vuelvo hacia ella temblando, fuera de mis casillas.

—¿Por qué me insistes tanto?

—¿Por qué te niegas así?

—¡Porque no merece que se pronuncie su nombre! —grito, y mi voz retumba en el silencio previo al amanecer—. ¡Después de lo que hizo, nadie debería pronunciar jamás su puto nombre!

Sam abre los ojos, asustada. Sabe que me ha presionado más de la cuenta.

—No hace falta que te rayes por eso.

—Pues a lo mejor sí —le digo—. Te estoy haciendo un favor dejándote dormir aquí.

—Desde luego. No creas que no lo sé.

—Y si vamos a ser amigas, también deberías saber que no hablo de Pine Cottage. He pasado página.

Sam baja la mirada, con ambas manos sobre la botella que acuna entre sus pechos.

—Lo siento —se disculpa—. No pretendía ser tan cabrona.

Recupero la sobriedad un instante cuando llego a la puerta, con la mano en la cadera dolorida, intentando con todas mis fuerzas no parecer tan borracha como estoy.

—Quizá tengas razón. Quizá lo mejor será que te vayas por la mañana.

Después de hablar con coherencia, la borrachera me aplasta otra vez. Salgo tambaleándome del cuarto, y necesito varios intentos para cerrar la puerta. La escena se repite en mi habitación, donde me toca forcejear de nuevo con otra puerta.

Jeff está medio despierto cuando me tiro en la cama.

—He oído gritos —murmura.

—No es nada.

—¿Seguro?

—Sí —contesto, demasiado agotada para añadir más.

Antes de entrar en caída libre en el sueño, un pensamiento atraviesa la espesura de mi cabeza. Es el fogonazo de un recuerdo; un recuerdo inoportuno. Aparece él en el momento en que nos vimos por primera vez. Antes de que empezara la matanza. Antes de que él fuera él.

Llega un segundo pensamiento, más turbador que el primero.

Sam quería hacerme recordar.

Lo que no entiendo es por qué.

Pine Cottage. 17:03 h

Janelle decidió que quería explorar el bosque, sabiendo que los demás consentirían todos sus caprichos porque era su cumpleaños. Así que salieron y echaron a andar entre los árboles, que prácticamente se cernían sobre el porche trasero de la cabaña.

Craig, que de niño había sido *boy scout*, abría la marcha con una determinación un tanto ridícula. Era el único que llevaba calzado apropiado: botas de escalada con calcetines gruesos que protegían sus recias pantorrillas de las garrapatas. Cargaba un bastón absurdamente largo, que percutía en el suelo con golpes sordos y rítmicos.

Quincy y Janelle caminaban detrás, sin ninguna solemnidad. Vestidas con vaqueros, jerséis de rayas e incómodos náuticos, avanzaban a través de la hojarasca que cubría el suelo del bosque. Las hojas seguían cayendo, el sol de la tarde brillaba a través de sus nervaduras quebradizas mientras giraban y se arremolinaban haciendo piruetas. Estrellas fugaces salpicadas de rojo, naranja y amarillo.

Janelle cazó una hoja al vuelo y se la prendió detrás de la oreja, su naranja encendido luciendo contra su pelo rojizo.

—Exijo una foto —dijo.

Quincy la complació, disparando dos veces la cámara antes de volverse y apuntar a Betz, que iba rezagada caminando con desgana, como había hecho todo el día. Para ella la excursión era más una carga que un regalo. Un fin de semana que soportar.

—Sonríe —le ordenó Quincy.

Betz frunció el ceño.

—Sonreiré cuando acabe la caminata.

Quincy le hizo la foto de todos modos antes de pasar a Amy y Rodney, que caminaban a la par, conectados por la cadera. Como era imposible no verlos juntos, los demás habían empezado a llamarlos Ramdy.

Amy llevaba una de las camisas de franela de Rodney; las mangas demasiado largas colgaban ocultándole las manos. A su lado, Rodney parecía un oso grizzly, con sus greñas de fumeta y la mata de pelo del pecho asomando por el cuello de su jersey de pico. Al ver a Quincy se arrimaron abrazados haciendo muecas.

—Así —dijo Quincy—. Hacedle el amor a la cámara.

—Chicos, ¿vais bien ahí atrás? —preguntó Craig cuando todos empezaron a remontar una ligera pendiente. Las hojas caídas hacían el suelo resbaladizo, y Janelle y Quincy se agarraron de la mano, alternándose para tirar una de la otra al subir la cuesta.

—En serio, yo que vosotros no me quedaría atrás —dijo Janelle con la autoridad de una guía turística—. Este bosque está encantado.

—Chorradas —contestó Rodney.

—Es verdad. Aquí vivía una tribu india hace cientos de años. Entonces vino el hombre blanco y los aniquiló. Tenemos las manos manchadas de sangre, amigos.

—Pues yo no veo nada —dijo Rodney, examinándose las manos en un gesto burlón.

—No seas malo —lo reprendió Amy.

—La cuestión —dijo Janelle— es que se cuenta que los espíritus de esos indios vagan por este bosque, dispuestos a matar a cualquier hombre blanco que vean. Así que ándate con ojo, Rodney.

—¿Por qué yo?

—Porque Craig es demasiado fuerte para que un fantasma pueda con él, indio o no indio —dijo Quincy.

—¿Y vosotras, qué?

—He dicho que los mató el hombre blanco —dijo Janelle—. Nosotras somos mujeres. Con nosotras no tienen problema.

—Aquí murió gente, en serio.

Fue Betz quien lo dijo. La silenciosa y observadora Betz. Los miró a todos con aquellos ojos grandes, que le daban un aire turbador.

—Un chaval en mi clase de Literatura Universal me lo contó —dijo—. Una pareja de campistas fue asesinada en el bosque el año pasado. Un chico y una chica, novios. La policía los encontró apuñalados en su tienda de campaña.

—¿Atraparon a quien lo hizo? —preguntó Amy, pegándose más a Rodney.

Betz meneó la cabeza.

—No, que yo sepa.

Nadie volvió a hablar mientras remontaban el resto de la pendiente. Incluso el ruido de sus pies en el suelo sembrado de hojarasca pareció acallarse, dejando que inconscientemente aguzaran el oído para detectar otras presencias en el bosque. En ese silencio suave, nuevo, Quincy presintió que no estaban solos. Sabía que era una bobada. Que tan solo era producto de lo que Betz acababa de contarles. Aun así, no pudo desterrar la sensación de que allí había alguien más. No muy lejos. Vigilando.

Una rama se quebró en las inmediaciones. A escasos metros. Quincy ahogó un grito al oír el chasquido. Desató una reacción en cadena, y Janelle, Betz y Amy chillaron casi a la vez.

Rodney, en cambio, se echó a reír.

—Dios —dijo—. Tenéis los nervios de punta.

Señaló hacia el origen del ruido: tan solo una ardilla, su cola un estandarte blanco ondeando por encima de la maleza. Los demás se rieron también. Incluso Quincy, que olvidó en el acto la extraña inquietud que había sentido momentos antes.

En lo alto de la colina encontraron un peñasco grande y liso, tan ancho como una cama de matrimonio. Había decenas de nombres grabados en la superficie de la roca, vestigios de otros chicos que como ellos habían hecho la misma excursión. Rodney cogió una piedra afilada y empezó a añadir su nombre a la lista. Había latas de cerveza y colillas desperdigadas alrededor del perímetro de la roca, y un condón usado colgaba de la rama espinosa de un arbusto cercano, lo que provocó exclamaciones de asco de Janelle y Quincy.

—A lo mejor Craig y tú podéis hacerlo aquí arriba —susurró Janelle—. Al menos la protección está garantizada.

—Si lo hacemos —dijo Quincy—, desde luego no será en un peñasco que, por lo que se ve, es un foco de enfermedades venéreas.

—Espera... ¿Todavía no te has decidido?

—He decidido no decidirme —dijo Quincy, cuando en realidad ya lo había hecho. Acceder a dormir con Craig en la misma cama zanjaba ese apartado en concreto—. Pasará cuando tenga que pasar.

—Más vale que pase rápido —dijo Janelle—. Craig es carne de primera, Quinn. Estoy segura de que un montón de chicas se mueren por probarla.

—Interesante metáfora —contestó Quincy secamente.

—Solo digo que mejor no esperes a que pierda el interés.

Quincy miró a Craig, que había trepado a lo alto de la roca y escudriñaba el horizonte. No le interesaba solo el sexo. Quincy estaba convencida de eso. Primero se habían hecho amigos: tras conocerse, el día que comenzaron oficialmente la universidad, el primer año fue una lenta sucesión de escarceos. No empezaron a salir hasta finales de agosto, cuando los dos volvieron al campus comprendiendo cuánto se habían echado de menos durante el verano. Y si Quincy había sentido algún atisbo de que Craig se impacientara por el sexo, lo atribuyó al deseo, y no a la frustración reprimida que Janelle insinuaba.

En cuclillas sobre la roca, Craig sorprendió a Quincy mirándolo. Ella levantó su cámara.

—Sonríe —le dijo.

Hizo más que sonreír. Se irguió con los brazos en jarras e hinchando el pecho como Superman. Quincy se rio. El obturador de la cámara chasqueó.

—¿Hay una buena vista? —preguntó.

—Alucinante.

Craig se agachó y la ayudó a trepar a la roca junto a él. Estaban más altos de lo que Quincy esperaba, podía verse cómo el resto del bosque caía en picado un kilómetro largo antes de acabar en un valle umbrío. Los demás se les unieron también arriba y Janelle pidió otra foto.

—Retrato de grupo —dijo—. Todos a posar. Incluso tú, Quincy.

Los seis se apretujaron y Quincy alargó el brazo hasta que todos entraron en el encuadre. Después de tomarla, estudió la delirante composición de la foto. Fue entonces cuando advirtió algo detrás de ellos, a lo lejos. Un edificio colosal enclavado en medio del valle, sus muros grises apenas visibles entre los árboles.

—¿Qué es eso? —preguntó, señalándolo.

Janelle se encogió de hombros.

—A saber.

Betz, la lechuza sabia, lo sabía. Por supuesto.

—Es un manicomio —dijo.

—Cielo santo —contestó Amy—. ¿Te propones meternos miedo, o qué?

—Solo os lo estoy diciendo. Es un hospital para locos.

Quincy miró hacia el manicomio. Una brisa recorrió el valle meciendo los árboles de alrededor, dándole un aire cambiante, inquieto. Casi parecía que el edificio estuviera vivo. Sobre el manicomio pesaba una tristeza rotunda. Quincy la sintió emanar del valle y remontarse hasta su atalaya en la roca. Imaginó que una nube de tormenta rondaba a perpetuidad ese lugar, presente aunque no se viera.

Estuvo a punto de hacerle una foto, pero se contuvo, turbada ante la idea de conservar esa imagen en su cámara.

De pie a su lado, Craig observaba el cielo. El sol, ocultándose entre la línea que dibujaban los árboles, arrojaba un fulgor incandescente. Los troncos se hendían en la luz, sus largas sombras como una reja a lo largo del suelo del bosque.

—Deberíamos ir pensando en volver —dijo—. Mejor no estar por ahí cuando oscurezca.

—Porque, ya sabéis, vagan los fantasmas de los indios —añadió Janelle.

—Y locos sueltos —se sumó Quincy.

Tardaron en arrancar, porque Rodney insistía en acabar de grabar su nombre en la roca. Añadió el de Amy debajo del suyo, conectándolos con un signo de suma y rodeándolo todo con un corazón tosco. Luego se pusieron en marcha, desandando el camino. Enseguida llegaron al claro que llevaba a la cabaña, porque la subida había hecho que el trayecto pareciese más largo de lo que era. En total, la distancia entre la roca plana y Pine Cottage no superaba el kilómetro.

Aun así, el sol ya se había puesto cuando salieron de la espesura, dándole a la cabaña un resplandor rosado, otoñal. Las sombras se cernían desde las copas de los árboles y rozaban los cimientos de piedra. Craig, todavía al frente, se detuvo de pronto. Cuando Quincy chocó con él, la empujó hacia atrás.

—Pero qué...

—Silencio —susurró, escudriñando la penumbra que inundaba el porche trasero.

Quincy siguió su mirada. Los demás también. Había alguien en el porche. Un extraño con las manos pegadas al vidrio de la puerta, atisbando el interior.

—¡Eh! —gritó Craig, dando un paso adelante y blandiendo el bastón como un arma.

El extraño de la puerta (un hombre, Quincy vio entonces) se volvió de golpe, sobresaltado.

Parecía más o menos de su misma edad. Quizá un par de años mayor que ellos. Resultaba difícil de precisar, porque la luz mortecina se reflejaba en sus gafas velando su mirada. Era delgado, casi desgarbado, con unos brazos largos rígidamente ceñidos a los costados de su jersey de lana color crudo. En el hombro tenía un agujero del tamaño de una moneda, por donde asomaba la camiseta blanca. Sus pantalones eran de pana verde, raídos por las rodillas y tan flojos en la cintura que tenía que sujetar con un dedo la trabilla del cinturón para que no se le cayeran.

—Perdonadme si os he asustado —titubeaba en cada palabra, como si no supiera hablar muy bien. De hecho, hablaba como un extranjero, a trompicones y con formalidad. Quincy trató de identificar su acento, pero no pudo—. Quería ver si había alguien aquí.

—Estamos nosotros —dijo Craig, dando otro paso hacia él. Su aplomo impresionó a Quincy, como tal vez se proponía.

—Hola —el desconocido saludó con la mano que no sujetaba el pantalón.

—¿Te has perdido? —preguntó Janelle, con más curiosidad que temor.

—Más o menos. Se me ha estropeado el coche a unos kilómetros de aquí. Llevo toda la tarde andando. Luego por fin vi el camino hasta este sitio y esperaba encontrar a alguien que me ayudara.

Janelle se separó de los demás, saliendo de la arboleda y cruzando hasta el porche con tres zancadas firmes. El desconocido se encogió. Por un momento, Quincy creyó que iba a echar a correr, brincando como un ciervo asustado hacia la espesura. Pero se quedó donde estaba, inmóvil, mientras Janelle estudiaba su pelo oscuro y tupido, su nariz ligeramente torcida, la sensual curva de sus labios.

—¿Toda la tarde, eh? —dijo.

—Buena parte.

—Debes de estar cansado.

—Un poco.

—Deberías entrar y quedarte a la fiesta —Janelle le estrechó la mano, mientras él con el dedo índice de la otra retorcía la trabilla del cinturón—. Me llamo Janelle. Estos son mis amigos. Es mi cumpleaños.

—Felicidades.

—¿Cómo te llamas?

—Joe —el desconocido asintió a modo de saludo, antes de esbozar una sonrisa cauta—. Joe Hannen.

11.

Son más de las diez cuando me despierto. Jeff se levantó hace rato, siento las sábanas frescas al palpar su lado de la cama. En el pasillo, me detengo junto al cuarto de invitados. Aunque la puerta está abierta, sé que Sam sigue por aquí. Su macuto continúa en el rincón, y el Wild Turkey sobre la mesilla de noche con solo un par de dedos del líquido ambarino en la botella.

Vienen ruidos de la cocina: cajones que se cierran, trajín de sartenes. Encuentro a Sam con un delantal blanco sobre una camiseta de los Sex Pistols y unos vaqueros negros.

Me duele la cabeza, menos por el bourbon que por las circunstancias surrealistas en las que lo tomamos. A pesar de que los sucesos de anoche son vagos, recuerdo perfectamente los repetidos intentos de Sam por hacerme decir *su* nombre. Me siento tan irritada con ella como con el recuerdo.

Sam lo sabe. Me doy cuenta por la sonrisa de disculpa con que me mira. Por la taza de café que me pone entre las manos. Por el olor tibio a arándanos que sale del horno.

—¿Estás preparando algo?

Sam asiente.

—Magdalenas de limón y arándanos. Encontré la receta en tu blog.

—¿Debería estar impresionada?

—Supongo que no —dice Sam—. Aunque confiaba en que lo estuvieras.

En el fondo, lo estoy. Nadie me ha preparado una receta de repostería desde que murió mi padre. Ni siquiera

Jeff. Y de pronto aquí está Sam, controlando la cuenta atrás del temporizador. No puedo evitar conmoverme.

Saca las magdalenas del horno, y apenas las deja enfriar antes de volcar la bandeja. Las magdalenas salpican la encimera de migas y jugo de arándanos.

—¿Qué tal se me da, maestra? —me pregunta, mirándome esperanzada.

Pruebo una en actitud sentenciosa. Está un poco seca, lo que me dice que ha escatimado mantequilla. También hay una severa falta de azúcar, que mata el gusto de la fruta. Más que a limón o arándanos, la magdalena sabe a masa. Tomo un sorbo de café. Es demasiado fuerte. El regusto amargo que me deja en la lengua cala en mis palabras.

—Hemos de hablar de lo que pasó anoche...

—Me porté fatal —dice Sam—. Tú estás siendo tan amable, y yo...

—Yo no hablo de Pine Cottage, Sam. Es terreno prohibido, ¿de acuerdo? Estoy centrada en el futuro. Tú deberías hacer lo mismo.

—Entendido —dice Sam—. Y me gustaría que me dieras otra oportunidad. Si dejas que me quede, claro.

Suspira, esperando a que le dé una respuesta. Quizá sea teatro. Una parte de mí piensa que está segura de que voy a acceder. Igual que anoche estaba segura de que no la dejaría marcharse con el macuto a cuestas. En cambio, yo no estoy segura de nada.

—Serán solo uno o dos días más —dice al ver que no contesto.

Tomo otro trago de café, a pesar de que sabe horrible, deseando solo el efecto de la cafeína.

—¿Por qué estás aquí realmente?

—¿No basta con querer conocerte?

—Debería bastar —digo—. Pero no es tu única razón. Tantas preguntas. Tanto pincharme.

Sam coge una magdalena abombada, la deja de nuevo, se revisa las uñas por si tiene restos de migas.

—¿Seguro que quieres saberlo?

—Si vas a quedarte, necesito saberlo.

—Vale. La hora de la verdad. En serio —Sam respira hondo, dando una bocanada de aire como un crío a punto de zambullirse en el agua—. Vine porque quería saber si estás tan furiosa como yo.

—¿Furiosa por lo que hizo Lisa?

—No —dice Sam—. Furiosa por ser una de las Últimas Chicas.

—No, para nada.

—¿No estás rabiosa, o no eres una de las Últimas Chicas?

—Ni una cosa ni la otra —le digo.

—A lo mejor no te iría mal.

—He pasado página.

—No es eso lo que le dijiste a Jeff anoche.

Así que nos había oído discutiendo en la habitación. Tal vez solo pilló una frase suelta, o probablemente más. Sin duda, lo suficiente para que huyera en medio de la noche.

—Sé que no lo has superado —dice—. Yo tampoco. Y nunca lo superaremos a menos que nos saquemos a una Lisa Milner de la manga. Nos vinieron mal dadas, nena. Nos tragaron vivas y nos hicieron mierda, y los demás solo quieren que lo dejemos atrás y actuemos como si nada.

—Al menos sobrevivimos.

Sam levanta la mano, mostrando el tatuaje de la muñeca.

—Claro. Y tu vida ha sido perfecta desde entonces, ¿verdad?

—Estoy bien —digo, con un estremecimiento al darme cuenta de que hablo igual que mi madre. Ella usa la palabra como un puñal, esquivando cualquier emoción.

«Estoy bien —dijo a todo el mundo en el funeral de mi padre—. Tanto Quincy como yo estamos bien». Como si nuestras vidas no se hubieran hecho añicos completamente en cuestión de un año.

—Se nota —dice Sam.

—¿Qué se supone que significa eso?

Mete la mano en el bolsillo delantero de los vaqueros, saca un iPhone y lo planta en la encimera delante de mí. La pantalla se enciende con el movimiento, revelando la imagen inconfundible del pene de un hombre.

—Mira, me arriesgo a suponer que ese no es Jeff —dice Sam—. De la misma manera que este no es tu teléfono.

Miro hacia el otro lado de la cocina, notando cómo el café y la magdalena se me agrian en el estómago. El cajón cerrado con llave, mi cajón, está abierto. Arañazos oscuros forman un dibujo estrellado alrededor de la cerradura.

—¿Lo has forzado?

Sam levanta la barbilla y asiente con satisfacción.

—Una de mis pocas habilidades.

Me abalanzo hacia el cajón abierto, para asegurarme de que mi alijo secreto sigue allí. Saco la polvera de plata y estudio mi reflejo. Me sobresalta verme tan cansada.

—Te dije que no fisgonearas —le digo, más incómoda que enfadada.

—Tranquila. No voy a contárselo a nadie —dice Sam—. Francamente, es un alivio saber que hay algo oscuro bajo toda esa patraña del ama de casa feliz.

Las mejillas me arden de vergüenza. Me vuelvo y apoyo las palmas en la encimera, dejándolas resbalar sobre las migas de magdalena.

—No es lo que piensas.

—No te estoy juzgando. ¿Crees que yo nunca he robado? Cualquier cosa que se te ocurra, probablemente la he birlado. Comida. Ropa. Cigarrillos. Cuando eres tan pobre como he sido yo, la culpa se te pasa enseguida —Sam mete una mano en el cajón y saca una barra de labios robada. La destapa y, formando un círculo perfecto con la boca, se perfila los labios con el carmín rojo cereza—. ¿Qué te parece? ¿Me sienta bien este color?

—Eso no tiene nada que ver con lo que pasó en el bosque —le digo.

—Claro —contesta Sam, chasqueando los labios—. Eres completamente normal.

—Que te den.

Sonríe. Una sonrisa de labios de cereza que centellea como el neón.

—¡Ves, a eso me refiero! Muestra algún sentimiento, Quinn. Por eso quería que dijeras su nombre. Por eso he reventado tu cajón sorpresa. Quiero ver cómo te enfadas. Mereces sentir esa rabia. No intentes esconderla detrás de tu página web con tus pasteles y magdalenas y bizcochos. Eres un desastre. Y yo también. No pasa nada por reconocerlo. Estamos tocadas, cielo.

Echo otro vistazo al cajón, mirando cada objeto como por primera vez, y comprendo que Sam tiene razón. Solo alguien muy tocado robaría cucharas y iPhones y polveras de plata. La humillación se apodera de mi cuerpo, con un ligero calambre. Empujo a Sam a un lado y me voy como una autómata hasta el armario donde guardo el Xanax. Me pongo una pastilla en la mano.

—¿No vas a compartir los caramelos con el resto de la clase?

La miro perpleja, con la cabeza en otra parte, las neuronas enfocadas exclusivamente en que esa pastilla celeste entre en mi organismo.

—El Xanax —dice Sam—. Dame uno.

Me quita la pastilla de la mano. En lugar de tragársela entera, la tritura entre los dientes como unas vitaminas de los Picapiedra. Siguiendo mi costumbre, me tomo la mía con un trago de refresco de uva.

—Un método interesante —dice Sam mientras se pasa la lengua por los dientes, barriendo los gránulos sueltos.

Doy otro trago al refresco.

—Con un poco de azúcar. La canción no miente.

—Con tal de que cumpla con su cometido, supongo que da lo mismo —Sam tiende la mano—. Dame otro.

Le pongo una segunda pastilla en la palma de la mano. Ahí se queda, acunada como un diminuto huevo de petirrojo, mientras Sam me mira con curiosidad.

—¿Tú no tomas otra?

No es una pregunta.

Es un desafío.

De repente siento que estamos repitiendo el juego de ayer por la tarde. Las dos en la cocina, mientras Sam observa y yo inexplicablemente quiero impresionarla.

—Claro —le digo.

Me meto otro Xanax en la boca, seguido de más refresco de uva. En lugar de masticar el suyo, Sam hace una señal a la botella de refresco. Da dos buenos tragos, que acaban con un breve eructo.

—Tienes razón. Así baja mejor —de nuevo, tiende la mano—. A la tercera va la vencida.

En esta ocasión nos tomamos la pastilla a la vez, pasándonos rápidamente la botella. El Xanax me ha dejado un punto amargo en la lengua, que se nota más con el cosquilleo pegajoso del refresco de uva en los dientes. Me río ante lo ridículo de la situación. Solo somos dos mujeres que se salvaron de una masacre y se ponen hasta arriba de tranquilizantes. A Lisa no le habría gustado.

—¿Sin rencores? —pregunta Sam.

La suave luz de la mañana cae oblicua por la ventana de la cocina sobre su cara. Aunque se ha cuidado de ponerse maquillaje, el sol expone las pequeñas telarañas de arrugas que empiezan a formarse alrededor de sus ojos y las comisuras de la boca. Atraen mi mirada igual que me atrae un cuadro de Van Gogh, buscando siempre atisbos del lienzo oculto entre los pegotes de pintura. Esa es la verdadera Sam que busco. La mujer tras la máscara de tipa dura.

Atisbo una imagen oscuramente seductora. Veo a alguien que todavía intenta comprender qué ha sido de su vida. Veo a alguien solitario y triste e inseguro de todo.

Me veo a mí misma, y en ese reconocimiento me alivia sentir que hay alguien más como yo.

—Sí —digo—. Sin rencores.

El Xanax me pega quince minutos después, mientras estoy en la ducha. Mi cuerpo se afloja poco a poco, como si el vapor de la ducha me penetrara por los poros, arremolinándose dentro de mí, inundándome. Me visto como en una nube, sintiéndome etérea, deslizándome por el pasillo, donde Sam me espera junto a la puerta, flotando también, con una mirada risueña.

—Vámonos —su voz suena apagada, tenue. Una llamada de larga distancia.

—¿Adónde? —pregunto, aunque es como si hablara otra persona. Alguien más contenta y despreocupada. Alguien que nunca ha oído nombrar Pine Cottage.

—Vámonos —repite Sam.

Así que voy tras ella, cojo el bolso y la sigo hasta el rellano, el ascensor, el vestíbulo, la calle, donde la luz del sol se derrama sobre nosotras, dorada, cálida y radiante. Sam también está radiante, con mechas anaranjadas en el pelo y la cara sonrosada. Intento detenerme delante de cada puerta y escaparate para ver si también yo estoy radiante, pero Sam me aparta y me mete en un taxi al que ha parado sin que me diera cuenta.

Seguimos flotando. Adentrándonos en el corazón humeante de la ciudad hacia Central Park, donde una brisa de otoño se cuela por la ventanilla del taxi, abierta un par de dedos. Cierro los ojos, sintiendo la caricia del aire hasta que el taxi se detiene y Sam tira de mí, aunque casi ni me entero.

—Aquí estamos —dice.

«Aquí» es la Quinta Avenida. «Aquí» es la fortaleza de hormigón de Saks. «Aquí» vamos las dos flotando por la acera, cruzando las puertas que dan al flamante laberinto de mostradores de perfumes, atravesando aromas tan fuertes que casi puedo verlos desplegarse en tonos de rosa y lavanda. Sigo a Sam a través del aire arcoíris y por una escalera mecánica. Entramos flotando al departamento de moda de mujer, donde aparece un nuevo arcoíris, tangible en hileras de algodón, seda y satén.

Hay otras mujeres dando vueltas. Vendedoras aburridas y señoras altivas y adolescentes lánguidas que deberían estar en la escuela pero en cambio están aquí, susurrando por sus teléfonos móviles. Nos lanzan miradas acusadoras, si es que se molestan en mirarnos.

Envidia.

Saben que somos especiales.

—Hola —le digo a una de ellas, riéndome.

—Me encanta esa falda —le dice Sam a otra.

Me conduce hasta un perchero de blusas. Blancas, salpicadas con flores de colores. Saca una del perchero y la sostiene en alto.

—¿Qué te parece? —me pregunta.

—Te quedaría alucinante —digo.

—¿En serio?

—Sí, tienes que probártela.

Coge la blusa.

—Dame tu bolso —me dice.

Mi bolso. Había olvidado que lo llevaba. Entonces una línea de lucidez atraviesa la bruma, en una aparición tan súbita que me mareo.

—No irás a robarla —le digo.

La expresión de Sam es inescrutable. El lustre dorado de su cara se ensombrece.

—No es robar si te lo has ganado. Y después de lo que nosotras pasamos, nena, diría que nos lo hemos ganado de calle. Bolso, por favor.

Con los brazos tan entumecidos que apenas los siento, le paso el bolso a Sam. Se lo pone bajo el brazo y desaparece en el probador.

Mientras la espero, un destello dorado atrae mi mirada y encamina mis pasos hacia allí. Es un pequeño expositor de accesorios: cinturones finos y brazaletes gruesos y largos collares de abalorios. Sin embargo, son unos pendientes los que captan mi atención. Los dos óvalos colgantes me recuerdan a unos espejos gemelos, que absorben la luz hasta que resplandecen.

Radiantes.

Como yo.

Como Sam.

Acaricio uno, la luz centellea. Mi reflejo salta de la superficie, la cara alargada y pálida.

—Los quieres, ¿no? —es Sam, que ha salido del probador y de pronto está detrás de mí, susurrándome al oído—. Adelante. Ya sabes qué hacer.

Me devuelve el bolso. Sin necesidad de mirar, sé que la blusa está dentro. Irradia un calor que hace latir el bolso. Abro la cremallera, apenas una rendija. Asoma una punta de seda blanca salpicada de color.

—No hará daño a nadie —dice Sam—. A ti sí que te hicieron daño, Quinn. A ti, a mí y a Lisa.

Se aleja a un perchero de jerséis. Agarra unos cuantos con las dos manos y los deja caer, las perchas de plástico resuenan contra el suelo. El ruido atrae a una vendedora, que se pega a Sam.

—Qué patosa soy —dice.

Ahora me toca a mí. Mientras Sam y la vendedora recogen los jerséis caídos, saco los pendientes del expositor y me los guardo en el bolso. Luego me alejo a paso rápido de la escena del crimen. Estoy a mitad de camino del departamento de moda de mujer cuando Sam me alcanza. Me agarra de la muñeca, frenándome.

—Calma, nena —susurra—. No hace falta parecer sospechosa.

Pero somos sospechosas. Y estoy segura de que todas esas vendedoras aburridas y señoras altivas y adolescentes lánguidas que deberían estar en la escuela saben lo que hemos hecho. Espero a que nos sigan con la mirada cuando pasamos, pero ninguna lo hace. Somos tan radiantes que nos hemos vuelto invisibles.

Solo un hombre se fija en nosotras. Un veinteañero con vaqueros gastados, polo de Brooks Brothers y lustrosas zapatillas negras de deporte con franjas rojas en los lados. Nos observa por encima de uno de los mostradores de perfume, deteniéndose antes de apretar el atomizador para vernos pasar flotando hacia la puerta. Yo también lo miro y advierto un destello extraño en el fondo de sus ojos. Me preocupa.

—Nos vigilan —le digo a Sam—. Un guardia de seguridad.

El corazón empieza a saltarme en el pecho, cada vez más rápido. Estoy asustada y excitada y sin aliento y exhausta. Quiero correr, pero Sam sigue agarrándome del brazo, incluso cuando el hombre deja la colonia, recoge un periódico del mostrador y nos sigue.

—Disculpad —nos llama.

Sam masculla entre dientes. El corazón me late aún más rápido.

—Disculpad —repite el hombre, con un tono más apremiante, llamando la atención de otra gente, que levanta la vista, lo mira, nos mira. Somos visibles otra vez.

Sam aprieta el paso, obligándome a hacer lo mismo. Llegamos a la puerta y estamos a punto de salir cuando el hombre se apresura y alarga un brazo para tocarme.

En la calle, Sam se dispone a echar a correr. Su cuerpo se tensa junto al mío, preparándose para la carrera. Me tenso también, sobre todo porque el hombre me pisa ya los talones. Cuando al fin me planta una mano en el hombro, giro en seco y le tiendo el bolso, como una ofrenda.

El hombre no mira el bolso sino a nosotras, con una sonrisa estúpida.

—Sabía que erais vosotras.

—No te conocemos, tío —dice Sam.

—Yo sí os conozco —dice—. Quincy Carpenter y Samantha Boyd, ¿no? De las Últimas Chicas.

Hurga en el bolsillo de los vaqueros y saca un bolígrafo enredado en un llavero. Lo libera y me lo da.

—Sería genial que me firmarais un autógrafo.

Entonces nos tiende el periódico. Es un tabloide, con la portada desplegada ante nosotras. Cuando la miro, me veo a mí misma de frente.

—¿Ves? —dice el hombre, orgulloso.

Me tambaleo hacia atrás, cayendo de nuevo a la Tierra, la acera de repente dura y áspera bajo mis pies. Una segunda mirada al periódico me confirma lo que ya sé.

A saber cómo, Sam y yo nos hemos convertido en noticia de primera página.

12.

Nuestra fotografía ocupa la mayor parte de la portada del periódico, hasta la cabecera. La imagen nos muestra a Sam y a mí en el momento de nuestro primer encuentro, de pie delante de mi edificio, estudiándonos la una a la otra. Salgo fatal, con el peso sobre la pierna derecha, la cadera protuberante, los brazos cruzados en actitud recelosa. Sam está situada ligeramente fuera de ángulo, pálida y cortada de perfil. Aparece con la boca abierta, hablando, mientras el macuto está todavía a mis pies. Recuerdo el instante con incisiva precisión. Fue antes de que Sam empezara a decir: «No hace falta que tengas tan mala baba».

El titular está debajo de la foto, en grandes letras rojas: ALMAS GEMELAS.

Debajo hay una imagen de Lisa Milner, parecida a la de la solapa de su libro. Al lado, un titular más pequeño pero no menos alarmante: LAS ÚLTIMAS CHICAS SE ENCUENTRAN DESPUÉS DEL SUICIDIO DE LISA MILNER, SUPERVIVIENTE DE UNA MATANZA.

Miro la cabecera otra vez. Es el mismo tabloide del reportero que merodeaba ayer junto a mi portal. Su nombre me viene a la cabeza. Jonah Thompson. Capullo retorcido. Debía de estar aún allí, espiándonos desde un coche, con la cámara apoyada en el salpicadero.

Le arranco el periódico al cazador de autógrafos y echo a andar.

—¡Eh! —grita.

Sigo andando, a trompicones por la Quinta Avenida. Aunque me tiemblan las piernas, los músculos me piden Xanax. Más. Todos los que sean precisos para hacerme olvidar durante unos días. A pesar de que con eso no bastaría para aplacar mi furia.

Hojeo el periódico mientras camino. Dentro hay una fotografía más grande de Lisa y una serie de instantáneas que detallan mi primera conversación con Sam, todas desde el mismo ángulo. Se me ve cada vez menos enfadada en esas fotos, mi postura y mi expresión se relajan. En cuanto al artículo en sí, a duras penas consigo terminar los dos primeros párrafos.

—¿Qué dice? —me pregunta Sam mientras se apresura para no quedarse atrás.

—Que las dos estamos en la ciudad, unidas por el inesperado suicidio de Lisa.

—Bueno, en cierto modo eso es verdad.

—Y eso no le incumbe a nadie más que a nosotras, maldita sea. Que es exactamente lo que voy a decirle a Jonah Thompson.

Paso las páginas con furia hasta dar con la dirección de la redacción. Calle Cuarenta y Siete Oeste. Dos manzanas al sur y una al oeste. Avanzo espoleada solo por la rabia. Doy dos pasos antes de advertir que Sam no se ha movido. Está parada en la esquina, mordiéndose las cutículas mientras observa mi retirada.

—Vamos —le digo.

Niega con la cabeza.

—¿Por qué no?

—Porque no es una buena idea.

—Eso dice la mujer que acaba de animarme a robar en una tienda —varios transeúntes se vuelven al oírme. No me importa—. Pienso ir de todos modos.

—Haz lo que te pida el cuerpo, nena.

—¿De verdad no te cabrea todo esto?

—Claro que me cabrea.

—Entonces deberíamos hacer algo.

—No servirá de nada —dice Sam—. Seguiríamos estando en primera página.

Se vuelven más cabezas. Pongo mala cara a cualquiera que me sostenga la mirada. Y también le pongo mala cara a Sam, frustrada ante su indolencia. Quiero a la misma Sam que hace una hora me alentaba a sacar la rabia, y en cambio estoy frente a una criatura amansada por el mismo Xanax que a mí me quema por dentro.

—Iré igualmente —digo.

—No vayas —dice Sam.

Echo a andar de nuevo, empujada por la ira. Le grito por encima del hombro, alargando las palabras para hostigarla.

—Me voy.

—Quinn, espera.

Sin embargo, ya es demasiado tarde para eso. He llegado a la esquina y cruzo la calle encandilada por el sol. Me parece oír que Sam sigue llamándome, su voz mezclada con el tumulto de la ciudad. Sigo adelante, empuñando el periódico, con el propósito de no detenerme hasta estar cara a cara con Jonah Thompson.

No hay forma de pasar del mostrador de seguridad. Está nada más entrar en el vestíbulo, a unos pasos de la concurrida hilera de ascensores. Podría correr y colarme por una de las puertas que se abren y se cierran a cada momento, pero el guardia de seguridad me saca una cabeza y sería capaz de cruzar ese vestíbulo como un relámpago, atajándome el paso.

Así que voy directa hacia él, con el periódico enrollado en la mano.

—Quiero hablar con Jonah Thompson —anuncio.

—¿Su nombre?

—Quincy Carpenter.

—¿La está esperando?

—No —digo—. Pero sé que querrá verme.

El guardia consulta el directorio, hace una llamada y me pide que espere junto al mural que hay enfrente de los ascensores. Es una enorme pintura *art déco*. Un perfil del horizonte de Manhattan, en tonos apagados. Aún estoy contemplándolo cuando suena una voz a mi espalda.

—Quincy —dice Jonah Thompson—. ¿Cambiaste de opinión y quieres hablar?

Me vuelvo de golpe y al verlo me hierve la sangre. Lleva una camisa de cuadros y una corbata fina, moderna y petulante. Bajo el brazo trae una carpeta abultada. Probablemente trapos sucios de su próxima víctima.

—He venido a por una disculpa, hijo de perra.

—Has visto el periódico.

—Y ahora toda la puta ciudad puede ver dónde vivo —le digo, sacudiendo el periódico de marras delante de sus narices.

Pestañea tras las gafas de concha, más entretenido que alarmado.

—Ni el artículo ni el pie de foto mencionan dónde vives. Me ocupé de eso. Ni siquiera se nombra la calle.

—No, pero nos has expuesto. Nos has identificado. Ahora el mundo entero puede buscarnos en Google y ver cómo somos Samantha Boyd y yo. Y eso significa que cualquier psicópata puede aparecer y acecharnos.

No se le había ocurrido. Palidece ligeramente, constatando su sorpresa.

—No pretendía…

—Desde luego que no. Solo pensabas en cuántos periódicos venderías. Qué aumento conseguirías. A cuánto ascendería la inevitable oferta de TMZ.

—Esa no es la razón por…

—Podría demandarte —le digo, interrumpiéndole de nuevo—. Tanto Sam como yo podríamos demandarte. Así que reza para que no nos pase nada.

Jonah traga saliva.

—Entonces ¿has venido a decirme que vas a demandar al periódico?

—Estoy aquí para avisarte de que lo pagarás muy caro si vuelvo a ver otro artículo sobre mí o Samantha Boyd. Lo que nos pasó fue hace años. Déjalo estar.

—Hay algo que debes saber sobre ese artículo —dice Jonah.

—Puedes meterte el artículo por el culo.

Hago además de marcharme pero me agarra del brazo, tirándome hacia atrás.

—¡No me toques!

Jonah es más fuerte de lo que parece, me agarra con una firmeza inesperada. Intento zafarme, retorciendo el brazo hasta que me duele el codo.

—Escúchame —dice—. Es sobre Samantha Boyd. Te está mintiendo.

—¡Que me sueltes!

Le doy un empujón. Más enérgico de lo que pretendía. Basta para llamar la atención del guardia, que me ladra:

—Señorita, tiene que marcharse.

Como si yo no lo supiera. Como si no fuera consciente de que cuanto más tiempo pase aquí, más me enfadaré. Me enfado tanto que cuando Jonah trata de acercarse de nuevo, le doy otro empellón con todas mis ganas, esta vez intencionadamente más fuerte que el primero.

Se tambalea hacia atrás, y con el impulso su carpeta cae. Se abre por el camino y docenas de recortes de prensa se esparcen por el suelo en abanico, con los titulares gritando variaciones de la misma historia.

Pine Cottage. Masacre. Últimas Chicas. Asesino.

Fotos de baja resolución acompañan la mayoría de los artículos. Para cualquier otra persona no significarían nada. Copias de copias, pixeladas y borrosas y con manchas de Rorschach. Solo yo puedo ver qué son en realidad. Imágenes exteriores de la cabaña, tomadas tanto antes como después de los asesinatos. Fotos de Janelle, Craig y los demás, sacadas del anuario de la universidad. Una foto mía. La misma que publicaron en la portada de *People* sin mi permiso.

También está él. Su imagen en un recuadro aparte, junto a la mía. No he visto su cara en diez años. Desde aquella noche. Cierro los ojos, pero es demasiado tarde. Esa imagen fugaz rompe algo en mi interior, cerca de donde me clavó el cuchillo. Una arcada sale de mi garganta, seguida por el temblor de la náusea a medida que ese pedazo suelto de mí misma me sube por dentro, negro, bilioso y espeso.

—Voy a vomitar —aviso.

Y, dicho y hecho, devuelvo sobre el suelo hasta cubrir todos y cada uno de los artículos.

Pine Cottage. 18:18 h

Quincy y Janelle se quedaron en la zona de cocina de la cabaña, separada del salón por una barra a la altura de la cadera. Fue sugerencia de Janelle que cada uno se encargara de un aspecto de la cena. Una sorpresa, teniendo en cuenta que el plato más elaborado que Quincy le había visto preparar eran fideos de arroz chinos.

—A lo mejor deberíamos comer perritos calientes a la parrilla y ya está —había dicho Quincy cuando planeaban el fin de semana—. Vamos de acampada, al fin y al cabo.

—¿Perritos calientes? —contestó Janelle, agraviada—. En mi cumpleaños, ni hablar.

Así que allí estaban, chocando con Amy y Betz, a quienes se les había asignado el plato principal de pollo al horno y guarniciones varias. Quincy asumió las funciones de repostera, y había venido cargada con una bolsa entera de utensilios de cocina para la ocasión. Una bizcochera. Todos los ingredientes necesarios. Una manga pastelera con picos de quita y pon. Sí, la madre y el padrastro de Janelle habían pagado el alquiler de la cabaña, pero Quincy estaba decidida a ganárselo con el postre.

Janelle se ocupaba de una tarea sencilla: atendía la barra. Mientras Betz y Amy trajinaban con el pollo y Quincy decoraba el pastel, sacó varias botellas de licor. Licor barato de garrafón que tomarían en los vasos rojos de plástico que Janelle había traído a mansalva.

—¿Hasta cuándo vas a dejar que Joe se quede? —le susurró Quincy.

—Todo lo que le apetezca —contestó Janelle también en susurros.

—¿Cómo, toda la noche? ¿En serio?

—Claro —dijo Janelle—. Se está haciendo tarde y hay lugar de sobra. Podría ser divertido.

Quincy no lo veía claro. Tampoco los demás, aunque se lo callaban. Ni siquiera a Joe, con sus extrañas cadencias y las gafas mugrientas que le empañaban la vista, parecía entusiasmarle la idea.

—¿Se te ha ocurrido que a lo mejor quiere irse a casa? —dijo Quincy—. ¿No es así, Joe?

Su imprevisto invitado estaba sentado en el raído sofá del salón, mirando a Craig y Rodney, que discutían arrodillados frente a la cavernosa chimenea la mejor manera de encender un fuego. Al darse cuenta de que se dirigían a él, miró a Quincy, sobresaltado.

—No quiero ser una molestia —dijo.

—Molestia, ninguna —lo tranquilizó Janelle—. A menos que debas irte.

—No.

—Y tienes hambre, ¿a que sí?

Joe se encogió de hombros.

—Supongo.

—Tenemos comida y bebida de sobra. Y tenemos un sofá, y hasta una cama extra.

—También tenemos un coche —dijo Quincy—. Lleno de teléfonos móviles. Craig podría llamar a una grúa o llevarlo a donde haga falta. A su coche, por ejemplo. O a su casa.

—Tardarían horas. Además, quizá Joe quiera unirse a la fiesta —Janelle miró hacia él, esperando que secundara la propuesta—. Ahora que somos todos amigos.

—En sentido estricto, todavía es un extraño —dijo Quincy.

Janelle le lanzó la mirada exasperada que ponía siempre cuando pensaba que Quincy era una mojigata. Quincy había visto esa misma expresión al dar un solo sorbo de cerveza y una única calada a un porro. En ambos casos, Janelle había impuesto su voluntad para coaccionarla.

Ahora, sin embargo, las circunstancias amplificaron su frustración. Todo lo que rodeaba el fin de semana (la cabaña, su cumpleaños, la ausencia de vigilancia de cualquier clase) la había desmadrado un poco.

—Estamos aquí para divertirnos, ¿no? —dijo, con un tono ligeramente acusador, como si sospechara que ella era la única decidida a pasarlo bien—. Pues ya está. Divirtámonos.

La cuestión parecía zanjada. Joe se quedaría todo el tiempo que quisiera. La chica del cumpleaños volvía a hacer su voluntad.

—¿Tú qué tomas? —le preguntó Janelle a Joe una vez la barra improvisada estuvo lista.

Joe miró las botellas, tan perplejo como deslumbrado ante la cantidad de opciones.

—Yo... yo no bebo, la verdad.

—¿En serio? —dijo Janelle—. Pero ¿nada de nada?

—Sí —Joe frunció el ceño—. O sea, no.

—Bueno, ¿en qué quedamos?

—A lo mejor no quiere beber —dijo Quincy, de nuevo la voz de la razón, el ángel perpetuamente posado en el hombro de Janelle—. A lo mejor, como yo, Joe prefiere mantener el control sobre sus facultades mentales.

—Tú no bebes porque eres una mosquita muerta y mamá y papá se enfadarán si se enteran —le dijo Janelle—. Joe no es así, ¿a que no?

—Es solo que... nunca lo he probado —dijo él.

—¿Ni siquiera con tus amigos?

Joe tartamudeó, balbuciendo una respuesta. Pero era demasiado tarde. Janelle saltó.

—¿Qué? ¿Amigos tampoco?

—Tengo amigos —dijo Joe, un poco picado.

—¿Y novia? —preguntó Janelle, burlona.

—Quizá. No... no sé lo que es.

Detrás de Quincy, Betz susurró:

—Imaginaria, me parece.

Janelle la fulminó con la mirada antes de volverse hacia Joe.

—Entonces tendrás una buena historia que contarle la próxima vez que la veas —le dijo.

Empezó a servir, echando un chorrito de licor de varias botellas en un vaso y llenando el resto con zumo de naranja. Luego se lo llevó a Joe, cerrándole los dedos a la fuerza alrededor del plástico rojo.

—Tómatelo.

Joe acercó la cara al vaso, y no al revés, hundiendo la nariz por el borde como un pájaro. Salió una tos de dentro del vaso. Su primer sorbo. Cuando subió a por aire, tenía los ojos muy abiertos y vidriosos.

—Está bien —dijo.

—¿Bien? Te ha encantado —replicó Janelle.

Joe se lamió los labios.

—Es demasiado dulce.

—Eso puedo arreglarlo —Janelle le quitó el vaso de las manos tan rápido como se lo había dado. Volvió a la barra, cogiendo un limón y revisando su área de trabajo.

—¿Alguien tiene un cuchillo?

Vio uno en la encimera, un cuchillo de trinchar para el pollo que Amy y Betz estaban preparando. Janelle lo cogió y rajó el limón, atravesando la cáscara, la pulpa y, por último, su dedo.

—¡Joder!

Al principio Quincy pensó que hacía tanto drama por Joe. Ofreciéndole lo que los demás llamaban a sus espaldas «el show de Janelle». Hasta que vio la sangre que manaba del dedo, chorreando de la servilleta de papel con que se lo apretaba, salpicando la encimera de goterones del tamaño de pétalos de rosa.

—Ay —gimoteó Janelle, y empezaron a saltársele las lágrimas—. Uy, ay, au.

Quincy acudió a su lado, solícita, consolándola como corresponde a una buena compañera de cuarto.

—No pasa nada. Levanta la mano. Apriétate la herida.

Revoloteó por la cocina en busca de un botiquín mientras Janelle saltaba sobre un pie y luego sobre otro, haciendo una mueca de dolor al ver tanta sangre.

—Deprisa —la apremió.

Quincy encontró una lata de tiritas debajo del fregadero. De esas antiguas, con tapa de bisagras. Tan antigua que no recordaba la última vez que había visto una parecida en su casa. Sacó la tirita más grande que encontró y la colocó alrededor del dedo de Janelle, rogándole que se quedara quieta.

—Ya está —dijo Quincy retirándose con las manos en alto—. Como nueva.

El drama atrajo a Joe. Se levantó del sofá y se quedó rondando cerca, observando a Janelle, que se examinaba el dedo vendado. Su mirada se topó con el cuchillo de la encimera y su hoja manchada de sangre.

—Parece afilado —dijo, cogiendo el cuchillo y pasando la yema del dedo índice por la punta—. Tenéis que ir con más cuidado.

Miró a Janelle y a Quincy, como esperando a que le confirmaran que lo harían. Le colgaban unas gotas del labio inferior, restos de su primer cóctel. Se las limpió con el dorso de la mano y, empuñando aún el cuchillo, se pasó la lengua por los labios.

13.

Jeff pasa a recogerme al cabo de media hora, después de que lo haya avisado Jonah Thompson, que encontró su número en mi teléfono móvil, porque cuando le vomité en los zapatos me preguntó a quién podía avisar y se lo di. Estoy en el baño del vestíbulo cuando llega, encorvada sobre un váter aunque siento el estómago tan exprimido como un odre vacío. Una de las compañeras de Jonah viene a sacarme del cubículo. Un pajarito en forma de reportera llamada Emily, que me llama nerviosa asomándose apenas por la puerta, como si pudiera contagiarse, como si me tuviera miedo.

En casa, Jeff me acuesta en la cama a pesar de mis protestas y de que le digo que me siento mucho mejor. Al parecer no tanto, porque me duermo nada más recostar la cabeza en la almohada. Paso toda la tarde en un sueño agitado, y solo recupero vagamente la conciencia cuando Jeff o Sam vienen al dormitorio a echarme un vistazo. Al anochecer, me despierto hambrienta. Jeff trae una bandeja con una comida digna de una inválida: caldo de pollo con fideos, pan tostado y ginger ale.

—No tengo la gripe, ¿sabes? —le digo.

—No lo sabes con certeza —dice Jeff—. Parece que te pusiste fatal.

Por la combinación de falta de sueño, Wild Turkey y exceso de Xanax. Y él, claro. Por verlo en esa foto.

—Ha debido de sentarme mal algo que he comido —le digo—. Me noto mucho mejor. De verdad. Estoy bien.

—Entonces seguro que te alegrará saber que tu madre ha llamado.

Suelto un gruñido.

—Dijo que los vecinos están preguntando por qué sales en la portada de los periódicos —continúa Jeff.

—De un periódico —matizo.

—Quiere saber qué tiene que decirles.

—Por supuesto.

Jeff pellizca un triángulo de pan tostado, da un mordisco, lo deja de nuevo en mi bandeja.

—No estaría mal que la llamaras —sugiere mientras mastica.

—¿Y que me riña por no ser perfecta? —le digo—. Creo que paso.

—Está preocupada por ti, cariño. Han sido unos días muy ajetreados. El suicidio de Lisa. Salir en el periódico ese. A Sam y a mí nos preocupa cómo estás llevando todo esto.

—¿Significa eso que habéis mantenido una conversación de verdad?

—Así es —dice Jeff.

—¿Una conversación civilizada?

—A más no poder.

—Vaya sorpresa. ¿Y de qué hablasteis?

Jeff va a pellizcar otra vez la tostada, pero le aparto la mano. Así que se quita los zapatos y sube las piernas a la cama. Ladeado, se arrima hasta apretarse contra mi cuerpo.

—De ti. Y de que quizá sea buena idea que Sam se quede por aquí una semana.

—Caramba. Quién eres tú y qué has hecho con el verdadero Jefferson Richards.

—Hablo en serio —dice Jeff—. Me he pasado todo el día pensando en lo que me dijiste anoche. Y tenías razón. La manera en que conseguí que retiraran los cargos contra Sam estuvo mal. Merecía una defensa mejor. Y lo siento.

Le doy a Jeff más pan tostado.

—Disculpa aceptada.

—Además —dice, entre bocado y bocado—, el caso del policía asesinado va a empezar a ocuparme más tiempo, y no me gusta la idea de que te pases la mayor parte del día sola en casa. No después de que hayan empapelado la ciudad con tu fotografía.

—Así que sugieres que Sam sea mi niñera, ¿no?

—Que te haga compañía —matiza Jeff—. Y de hecho se ofreció ella misma. Mencionó que ayer cocinasteis juntas. No te iría mal un poco de ayuda en la Temporada Repostera. Siempre has dicho que necesitabas un pinche.

—¿Estás seguro? —le pregunto—. Con todo lo que tienes entre manos...

Jeff inclina la cabeza.

—Ahora pareces tú quien no está segura.

—Me parece una gran idea. Solo que no quiero que te afecte. Ni que nos afecte.

—Oye, voy a ser sincero y a reconocer que Sam y yo probablemente nunca seremos amigos. Pero vosotras dos sí tenéis una conexión. O podríais. Sé que no hablamos mucho de lo que te pasó...

—Porque no hay necesidad —me apresuro a añadir.

—Estoy de acuerdo —dice Jeff—. Dices que nunca superarás lo que ocurrió, pero ya lo has hecho. Ya no eres aquella chica. Eres Quincy Carpenter, diosa de la repostería.

—Exagerado —digo, aunque en el fondo la descripción me complace.

—Pero tal vez sí necesitas alguna clase de apoyo en el día a día. Alguien que no sea Coop. Si Sam es la persona que necesitas, yo no quiero interponerme.

Me doy cuenta, y no por primera vez, de la suerte que tengo de haber encontrado a un hombre como Jeff. No puedo evitar pensar que él es la única diferencia de peso entre Sam y yo. Sin Jeff, sería igual que ella, salvaje, iracunda y solitaria. Una tempestad que nunca alcanza la orilla, siempre de aquí para allá.

—Eres increíble —le digo, apartando la bandeja para echarme encima de él.

Le doy un beso. Jeff me besa, apretándome más fuerte contra su cuerpo.

La tensión del día se funde de pronto en deseo y me pongo a quitarle la ropa sin pensarlo siquiera. Le aflojo la corbata. Le desabrocho los botones de la camisa Oxford. Beso los pezones rosados rodeados de una maraña de pelo antes de bajar y notar su excitación.

Oigo que mi teléfono vibra en la mesilla de noche. Trato de ignorarlo, pensando que es un periodista. O, peor aún, mi madre. Sin embargo, el teléfono sigue chocando contra la lámpara del velador, insistente. Echo un vistazo para saber quién me llama.

—Es Coop —digo.

Jeff suspira, desinflándose.

—¿No puede esperar?

No. Coop me había llamado la noche de antes, respondiendo a mi mensaje de falsa despreocupación. En ese momento estaba demasiado ocupada para atender, con Sam rondando por la cocina mientras yo preparaba la cena. Si no contesto ahora, Coop se inquietará.

—No, mientras mi foto siga en primera plana —le digo a Jeff.

Con el teléfono vibrando en la mano, salto de la cama, corro hasta el cuarto de baño y cierro la puerta al entrar.

—¿Por qué no me dijiste que Samantha Boyd se había puesto en contacto contigo? —dice Coop a modo de saludo.

—¿Cómo te has enterado?

—Recibí una alerta de Google —dice, una respuesta tan inesperada que si me hubiera hablado de alienígenas no me habría sorprendido más—. Aunque habría preferido saberlo por ti.

—Iba a llamarte —y es cierto. Había pensado llamarlo justo después de encararme con Jonah—. Sam se presentó en mi casa ayer. Después de la muerte de Lisa, pensó que sería buena idea encontrarnos.

Podría haberle contado más a Coop, desde luego. Que Sam se había cambiado de nombre hacía años. Que me desafió a tragarme dos Xanax más de la cuenta. Que vomité los tres en el momento en que vi la foto de él.

—¿Todavía está ahí? —pregunta Coop.

—Sí. Va a quedarse con nosotros.

—¿Cuánto tiempo?

—No lo sé. Hasta que arregle algunos asuntos.

—¿De verdad crees que es una buena idea?

—¿Por qué? ¿Estás preocupado por mí?

—Siempre me preocupo por ti, Quincy.

Guardo silencio, sin saber cómo reaccionar. Coop nunca ha sido tan directo. No sé si para bien o para mal. En cualquier caso, es agradable oírle reconocer que se preocupa. Desde luego, es más reconfortante que sus saludos secos.

—Reconócelo —digo al fin—. Cuando viste esa alerta de Google, estuviste a punto de pillar el coche y venir a ver cómo estaba.

—Llegué a la carretera antes de contenerme y dar media vuelta —dice Coop.

No lo dudo. Es esa especie de devoción la que me ha hecho sentir a salvo todos estos años.

—¿Qué te hizo cambiar de idea?

—Saber que sabes cuidar de ti misma.

—Eso me dicen.

—Aun así, me inquieta que Samantha Boyd haya decidido dejar de esconderse —dice Coop—. Has de admitir que es chocante.

—Empiezas a hablar igual que Jeff.

—Y ella, ¿cómo es? ¿Está...?

La primera palabra que me viene a la cabeza es la que Sam usó esta mañana. *Tocada.*

—¿Si es normal? —digo, en cambio—. Teniendo en cuenta lo que le pasó, es tan normal como cabría esperar.

—Pero no tan normal como tú.

Detecto una sonrisa en su voz. Imagino sus ojos azules centelleando, como ocurre las raras ocasiones que se permite bajar la guardia.

—Claro que no —digo—. Yo soy la reina de la normalidad.

—Bueno, reina Quincy, ¿qué te parece si voy a la ciudad a conocer a Samantha? Me gustaría echarle un vistazo.

—¿Por qué?

—Porque no me fío de ella —Coop suaviza un poco el tono, como si supiera que empieza a sonar demasiado intenso—. No, hasta que la conozca. Quiero asegurarme de que no trama nada.

—Descuida —le digo—. Jeff ya la ha acribillado a preguntas.

—Bueno, pero yo no.

—Me sabe mal que te tomes tantas molestias.

—Pues que no te sepa mal —dice Coop—. Mañana tengo el día libre y hace buen tiempo. Las hojas empiezan a cambiar de color en las Poconos. Invita a dar una vuelta en coche.

—Si es así, estupendo —digo—. ¿Qué te parece a mediodía?

—Perfecto —aunque estamos al teléfono, sé que Coop asiente. Percibo su gesto—. Donde siempre.

—Hecho —le digo.

Coop se pone serio otra vez, su voz ronca y grave.

—Por favor, ve con cuidado hasta entonces. Sé que crees que me preocupo más de la cuenta, pero no es así. Es una extraña, Quincy. Una extraña que ha pasado por experiencias terribles. No sabemos cómo tiene la cabeza. No sabemos de qué es capaz.

Me siento en el borde de la bañera, apretando las rodillas, sintiendo frío de repente. La voz de Jonah Thompson se cuela en mis pensamientos. «Es sobre Samantha Boyd. Te está mintiendo.» Qué tipejo pusilánime.

—Tranquilo —le digo a Coop—. Creo que te caerá bien.

Nos despedimos, Coop con su invitación habitual a que lo llame o mande un mensaje si necesito cualquier cosa.

Me refresco la cara en el lavabo y hago gárgaras con una buena dosis de colutorio. Dibujo un mohín frente al espejo, sensual, preparándome mentalmente para retomar la escena donde Jeff y yo la dejamos. A pesar de la interrupción de Coop, mi deseo sigue casi intacto. Quizá incluso ha ido a más. Estoy preparada para lanzarme de nuevo en la cama y acabar lo que había empezado. Pero cuando salgo del cuarto de baño veo que Jeff, cansado de esperar y de puro cansancio, duerme como un tronco.

La medianoche encuentra mi mente exhausta pero mi cuerpo muy despierto. La larga siesta de la tarde me ha dejado cargada de energía. Me muevo y doy vueltas bajo las sábanas, acalorada, aunque si me destapo me da frío. Jeff no tiene ese problema. Ronca ligeramente a mi lado, ajeno a todo. Sin lograr conciliar el sueño, me levanto de la cama y me pongo unos vaqueros, una camiseta y una chaqueta de punto. Quizá un poco de repostería de madrugada sea el remedio. Unas manzanas hojaldradas a la antigua usanza. El próximo punto en la agenda de *Las delicias de Quincy,* que ya lleva un día de retraso.

No voy más allá del cuarto de invitados. El de Sam ahora, supongo. Una franja de luz se cuela por debajo de su puerta, así que llamo con un par de golpecitos vacilantes.

—Está abierto —dice Sam.

La encuentro en el rincón, hurgando dentro de su macuto. Saca los pendientes de Saks y los tira encima de la cama. Verlos sacude mi memoria. Me había olvidado por completo de ellos.

—Saqué las cosas de tu bolso cuando llegaste a casa —me dice—. Por si a Jeff le daba por echar un vistazo.

—Gracias —digo, mirando los pendientes cohibida—. Ya no sé si los quiero.

—Pues me los quedaré yo —Sam recoge los pendientes de la cama y los deja caer de nuevo en el macuto—. No podemos devolverlos... ¿Cómo te encuentras?

—Mejor —digo—. Pero ahora no puedo dormir.

—Dormir tampoco es mi fuerte.

—Jeff me ha dicho que habéis hablado esta tarde —le digo—. Y me alegro. Nos alegra a los dos. Que te quedes aquí, me refiero. Si necesitas algo, pega una voz. Siéntete en tu casa.

Ya lo ha hecho. Hay un par de libros sobre la mesilla de noche. Títulos de ciencia ficción de bolsillo con las esquinas dobladas y un ejemplar de *El arte de la guerra* en tapa dura. Aunque la ventana está abierta, no acaba de borrarse el humo de tabaco que flota en el aire. La bolsita/cenicero de cuero de Sam descansa en la repisa.

—Perdón por dejarte sola el resto del día —digo—. Espero que no te hayas aburrido demasiado.

—Tranquila —Sam se sienta a un lado de la cama y da palmadas en el colchón hasta que me siento en el otro—. Di un paseo por el barrio. Tuve esa charla agradable con Jeff.

—Mañana te compensaré —le digo—. Por cierto, mañana hemos quedado con alguien. Se llama Franklin Cooper.

—¿El poli que te salvó la vida?

Me sorprende que sepa quién es. Realmente me ha seguido la pista.

—Exacto —le digo—. Quiere conocerte. Pasarse a saludar.

—Y ver si soy una psicópata —dice Sam—. No te preocupes. Lo comprendo. Necesita saber si soy de fiar.

Carraspeo.

—Por eso no puedes mencionar el Xanax.

—Claro —dice Sam.

—O lo de...

—¿Esos descuentos de ocasión que pillas a veces?

—Sí —contesto, agradecida de no tener que decirlo en voz alta—. Tampoco eso.

—Haré gala de mis mejores modales —dice Sam—. Ni siquiera diré palabrotas.

—Después, podemos hacer de turistas. El Empire State. El Rockefeller Center. Donde te apetezca.

—¿Central Park?

No sé si intenta bromear sobre lo que pasó anoche.

—Si te apetece.

—Un momento. ¿Por qué no vamos ahora mismo?

Ahora sé que está bromeando.

—Esa no es buena idea —le digo.

—Y vomitarle encima a ese periodista ¿sí lo fue?

—No lo hice a propósito.

—¿Te dijo algo?

Una vez más, la voz insistente de Jonah Thompson pasa de puntillas por mi cráneo. De nuevo, la ignoro. Sam solo mintió con lo de su cambio de nombre, y ahora ya lo sé. Era Jonah quien mentía, intentando hacerme desembuchar al llamarme «Última Chica». Desembuché, solo que no como él esperaba.

—Nada importante —le digo—. No fui allí para escuchar. Fui allí a chillar.

—Bien hecho.

Me asalta otra idea, que me hace hablar en voz baja.

—¿Por qué no me acompañaste? ¿Por qué no querías que fuera?

—Porque has de elegir tus batallas —dice Sam—. Aprendí hace mucho que luchar con la prensa es inútil. Ganan siempre. Y a tipos como ese niñato de Jonah Thompson, lo único que se consigue es azuzarlos. Probablemente mañana volveremos a salir en el periódico.

Solo de pensarlo, me agarroto de miedo.

—Si llega a ocurrir, lo sentiré.

—No pasa nada. Solo me alegro de que al final te enfadaras por algo. Una chispa se prende en el fondo de sus ojos. Me pregunta:

—¿Cómo te sentiste al plantarle cara?

Lo pienso un momento, cribando mi memoria borrosa para discernir lo que sentí realmente de lo que el Xanax me hizo sentir. Creo que me gustó. Rectifico: sé que me gustó. Me sentí reivindicada, fuerte y enérgica, justo hasta que las náuseas se apoderaron de mí.

—Me sentí bien —digo.

—Sacar rabia siempre sienta bien. ¿Y aún estás enfadada?

—No —digo.

Sam me empuja con aire juguetón desde el otro lado de la cama.

—Mentirosa.

—Vale. Sí. Aún estoy enfadada.

—En ese caso la cuestión es: ¿qué piensas hacer al respecto?

—Nada —digo—. Acabas de decir que es inútil luchar con la prensa.

—Ahora no estoy hablando de la prensa. Hablo de la vida. Del mundo. Un mundo lleno de desgracia e injusticia y de mujeres como nosotras, heridas por hombres que deberían saber que eso no se hace. Y la verdad es que a muy poca gente le importa una mierda. Y todavía somos menos las que nos enfadamos y pasamos a la acción.

—Pero tú eres una de ellas —le digo.

—Tenlo por seguro. ¿Quieres unirte a mí?

Desde el otro lado de la cama miro a Sam y el destello fiero de sus ojos. Se me acelera el pulso al sentir que algo se remueve dentro de mi pecho, ligero como unas alas de mariposa batiendo en el interior de su crisálida. Es nostalgia, comprendo. Nostalgia por volver a sentirme igual que me sentí con Sam esa mañana. Nostalgia por ser radiante.

—No lo sé —digo—. Quizá.

Sam agarra su chaqueta, embute los brazos y se cierra la cremallera de un tirón.

—Entonces, vámonos.

14.

Puedo controlar.

Eso es lo que me digo.

Solo vamos a Central Park, por Dios. No a un bosque en medio de la nada. Tengo mi espray lacrimógeno. Tengo a Sam. No hay problema.

En cuanto ponemos un pie en la calle, sin embargo, me asaltan las dudas. Al notar el chocante aire frío de la noche, me froto los brazos para entrar en calor mientras Sam se enciende un pitillo bajo el toldo del edificio. Luego echamos a andar y los latidos de mi corazón se aceleran mientras cruzamos Columbus Avenue; Sam camina delante de mí, dejando un rastro de humo.

Cuando llegamos a Central Park West, mi ansiedad solo va a más. Que la situación es un despropósito está claro. Lo siento en las tripas, como si mi conciencia fuera un órgano interno, púrpura y carnoso, agitándose con una inquietud que no puedo explicar. No deberíamos estar aquí. No son horas.

Quería sentirme radiante otra vez. En cambio, me siento apagada, hueca e insignificante.

—Creo que ya hemos ido demasiado lejos.

Mi voz se pierde en la brisa gélida, aunque sé que Sam tampoco daría media vuelta de haberme oído. Es toda determinación mientras cruza la calle y tuerce a la derecha, hacia la entrada del parque que hay una manzana más al sur. Empiezo a correr, siguiendo la ruta que hago cuando salgo a hacer deporte por las mañanas, hasta alcanzarla.

—¿Qué se supone que vamos a hacer aquí? —pregunto.

—Ya lo verás.

Sam tira el cigarrillo y enfila hacia el interior del parque. Me detengo delante de la entrada, mientras los faros de los coches que circulan por Central Park West me alcanzan con su resplandor y pliegan mi sombra sobre la acera. Quiero volver a casa. Por poco no lo hago. Mi cuerpo está preparado para correr hasta el apartamento y hundirse en la cama, aferrándose a Jeff. Pero ya no alcanzo a ver a Sam. La boca oscura del parque se la ha tragado.

—¿Sam? —la llamo—. Vuelve.

No hay respuesta.

Espero, confiando en verla reaparecer en cualquier momento, sonriente, diciendo que solo pretendía ponerme a prueba de nuevo, y que esta vez he fallado. Pero como no viene, mi nerviosismo sube al siguiente nivel. Sam está sola en el parque. En mitad de la noche. Y aunque sé que puede cuidar de sí misma, me preocupo. Así que aprieto los dedos alrededor de la lata de espray lacrimógeno del bolsillo, maldiciéndome por no haber tomado un Xanax. Luego respiro hondo, con los labios temblorosos, y me adentro en el parque.

Sam aguarda de pie justo al otro lado de la entrada. No se ha perdido. Solo está mezclada con las sombras mientras espera a que la alcance. Parece impaciente. O irritada. No lo puedo precisar.

—Venga —dice, agarrándome del brazo y tirando de mí.

Conozco bien esta parte del parque. He estado aquí mil veces. La zona de juegos Diana Ross está a nuestra izquierda, las verjas cerradas y con candado. A nuestra derecha queda la transversal de la calle Setenta y Nueve. Sin embargo, la noche ha transformado el parque en un lugar prohibido y misterioso. Apenas me resulta familiar. Se ha levantado una bruma, trémula y densa. Susurra contra mi piel y forma un halo en las farolas que bordean el sendero, tamizando su resplandor. Cercos de luz mortecina se arrastran por el césped y se enredan en las ramas, haciendo que las arboledas del parque parezcan bosques tupidos, silvestres.

Procuro no pensar en el bosque que rodeaba Pine Cottage, aunque no puedo pensar en nada más. Aquella espesura plagada de peligros ocultos. Es como si volviera a estar allí, dispuesta a emprender la misma carrera a vida o muerte a través de los árboles.

Sam sigue adentrándose en el parque. Voy tras ella, a pesar de que la inquietud forma una salmodia en mis pensamientos: «Es peligroso. Me da mala espina».

A través de la bruma veo el perfil borroso del teatro Delacorte. Justo detrás está el castillo Belvedere, una fortaleza en miniatura en lo alto de un risco. Su silueta bajo el velo de la niebla recuerda a un paisaje de los cuentos de hadas.

Uno podría perderse en un sitio así, pienso. Uno podría apartarse del sendero y desaparecer para siempre.

Igual que Janelle.

Igual que todos los demás.

Por ahora Sam y yo seguimos el sendero mientras caminamos hacia el sur, cerca del límite oeste del parque. A pesar de la hora, no estamos solas. Distingo a otras personas; sombras que se mueven en la distancia. Una pareja que cruza el parque con paso rápido, las cabezas agachadas contra la bruma. Un corredor nocturno a nuestras espaldas, jadeante, con el eco metálico de la música que sale de sus auriculares. Sus apariciones hacen chocar mi corazón como unos platillos.

También hay hombres solitarios de rasgos borrosos que rondan por los senderos del parque, buscando la excitación ilícita del sexo anónimo. Visten con ropa similar, como si hubiera un código de vestimenta. Pantalones de chándal y zapatillas de correr caras, sudaderas con capucha desabrochadas para dejar ver la camiseta. Emergen de la bruma desde cualquier dirección. Merodeando, dando vueltas, al acecho. A Sam y a mí ni nos miran. No somos su tipo.

—Deberíamos volver —digo.

—Calma —dice Sam.

Comparte la misma desazón que esos hombres que merodean discretamente. Hay algo dentro de ella que la impulsa. Una avidez. Una necesidad. Se deja caer en un banco, empieza a mover con nerviosismo la pierna derecha mientras escruta el horizonte. El fuego que antes ardía en sus ojos ha dado paso a una dureza, la mirada fría y negra como el carbón.

Me siento a su lado, con el corazón latiéndome tan fuerte que me sorprende que el banco no tiemble. Sam saca un cigarrillo del bolsillo de la chaqueta y lo enciende. La llama en la niebla atrae la atención de uno de los merodeadores: una polilla vestida de cuero atraída hacia la luz. Al ver que se acerca, me tenso. Aprieto con fuerza el frasco de espray en el bolsillo.

Cuando llega a nuestro banco, sus rasgos cobran nitidez. Es atractivo y esbelto, con una barba canosa de tres días siguiendo la línea del mentón. Desprende un aire de sensualidad oscura.

—Oye —dice, con voz susurrante y de disculpa, como si hablar no estuviera permitido—. ¿Te puedo gorronear uno?

Sam saca un cigarrillo y se lo pone en la palma de la mano con la soltura de una traficante de marihuana. Le da fuego y el hombre se inclina hacia delante, y la punta del cigarro resplandece un momento antes de hacerse brasa. Asiente hacia Sam, echando un humo que se mezcla con la neblina.

—Gracias.

—De nada —dice Sam—. Buena suerte esta noche.

El hombre sonríe con picardía. Echa a andar con una chulería enfundada en cuero.

—No es cuestión de suerte, preciosa —dice por encima del hombro antes de alejarse, desvaneciéndose de nuevo en la niebla.

Pienso en él. En otro bosque. En otra época. Ojalá hubiera desaparecido así, escabulléndose, y nos hubiera dejado en paz.

—Sam, quiero irme a casa.

—Vale —contesta—. Vete.

—¿No vienes conmigo?

—No.

—¿Qué estamos haciendo aquí?

Sam me hace callar, de repente alerta. Se levanta y mira en la dirección por la que acabamos de venir, el cuerpo tenso, en guardia, listo para saltar. Sigo su mirada y veo lo que ella ve. Una mujer ha aparecido en la bruma, a cien metros escasos de nosotras. Camina sola por el parque, deprisa, apretando un aparatoso bolso de lona contra el pecho. Joven y probablemente hambrienta. Cruzando el parque a pie para ahorrarse el taxi, sin pensar hasta qué punto es una pésima idea.

Un hombre surge entre la niebla justo detrás de ella, tan cerca que podría ser su sombra. Cubierto con una capucha negra, incluso parece una sombra. Avanza con zancadas firmes, más rápido que la chica, acortando terreno. Ella se da cuenta y apura el paso, a punto de echar a correr.

—¿Sam? —digo, al tiempo que siento el estruendo sordo de mi corazón en el pecho—. ¿Crees que va a atracarla? ¿O...?

Peor. Es lo que voy a decir. «O peor.»

No me da tiempo porque ese ser, mitad hombre, mitad sombra, ya está encima de la chica, agarrándole un hombro con la mano, la otra buscando su bolso de lona o los pechos ocultos detrás.

Sam sale disparada por el sendero, el ruido de sus botas amortiguado en la neblina. El instinto me hace correr detrás de ella, aunque solo intuyo vagamente lo que está a punto de pasar.

La chica ve venir a Sam y retrocede. Como si creyera que Sam va a por ella. Forcejea con el hombre, las piernas vacilantes, el bolso de lona levantada como un escudo para protegerse. Sam la esquiva y arremete contra el hombre, sin perder el impulso, chocando de pleno.

El tipo sale despedido lejos de la chica y cae al suelo. Sam rebota y se tambalea hacia atrás. La chica se escabulle como puede, queriendo mirar pero demasiado asustada para volverse. La atajo de un salto, con las manos en alto, la adrenalina bullendo dentro de mí.

—Amigas —le digo—. Somos amigas.

Detrás, el agresor se resbala en la hierba al intentar darse a la fuga. Sam se le echa encima por la espalda. Rápidamente guío a la chica hasta el banco más próximo y le digo que se siente y no se mueva, y luego corro de nuevo hacia Sam.

Se las ha arreglado para reducir al hombre, que está de rodillas. Se va hundiendo bajo su peso, hasta que queda prácticamente de bruces sobre el césped.

Algo que Coop me ha dicho antes me llena el cráneo. «No sabemos de qué es capaz.»

—¡Sam, no le hagas daño!

El grito atraviesa el parque, distrayéndola. Levanta la vista. No mucho. Apenas una fracción de segundo. Pero basta para que el hombre le dé una patada. El pie impacta en su estómago y la echa a rodar por la hierba.

El hombre se incorpora sin llegar a erguirse del todo, las piernas separadas y dobladas en las rodillas. Un velocista en la línea de salida. Inicia la carrera, aunque los zapatos resbalan un poco en el césped húmedo. Sam se queda tendida de espaldas, intentando erguirse de lado y recobrar la respiración para aliviar el dolor del estómago; no está fuera de combate, pero casi.

Echo a correr, atropelladamente, con una mano en el bolsillo buscando a tientas el espray lacrimógeno.

El hombre ya se ha erguido del todo y también corre, pero yo soy más rápida: todas esas salidas matutinas surten efecto. Engancho la capucha de la sudadera y se la bajo de un tirón. Lleva una gorra de béisbol debajo, un tanto ladeada. Veo una mata de pelo muy negro, piel de chocolate en la nuca. Un tirón de la capucha basta para frenarlo, las zapatillas resbalan, los brazos se agitan.

Cuando se da la vuelta de golpe, espero verle la cara. En cambio, lo único que veo es la silueta de su mano proyectada hacia mí. Luego viene el golpe: un revés en la mejilla que me gira el rostro.

Se me nubla la vista con un latido rojo de dolor que bloquea todo lo demás. No he sentido un dolor igual en años. Diez años, concretamente. Al huir de Pine Cottage. Chillando a través del bosque, hasta que aquella gruesa rama me dejó aturdida del golpe.

De pronto es como si volviera a estar allí, sintiendo el dolor profundo, punzante, de aquella rama. El tiempo se contrae, convirtiéndose en un túnel oscuro por el que estoy a punto de caer, y del que no saldré hasta que haya regresado al bosque maldito donde ocurrieron todas aquellas cosas terribles.

Aun así, no caigo. Vuelvo a estar en el presente, paralizada por la impresión. Suelto la capucha, mi mano se abre contra mi voluntad. Aún puedo ver al hombre a través de la nube roja que me empaña la vista. Por fin libre, corre hacia el sur, alejándose hasta desaparecer.

En su lugar aparecen otras dos siluetas, desde distintas direcciones. Una es Sam, que viene a toda prisa desde atrás, llamándome por mi nombre. La otra es la chica a la que acabamos de salvar. Ha dejado el banco y viene hacia mí, con la mano metida en el bolso de lona.

—Estás sangrando —dice.

Me llevo la mano a la nariz y siento un cosquilleo caliente y húmedo. Veo el brillo de la sangre que me resbala por los dedos.

La chica me da un pañuelo y lo aprieto contra la nariz. Sam me abraza desde atrás.

—Joder, nena —dice—. Aquí tenemos una luchadora en ciernes.

Respiro por la boca, tragando el aire frío que huele ligeramente a hierba. Todo mi cuerpo se estremece con una mezcla de adrenalina y miedo y orgullo de que Sam quizá tenga razón, a fin de cuentas. Soy una luchadora, radiante y luminosa.

La chica a la que hemos salvado —en ningún momento nos da su nombre— también parece impresionada. Habla en murmullos de asombro mientras nos alejamos aprisa entre la niebla hacia la salida del parque, y nos pregunta si somos vigilantes.

—No —le digo.

—Sí —dice Sam.

Una vez en Central Park West, paro un taxi y me cercioro de que la chica se monte. Antes de cerrar la puerta, le pongo un billete de veinte dólares en la mano.

—Para la carrera. No se te ocurra volver sola por el parque a estas horas nunca más.

15.

Me despierto con la cara magullada: un dolor sordo residual que me recorre desde el pómulo hasta la nariz. En la ducha, pongo el agua tan caliente como puedo aguantar y me paso cinco minutos largos respirando el vapor y resoplando para desincrustar la sangre seca de las fosas nasales. Luego levanto la cara hacia el chorro y siento en la piel el escozor del agua caliente.

Cuando pienso en lo de anoche, me sacude las piernas un temblor tan fuerte que debo apoyarme en la pared de la ducha para no caerme. No entiendo cómo pude ser tan insensata, cómo me lancé al peligro con tanta temeridad. Ese hombre podría haber ido armado. Podría haberme apuñalado o pegado un tiro, podría haberme matado. A fin de cuentas, tengo suerte de haberme llevado solo un revés en la cara.

Al salir de la ducha, paso la mano por el espejo empañado para poder mirarme. El reflejo que me devuelve la mirada tiene un tenue cardenal en la mejilla, que apenas se nota, aunque molesta al tocarlo. Una ligera presión con las yemas de los dedos hace que se me crispe el rostro de dolor.

Ese dolor nuevo en la mejilla ha reavivado antiguas heridas. A pesar de que las puñaladas que recibí en Pine Cottage no causaron grandes secuelas, sí dejaron cicatrices. Hoy siento que me laten; es la primera vez en años que las noto. Arqueo la espalda hasta que la cicatriz del estómago aparece en el espejo. Una raya blanca como la leche en contraste con la piel enrojecida por el vaho caliente. Luego me inclino hacia delante, mirando de cerca las dos cicatrices de mi hombro, muy juntas. Una es una línea vertical. La otra describe una leve diagonal. Si el cuchillo hubiera sido más ancho, se habrían cruzado.

Una vez seca y vestida, solo perdura una leve hinchazón. Molesta, sí, pero nada que no pueda sobrellevar.

En la cocina me tomo el Xanax y el refresco de uva previos a mis encuentros con Coop, esperando a que Sam salga de su habitación. Aparece al cabo de unos minutos, transformada en una persona completamente distinta. Se ha peinado y lleva el pelo remetido detrás de las orejas, lo que deja ver su cara despejada, con apenas una caricia de maquillaje. El trazo de los ojos es más suave, y en lugar del pintalabios rojo rubí se ha aplicado un leve toque de brillo rosado. Renunciando al negro habitual, va vestida con vaqueros oscuros, bailarinas azules y la misma blusa que ayer birló en Saks. Los pendientes dorados que robé se balancean en sus orejas.

—Espectacular —la piropeo.

—No está mal para una piba de mi edad, ¿eh?

—Nada mal.

—Quería dar una buena impresión.

De camino a la cafetería captamos la mirada de varios transeúntes, aunque es imposible saber si lo que les llama la atención es el artículo de Jonah Thompson o la nueva imagen de Sam. Probablemente sea esto último. Advierto que pocos ojos se fijan en mí, y cuando lo hacen da la impresión de que me están comparando con ella.

Hasta Coop parece compararnos cuando llegamos al café y pasamos por delante de su mesa junto a la ventana. Me saluda con la cabeza desde el otro lado del vidrio antes de examinar a Sam con la mirada. Una punzada de irritación me recorre la nuca.

Coop se levanta cuando entramos. A diferencia de nuestro último encuentro, va vestido como para mezclarse con la clientela de clase alta del café. Lleva unos pantalones de pinzas y un polo negro. Le favorece la manga corta, que deja ver sus bíceps macizos, las venas hinchadas justo debajo de su piel.

—Tú debes de ser Samantha —dice.

Se demora en darle la mano. Torpe. Indeciso. Le toca a Sam completar el gesto, alargando el brazo desde el otro lado de la mesa para encajar la mano en su palma abierta.

—Y tú eres el agente Cooper —dice.

—Coop —se apresura él a contestar—. Todo el mundo me llama Coop.

—Y a mí todo el mundo me llama Sam.

—Genial —digo, forzando una sonrisa mientras nos sentamos—. Todos nos conocemos.

Hay dos tazas en la mesa, frente a Coop. Su café y mi té. Los mira y dice:

—Quería pedirte algo, Sam, pero no sabía tus gustos.

—Café —dice Sam—. Ya voy yo a buscarlo. Así vosotros os ponéis al día.

Va sorteando las mesas hasta la barra que hay al fondo del local. Una de ellas la ocupa un tipo barbudo que lleva una gorra de béisbol con la visera hacia atrás. Escritor, a juzgar por el ordenador portátil que tiene delante. Desperdigados por la mesa hay también una cartera de cuero, un iPhone y una pulcra pluma Montblanc encima de un bloc de notas amarillo. Mira a Sam al pasar, impresionado. Sam le sonríe, moviendo los dedos en un saludo coqueto.

—Así que esa es Samantha Boyd —dice Coop.

—En carne y hueso —veo cómo la observa al otro lado del local—. ¿Ocurre algo?

—Estoy sorprendido, nada más —dice—. No esperaba que apareciera de buenas a primeras. Es casi como ver un fantasma.

—A mí también me sorprendió.

—Y no es lo que me esperaba.

—¿Qué te esperabas?

—Una persona más ruda, supongo. Parecía distinta en aquella foto del anuario, ¿no crees?

159

Podría contarle a Coop que Sam es muy distinta, que ha pulido sus aristas para causarle buena impresión, por mí. Guardo silencio.

—Leí un poco sobre lo del Nightlight Inn, ayer —dice Coop—. No puedo imaginarme por lo que ha pasado.

—Ha tenido una vida dura —digo.

—¿Qué tal os lleváis?

—Genial. Jeff y ella no son exactamente tal para cual.

Coop concede una media sonrisa.

—No me extraña.

—A Jeff es a quien deberías ir conociendo más a fondo. Sam solo se queda unos días en casa. Para bien o para mal, Jeff es permanente.

No sé por qué lo digo. Se me escapa, sin pensar. Y al momento, el amago de sonrisa de Coop se desvanece.

—De todos modos, gracias por venir —añado arrepentida, suavizando el tono—. Fue un detalle por tu parte proponerlo, aunque empiezo a sentirme una carga para ti.

—No eres una carga, Quincy. Nunca lo has sido y nunca lo serás.

Coop me mira fijamente con esos ojos suyos. Me paso un dedo por la cara magullada, preguntándome si habrá advertido esa imperceptible marca rosada en mi pómulo. Parte de mí espera que se percate y me pregunte, para recurrir así a la excusa que he inventado. «Ah, ¿esto? Me choqué con el quicio de la puerta.» Me decepciona ver que su mirada se desvía hacia Sam, que vuelve hacia nosotros con una taza humeante entre las manos. Cuando pasa de nuevo junto al escritor, se choca sin querer con la mesa y por poco se le derrama el café.

—¡Ay, perdona! —exclama.

El hombre levanta la mirada, sonriendo.

—No pasa nada.

—Bonito portátil —dice ella.

En cuanto vuelve a nuestra mesa, se sienta a mi lado y mira a Coop de hito en hito.

—Te imaginaba distinto —le dice.

—¿En el buen sentido o en el malo? —pregunta Coop.

—En el sentido de feo. Y salta a la vista que no lo eres.

—Entonces ¿sabías quién era, antes de hoy?

—Claro —dice Sam—. Igual que tú sabías quién era yo. Ese es el poder de internet. Ya nadie tiene secretos.

—¿Por eso te ocultaste?

—Básicamente —dice Sam—. Pero ahora vuelvo a estar entre los vivos.

—Desde luego —hay un deje de incredulidad en la voz de Coop, como si no se tragara el papel de chica buena que Sam se esfuerza en interpretar. Se reclina hacia atrás, ladea la cabeza, la mide con la mirada igual que ella acaba de medirlo a él—. ¿Por qué te has decidido a volver?

—Después de enterarme de lo que le pasó a Lisa, pensé que tal vez podía ayudar a Quincy —dice Sam, y añade—: Si lo necesitaba.

—Quincy no necesita ayuda —dice Coop, como si yo no estuviera sentada justo enfrente. Como si fuera invisible—. Ella es así de fuerte.

—Pero yo no lo sabía —dice Sam—. Y por eso estoy aquí.

—¿Vas a quedarte mucho tiempo?

Sam se encoge de hombros con despreocupación.

—Quizá. Es demasiado pronto para saberlo.

Tomo un sorbo de té. Está ardiendo, me abrasa la lengua, pero sigo bebiendo con la esperanza de que el dolor borre el pinchazo que una vez más me recorre la nuca. Ahora es del tamaño de una huella del pulgar, y se hunde en mi piel.

—Sam se cambió de nombre —digo—. Por eso nadie ha conseguido localizarla.

—¿No me digas? —las facciones de Coop se alzan con sorpresa. Me preparo para oír un sermón similar al que me soltó a mí cuando sugerí que quería cambiarme de nombre. En cambio, dice—: No voy a preguntarte dónde estabas o

161

bajo qué identidad vivías. Espero que, a su debido momento, confíes en mí lo suficiente para contármelo. Lo único que te pido es que te pongas en contacto con tu familia y se lo hagas saber.

—Mi familia es una de las razones por las que desaparecí —dice Sam, más circunspecta—. No vivía en un entorno idílico, ni mucho menos, ni siquiera antes del Nightlight Inn. Y después fue a peor. Los quiero y todo eso, pero algunas familias están mejor distanciadas.

—Yo podría ponerme en contacto con ellos de tu parte —sugiere Coop—. Solo para decirles que estás bien.

—No podría pedirte que hicieras eso.

Coop se encoge de hombros.

—No lo has hecho. Me he ofrecido.

—Hablas como un auténtico entregado al servicio público —dice Sam—. ¿Siempre fuiste policía?

—No siempre. Antes estuve en el ejército. Con los marines.

—¿Llegaste a entrar en acción?

—Un poco —Coop mira por la ventana, fijando sus ojos azules en el mundo exterior para evitar el contacto visual—. En Afganistán.

—Joder —dice Sam—. Debiste de ver bastantes atrocidades.

—Así es. Pero no me gusta hablar del tema.

—Bueno, sin duda Quincy y tú tenéis eso en común.

Coop vuelve la cara, no hacia Sam sino hacia mí. De nuevo hay algo inescrutable en su expresión. De pronto, parece terriblemente triste.

—Cada uno sobrelleva el trauma a su manera —dice.

—¿Y cómo sobrellevas los tuyos? —le pregunta Sam.

—Voy de pesca —dice Coop—. Y de caza. Y hago montañismo. Ya sabes, las típicas aficiones de un chico de Pensilvania.

—¿Y funciona?

—Generalmente.

—Quizá debería probarlo —dice Sam.

—Con mucho gusto os llevaré a Quincy y a ti de pesca alguna vez, si os apetece.

—Quincy tiene razón. Eres el mejor.

Sam alarga el brazo sobre la mesa y le estrecha la mano a Coop. Él no la aparta. Mi irritación va a más. La tensión me carga los hombros y cala a través de la blanda capa del Xanax. Quiero tomarme una segunda pastilla. Me preocupa estar convirtiéndome en la clase de mujer que necesita tomar una segunda pastilla.

—Tengo que ir al cuarto de baño —digo, agarrando el bolso de la mesa—. ¿Me acompañas, Sam?

—Claro —Sam le guiña un ojo a Coop—. Chicas. Somos tan previsibles, ¿verdad?

De camino hacia el fondo de la cafetería, Sam saluda de nuevo al escritor de la otra mesa, que le devuelve el saludo. Luego nos apretujamos las dos en un aseo pensado para una sola persona. Nos ponemos delante del espejo moteado de polvo, tan cerca que nuestros hombros se rozan.

—¿Cómo lo estoy haciendo? —dice Sam mientras se revisa el maquillaje.

—La cuestión es *qué* estás haciendo.

—Ser cordial. ¿No es eso lo que querías?

—Es que...

—Entonces ¿cuál es el problema?

—Córtate un poco —le digo—. Si exageras tanto, Coop sabrá que estás actuando.

—¿Y sería un problema que lo supiera?

—Podría tensar las cosas.

—A mí no me molesta la tensión —dice Sam.

Empiezo a rebuscar en el bolso, por ver si aparece un Xanax extraviado.

—A Coop sí.

—Vaya —dice Sam, cargando la palabra de indirectas—. Así que hay tensión entre vosotros.

—Es un amigo —contesto.

—Claro. Un *amigo*.

—En serio.

En el fondo del bolso encuentro varias pastillas de chicle sueltas y un solitario Mentos cubierto de pelusa. Nada de Xanax. Cierro la cremallera de un tirón.

—No te lo discuto —dice Sam.

—No, solo insinúas.

—¿Yo? —exclama, fingiéndose ofendida—. De ninguna manera estoy insinuando que te apetezca enrollarte con ese policía macizo.

—Creo que a ti sí te apetece.

—Solo digo que está macizo.

—Nunca me he fijado en eso.

Sam saca una barra de brillo y se retoca los labios.

—Perdona, pero no cuela, nena. Resulta difícil no darse cuenta.

—En serio, nunca me he fijado. Coop me salvó la vida. Cuando alguien hace algo así, no sueles plantearte esas cosas.

—Los hombres lo hacen. Disimulan, pero desde luego que lo hacen.

Sam ha adoptado un tono más sensato y mundano. La hermana mayor dando consejos sobre el sexo. Me pregunto con qué tipo de hombres sale. Tipos más maduros, probablemente. Moteros de pelo en pecho y panzones, con la barba canosa. O quizá le gusten más jóvenes. Hombres pálidos, enjutos, tan inexpertos que agradecen incluso el trabajo manual más desinteresado.

—Aunque fuera así —digo—, Coop es demasiado caballero para darle a eso importancia.

—¿Caballero? —repite Sam—. Es un policía. Según mi experiencia, follan como martillos neumáticos.

No contesto, sabiendo que solo busca mi rechazo y aprovechar la ocasión para burlarse de mí por ser tan mojigata. Janelle hacía lo mismo constantemente.

—Estoy bromeando —dice—. Alegra esa cara.

Ese era otro rasgo de Janelle. Dar marcha atrás cuando sabía que se había pasado de la raya, tratando de quitarle hierro a todo con la excusa de que era una broma. Hoy, Sam la gana de calle.

—Perdona, Quinn. Me cortaré. De verdad —mete la mano en el bolsillo—. Por cierto, pensé que esto te gustaría. Para que lo guardes en tu cajón sorpresa.

Saca una pluma Montblanc tan pulcra y reluciente como una bala de plata, y me la pone en la mano. Hasta hace un momento, pertenecía al escritor de la cafetería. Ahora nos pertenece a nosotras. Uno más de nuestros secretos compartidos.

Pine Cottage. 18:58 h

No les quedó más remedio que cambiarse para la cena. Otra de las reglas de Janelle. Antes de marcharse, se aseguró de comprobar que todos llevaran ropa apropiada para la ocasión.

—No se admitirán desharrapados —los había advertido.

Quincy había puesto dos vestidos en el equipaje: los dos únicos que se llevó a la universidad. Ambos los eligió su madre, que fantaseaba con que Quincy asistiría a cócteles y entraría en hermandades de estudiantes igual que ella en su juventud.

Un vestido era negro, y Quincy había pensado que sería ideal para la ocasión. A la luz pálida de la cabaña, sin embargo, le daba más un aire de viuda en un funeral que de Audrey Hepburn en *Desayuno con diamantes*. Así que solo quedaba el azul, que de pronto se le antojaba más soso de la cuenta.

—Me hace regordeta —dijo Quincy.

Supo que era verdad, porque Janelle al verla pareció más horrorizada que cuando se había rebanado el dedo hacía media hora. Señaló a Quincy, tensando la tirita.

—Peor —dijo—. Te hace parecer una virgen.

—Eso no es malo, creo yo.

—Es como si pidieras a gritos que te hagan un favor.

—Craig sabe que será mi primera vez.

—Ya, pero con ese vestido salta a la vista —dijo Janelle, mirándola de los pies a la cabeza—. Tengo una idea.

Abrió una de sus dos maletas y le lanzó algo a Quincy. Era un vestido. De seda blanca. Tan fresco y rutilante como una piscina.

—Pero ¿el blanco no es el color más virginal? —preguntó Quincy.

—El color del vestido dice virgen, pero el corte dice sexo. Es lo mejor de ambos mundos. A Craig le encantará.

Quincy resopló. Típico de Janelle, que se había obsesionado con el complejo de la virgen/puta desde que lo estudiaran en Introducción a la Psicología.

—¿Tú qué vas a ponerte?

Janelle volvió a rebuscar en la maleta.

—He traído ropa de más, cómo no.

—Cómo no.

Quincy sostuvo el vestido contra el cuerpo y se miró en el cuadrado sucio del espejo. El corte, con el corpiño escotado y la falda asimétrica, era un poco demasiado provocativo para su gusto. Incluso dándole la espalda, Janelle percibió su reserva.

—Anda, Quinn, pruébatelo.

Quincy se quitó el vestido azul, dándole a Janelle la oportunidad de echar una mirada de condena al sostén y las bragas. Sin conjuntar y gastada, su ropa interior era la antítesis de la sensualidad.

—Por Dios, Quinn, ¿en serio? ¿No has previsto ningún aspecto del fin de semana?

—No —contestó Quincy, recogiendo el vestido azul y tratando de taparse—. Porque entonces pones demasiada presión. Y no quiero presión de ningún tipo. Quiero que lo que pase entre Craig y yo este fin de semana, sea lo que sea, surja espontáneamente.

Janelle le sonrió como una hermana y le apartó un mechón de pelo rubio de la cara.

—No pasa nada por estar nerviosa.

—No estoy nerviosa —Quincy hizo una mueca al notar el temblor de ansiedad de su voz—. Solo me siento... inexperta. ¿Y si soy...?

—¿Pésima en el sexo?

—Hum, esa es una manera de decirlo.

—No lo sabrás hasta que pruebes —dijo Janelle.

—¿Y si a Craig no le gusta?

Quincy volvió a pensar en lo que Janelle había dicho antes, que Craig tenía donde escoger. Sabía de sobra que las animadoras del equipo revoloteaban a su alrededor después de los partidos y las admiradoras con los colores de la universidad gritaban su nombre desde las gradas. Cualquiera de ellas estaría deseosa de ocupar el lugar de Quincy si Craig se llevaba una decepción.

—Le gustará —dijo Janelle—. Es un tío, a fin de cuentas.

—¿Y si a mí no me gusta?

—Te va a gustar. Solo hace falta un poco de rodaje.

Quincy sintió un aleteo en el estómago. Más que una mariposa. Un pájaro batiendo las alas.

—¿Cuánto rodaje?

—Todo irá bien —la tranquilizó Janelle—. Ahora, va, enséñame cómo te queda ese vestido.

Quincy se lo puso; la seda blanca le hizo cosquillas en las piernas. Mientras se lo colocaba a tirones y se lo ajustaba en el hombro, Janelle dijo:

—¿Qué te parece Joe? Tiene algo, ¿no?

—Algo siniestro —dijo Quincy.

—Es misterioso.

—Y eso es prácticamente lo mismo que decir siniestro.

—Bueno, a mí me parece misterioso. Y que tiene algo.

—Y novia —añadió Quincy—. No te olvides de que está pillado.

Ahora fue Janelle la que resopló.

—Bah.

—Solo quiero que conste en acta que los demás no lo queremos aquí. Solo accedemos porque es tu cumpleaños.

—Tomo nota —dijo Janelle—. Y no te preocupes, pienso mantenerlo muy entretenido.

Tras debatirse con el vestido, Quincy se puso de espaldas para que Janelle le subiese la cremallera. Las dos examinaron su reflejo en el espejo. Aunque el vestido era más ceñido de lo que a Quinn solía gustarle, Janelle tenía razón. Estaba sensual.

—Caramba —dijo.

Janelle aulló como un lobo.

—Estás tan guapa que hasta a mí me dan ganas de follar contigo.

—Gracias. Supongo.

Janelle hizo unos ajustes, dándole un tirón al dobladillo antes de alisar un área de tela fruncida en el escote.

—Perfecto.

—¿Tú crees? —preguntó Quincy, aunque ya sabía que, efectivamente, era perfecto.

Sin embargo, había algo que aún la inquietaba.

—¿Qué pasa? —preguntó Janelle.

—Me va a doler, ¿verdad?

—Sí —dijo Janelle, con un suspiro—. Duele. Pero también es una sensación placentera.

—¿Qué sentiré más, la parte buena o la mala?

—Eso es lo raro. Son una sola, la misma cosa.

Quincy se volvió hacia el espejo y se miró a los ojos, inquieta al ver el temor que los turbaba.

—¿Seguro?

—Confía en mí —Janelle rodeó a Quincy con los brazos—. ¿Crees que yo te engañaría?

16.

Coop insiste en acompañarnos hasta mi casa, aunque Sam y yo somos perfectamente capaces de cuidarnos solas. Anoche quedó más que claro. Sam camina a su lado, asegurándose de acompasarse a sus pasos.

Yo me quedo atrás, levantando la cara hacia el sol. Es una tarde radiante, calurosa, el último coletazo del verano antes de que el invierno emprenda su lenta conquista. Con la tibieza del sol, siento el pulso débil del pómulo dolorido. Imagino que enrojece hasta hacerse visible en mi piel. Quiero que Coop se vuelva, se dé cuenta de una vez y abra los ojos alarmado, pero sigue caminando un par de pasos por delante con Sam, todavía acompasados cuando doblan la esquina de la calle Ochenta y Dos.

De pronto se detienen en seco.

Me detengo también.

Enfrente de mi edificio hay movimiento. Una horda de reporteros arma tanto revuelo que los vemos a dos manzanas de distancia.

—Coop —digo con voz débil. Un eco de sí misma—. Ha pasado algo.

—Venga ya —dice Sam.

—Tranquila —dice Coop—. No sabemos con certeza por qué están aquí.

Yo sí lo sé. Están aquí por nosotras.

Saco el teléfono del bolso; lo apagué cuando salí con Sam del apartamento. Cobra vida con una explosión de alertas. Llamadas perdidas. Mensajes y correos electrónicos por leer. Los voy pasando, con las manos agarrotadas por la inquietud. Hay muchos números desconocidos, o sea, de periodistas. Solo identifico el de Jonah Thompson. Ha llamado tres veces.

—Deberíamos dar media vuelta —digo, sabiendo que no pasará más de un minuto antes de que detecten nuestra presencia—. O coger un taxi.

—¿Y adónde iríamos? —pregunta Sam.

—No lo sé. Al despacho de Jeff. A Central Park. A cualquier parte, menos aquí.

—No es mala idea —dice Coop—. Nos dará tiempo para averiguar qué está pasando.

—Y en algún momento se cansarán —atisbo la multitud de la calle, que parece haber crecido en los últimos treinta segundos—. ¿Verdad?

—No pienso esperar tanto —masculla Sam.

Echa a andar, directa hacia los reporteros. Consigo agarrarla de la blusa y tirar de ella, intentando detenerla, pero la seda se me escurre entre los dedos.

—Haz algo —le pido a Coop.

La observa, entrecerrando sus ojos azules. No sé si está inquieto o impresionado. Quizá un poco de ambas cosas. En cambio, yo solo siento inquietud, y por eso voy corriendo detrás de Sam y la alcanzo solo cuando llega a la esquina.

Los reporteros nos ven, por supuesto, y todos vuelven la cabeza casi a la vez. Una bandada de buitres al divisar un animal recién atropellado. Hay equipos de televisión con cámaras, que se empujan unos a otros para posicionarse. Los fotógrafos se agachan debajo, disparando sin cesar.

Jonah Thompson está entre ellos. No me sorprende. Igual que los demás reporteros, nos llama por nuestro nombre de pila cuando nos acercamos. Como si nos conociera de algo. Como si le importara.

—¡Quincy! ¡Samantha!

Retrocedemos unos pasos, abordadas desde todos los flancos por una avalancha de cámaras y micrófonos. Una mano se posa en mi hombro, pesada y fuerte. Ni siquiera necesito volverme para saber que es Coop, por fin a nuestro lado.

—Vamos, muchachos, a un lado —les pide a los reporteros—. Dejadlas pasar.

Sam se abre camino a empujones, sacudiendo los brazos al tuntún, sin importar quién reciba.

—Quitaos de en medio de una puta vez, joder —dice, sabiendo que todas esas palabrotas impedirán que la grabación se emita—. No tenemos una puta mierda que deciros.

—¿Eso significa que no tienen nada que declarar? —pregunta un periodista. Es un reportero de televisión; la cámara que tiene detrás gira hacia Sam como el ojo de un cíclope iracundo.

—Eso significa que abráis paso de una jodida vez.

Vuelve la cara y me mira. Todos esos flashes le dan a su tez un brillo luminiscente. La luz achata sus rasgos, haciendo su expresión tan pálida e inerte como una luna llena.

Con el rabillo del ojo distingo a Jonah abriéndose paso hacia mí.

—¿De verdad no pensáis decir nada sobre Lisa Milner? —pregunta.

La curiosidad se agita dentro de mí, impulsándome a ir más allá. El suicidio de Lisa ocurrió hace días. En un ciclo de noticias de veinticuatro horas, eso es una eternidad. Hay algo más. Algo nuevo.

—¿Lisa? —digo, acercándome. Las cámaras llenan el hueco que acabo de desalojar y me rodean.

—No se suicidó —dice Jonah—. Se ha dictaminado que su muerte fue un homicidio. Lisa Milner fue asesinada.

Estos son los detalles:

La noche de su muerte, Lisa Milner consumió dos copas de merlot. No bebió sola. Había alguien con ella, también tomando vino. Ese mismo alguien echó una gran cantidad de anitrofilina, un potente antidepresivo que a veces se usa como somnífero para los casos de trauma grave. En el organismo de Lisa había una dosis capaz de tumbar a un gorila macho adulto.

El vino y la anitrofilina se descubrieron a raíz de los análisis de toxicología que se hicieron tras su muerte. Sin ellos, todo el mundo habría seguido pensando que se trataba de un suicidio. Incluso con los análisis hubiera dado esa impresión. Los agentes que examinaron la escena del suceso encontraron más anitrofilina en la encimera de la cocina. En cambio, no hallaron ni un frasco ni una receta del médico de Lisa, a pesar de que eso carezca de relevancia en una era de farmacias por internet que te cobran el triple por mandarte pastillas desde Canadá. Cualquier droga que te pida el cuerpo está justo al otro lado de la frontera.

Después de que el informe de toxicología encendiera todas las alertas como un casino de Las Vegas, una unidad de la policía científica fue despachada de nuevo a la casa de Lisa, y entonces se hizo lo que debería haberse hecho desde un principio, pero que nadie se molestó en hacer porque todos pensaban que Lisa se había matado. Encontraron restos de anitrofilina en su copa de vino. Encontraron dos cercos de merlot seco en la mesa del comedor, formados por los pies de dos copas. Un cerco contenía anitrofilina. El otro, no. Lo que no pudieron encontrar, en cambio, fue la segunda copa. Ni tampoco indicios de violencia o de que se hubiera forzado la entrada.

Lisa confiaba en la persona que la mató.

El forense que le practicó la autopsia advirtió algo extraño en los cortes que Lisa tenía en las muñecas. Eran demasiado profundos para tratarse de las típicas heridas que alguien se inflige con un cuchillo, sobre todo si va tan drogado. Más reveladora incluso era la dirección de los cortes: de derecha a izquierda en el brazo izquierdo, y de izquierda a derecha en el derecho. En la mayoría de los casos, es al contrario. Y aun cuando Lisa pudiera haberse lesionado de ese modo inusual, el ángulo de las heridas demostraba lo contrario. De ninguna manera podía haberse hecho ella misma esos cortes. Alguien se los había hecho. La misma persona que le echó pastillas en el vino y luego se llevó la copa.

La gran incógnita —al margen de quién lo hizo y por qué, claro está— es cuándo había hecho Lisa la llamada al 911 desde su teléfono móvil. Las autoridades de Muncie sospechan que fue después de ingerir el medicamento, pero antes de los cortes. Su hipótesis es que Lisa se dio cuenta de que la habían drogado y consiguió llamar a emergencias. Su atacante le quitó el teléfono antes de que tuviera ocasión de hablar, y colgó. Sabiendo que la policía acudiría de todos modos, esa persona cogió un cuchillo, arrastró a Lisa inconsciente hasta la bañera y le cortó las venas. Eso también explica que tuviera las muñecas abiertas cuando, con toda seguridad, la anitrofilina habría bastado para matarla.

Lo que la policía no sabe, hasta que lo descubran en el disco duro del ordenador, es que Lisa me mandó un correo electrónico apenas una hora antes de que ocurriera todo eso. La idea me asalta mientras nos reunimos en el comedor, alrededor del teléfono móvil de Coop, con el altavoz puesto para que todos podamos oír los detalles.

Quincy, tengo que hablar contigo. Es muy importante. Por favor, te lo ruego, no ignores este mensaje.

Me quedo de pie en la cabecera de la mesa, demasiado alterada por la rabia y la desolación para sentarme. Lisa sigue muerta. Esta noticia no cambia ese hecho, pero me afecta de un modo distinto, descarnado.

El asesinato es una bestia más extraña que el suicidio, aunque el resultado final de ambos sea el mismo. Incluso las propias palabras difieren. *Suicidio* sisea como una serpiente; una enfermedad de la mente y el alma. *Asesinato*, en cambio, me hace pensar en el fango, oscuro y denso y lleno de dolor. Era más fácil lidiar con la muerte de Lisa cuando pensaba que era un suicidio. Significaba que ella había decidido acabar con su vida. Había sido, para bien o para mal, su elección.

No hay elección en el asesinato.

Coop y Sam parecen igual de atónitos. Sentados frente a frente a ambos lados de la mesa, permanecen callados, sin mover un músculo. La inusitada presencia de Coop en mi casa añade una capa más de extrañeza a una situación ya surrealista de por sí. Me choca verlo con ropa de calle, incómodo en una delicada silla de comedor. Como si no fuese el verdadero Coop sino un impostor, acechando en un lugar donde no encaja. La Sam falsa y alegre, entretanto, ha quedado atrás, en la cafetería. Ahora es la verdadera quien se muerde las uñas hasta hacerse sangre, con la mirada fija en el teléfono de Coop, como si pudiera ver a la persona que habla al otro lado y no la silueta sin rostro que invade la pantalla.

La voz que oímos pertenece al contacto de Coop en la Policía Estatal de Indiana. Se llama Nancy, y fue una de los agentes que acudieron al lugar de los hechos tras la sangrienta matanza de Stephen Leibman en la casa de la hermandad universitaria. También fue la versión de Coop para Lisa.

—No voy a engañaros —dice, con voz ronca por la extenuación y la pena—. Aquí tienen muy poco con lo que trabajar.

Alcanzo a escucharla solo a medias, porque el mensaje de Lisa suena en bucle dentro de mi cabeza, con su propia voz.

Quincy, tengo que hablar contigo.

—Sería otra historia si esos patanes hubieran registrado su domicilio en cuanto encontraron el cadáver, como les pedí. Pero no lo hicieron, y a saber cuánta gente anduvo por ahí trajinando antes de que intervinieran. Toda la escena del crimen está comprometida, Frank. Hay huellas por todas partes.

Es muy importante.

175

—Entonces ¿puede que nunca sepan quién lo hizo? —pregunta Coop.

—Nunca digo nunca jamás —contesta Nancy—. Pero ahora mismo, no pinta bien.

Se hace un breve silencio en el que los cuatro pensamos en la posibilidad real de que nunca haya más respuestas de las que conocemos. Ningún asesino que pague sus culpas. Ningún motivo. Ninguna razón definitiva de por qué Lisa me mandó un correo electrónico poco antes de tomar ese primer trago que sin saberlo la condenaría a morir.

Por favor, te lo ruego, no ignores este mensaje.

De pronto cala en mis pensamientos una alerta, sinuosa y estremecedora.

—¿Sam y yo deberíamos estar preocupadas? —pregunto.

Coop arruga la frente, fingiendo que la idea no se le había ocurrido, cuando es evidente que sí.

—¿Y bien? —insisto.

—No creo que haya motivo para preocuparse —me dice—. ¿Tú, Nancy?

La voz lánguida de Nancy emerge del teléfono.

—Nada apunta a que haya una conexión con lo que os pasó a las tres.

—Pero ¿y si la hay? —digo.

—¿Quincy? —Coop me lanza una mirada que no he visto nunca antes. De severidad, mezclada con un atisbo de decepción ante la sospecha de que haya podido ocultarle algo—. ¿Qué es lo que no me has contado?

Algo que debería haberle contado hace días. No lo hice porque el mensaje de Lisa parecía un intento desesperado de que la disuadieran de acabar con su vida. Ahora sé que no fue así. Ahora sospecho que en realidad Lisa intentaba advertirme. Aunque no tengo ni idea de qué.

—Recibí un correo electrónico de Lisa —confieso.

Sam por fin levanta la vista del teléfono, con la mano aún en la boca, apresando la uña del dedo anular entre los dientes.

—¿Qué?

—¿Cuándo? —dice Coop, con la inquietud centelleando en sus ojos.

—La noche que murió. Una hora antes, para ser exactos.

—Cuéntame qué decía —me pide—. Palabra por palabra.

Se lo cuento todo. El contenido del mensaje. Cuándo lo recibí. Cuándo lo leí. Incluso intento explicar por qué he esperado tanto para comentarlo, salvo con Jeff, aunque a Coop no le interesa demasiado el porqué. Para él solo cuenta no haberse enterado antes.

—Deberías habérmelo dicho en cuanto lo recibiste, Quincy.

—Lo sé —admito.

—Eso podría haber cambiado las cosas.

—Ya lo sé, Coop.

Podría haberle dado a la policía un argumento para registrar la casa de Lisa exhaustivamente, con lo que habrían concluido antes que fue asesinada. Hasta podría haber arrojado una pista importante de quién la mató. Sé todo eso, y la culpa que engendra me pone furiosa. Conmigo misma. Con el asesino de Lisa. Incluso con la propia Lisa, por dejarme en esa situación. La rabia me hierve por dentro, imponiéndose al desconsuelo y la sorpresa.

—De todos modos eso no significa que tú o Samantha estéis en peligro —dice Nancy.

—Puede que no signifique nada —añade Coop.

—O podría significar que Lisa pensaba que alguien iba a por nosotras —digo.

—¿Quién querría hacer eso? —pregunta Coop.

—Mucha gente —digo—. Locos. Todos habéis visto esos portales de sucesos. Habéis visto cuántos tarados hay por ahí obsesionados con nosotras.

—Eso es porque os admiran —dice Coop—. Les parece increíble todo lo que habéis pasado. Que consiguierais salir con vida. No todo el mundo habría podido, Quincy. Pero vosotras os salvasteis.

—Entonces explícame lo de aquella carta.

No hace falta darle más datos. Coop sabe exactamente de qué carta hablo. La amenazadora. La espeluznante. Le turbó tanto como a mí.

```
n0 deberías estar viva.
deberías haber muert0 en aquella cabaña.
era tu destin0 ser sacrificada.
```

Quien la escribió utilizó una máquina de escribir. Había pulsado las teclas con tanto ahínco que, en el folio, las letras parecían grabadas a fuego. Todas las oes eran en realidad un cero, de lo que se deducía que probablemente la tecla estaba rota. Coop dijo que esa pista podría ayudar a las autoridades a descubrir quién la había escrito. Eso fue hace dos años. Ya no espero nada, y menos después de que se agotara cualquier otra vía para identificarlo. No había huellas en el papel ni en el sobre, que se cerró no con saliva sino con una esponja y agua. Igual que el sello. En cuanto al matasellos, resultó que correspondía a un apartado de correos público de un pueblo llamado Quincy, en Illinois.

Eso no era una coincidencia.

Jeff y yo apenas llevábamos un mes viviendo juntos cuando la recibí. Fue su primer anticipo de lo que sería la vida a mi lado. Me puse histérica, naturalmente, hasta el punto de empeñarme en que debíamos mudarnos a otro lugar. A poder ser, al extranjero. Jeff me disuadió, diciendo que la carta era una broma de una mente muy enferma, pero inofensiva a fin de cuentas.

Coop se la tomó más en serio, porque Coop es así. A esas alturas nuestra relación había mermado a un mensaje o dos cada pocos meses. Llevábamos más de un año sin vernos en persona.

Con la carta, todo eso cambió. Cuando le hablé del tema, cogió el coche y vino a la ciudad a consolarme. Tomando café y té en nuestro sitio de costumbre, juró que nunca dejaría que me ocurriera nada malo, e insistió en que quedáramos cara a cara al menos cada seis meses. El resto es historia.

—Esa carta la mandó un demente —dice Coop—. Un enfermo. Pero de eso hace mucho tiempo, Quincy. No pasó de ahí.

—Exactamente —digo—. Al tarado psicópata que la mandó no le pasó nada. Sigue suelto, Coop. Y quizá escribiera también a Lisa o a Sam. Quizá al final se decidió a pasar a la acción.

Miro a Sam, que por momentos va recuperando su antigua personalidad. Se le ha soltado el pelo de detrás de las orejas y ahora le cubre casi toda la cara como un velo protector.

—¿Has recibido alguna amenaza de muerte?

Sam niega imperceptiblemente con la cabeza.

—Hace mucho que no recibo correo. Una de las ventajas de que nadie sepa dónde estás.

—Bueno, ahora lo saben —digo—. Salía en primera página.

Una nueva oleada de rabia me recorre al pensar en Jonah Thompson y lo que ha hecho. Sin darme cuenta aprieto los puños, abriendo y cerrando las manos, deseando machacarle la mandíbula.

—¿Lisa recibió alguna amenaza? —pregunta Coop, inclinándose sobre el teléfono para dirigirse a Nancy.

—Pocas —responde ella—. Unas más inquietantes que otras. Nos las tomábamos todas con la misma seriedad, incluso llegamos a dar con algunos de los que las escribieron. Eran tipos raros y solitarios. Nada más. Desde luego, no asesinos.

—¿Así que no creéis que Sam y yo estemos en el punto de mira?

—No sé qué decirte, chica —dice Nancy—. Nada indica que sea el caso, pero vale más pecar de prudentes.

No es lo que quiero oír, y me da aún más rabia. Echo en falta una respuesta, buena o mala. Algo definitivo y tangible que pueda usar para guiarme a seguir adelante. Sin eso, todo resulta tan opaco como la niebla que anoche envolvía Central Park.

—¿Nadie más está indignado con lo que está pasando? —pregunto.

—Claro que estamos indignados —dice Coop—. Y si tuviésemos respuestas, te las daríamos.

Aparto la mirada, para no ver la vehemencia con que sus ojos azules intentan ofrecer consuelo pero solo revelan incertidumbre. Hasta hoy, Coop siempre ha sido un referente sólido y fuerte con el que podía contar, aun cuando el resto de mi mundo cayera en el olvido. Ahora ni siquiera él puede dar sentido a esta situación.

—Estás enfadada —dice.

—Sí.

—Es lógico, pero no deberías preocuparte de que vaya a pasarte a ti lo que le pasó a Lisa.

—¿Por qué no?

—Porque si hubiera alguna posibilidad, Nancy nos lo habría dicho —contesta Coop—. Y si yo sospechara que alguien intenta hacerte daño, ya nos estaríamos yendo de la ciudad. Te llevaría tan lejos de aquí que ni siquiera Jeff podría encontrarte.

Lo haría. De eso no me cabe duda. Por fin encuentro la respuesta que estaba buscando, y por un instante basta para sofocar la rabia que me arde en el pecho. Pero entonces Coop se vuelve hacia Sam y la mira fijamente con sus ojos azules.

—A ti también, Sam —dice—. Quiero que lo sepas.

Sam asiente. Y de pronto se echa a llorar. O tal vez hace rato que llora sin que ni Coop ni yo lo hayamos advertido. No importa, porque ahora se asegura de que nos demos cuenta. Cuando se aparta el pelo de la cara es imposible no ver las lágrimas que le caen por las mejillas.

—Lo siento —dice—. Esto... toda la situación... me está afectando mucho.

Me quedo inmóvil, tratando de discernir si llora de verdad, aunque me siento fatal por planteármelo siquiera. En cambio Coop se pone de pie, bordea la mesa y se acerca a Sam.

—No te disculpes por estar disgustada —dice—. Es una situación desagradable, se mire por donde se mire.

Sam asiente y se seca las lágrimas. Se pone de pie. Tiende los brazos, buscando consuelo en la forma de un abrazo.

Coop se lo da. Veo cómo rodea a Sam con sus fuertes brazos y la estrecha contra su pecho, dándole el abrazo que a mí se me ha negado durante estos diez años.

Aparto la mirada. Voy hasta la cocina. Me tomo otro Xanax y empiezo a trajinar.

17.

Estoy preparando la masa para hacer unas manzanas hojaldradas cuando Coop viene por fin a la cocina. Los cuencos con los ingredientes están alineados en la encimera. Harina y sal, levadura en polvo y margarina, un poco de leche para unirlo todo. Coop se apoya en el quicio de la puerta y me observa en silencio mezclar los ingredientes secos, después la margarina, por último la leche. Pronto hay una gran bola maleable y reluciente sobre la encimera. Cierro el puño y empiezo a tundir la masa, machacándola a golpes.

—Así se saca el aire —digo.

—Ya veo —dice Coop.

Continúo dando puñetazos, sintiendo la masa que se hunde bajo mis nudillos. Solo después de notar que chocan con la encimera, paro y me limpio las manos.

—¿Dónde está Sam?

—Ha ido a echarse un rato, me parece —dice Coop—. ¿Tú estás bien?

Ofrezco una sonrisa tan tirante como una goma elástica a punto de romperse.

—Perfectamente.

—No lo pareces.

—En serio, estoy bien.

—Lamento que no sepamos más aún sobre quién mató a Lisa. Sé que es duro.

—Lo es —digo—. Pero me sobrepondré.

Los fuertes hombros de Coop caen, deshinchándose, como si también le hubiera sacado el aire a puñetazos. Espolvoreo un puñado de harina por la encimera, que levanta unas nubecillas blancas cuando suelto la masa. Rodillo en mano, empiezo a estirarla con movimientos largos, briosos. Los músculos de mis brazos se tensan con cada nueva acometida.

—¿Haces el favor de dejar eso y hablar conmigo, Quincy?

—No hay nada que hablar —digo—. Con suerte atraparán a quien le hizo esto a Lisa y todo volverá a la normalidad. Hasta entonces, confío en que harás todo cuanto esté en tu mano para que no me ocurra nada.

—Esa es mi intención.

Coop me levanta la barbilla, igual que solía hacer mi padre. Era un gesto corriente cuando cocinábamos juntos e indefectiblemente yo hacía alguno de mis estropicios. Derramaba una marea de harina por el borde de un cuenco, o cascaba un huevo con tan poca destreza que quedaban añicos de cáscara nadando en la yema. Al verme enojada, mi padre me daba un pellizco cariñoso y me levantaba la barbilla. Así me calmaba. Aunque ahora sea Coop quien me apacigua, el efecto es el mismo.

—Gracias —le digo—. De verdad. Sé que a veces me pongo imposible. Sobre todo en un día como hoy.

Coop hace ademán de decir algo. Oigo el chasquido de la lengua contra los dientes cuando abre la boca, la palabra a punto de tomar forma. Hasta que la puerta de entrada se abre y la voz de Jeff llena el apartamento.

—¿Quinn? ¿Estás en casa?

—En la cocina.

Aunque Jeff se sorprende al ver a Coop, disimula con solvencia. Nada más lo delata un ligero sobresalto, apenas un segundo, antes de que comprenda la situación y se dé cuenta de que Coop ha venido por la misma razón por la que él ha vuelto a casa a media tarde con una caja de vino y dos bolsas de comida de mi restaurante tailandés favorito.

—He venido en cuanto me he enterado de la noticia —dice, mientras las deja en el frigorífico—. Intenté llamarte, pero saltaba el buzón de voz.

Eso es porque mi teléfono ha estado apagado desde que entré en casa. A estas horas seguramente los mensajes, correos electrónicos y llamadas perdidas forman un montón tan alto que jamás conseguiré cribarlos.

Con las manos libres, Jeff me atrae para abrazarme.

—¿Qué tal?

—Está bien —dice Coop con sequedad.

Jeff lo mira y asiente, manifestando por primera vez que ha advertido su presencia. Se vuelve hacia mí.

—¿Estás bien?

—Claro que no —digo—. Estoy conmocionada, triste y rabiosa.

—Pobre Lisa. Saben quién lo hizo, ¿no?

Niego con la cabeza.

—No saben ni quién ni por qué. Lo único que saben es cómo.

Jeff, resistiéndose a soltarme, se vuelve de nuevo hacia Coop. Mantengo la cabeza recostada en su pecho, volviéndome también sin querer.

—Me alegro de que estés aquí con ellas, Franklin. Estoy seguro de que ha sido un gran consuelo para Quinn y Sam.

—Solo me gustaría poder hacer más —dice Coop.

—Ya has hecho mucho —contesta Jeff—. Quinn tiene suerte de tenerte en su vida.

—Y a ti —le digo a Jeff—. Tengo tanta suerte de tenerte a mi lado.

Acurrucada en el hueco de su cuello, siento la caricia de su corbata en la mejilla. Jeff toma mi gesto como una señal de angustia, acaso con razón, y me abraza aún más fuerte. Me dejo abrazar, encogiéndome hasta que el cuerpo de Jeff ocupa mi campo visual y eclipsa la imagen de Coop, que me mira fijamente desde el otro lado de la cocina.

Más tarde Jeff y yo vemos otro clásico del cine negro en la cama. *Que el cielo la juzgue,* con Gene Tierney en el papel de una novia obsesiva, con instintos asesinos. Tan hermosa. Tan desquiciada. Cuando acaba la película, vemos las noticias de las once hasta que se habla del caso de Jeff. El sindicato de policías dio una rueda de prensa con la viuda del agente fallecido, exigiendo penas más estrictas para los condenados por delitos contra miembros del cuerpo. Antes de que Jeff coja el mando y apague la televisión, alcanzo a ver durante una fracción de segundo la cara de la viuda. Está pálida, demacrada, transida por el dolor.

—Quería verlo —protesto.

—Pensé que no querrías más malas noticias.

—Estoy bien —digo.

—Ya, y Sam está bien. Y Coop está bien.

Coop se marchó a los pocos minutos de que Jeff llegara, farfullando excusas del largo trayecto hasta Pensilvania. Sam, claramente abatida, se pasó casi toda la cena intentando evitar la necesidad de hablar. Y yo seguí furiosa, a pesar del Xanax y de las manzanas hojaldradas y de trincarme probablemente la mitad de la caja de vino. Horas más tarde, aún lo estoy. Es una ira irracional, que no discrimina nada. Estoy furiosa con todo y nada. Estoy furiosa con la vida.

—Sé que esto es un palo para ti.

—No tienes ni idea —digo.

No hablo así solo por rabia. Es la verdad, fría como una piedra. Jeff no sabe lo que es que arrebaten la vida de una de las dos únicas personas en este mundo que son como tú. No sabe qué triste y asustada y confundida llegas a sentirte.

—Perdona —dice—. Tienes razón. No lo sé. Nunca lo sabré. Pero entiendo que estés enfadada.

—No lo estoy —miento.

—Sí —Jeff calla. Me tenso, sabiendo que está a punto de decir algo que no quiero oír—. Y puesto que ya estás furiosa, aprovecho para decirte que pronto tengo que volver a Chicago otra vez.

—¿Cuándo?

—El sábado.

—Pero acabas de estar allí.

—Sé que el momento es fatal, pero hay un nuevo testigo de conducta —dice Jeff.

Miro la pantalla apagada del televisor, con el rostro de la viuda de ese policía aún grabado en la retina.

—Ah.

—El primo del acusado —continúa Jeff, aunque no tengo ninguna gana de oír hablar de la conducta de su cliente—. Es pastor de la Iglesia. Se criaron juntos. Los bautizaron juntos. Podría ser un buen aval para su defensa.

Me pongo de lado, de cara a la pared.

—Mató a un policía —murmuro.

—Presuntamente —matiza Jeff.

Pienso en Coop. ¿Y si el cliente de Jeff lo hubiera matado a tiros? ¿O hubiera asesinado a Lisa? ¿También debería fingir que me alegro de que los cumplidos de un primo predicador pudieran reducir su condena? No, no debería. Aun así, Jeff parece esperar exactamente eso.

—Tú sabes que, con toda probabilidad, es culpable, ¿verdad? —digo—. Que disparó a aquel inspector, como asegura todo el mundo.

—No me corresponde a mí decidir eso.

—¿Ah, no?

—Por supuesto que no —dice Jeff irritado, poniéndose a mi nivel—. No importa de qué lo hayan acusado. Merece una buena defensa, igual que todo el mundo.

—Pero ¿crees que lo hizo?

Me incorporo un poco y atisbo a Jeff por encima del hombro. Continúa tumbado boca arriba, con las manos enlazadas en la nuca, mirando el techo. Parpadea, y en ese veloz abrir y cerrar de ojos veo la verdad: sabe que su cliente es culpable.

—Tampoco es que yo sea un abogado penalista caro —dice, como si eso lo justificara un poco—. No me estoy haciendo rico defendiendo a asesinos redomados. Me limito a mantener un bastión del sistema judicial de Estados Unidos. Todo individuo tiene derecho a un juicio justo.

—¿Y si te asignan la defensa de alguien muy malo? —digo, volviendo a ponerme de lado, incapaz de mirarlo a los ojos.

—No tendría elección.

Claro que la tendría. Si su cliente fuera Stephen Leibman, el loco del machete, o el Hombre del Saco Calvin Whitmer, tendría la opción de decir que no, que hombres como esos no merecen defensa ninguna.

Aun así, en el fondo sé que Jeff no tomaría esa opción. Elegiría ponerse de su lado. Defenderlos. Ayudarlos.

Incluso a él.

—Siempre hay elección.

Jeff no dice nada. Sigue mirando el techo hasta que sus párpados se hacen más pesados y al fin se cierran. Minutos después, está dormido.

A mí me resulta imposible conciliar el sueño. Aún estoy demasiado enfadada. Así que me debato bajo las sábanas en busca de una postura cómoda. Si soy sincera del todo, en parte lo hago para despertar a Jeff. Para que se desvele como yo. Pero no se despierta mientras el reloj avanza de las once a medianoche, y luego de medianoche a la una de la madrugada.

A la una y cuarto salgo de la cama en silencio, me pongo una ropa sucia y recorro de puntillas el pasillo. Hay luz por debajo de la puerta de Sam, así que llamo.

—Pasa, Quinn —dice.

La encuentro cruzada de piernas en la cama, leyendo un libro de Asimov en tapa blanda con el lomo doblado. Se ha cambiado de ropa, vuelve a llevar los vaqueros negros y la camiseta de los Sex Pistols de ayer. La chaqueta de cuero completa el conjunto. Cuando me mira, intuyo que nota mi rabia. Desde luego, sabe por qué estoy allí.

187

Sam sale de la cama sin mediar palabra y rebusca en su macuto. Saca un bolso, ni más ni menos, un mamotreto de falso cuero con asas cortas que solo se puede colgar del codo. Luego va sacando del macuto una pila de libros y los mete en el bolso.

—Toma —dice al terminar, pasándomelo como un balón de fútbol.

Pillo el bolso al vuelo, sorprendida de cuánto pesa.

—¿Para qué es?

—Cebo.

No digo nada. Me limito a salir del cuarto detrás de Sam, agarrando las asas del bolso con mi mano sudorosa mientras nos escabullimos con sigilo hacia la noche.

18.

Afuera persiste en el aire despejado un calor impropio para la época, cortante y opresivo. El bochorno del día penetra en la noche. Cuando llegamos a Central Park estoy sudando, la cara pegajosa y brillante.

En el parque hace tanto calor que la mayoría de los hombres que vemos han prescindido de sus sudaderas, contentos de merodear con camisetas pegadas al cuerpo. Saludamos con la cabeza a algunos cuando pasamos, como si fuéramos uno de ellos, surcando la noche en busca de carne fresca.

En cierto modo, lo somos.

No hay bruma en el parque esta vez. La noche, de tan clara, parece quebradiza. Las briznas de hierba captan la pálida luz de la luna y centellean como dientes afilados. En los árboles, las hojas mustias de las ramas se mecen como hombres recién ahorcados.

Elegimos un banco no muy lejos del de anoche. Alcanzo a verlo justo en diagonal, el haz de luz de la farola proyectado sobre su asiento. Me veo allí hace veinticuatro horas, cuando nada más quería irme a casa. Ahora escudriño los rincones oscuros del parque. Cada sombra parece temblar con indecible peligro. Estoy preparada para hacerle frente. Ansiosa.

—¿Ves algo? —pregunto.

—No —dice Sam.

Con un golpe seco saca un cigarrillo del paquete que lleva en el bolsillo. Tiendo la mano.

—Dame uno.

—¿En serio?

—Antes fumaba —digo, cuando en realidad solo lo hice una vez, y solo después de que Janelle me incitara a probarlo. La calada me hizo toser tanto que me lo quitó, temiendo males peores. Esta noche lo hago mejor, doy dos caladas cortas antes de que salga la primera tos.

—Aficionada —me dice Sam, inhalando hondo y haciendo anillos de humo.

—Pedante —le digo.

Me contento con sostener el cigarrillo mientras ella fuma el suyo, siempre al acecho, sin apartar en ningún instante la mirada del horizonte oscuro del parque.

—¿Cómo te sientes? —me pregunta Sam—. Por lo de Lisa.

—Furiosa.

—Bien.

—Lo que le pasó es atroz. Creo que era más fácil...

No consigo acabar de decir lo que estoy pensando. Que era más fácil encajar la idea de que Lisa se había suicidado. No resulta grato expresarlo, aunque sea verdad.

—¿De verdad piensas que alguien va a por nosotras? —dice Sam.

—Es una posibilidad —digo—. Somos famosas, a nuestra manera.

De triste fama, más bien. Célebres por haber salido con vida de situaciones inimaginables. Y puede que alguien, como el tarado que fue hasta Quincy, Illinois, a mandarme aquella carta, vea en eso un desafío. Acabar la faena que otros no consiguieron rematar.

Sam apura las últimas caladas de su cigarrillo, y echa el humo mientras habla.

—¿Ibas a contarme alguna vez lo del correo que te mandó Lisa?

—No lo sé —digo—. Quería.

—¿Y por qué no lo hiciste?

—Porque no sabía lo que significaba.

—Ahora significa que podríamos estar en peligro —dice Sam.

Y sin embargo aquí estamos, sentadas en Central Park a una hora infame, buscando problemas. Deseando encontrarlos, de hecho. Pero en la noche clara no veo nada más que nuestras largas sombras proyectadas por la luz de la farola a través del sendero que pasa frente a nosotras, punteadas con las brasas de nuestros cigarrillos.

—¿Qué pasa si no vemos a nadie? —pregunto.

Sam señala el bolso, todavía apresado en mi antebrazo.

—Por eso hemos traído cebo.

—¿Cuándo podemos usarlo?

Arquea una ceja perfilada, y no puede evitar sonreír.

—Ahora mismo, si quieres.

Rápidamente, trazamos un plan. Como soy más menuda, y por tanto un blanco más fácil, cruzaré el parque sola, con el bolso de señuelo. Sam me seguirá a una distancia prudente, evitando el sendero, donde es menos probable que adviertan su presencia. Cuando alguien ataque, si es que eso llega a ocurrir, estaremos listas para contraatacar.

Es un plan sólido. Solo que un poco temerario.

—Estoy lista —digo.

Sam señala hacia el sendero flanqueado de árboles.

—A la caza, tigre.

Al principio camino demasiado rápido, el bolso se balancea mientras me lanzo por el sendero a una velocidad que haría que incluso los atracadores más experimentados se lo pensaran dos veces. Sam apenas puede seguirme. Al mirar por encima del hombro la veo a lo lejos, sorteando los árboles y apurando el paso a través de la explanada de hierba.

Aminoro la marcha, recordándome que el objetivo es parecer vulnerable, una presa fácil. Además, no quiero que Sam se quede atrás y no pueda rescatarme llegado el caso.

Consigo caminar a un ritmo tranquilo, mesurado, y me dirijo al sur por el sendero que discurre junto a la orilla del lago. No veo a nadie. No oigo nada, salvo un coche de vez en cuando por Central Park West y el roce de mis suelas contra el suelo. A mi derecha hay una franja de parque desierto, bordeada por altos muros de piedra. A mi izquierda está el lago, cuya plácida superficie refleja las pocas luces aún encendidas en los edificios del Upper West Side.

He perdido de vista a Sam, que sigue en alguna parte detrás de mí, avanzando a tientas en la oscuridad. A pesar de que estoy sola, no me angustio tanto como debería. He estado sola antes en un bosque. En situaciones más peligrosas.

Tardo quince minutos en dar la vuelta hasta regresar al punto de partida. Me quedo justo donde empecé, con la piel pegajosa de sudor y dos cercos de humedad bajo las axilas. Sería un momento razonable para encontrar a Sam y volver al apartamento, a la cama, con Jeff.

Sin embargo, no me apetece ser razonable. No después del día que he tenido. Un vacío punzante como el hambre me atenaza el estómago. Recorrer el parque una sola vez no basta para que el malestar desaparezca, así que me propongo dar una vuelta más. Echo a andar de nuevo por la orilla del lago. Esta vez se reflejan menos luces en la superficie. A mi alrededor, la ciudad se va quedando dormida conforme las ventanas parpadean, una a una. Cuando llego a Bow Bridge, en el extremo sur del lago, todo está más oscuro. La noche me mece entre sus brazos, envolviéndome en sombras.

Con ese abrazo oscuro aparece algo más. Un hombre. Atraviesa el parque por un sendero apartado, unos cincuenta metros a mi derecha. En el acto me percato de que no es uno de esos merodeadores que van buscando sexo. Su andar es diferente, menos confiado. Con la cabeza gacha y las manos hundidas en los bolsillos de su chaqueta negra, más que pasear, vaga. Se esfuerza por parecer discreto e inofensivo.

Aun así, me está observando. Advierto que su gorra de los Yankees no deja de girarse hacia mí.

Aminoro la marcha, acortando mis pasos, asegurándome de que él irá delante cuando nuestros senderos converjan en la bifurcación que hay unos veinte metros más allá. Me gustaría comprobar si Sam ha salvado la distancia y va detrás de mí, pero no puedo. Eso podría alertarlo. Un riesgo que debo evitar.

El hombre silba mientras camina. La difusa melodía atraviesa el silencio del parque, aguda y etérea. Me da la impresión de que aparenta despreocupación para no inquietarme. Un intento, inocente o no, de hacerme bajar la guardia.

Se acerca la bifurcación donde nuestros senderos se encuentran. Me detengo y finjo buscar algo en mi bolso, para asegurarme de que lo ve. Ha de verlo, por fuerza, un bolso tan grande no puede pasar desapercibido. Aun así, el hombre disimula, caminando con exagerada naturalidad hasta que está en el mismo sendero, apenas unos pasos por delante de mí. Sigue silbando, procurando no asustarme, procurando alentarme a seguir avanzando. El flautista de Hamelín.

Echo a andar de nuevo. Un paso, dos, tres.

El silbido se detiene.

El hombre también.

De pronto gira sobre sus talones y se vuelve hacia mí. Sus pupilas desorbitadas saltan como pelotas de ping-pong en las cuencas, enloquecidas y oscuras. Los ojos de un adicto que necesita un chute. Sin embargo, por fuera no asusta. La cara chupada. El cuerpo tan flaco como un palo de escoba. Somos prácticamente de la misma estatura, quizá incluso sea algo más bajo que yo. La chaqueta le da un poco de volumen, pero no pasa de ser puro alarde. Es un peso pluma.

La dureza de su rostro se agudiza por el sudor que le empapa la frente y los pómulos afilados. Tiene la piel tan tensa como un tambor. Prácticamente vibra de hambre y desesperación.

Cuando habla, su voz es un murmullo lento.

—No quiero molestarte, ¿vale? Pero necesito un poco de guita. Para comer algo, ¿sabes?

No digo nada. Me paralizo. Doy tiempo para que Sam se acerque. Si es que está ahí.

—¿Oyes lo que te digo, tía?

Continúo en silencio. Lo dejo todo en sus manos. Puede irse. Puede quedarse. Si lo hace y busca problemas, entonces Sam atacará.

Quizá.

—Tengo mucha hambre —dice el hombre, lanzando una mirada a mi bolso—. ¿Llevas algo de comer ahí? ¿Algo de dinero que puedas darme?

Me vuelvo hacia atrás al fin, buscando la sombra de Sam en las inmediaciones.

No está.

No hay nadie.

Solo estamos yo y el hombre y un bolso que le hará cabrear mucho si mira dentro y ve que está lleno de libros de bolsillo. Debería estar asustada. Debería haber estado asustada desde el principio. Pero no lo estoy. Al revés, me siento en el polo opuesto del miedo.

Me siento radiante.

—No —le digo—. No tengo.

Lo miro fijamente, siguiendo cada uno de sus movimientos, esperando a ver el ángulo de una pistola o un puño cerrado. Cualquier indicio de que piensa en hacer daño.

—¿Seguro que no tienes nada de nada ahí dentro? —dice.

—¿Me estás amenazando?

El hombre levanta las manos, da un paso atrás.

—Vamos, mujer. No estoy haciendo nada.

—Me estás molestando —digo—. Eso es algo.

Me vuelvo, empiezo a alejarme, balanceando el bolso entre las manos. El hombre me deja ir. Está demasiado colgado para plantarme cara. Solo tiene fuerzas para un insulto de despecho.

—Menuda perra desalmada.

—¿Qué has dicho?

Me doy media vuelta y voy hacia él, acercándome tanto que huelo su aliento. Apesta a vino barato, humo rancio y encías enfermas.

—Te crees un tipo duro, ¿eh? —le digo—. Apuesto a que creías que me iba a echar a temblar al verte y te daría todo lo que quisieras.

Le pego un empujón que lo hace tambalearse hacia atrás, moviendo los brazos para no perder el equilibrio. Me da un manotazo sin querer, tan flojo que apenas lo noto.

—Joder, acabas de pegarme.

Se le abre la boca con estupor.

—No quería...

Lo interrumpo con otro empujón. Y otro. Cuando cruza los brazos intentando parar el siguiente, suelto el bolso y empiezo a golpearle en los brazos y los hombros.

—¡Eh, basta!

Se encoge para protegerse y cae de rodillas. Un objeto se escapa de su chaqueta y aterriza en el sendero. Es una navaja, plegada. Al verla me da un vuelco el corazón.

Cuando intenta recuperar la navaja, le embisto en el hombro con la cadera, alejándolo del arma. Antes de que pueda levantarse, sigo aporreándole con los puños en el pecho, los hombros, la barbilla.

Se abalanza sobre mí y me devuelve el empujón. Forcejeo con él, todavía dándole manotazos y patadas en las espinillas.

—¡Basta ya! —aúlla—. ¡No he hecho nada!

Me agarra del pelo y tira. El dolor me obliga a quedarme quieta. Cierro los ojos sin poder evitarlo, mis párpados se desploman. En la oscuridad súbita, algo relampaguea.

No un dolor, exactamente. El recuerdo de un dolor. Similar aunque ajeno al que ahora siento cuando el hombre me jala del pelo hacia atrás.

El dolor del recuerdo explota como una salva de fuegos artificiales en el interior de mis párpados. Brillante e incandescente. Estoy fuera. Cerca de la arboleda. Pine Cottage vaga en mi visión borrosa. Alguien, alguien distinto, me tiene agarrada del pelo mientras otras personas chillan.

Alcanzo con los dedos el cuello de la chaqueta del hombre, arrastrándolo hacia el suelo conmigo. Caemos de golpe, yo de espaldas, él sobre mi pecho, los dos resoplando jadeantes. Cuando hace ademán de agarrarme otra vez del pelo, estoy preparada. Giro la cabeza y lo esquivo. Entonces me incorporo de golpe, dándole un cabezazo. Mi frente conecta con su nariz, noto que el cartílago se dobla.

El hombre grita y rueda por el suelo para apartarse de mí, llevándose una mano a la nariz ensangrentada. Se pone de rodillas. Tiene los dedos manchados de rojo.

El dolor real y el dolor del recuerdo me recorren con la electricidad de unos cables pelados, sacudiendo mis músculos con espasmos. La cáscara que envuelve mi memoria se resquebraja, desprendiendo pequeñas escamas bajo las que afloran atisbos relucientes del pasado.

Él.

También de rodillas, en el suelo de la cabaña.

Blande un cuchillo ensangrentado.

Aunque tengo la vaga conciencia de que estoy en un lugar distinto, en un momento distinto, solo lo veo a él. Así que me abalanzo ciegamente y le machaco la cara con los puños apretados. Le golpeo una segunda vez. Y una tercera.

La rabia se apodera de mí. Como si un lodo negro me llenara hasta derramarse por mis poros y cubrirme los ojos. Ya no puedo ver. Ni oír. Ni oler. Solo conservo el tacto, y lo único que siento es el dolor de los puños mientras siguen machacándole la cara. Cuando se hace insoportable, me pongo de pie y le suelto una patada en la cabeza.

Luego otra.

Y otra.

Cada golpe viene con un nombre, que farfullo contra mi voluntad. Los escupo uno a uno como si fueran veneno, arrojándoselos encima, cubriéndolo.

—Janelle. Craig. Amy. Rodney. Betz.

—¡Quincy!

Esa no es mi voz. Es la voz de Sam. De pronto está justo detrás de mí, tratando de sujetarme, apartándome a rastras.

—Para —dice—. Por el amor de Dios, para.

Me debato unos segundos con Sam, pataleando y retorciéndome. Un perro fiero atrapado por una correa. No me calmo hasta que veo la sangre. Una mancha en la mano de Sam, húmeda y oscura. Al principio pienso que le he hecho daño, y la mera idea debilita mi rabia.

—Sam —ahogo un grito—. Estás sangrando.

No, no es eso. Me doy cuenta al mirarme las manos y ver que las tengo empapadas de sangre. La misma sangre que ha manchado a Sam. La misma sangre aún caliente que me chorrea por los brazos, mancha mi ropa, salpica mi cara y mi cuello.

Un poco es mía.

El resto, no.

—¿Sam? ¿Qué ha pasado? ¿Dónde estabas?

En lugar de contestar, me suelta, sabiendo que no voy a ir a ningún sitio. Acude como un rayo junto al hombre que yace en el césped. Está de costado, con un brazo abierto hacia atrás y otro retorcido hacia dentro.

No puedo mirarle la cara, pero no puedo evitar mirársela. Lo que queda de ella. Tiene los ojos cerrados, hinchados como pelotas. De la nariz rota mana sangre, más oscura que el resto de su sangre. No se mueve. Sam le pone dos dedos en el cuello, también ensangrentado, para comprobar si tiene pulso. Frunce el ceño con preocupación.

—¿Sam? —digo, mientras el aturdimiento y el miedo y la consternación me sacuden por dentro—. Está vivo, ¿verdad?

Se me nubla la vista, la imagen de Sam junto al hombre que quizá esté muerto se desdibuja por momentos.

—¿Verdad?

Sam no dice nada. Tampoco cuando pasa la manga de su chaqueta por la zona del cuello del hombre que acaba de tocar, borrando la marca de sus dedos. Tampoco cuando recoge la navaja del césped y se la guarda en el bolsillo. Ni siquiera cuando me aleja de allí a tirones, incapaz de mirarme a los ojos mientras aúllo.

—¿Qué he hecho, Sam? ¿Qué he hecho?

19.

Nos movemos con rapidez, un par de fugitivas avanzando a ciegas por la oscuridad. Sam me ha echado su chaqueta sobre los hombros, noto su mano en la cintura, empujándome hacia delante. Sigo andando porque no hay más remedio. Porque Sam no permitirá que me detenga, aunque lo único que quiero es dejarme caer y quedarme en el suelo.

Me cuesta respirar. Cada inhalación está constreñida por un estremecimiento de ansiedad. Cada exhalación va acompañada de un sollozo. Mi pecho se expande por la falta de oxígeno, mis pulmones desesperados me oprimen las costillas.

—Para —jadeo—. Por favor. Déjame parar.

Sam me aprieta con más fuerza la cintura, obligándome a continuar. Dejamos atrás los árboles. Las estatuas. Los vagabundos acostados en los bancos. Cuando nos cruzamos con alguien —un hombre en bicicleta, tres amigos que caminan borrachos del brazo— ella se pega a mí, para que no vean mi cuerpo empapado de sangre.

Solo nos detenemos cuando llegamos al Jardín del Invernadero, junto a ese estanque de fantasía con aguas poco profundas donde de día los niños lanzan a navegar sus veleros de juguete. Sam me guía hasta el borde, me hace agacharme y meter las manos en el agua, y me limpia como buenamente puede, echándome agua por los brazos, el cuello, la cara. Al otro lado del estanque hay un vagabundo, que también se está lavando. Cuando nos mira, Sam le pega un grito que cabrillea por encima del agua.

—¿Qué coño miras?

El hombre retrocede, recoge su hatillo de bolsas de basura y desaparece en la oscuridad.

Sam mete una mano en el agua y me remoja la frente.

—Escúchame —dice—. Creo que todavía está vivo.

Quiero creerla, pero no me lo puedo permitir.

—No —murmuro—. Lo he matado.

—Tenía pulso.

—¿Estás segura?

—Sí —dice Sam—. Estoy segura.

El alivio me recorre por dentro, más purificador que el agua con que Sam sigue limpiándome la piel ensangrentada. Siento que respiro mejor. Mi garganta se abre, soltando otro sollozo, esta vez de gratitud.

—Tenemos que llamar para pedir ayuda —digo.

Sam me hunde las manos de nuevo en el agua, frotándolas bajo las suyas, borrando la prueba de mi pecado.

—No podemos hacer eso, Quinn.

—Pero ese hombre necesita ir a un hospital.

Intento sacar las manos del agua, pero Sam las mantiene sumergidas.

—Llamar al 911 involucrará a la policía.

—¿Y qué? —digo—. Les diré que he actuado en defensa propia.

—¿Ha sido así?

—Llevaba una navaja.

—¿Iba a usarla?

No puedo contestar a eso. Quizá la habría usado, al final. O quizá se habría marchado. Nunca lo sabré.

—Aun así la llevaba —digo, dudando de si intento convencer a Sam o a mí misma—. La policía no me inculparía si lo supiera.

Por fin Sam me saca las manos del agua y les da la vuelta para ver si quedan restos de sangre. Se ha ido toda. Tengo las palmas pálidas y relucientes.

—Te inculparían si supieran la razón que nos ha traído aquí —dice—. Si supieran que nos proponíamos atraer a alguien con un señuelo. Sobre todo si averiguaran que te podías haber ido sin más.

Sam solo podía saberlo si había estado allí. Escondida. Observándome en todo momento. Observando incluso cuando al hombre se le cayó la navaja del bolsillo. Por un instante, esa certeza eclipsa todo lo demás.

—¿Me viste?

—Sí.

—¿Estabas ahí?

Empiezo a hiperventilar de nuevo, mi cuerpo convulsionado por una serie de resuellos agónicos. Me mareo por la súbita falta de aire, o quizá solo por la conmoción. De todos modos, he de agarrarme al borde del estanque para no caerme. Cuando consigo hablar, mi voz sale a borbotones ásperos y entrecortados.

—¿Por qué... no... me... ayudaste?

—No necesitabas ayuda.

—Ese hombre tenía un cuchillo —digo mientras siento que el ardor de la rabia me sube por la garganta. Parece un trago de Wild Turkey a la inversa, como si me trepara poco a poco por el esófago—. O sea, ¿te quedaste mirando y no moviste un puto dedo?

—Quería ver qué hacías.

—Y por poco mato a un hombre. ¿Contenta? ¿Era esa la reacción que buscabas? ¿Por qué no intentaste impedírmelo?

—La pregunta que te deberías hacer es por qué no intentaste impedírtelo a ti misma.

Me pongo de pie y me sacudo el agua de las manos antes de alejarme a grandes zancadas. Del estanque. De Sam.

—¡Quinn! —me grita—. No te vayas.

—Me voy.

—¿Adónde?

—A la policía.

—Te arrestarán.

Es el modo en que lo dice lo que me detiene. Con una serenidad alarmante, constatando un hecho. Sé que tiene razón. Noto bullir el pánico en las profundidades del estómago. Soy la polilla que se descuidó con la llama. Ahora me envuelve.

—Con o sin cuchillo, los policías no van a entenderlo —dice Sam—. Nada más verán a una zorra vengativa que vino aquí buscando problemas. Te detendrán por agresión con agravantes. O quizá peor. Ni siquiera tu chico, Jeff, podrá convencerlos para que no presenten cargos.

Pienso en Jeff, apenas a unas manzanas de aquí, plácidamente dormido. Esto podría ser su ruina. Él no tiene nada que ver, pero a nadie le importaría. Mi culpa bastaría para destruirnos a los dos.

Vuelve el mareo, acompañado de un violento temblor que me paraliza las piernas. Me tambaleo, no sé cuánto conseguiré tenerme en pie. Sam sigue hablando, y solo empeora las cosas.

—Saldrás otra vez en la prensa, Quinn. No en un periódico, en todos.

Oh, seguro que sí. Imagino los titulares: Última Chica estalla en un arrebato de violencia. Jonah Thompson se correrá de gusto.

—No habrá vuelta atrás —dice Sam—. Si vas a la policía, despídete de la vida tal como la conoces.

Por crudo que suene, sé que está diciendo la verdad. Aun así, la odio de todos modos. La odio por haber aparecido, por irrumpir en mi vida y haberme traído hasta este parque. Con ese odio se mezcla otro sentimiento, más difícil de manejar.

Desesperación.

Borbotea dentro de mí, me hace sudar y llorar y sentirme tan indefensa que desearía tirarme al estanque y no volver a la superficie nunca más.

—¿Qué vamos a hacer? —digo, con la voz quebrada por la desolación.

—Nada —dice Sam.

—Entonces ¿salimos del parque y seguimos como si nada hubiera ocurrido?

—Algo así.

Recoge su chaqueta, que se me cayó al agacharme junto al estanque. Me la vuelve a poner sobre los hombros, y me da un empujoncito para que eche a andar. Nuestros pasos son más lentos esta vez, ambas permanecemos alerta por si aparece la policía. Salimos del parque por un camino distinto.

Apenas nos cruzamos con nadie desde Central Park West hasta mi edificio. Quienes nos ven con suerte nos tomarán por dos chicas que vuelven borrachas a casa. Tambaleándome por el mareo, no hago sino reforzar la farsa.

Una vez en casa, lleno la bañera del cuarto de invitados. Mi ropa está tan empapada de sangre que revuelve las tripas. Aunque no llega al extremo del vestido blanco que se tiñó completamente de rojo en Pine Cottage, basta para que me eche a llorar de nuevo cuando me agacho en la bañera. El agua se llena de hilillos rosados, que forman pequeños remolinos antes de diluirse. Cierro los ojos y me digo que todos los sucesos de esta noche desaparecerán de la misma manera. Un destello de color que enseguida se pierde. El hombre del parque vivirá. Como llevaba una navaja, no mencionará lo que le hice. Todo se olvidará en unos días, o semanas, o meses.

Me examino los nudillos y veo que se han puesto de un espantoso y llamativo color rosa. Laten de dolor. Siento una punzada similar en el pie con el que pateé al hombre hasta dejarlo inconsciente.

Me asaltan otras sensaciones, todavía frescas. El tirón de pelo. Verlo a él agachado en el suelo, con un cuchillo ensangrentado en la mano.

Recuerdos.

No de esta noche, sino de hace diez años.

203

De Pine Cottage.

De cosas que creía olvidadas.

Me digo que no puede ser. Que lo que ocurrió esa noche se borró de mi mente. Pero ahora sé que no es así.

He recordado algo.

En lugar de incorporarme, me encojo aún más en la bañera, con la esperanza de que el agua caliente se lo lleve todo. No quiero recordar lo que sucedió en Pine Cottage. Por esa razón lo amputé de mi mente, ¿no? Porque resultaba demasiado terrible para conservarlo.

Y sin embargo, me guste o no, no puedo negar que esta noche algo ha vuelto. Nada fundamental. Solo un destello fugaz. Como una fotografía desvaída. Aun así basta para hacerme estremecer, incluso sumergida hasta el cuello en la bañera humeante.

Oigo unos golpes rápidos en la puerta. Un aviso de Sam de que está a punto de entrar. Consigue dar un paso antes de detenerse en seco al ver mi ropa ensangrentada en el suelo. Sin mediar palabra, la recoge.

—¿Qué vas a hacer con eso? —le pregunto.

—No te preocupes. Yo me encargo —dice antes de llevársela del cuarto de baño.

Pero estoy preocupada. Por los recuerdos que de repente se han abierto paso hasta mi conciencia. Por el hombre del parque. Por no saber qué impulsó a Sam a quedarse mirando mientras yo lo apaleaba hasta dejarlo sin sentido, como si de nuevo me estuviera poniendo a prueba.

De pronto me asalta un pensamiento. Una pregunta, en realidad, que surge brumosa y distante por el vaho que desprende el agua y mi propia extenuación.

¿Cómo es que Sam sabrá encargarse de mi ropa ensangrentada?

Y otra: ¿por qué estaba tan serena mientras huíamos del parque?

Pensándolo bien, estaba más que serena. Tomó todas las precauciones al sacarme de allí, se aseguró de protegerme y cubrir la sangre de miradas ajenas, y encontró un sitio donde lavarme.

Nadie podría ser tan eficiente en una situación así. A menos que lo haya hecho antes.

A esos pensamientos les sucede inmediatamente otro. No una pregunta, esta vez. Una certeza, chillando en mi cerebro tan repentina y estridente que me incorporo de golpe en la bañera y el agua se desborda por los costados.

El bolso.

Nos lo hemos dejado en el parque.

20.

—No te preocupes por eso, nena —me dice Sam cuando le cuento que nos hemos dejado el bolso—. Ya lo sé. Si fuera importante, no lo habría llevado.

Estamos en su cuarto, ella fumando junto a la ventana, yo hecha un manojo de nervios sentada en el borde de la cama.

—¿Y estás segura de que no había nada dentro que pudiera incriminarnos? —pregunto.

—Segurísima —dice Sam—. Ahora trata de dormir.

Hay tantas cosas que debería preguntarle. ¿Qué ha hecho con mi ropa manchada de sangre? ¿Por qué me dejó perder la cabeza de ese modo? ¿Me puse tan violenta y desquiciada que conjuré esa imagen de él en Pine Cottage? Todo queda sin decirse. Aunque hiciera esas preguntas, sé que Sam no me contestaría.

Así que salgo del cuarto y voy hasta la cocina a por un Xanax y un trago de refresco de uva antes de tumbarme en el sofá, lista para otra noche en vela. Para mi sorpresa, el sueño me vence. Estoy demasiado exhausta para resistirme.

Sin embargo, es una duermevela breve, interrumpida por una pesadilla donde aparece precisamente Lisa. Está de pie en medio de Pine Cottage, la sangre chorrea de sus muñecas abiertas. Sostiene entre las manos el bolso de Sam, salpicado de sangre. Me lo tiende sonriendo y dice: «Olvidaste esto, Quincy».

Me despierto con sobresalto en el sofá, pataleando y dando manotazos. Aunque todo está en silencio, noto las reverberaciones de un eco en el salón. Un grito, tal vez, que acaba de salir de mi boca. Aguardo, esperando a que alguien se despierte. Seguro que Jeff y Sam lo han oído. O quizá ni siquiera he gritado. Quizá haya sido solo en el sueño.

Al otro lado de la ventana, la oscuridad del cielo se diluye por momentos. El amanecer está en camino. Sé que debería procurar dormir un poco más, que si no descanso pronto me derrumbaré, pero tengo los nervios de punta. La única manera de calmarlos es ir al parque y ver si el bolso sigue allí.

Así que entro de puntillas en la habitación, aliviada de comprobar que Jeff sigue durmiendo a pierna suelta, con un ligero ronquido. Rápidamente me pongo la ropa de correr, y luego unos mitones para tapar mis nudillos pelados, donde empiezan a formarse costras.

Una vez en la calle, recorro las manzanas hasta el parque como alma que lleva el diablo. Cruzo como una exhalación Central Park West, saltándome un semáforo y obligando a un taxi a frenar en seco para no atropellarme. El conductor toca el claxon. No le hago caso. De hecho, no hago caso de nada mientras vuelo hasta el lugar donde se me cayó el bolso. El mismo lugar donde golpeé a un hombre hasta ponerle la cara como una manzana magullada.

El hombre ya no está, ni el bolso. Solo la policía, una docena de agentes que dan vueltas por un amplio cuadrado trazado con cinta amarilla. Parece la escena de un asesinato. Como las que se ven en las series policíacas. Los agentes inspeccionan el perímetro, y consultan unos con otros mientras toman café en vasos de plástico.

Me mantengo alejada, trotando en el sitio. A pesar de la hora, hay varios transeúntes más rondando bajo el cielo azulado del alba.

—¿Qué ha pasado? —le pregunto a una señora mayor, que lleva un perro que parece también sacado del geriátrico.

—Han asaltado a un tipo. Le han dado una paliza tremenda.

—Qué horror —confío en que suene sincero—. ¿Se pondrá bien?

—Uno de los policías ha dicho que está en *coma* —prácticamente susurra la palabra, para que suene más escandalosa—. La ciudad está llena de psicópatas.

Siento como si dentro de mí hubiera una zarza de emociones, enmarañadas y erizadas de pinchos. Hay alegría de que el hombre siga con vida, de saber que no lo he matado. Alivio de que al estar en coma no pueda hablar con la policía, de momento. Culpa por sentirme tan aliviada.

Y preocupación. Eso, por encima de todo. Preocupación por el bolso, que tal vez esté en poder de la policía. O robado. O arrastrado hasta la maleza por los coyotes que a veces, inexplicablemente, llegan al parque. Da lo mismo. Mientras no lo recuperemos, ese bolso tiene la capacidad de vincularme a la paliza. Mis huellas están por todas partes.

Por eso vuelvo a casa con la boca crispada en un gesto adusto. Entro con sigilo y encuentro a Jeff levantado, en camiseta y calzoncillos por la cocina.

—¿Quincy? ¿Dónde estabas?

—He ido a correr —digo.

—¿A estas horas? Ni siquiera ha salido el sol.

—No podía dormir.

Jeff me mira con los ojos hinchados, envuelto aún en la bruma del sueño. Se rasca la cabeza. Se rasca la entrepierna.

—¿Va todo bien? —me pregunta—. No es propio de ti, Quinn.

—Estoy perfectamente —digo, aunque es obvio que no. Siento el cuerpo hueco, como si me hubieran sacado las entrañas con la cuchara de servir helado que suelo usar para poner la masa en los moldes de las magdalenas—. Perfectamente.

—¿Es por lo de anoche?

Me quedo paralizada, preguntándome qué oyó anoche, si oyó algo. Ocultarle un secreto me hace estremecer de culpa. Que pueda saberlo solo lo empeora.

—¿Porque tengo que ir a Chicago? —dice.

Exhalo. Despacio, para no levantar sospechas.

—Claro que no.

—Me pareció que te molestaba. Créeme, a mí me molesta. No me hace gracia la idea de dejarte sola con Sam.

—Estaremos bien —digo.

Jeff me mira, frunciendo ligeramente el ceño. La viva estampa de la inquietud.

—¿Seguro que todo va bien?

—Sí —digo—. ¿Por qué insistes tanto?

—Porque has salido a correr antes de las seis de la mañana —contesta Jeff—. Y porque acabas de enterarte de que Lisa Milner fue asesinada y de que no hay ningún sospechoso.

—Y por eso no podía dormir. Y por eso salí a correr.

—Pero si hubiera algún problema, me lo contarías, ¿verdad?

Me obligo a sonreír, temblando del esfuerzo.

—Por supuesto.

Jeff tira de mí y me abraza. Siento su piel tibia y suave, con un leve rastro de sudor y suavizante de las sábanas. Intento abrazarlo, pero no puedo. No merezco ese cariño.

Después le preparo el desayuno mientras se arregla para ir al trabajo. Comemos en silencio. Me tapo la mano lastimada con un paño de cocina o en el regazo, mientras Jeff hojea el *New York Times*. Lanzo miradas furtivas cada vez que pasa una página, segura de que veré un artículo sobre el hombre del parque, aunque sé que es demasiado pronto. Mi crimen fue pasada la hora de cierre. Ese infierno particular tendrá que esperar a la edición de mañana.

En cuanto Jeff se marcha, saco la llave del collar y abro mi cajón secreto de la cocina. Veo la pluma que Sam robó en el café. La cojo y me garabateo una única palabra en la muñeca.

SUPERVIVIENTE

Cuando me meto en la ducha, me obligo a no parpadear mientras veo cómo la tinta se corre y el agua se la lleva.

Sam y yo no hablamos.

Cocinamos.

Nuestras tareas están bien definidas. Tarta Tatin de manzana con salsa de caramelo para mí. Galletas azucaradas para Sam. Nuestras áreas de trabajo se despliegan en ambos extremos de la cocina, como dos bandos enemigos de una guerra con un frente común. Mientras preparo la base de la tarta, me reviso constantemente las palmas de las manos en busca de rastros de sangre, convencida de que por fuerza encontraré algún resto. En cambio solo las veo hinchadas y enrojecidas de tanto lavarme.

—Sé que estás arrepentida —dice Sam.

—Estoy bien —digo.

—Hicimos lo correcto.

—¿Ah, sí?

—Sí.

Mientras pelo las manzanas Honeycrisp, me tiemblan un poco las manos. Miro fijamente las mondas, medio amarillas, medio rojizas, que caen en espirales largas, mustias. Tengo la esperanza de que si me concentro en ellas lo suficiente, Sam dejará de hablar. No funciona.

—Acudir a la policía ahora no arreglará las cosas —dice—. Por más que quieras.

No es que yo quiera acudir a la policía. Creo que debo hacerlo. Por el trabajo de Jeff sé que siempre es mejor que un delincuente se entregue a que lo atrapen. Los policías, aunque a regañadientes, tienen un mínimo respeto por quienes confiesan. Y los jueces igual.

—Deberíamos contárselo a Coop —digo.

—Maldita sea, ¿has perdido la cabeza?

—Quizá pueda ayudarnos.

—No deja de ser un policía —dice Sam.

—Es mi amigo. Lo comprendería.

Al menos eso espero. Me ha dicho muchas veces que haría cualquier cosa para protegerme. ¿Será verdad, o la lealtad de Coop tiene un límite? Al fin y al cabo, esa fue una promesa que le hizo a la Quincy que cree conocer, no a la que existe en realidad. No estoy segura de que se sintiera comprometido con la Quincy que ya ha tomado dos Xanax desde que ha vuelto del parque esta mañana. O con la Quincy que roba objetos relucientes para poder verse reflejada en ellos. O con la Quincy que apalea a un hombre hasta dejarlo comatoso.

—Olvídalo, nena —dice Sam—. No le necesitamos. Huimos. Se acabó.

—¿Y estás completamente segura de que no había nada en ese bolso que pudiera conducir hasta nosotras? —pregunto por enésima vez.

—Segurísima —repite Sam—. Tranquilízate.

Sin embargo, una hora después suena el teléfono mientras estoy sacando del horno la tarta Tatin. La dejo en la encimera, me quito la manopla y descuelgo. Al contestar me llega una voz de mujer.

—¿Podría hablar con la señorita Quincy Carpenter?

—Soy yo.

—Señorita Carpenter, soy la inspectora Carmen Hernández, del Departamento de Policía de Nueva York.

Me quedo helada de miedo; un escalofrío súbito, paralizante. Cómo consigo seguir sosteniendo el teléfono es un misterio. Que pueda articular palabra es un milagro menor.

—¿En qué puedo ayudarla, inspectora?

Al oírme, Sam se gira de golpe, abrazando un gran cuenco contra el estómago.

—Me preguntaba si tendría tiempo para venir hoy a la comisaría —dice la inspectora Hernández.

A partir de ahí solo consigo escucharla a medias. La gelidez del miedo me ha llegado a las orejas, bloqueando buena parte de lo que me dice. Aun así, las palabras clave son claras. Como golpes de un pico en el hielo.

Central Park. Bolso. Preguntas. Un montón de preguntas.

—Por supuesto —digo—. Iré en cuanto pueda.

Después de colgar, el miedo glacial que me atenaza remite. Da paso al lacerante ardor de la desesperación. Atrapada entre el frío y el calor, actúo en consecuencia, fundiéndome en un charco en el suelo de la cocina.

Dos días después de Pine Cottage

Son el inspector Cole y el inspector Freemont, aunque se podrían haber llamado perfectamente Poli Bueno y Poli Malo. Cada cual interpretaba un papel, y lo hacía bien. Cole era el simpático. Era joven, quizá aún no tenía los treinta. A Quincy le gustaron sus ojos amables y su cálida sonrisa, que asomaba por debajo de un bigotillo ralo con el que pretendía aparentar más edad. Cuando cruzó las piernas, Quincy se fijó en que llevaba los calcetines a juego con el verde de la corbata. Un bonito detalle.

Freemont era el cascarrabias. Bajo, robusto y medio calvo, tenía las carrilleras de un bulldog. Se le sacudieron ligeramente cuando habló.

—Hay algo que nos desconcierta —dijo.

—Más que desconcertarnos, nos despierta curiosidad —matizó Cole.

Freemont lo fulminó con la mirada.

—Hay cosas que no encajan, señorita Carpenter.

Estaban en la habitación de Quincy en el hospital. Ella, demasiado magullada para levantarse de la cama, había conseguido erguirse un poco recostada sobre varias almohadas. La vía del brazo, con su pinchazo quedo, incesante, la distraía de las palabras del inspector.

—¿Cosas?

—Tenemos preguntas —dijo Cole.

—Un puñado de preguntas —añadió Freemont.

—Ya les he dicho todo lo que sé.

Se refería al día anterior, cuando Quincy estaba tan atontada por los calmantes y la pena que no sabía muy

213

bien lo que había dicho. Pero cubría lo esencial, de eso sí estaba segura.

Sin embargo, Freemont la escrutaba, con los ojos enrojecidos por el cansancio. Su traje había conocido tiempos mejores, los puños estaban deshilachados. Tenía una mancha amarilla de mostaza seca en una de las solapas. Un fantasma de almuerzos pasados.

—No fue gran cosa —dijo.

—No recuerdo gran cosa.

—Confiábamos en que recordara algo más —dijo Cole—. ¿Podría intentarlo? ¿Por favor? Se lo agradecería mucho.

Recostándose en las almohadas, Quincy cerró los ojos, en busca de algún otro recuerdo de esa noche, pero todo era un magma negro, turbulento y oscuro.

Vio el antes: Janelle emergiendo del bosque. El destello de la cuchilla.

Vio el después: corría a través de los árboles, la rama que le golpeó la cara justo cuando el rescate aparecía en el horizonte.

En el intermedio, en cambio, no había nada.

Aun así, lo intentó. Apretando los ojos y los puños, buceó a través de ese magma mental en busca de cualquier recuerdo, por pequeño que fuera. Salió a la superficie con meros fragmentos. Fogonazos de sangre. Del cuchillo. De la cara de él. No llegaban a cobrar solidez. Eran piezas perdidas del puzle, no permitían intuir la imagen completa.

—No puedo —se rindió Quincy al fin abriendo los ojos, avergonzada por las lágrimas que amenazaban con derramarse—. Lo siento, pero de verdad que no puedo.

El inspector Cole le dio unas palmadas en el brazo, con una mano sorprendentemente suave. Era incluso más guapo que el policía que la había salvado. El de los ojos azules que había acudido enseguida a su lado el día anterior cuando ella pidió a gritos verlo.

—Lo entiendo —dijo Cole.

—Yo no —dijo Freemont haciendo crujir la silla plegable al moverse, inquieto—. ¿De verdad ha olvidado todo lo que ocurrió la otra noche? ¿O solo quiere olvidarlo?

—Es completamente comprensible que sea así —se apresuró a añadir Cole—. Usted sufrió mucho.

—Pero necesitamos saber lo que ocurrió —continuó Freemont—. No tiene sentido.

La confusión nubló los pensamientos de Quincy. Se anunciaba una jaqueca. Una leve punzada latente, que excedía el molesto pinchazo de la vía en el brazo.

—¿Ah, no? —dijo.

—Murió mucha gente —dijo Freemont—. Todos, menos usted.

—Porque a él lo mató ese policía —ya había decidido no pronunciar su nombre nunca más—. Me habría matado a mí también si ese policía...

—El agente Cooper —dijo Cole.

—Sí —Quincy no estaba segura de si ya sabía cómo se llamaba. El nombre no le sonaba de nada—. El agente Cooper. ¿Le han preguntado sobre lo ocurrido?

—Lo hemos hecho —dijo Freemont.

—¿Y qué les dijo?

—Que tenía órdenes de rastrear el bosque para encontrar a un paciente del Hospital Psiquiátrico Blackthorn que al parecer se había escapado.

Quincy contuvo la respiración, esperando a que dijera el nombre del paciente, con temor. Fue un alivio que no lo mencionara.

—Durante la búsqueda, el agente Cooper oyó un grito que procedía de la misma dirección donde estaba la cabaña. Al ir a investigar, la vio a usted en el bosque.

Quincy recreó la escena mentalmente, superponiendo el momento a la imagen de los dos inspectores junto a su cama. La sorpresa del agente Cooper cuando advirtió un borde de tela blanca y se dio cuenta de que el vestido estaba teñido de rojo por la sangre. Cómo se abalanzó hacia él, mascullando las palabras que aún retumbaban a cada instante en su cerebro, embotado de pastillas.

«Están muertos. Están todos muertos. Y él aún anda suelto.»

Después Quincy se pegó al policía, apretándose contra su cuerpo, manchando de sangre —su propia sangre, la sangre de Janelle, la sangre de todos— toda la parte delantera de su uniforme. Ambos oyeron un ruido. Un rumor a través de la maleza, escasos metros a su izquierda.

Él.

Apareció entre las ramas, agitando los brazos, batiendo las piernas flacas. Coop desenfundó la Glock. Apuntó. Disparó.

Hicieron falta tres tiros para abatirlo. Dos en el pecho. El impacto hizo que agitara aún más los brazos, como una marioneta antes de que el titiritero la suelte. Pero seguía acercándose. Las gafas se le habían resbalado de una oreja, llevaba la montura torcida, aumentando un solo ojo sorprendido mientras Coop le disparaba por tercera vez en la frente.

—¿Y antes de eso? —dijo Freemont—. ¿Qué pasó?

La jaqueca de Quincy se expandió, hinchándole el cráneo como un globo a punto de reventar.

—De verdad, no me acuerdo, se lo juro.

—Pero debe recordarlo —insistió Freemont, enojado con ella por algo que era incapaz de controlar.

—¿Por qué?

—Porque hay ciertas cosas en relación con esa noche que no encajan.

La jaqueca siguió creciendo. Quincy cerró los ojos con una mueca de dolor.

—¿Qué cosas?

—Para no andarnos con rodeos —dijo Freemont—, no podemos entender por qué usted sobrevivió y los demás murieron.

Ahí estaba: por fin Quincy oyó la acusación oculta en su voz, asomando con suspicacia entre sus palabras.

—¿Nos puede explicar por qué? —preguntó.

En ese momento, algo se rompió dentro de Quincy. Un estremecimiento de ira le sacudió el pecho, seguido por un arrebato de agitación. El globo estalló en su cabeza, vertiendo palabras que no pretendía decir. Palabras que lamentó apenas despegaron de su lengua.

—A lo mejor —dijo, su voz como el acero— es que soy más dura de lo que eran ellos.

21.

La inspectora Hernández es una de esas mujeres que inevitablemente despiertan admiración, a la vez que envidia. Cuida su apariencia hasta el último detalle, desde la blusa granate debajo de una chaqueta negra de punto, a los impecables pantalones entallados y las botas con apenas un atisbo de tacón. Su pelo es del color del chocolate oscuro, peinado hacia atrás para realzar la perfecta estructura ósea de su cara. Cuando me estrecha la mano, lo hace con tanta firmeza como cordialidad. Se toma la molestia de fingir que no advierte mis nudillos magullados.

—Gracias por venir con tan poca antelación —me dice—. Prometo entretenerla solo unos minutos.

Tomo aire. Procuro mantener la calma. Tal como Sam me ha indicado después de recogerme del suelo de la cocina.

—Será un placer poder ayudarla —le digo.

Hernández sonríe. No parece forzada.

—Fantástico.

Estamos en la comisaría de Central Park. El mismo lugar de donde Jeff y yo sacamos a Sam hace solo unos días, aunque parezca que hayan pasado años. La inspectora me conduce por la misma escalera que subí entonces, aquella noche lejana no tan lejana. Después me guía hasta su mesa, que está despejada salvo por una fotografía enmarcada donde se la ve a ella con dos niños y un hombre fornido, que solo puedo suponer que es su marido.

También hay un bolso.

Colocado en el centro de la mesa, es el mismo bolso que Sam y yo nos dejamos en el parque. No me sorprende verlo. Sospechábamos que esa era la razón de la llamada, y viniendo hacia la comisaría hemos elaborado una excusa para explicar por qué estaba —y estábamos— en el parque anoche. Aun así, mi cuerpo se paraliza al verlo.

Hernández se percata.

—¿Lo reconoce? —pregunta.

Carraspeo antes de contestar, desalojando las palabras atascadas en mi garganta como un hueso de pollo.

—Sí. Lo perdimos anoche en el parque.

Quiero retractarme en cuanto lo digo, que las palabras vuelvan a mi boca como la lengua de una serpiente.

—¿«Perdimos»? —dice Hernández—. ¿Usted y Tina Stone?

Respiro hondo. Lógicamente sabe de Sam y su nuevo nombre. La inspectora es tan lista como parece. Esa constatación me hace sentir débil. Exhausta, en realidad. Cuando se sienta tras su escritorio, me dejo caer en una silla que hay al lado.

—Su verdadero nombre es Samantha Boyd —digo tímidamente, nerviosa por corregirla—. Se lo cambió por Tina Stone.

—¿Después de los sucesos del Nightlight Inn?

Respiro hondo de nuevo. La inspectora Hernández ha hecho los deberes, desde luego.

—Sí —contesto—. Fue un suplicio para ella. Las dos hemos pasado por un suplicio, pero seguro que usted ya lo sabe.

—Es algo terrible. Para las dos. Vivimos en un mundo de locos, ¿no cree?

—Así es.

Hernández sonríe de nuevo, esta vez compasivamente, antes de abrir el bolso y sacar varios libros de bolsillo maltrechos.

—Encontramos el bolso a primera hora de la mañana —dice mientras apila los libros en el escritorio entre las dos—. Dimos con el paradero de la señorita Stone después de encontrar su nombre en uno de estos libros. Apareció enseguida al comprobar nuestros informes. Al parecer la tuvieron bajo custodia policial hace escasas noches. Por agresión a un agente y resistencia a la autoridad, creo.

—Fue un malentendido —carraspeo de nuevo—. Si no me equivoco, se retiraron los cargos.

—En efecto, sí —dice Hernández mientras inspecciona uno de los libros. En la cubierta aparece un robot con forma de mujer vagando por un paraje estelar púrpura—. Usted vino a recogerla esa noche, ¿correcto?

—Así es. Vine con mi novio, Jefferson Richards. Trabaja para la Oficina de Defensa Pública.

A la inspectora se le enciende una bombilla al reconocer su nombre. Me dedica otra sonrisa, esta vez forzada y tirante.

—Tiene un caso complicado entre manos, ¿no?

Trago saliva, aliviada de no haber llamado a Jeff para pedirle que me acompañara a la comisaría. Quería, por supuesto, pero Sam me disuadió. Dijo que llevar un abogado, aunque fuera mi novio, levantaría sospechas de inmediato. Resulta que además habría tenido que verse las caras con una inspectora nada complacida de que esté defendiendo a un hombre acusado de matar a un compañero del cuerpo de policía.

—No sé mucho al respecto —digo.

Hernández asiente antes de volver al asunto que nos ocupa.

—Ya que no disponemos de un número de teléfono para ponernos en contacto con la señorita Stone, consideré prudente charlar con usted y saber si conoce su paradero. ¿Se aloja con usted, quizá?

Podría mentir, pero no tendría sentido. Me da la impresión de que la inspectora ya conoce la respuesta.

—Sí, está alojada en mi casa —digo.

—¿Y dónde está ahora?

—Esperándome fuera, de hecho.

Al menos eso espero. Aunque Sam estaba tranquila cuando salimos del apartamento, sospecho que era solo para infundirme confianza. Ahora que está sola, la imagino andando arriba y abajo frente a la puerta, encadenando un cigarrillo tras otro mientras lanza miradas furtivas a través de la pared de vidrio de la entrada. Se me ocurre que mientras estoy aquí dentro Sam podría perfectamente haber huido de la ciudad, desapareciendo del mapa otra vez. La verdad, no creo que fuera una mala idea.

—Supongo que es mi día de suerte —dice la inspectora Hernández—. ¿Cree usted que querrá entrar y contestar unas preguntas?

—Seguro —la palabra sale aguda, casi como un chillido—. Supongo, vaya.

La inspectora alcanza el teléfono, teclea varios números e informa al sargento de guardia de que puede localizar a Sam fuera.

—Hágala pasar y que espere junto a mi despacho —dice.

—¿Sam está en algún apuro? —le pregunto luego.

—No, no. Anoche tuvo lugar un incidente en el parque. Un hombre sufrió una paliza grave.

Mantengo las manos en el regazo, la derecha, fea y con costras, tapada bajo la izquierda, menos fea.

—Qué horror.

—Un deportista lo encontró de madrugada —continúa Hernández—. Estaba inconsciente. Hecho una calamidad. Sabe Dios qué le habría ocurrido si no lo hubieran encontrado a tiempo.

—Qué horror —repito.

—Puesto que el bolso de la señorita Stone se halló cerca del lugar del suceso, me preguntaba si anoche vio algo. O usted, para el caso, ya que por lo visto estaba con ella.

—Así es —digo.

—¿Y a qué hora fue eso?

—Alrededor de la una. Quizá un poco más tarde.

Hernández se reclina en la silla, uniendo las puntas de los dedos, que lucen una manicura impecable.

—Un poco tarde para deambular por el parque, ¿no?

—Era tarde, sí —contesto—. Pero habíamos tomado unas copas. Ya sabe, noche de chicas. Y como vivo cerca del parque, creímos que sería más rápido cruzarlo a pie que tomar un taxi.

Es la coartada que Sam y yo hemos preparado viniendo hacia aquí. Me preocupaba no ser capaz de contarla, pero la mentira sale de mi boca sin titubeos, con tanta desenvoltura que incluso a mí me sorprende.

—Y entonces fue cuando la señorita Stone...

—Boyd —digo—. Su verdadero nombre es Samantha Boyd.

—¿Entonces fue cuando la señorita Boyd perdió el bolso?

—Se lo quitaron, de hecho.

Hernández arquea una ceja perfectamente esculpida.

—¿Se lo quitaron?

—Nos sentamos en un banco del parque para que Sam fumara un pitillo —una pequeña verdad, lanzada como un guijarro en el tumultuoso río de falsedades—. Mientras estábamos allí, pasó un tipo corriendo, agarró el bolso y salió disparado. No denunciamos el robo porque, como ve, no había nada de valor.

—¿Por qué lo llevaba, si me permite la pregunta?

—Sam es un poco paranoica con algunas cosas —digo, estirando la mentira—. No la culpo, teniendo en cuenta lo que le ocurrió. Lo que nos ocurrió a las dos, en realidad. Me dijo que lleva el bolso por precaución.

La inspectora Hernández asiente.

—¿Como reclamo?

Asiento.

—Exacto. Un atracador apunta al botín más grande, como ese bolso, y se le pasan por alto otras cosas que sí son de valor, como su cartera.

Hernández me observa desde el otro lado del escritorio mientras analiza la información, tomándose tiempo para reaccionar. Se diría que está contando los segundos, esperando a que transcurra un tiempo prudencial para intimidarme. Por fin dice:

—¿Puede describir al hombre que robó el bolso?

—No, la verdad.

—¿Nada?

—Estaba oscuro —digo—. Y llevaba ropa oscura. Una chaqueta abultada, creo. No sé. Pasó todo tan rápido...

Me apoyo en el respaldo, aliviada, debo reconocer que incluso demasiado orgullosa de mí misma. He dado nuestra falsa coartada sin que me tiemble la voz. Ha sonado tan convincente que hasta yo he estado a punto de creérmela. Pero entonces Hernández rebusca en un cajón, saca una fotografía y la desliza desde el otro lado del escritorio.

—¿Podría ser este el hombre al que vio?

Es una foto de archivo de un joven con pinta de gamberro. Mirada desorbitada. Tatuaje en el cuello. La piel apergaminada de un yonqui. El mismo yonqui al que le aplasté la nariz de un cabezazo. Al verle la cara, mi corazón deja de latir un instante.

—Sí —digo, tragando saliva—. Es él.

—Este es el hombre que fue hallado esta mañana tras recibir una paliza de muerte —dice Hernández, aunque yo ya lo sé—. Su nombre es Ricardo Ruiz. Le llaman Rocky. Vive en la calle. Drogadicto. La típica historia triste. Los agentes que patrullan el parque lo conocen bastante bien. Dicen que no parecía de los que se meten en muchos líos. Solo necesitaba un sitio donde dormir y el próximo chute.

Sigo mirando la fotografía. Saber cómo se llama y cómo es ese hombre me rasga el corazón de culpa y remordimiento. No pienso en el miedo que sentí en el parque. No pienso en la navaja que llevaba y que Sam recogió del suelo. Solo puedo pensar en el daño que le he hecho. Mucho. Tanto que quizá nunca se recupere.

—Eso es terrible —consigo farfullar—. ¿Se pondrá bien?

—Los médicos dicen que todavía es pronto para saberlo. Pero desde luego le han hecho una buena faena. ¿Ustedes no vieron nada sospechoso anoche? ¿A alguien que se diera a la fuga, por ejemplo, o que actuara de forma extraña?

—Después de que robaran el bolso, Sam y yo nos fuimos del parque a toda prisa. No vimos nada raro —me encojo de hombros, con el ceño fruncido para enfatizar cuánto deseo ser de ayuda—. Lamento no poder decirle nada más.

—Cuando hable con la señorita Stone... o sea, la señorita Boyd, ¿ella me dirá lo mismo?

—Por supuesto —digo.

Eso espero, por lo menos. Después de lo que ocurrió anoche, no estoy segura de que Sam y yo estemos en el mismo bando.

—Ustedes dos están unidas, me imagino —dice Hernández—. Han pasado por trances similares. Recuérdeme cómo las apodó la prensa.

—Las Últimas Chicas —contesto con todo el desprecio de que soy capaz. Quiero que la inspectora Hernández sepa que no me identifico con ese apodo. Que para mí eso quedó atrás, a pesar de que yo misma ya no consigo creerlo.

—Exacto —la inspectora percibe mi tono y arruga la nariz con desagrado—. Supongo que no le gusta esa etiqueta.

—En absoluto —le digo—. Pero imagino que es preferible a que te llamen «víctima».

—¿Cómo le gustaría que las llamaran?

—Las Supervivientes.

Hernández se reclina de nuevo en la silla, impresionada.

—¿Así que usted y la señorita Boyd están unidas?

—Sí —le digo—. Se agradece tener cerca a alguien que te comprende.

—Naturalmente —parece que habla de corazón. Ahí hay sinceridad, creo. Sin embargo, su cara se crispa una fracción de segundo—. Y me ha dicho que se aloja en su casa, ¿verdad?

—Durante unos días, sí.

—Entonces el hecho de que ella haya tenido encontronazos previos con la justicia, ¿a usted no le molesta?

Trago saliva.

—¿Previos? O sea, ¿más allá de lo que ocurrió la otra noche?

—Supongo que a la señorita Boyd se le pasó por alto mencionárselo —dice Hernández, consultando sus notas—. Indagué un poco en su historial reciente. No a fondo. Solo los últimos cinco años, más o menos. Además de que la detuvieran por agresión dos noches antes del desafortunado accidente de Rocky, la arrestaron por escándalo público en estado de ebriedad en New Hampshire hace cuatro años, otra vez en Maine dos años después, y por no pagar una multa por exceso de velocidad cuando la pararon el mes pasado en Indiana.

El mundo se detiene en ese momento. De golpe, en seco, haciendo que todo se tambalee. Las manos se me escurren del regazo y agarran el borde de la silla, como si fuera a caerme desplomada.

Sam estuvo en Indiana.

El mes pasado.

Intento sonreírle a la inspectora Hernández para demostrarle que soy imperturbable, que sé todo lo que hay que saber acerca de Sam. En realidad, los recuerdos se agolpan en mi cabeza, pasan uno tras otro como las páginas de un álbum de fotos. Cada recuerdo es una instantánea. Brillante. Nítida. Llena de detalles.

Veo el correo electrónico de Lisa en mi teléfono, con un resplandor azulado y gélido en la oscuridad.

Quincy, tengo que hablar contigo. Es muy importante. Por favor, te lo ruego, no ignores este mensaje.

Veo a Jonah Thompson agarrándome del brazo, su rostro tenso.

«Es sobre Samantha Boyd. Te está mintiendo.»

Oigo la voz grave de Coop, cargada de preocupación.

«No sabemos de qué es capaz.»

Veo a Sam en el parque, tapando mi ropa manchada con su chaqueta, conduciéndome hasta el agua, lavándome la sangre de las manos. Tan rápida y decidida. Veo esa misma ropa hecha un guiñapo entre sus brazos, como si fuese la colada de cada día.

«No te preocupes. Yo me encargo.»

La veo soltando palabrotas al abrirse paso entre el tumulto de reporteros frente a mi casa, sin temor a las cámaras, sin inmutarse lo más mínimo cuando Jonah nos desvela que Lisa había sido asesinada. Su cara está pintada de blanco por las luces de los flashes, cobrando la palidez de un cadáver en la mesa de disecciones. Carece de expresión. No delata ni tristeza ni sorpresa.

Nada.

—¿Señorita Carpenter? —la voz de la inspectora suena débil entre el rumor de los recuerdos—. ¿Se encuentra bien?

—Perfectamente —digo—. Sé todas esas cosas. Sam nunca me ha mentido.

No lo ha hecho. Al menos no hay nada que yo pueda señalar sin lugar a dudas como una mentira. Pero tampoco me ha dicho exactamente la verdad. Desde que llegó, Sam apenas me ha contado nada.

No sé dónde ha estado.

No sé con quién.

Y, sobre todo, no tengo ni idea de las cosas horribles que ha podido hacer.

22.

El frío ha vuelto de lleno al parque, tan impactante como el agua del primer chapuzón en una piscina. Se respira el cambio en el aire, una sensación de caducidad. El otoño ha llegado oficialmente.

La gente, con este tiempo, se mueve con energía frenética. Corredores y ciclistas y niñeras que empujan ridículos cochecitos dobles. Se diría que están huyendo de algo, aunque viajan en todas direcciones. Hormigas en desbandada evitando el pie que está a punto de aplastar su hormiguero.

En cambio yo soy la inmovilidad personificada mientras espero de pie al otro lado de los ventanales de la comisaría. Sam está dentro, hablando con la inspectora Hernández, contándole lo mismo que le he contado yo, supongo. Y aunque aparento calma, en realidad lo único que quiero es echar a correr. No a mi casa, sino para irme lejos. Desearía correr hasta llegar al puente George Washington, y de ahí seguir corriendo. Cruzar Nueva Jersey. Cruzar Pensilvania y Ohio. Desaparecer en el interior del país.

Solo entonces conseguiría poner tierra de por medio y estar lejos de lo que hice en el parque. Lejos de los destellos fugaces y confusos de Pine Cottage, que se me pegan como una camisa empapada en sudor. Por encima de todo, estaría lejos de Sam. No quiero estar aquí cuando salga de la comisaría. Me da miedo qué voy a ver, como si una sola mirada fuese a bastar para revelar la culpa en su rostro, tan viva y deslumbrante como su barra de labios roja.

Sin embargo, no me muevo, aunque mis piernas tiemblan con la energía acumulada. Estoy tan ansiosa por tomarme un Xanax que ya noto el sabor del refresco de uva en la lengua.

Me quedo porque podría estar equivocada con Sam. Quiero estar equivocada.

Resulta que estuvo en Indiana cuando Lisa aún estaba viva. Probablemente sus caminos ni siquiera estuvieron cerca de cruzarse. Indiana es un estado grande, al fin y al cabo, con muchos sitios aparte de Muncie. La presencia de Sam allí no tiene por qué significar que fuera a ver a Lisa. Y desde luego no es razón para sugerir que Sam la mató. Que yo haya llegado inmediatamente a esa conclusión dice más de mí que de ella.

Al menos eso trato de repetirme, encogida para combatir el frío y con las piernas temblorosas, mientras me pregunto qué estará contando Sam en las profundidades del edificio que tengo a mis espaldas. Lleva ya veinte minutos ahí dentro, mucho más de lo que yo he estado. La inquietud me aguijonea los costados, espoleándome y haciendo que tenga aún más ganas de echar a correr.

Saco el teléfono del bolsillo y paso el pulgar por la pantalla. Pienso en llamar a Coop y confesar todos mis pecados, aunque me gane su odio. Salvo huir, es la única manera lógica de proceder. Afrontar mis fechorías. Que caigan las fichas.

Pero Sam aparece por las puertas de vidrio de la comisaría, sonriendo como una chiquilla que acaba de salirse con la suya. La sonrisa me escama. Temo que haya contado la verdad de lo que ocurrió anoche. Más aún, temo que ahora se dé cuenta de mis recelos. De que instintivamente sepa lo que estoy pensando. Sam detecta algo extraño en mi expresión. Se le borra la sonrisa. Ladea la cabeza, sopesándome con la mirada.

—Tranquila, nena —dice—. Me ceñí al guion.

Lleva el bolso colgado del brazo, lo que le da un aire desconcertantemente recatado. Intenta pasármelo, pero doy un paso atrás. No quiero saber nada de ese bolso. Tampoco quiero saber nada de Sam. Guardo las distancias mientras nos alejamos de la comisaría. Incluso caminar supone un esfuerzo de contención, mi cuerpo ansía salir disparado a la carrera.

—Eh —me dice, notando la distancia—. No hace falta que ahora te pongas tan tensa. Le he dicho a la inspectora McPerra exactamente lo que habíamos hablado. Que habíamos salido. Que después de unas copas cruzamos el parque. Que el tipo nos robó el bolso.

—Tiene nombre —digo—. Ricardo Ruiz.

Sam me lanza una mirada de soslayo.

—Ah, ¿ahora te da por los nombres?

—Creo que es lo menos que puedo hacer.

Casi siento la necesidad de empezar a repetirlo todos los días, como el avemaría, para expiar mis pecados. Y lo haría si supiera que iba a servir de algo.

—A ver si me aclaro —dice Sam—. Está bien decir ese nombre, pero está prohibido decir...

—Ni se te ocurra.

Las palabras restallan como un látigo, secas y cortantes. Sam mueve la cabeza.

—Joder. Pues sí que estás tensa.

Tengo todo el derecho a estarlo. Un hombre está en coma por mi culpa. Lisa fue asesinada. Y Sam (¿quizá?, ¿posiblemente?) estuvo allí.

—¿Dónde estabas antes de venir a Nueva York? —le pregunto—. Y no me digas «aquí y allá». Necesito saber un lugar concreto.

Sam guarda silencio un momento. Lo suficiente para que me pregunte si está eligiendo entre las posibles mentiras almacenadas en su cerebro, decidiéndose por la mejor para el caso.

—Maine —dice al fin.

—¿Dónde, en Maine?

—En Bangor. ¿Contenta?

No, no estoy contenta. Eso no me dice nada.

Seguimos andando, hacia el sur, adentrándonos en el parque. Los robles rojos se alinean a ambos lados del sendero, sus hojas apenas prendidas a las ramas. Han empezado a caer las bellotas, esparcidas en cercos amplios, anárquicos, alrededor de los troncos de los árboles. Mientras pasamos, algunas caen con un ruidito seco en el suelo.

—¿Cuánto tiempo estuviste allí? —le pregunto a Sam.

—No lo sé. ¿Años?

—¿Y no fuiste a ninguna otra parte en todo ese tiempo?

Sam levanta los brazos, balanceando el bolso, y habla con una voz cargada de pedantería.

—Ah, ningún sitio en especial. Ya sabes, solo Los Hamptons en verano y la Riviera en invierno. Mónaco está sencillamente espléndido en esta época del año.

—Hablo en serio, Sam.

—Y a mí me están molestando en serio todas estas preguntas.

Me dan ganas de zarandearla hasta conseguir que la verdad salga por fin y caiga al suelo, como las bellotas a nuestro alrededor. Quiero que me lo cuente todo. Aun así, consigo calmar la tempestad de emociones que se debaten en mi interior antes de volver a hablar.

—Solo quiero asegurarme de que entre nosotras no hay secretos.

—Nunca te he mentido, Quincy. Ni una sola vez.

—Pero tampoco me has contado toda tu historia —le digo—. Necesito saber la verdad.

—¿Realmente quieres la verdad?

Sam agacha la cabeza y asiente mirando hacia el sendero. Solo entonces me doy cuenta de cuánto hemos caminado, de que Sam ha aprovechado la distancia que puse entre nosotras para conducirme sutilmente hasta el lugar desde donde ayer nos dimos a la fuga.

La policía se ha ido, llevándose el precinto amarillo de la zona acordonada. El único indicio de que han pasado por allí es una franja ancha de césped donde la hierba ha quedado aplastada. Pisoteada, sin duda, por los policías en busca de pruebas. Observo el suelo, buscando huellas de los tacones de las botas de la inspectora Hernández.

Un montón de velas encendidas cortan el sendero donde fue encontrado Rocky Ruiz. Son esos cirios altos y finos en un recipiente de vidrio con imágenes de la Virgen a los lados, que se venden por un dólar en cualquier bazar de la ciudad. Hay también un oso de peluche barato abrazando un corazón, una pancarta garabateada con prisas donde se lee JUSTICIA X ROCKY y un globo de helio sujeto con un peso de plástico atado al cordel.

—Ahí tienes la verdad —dice Sam—. Tú hiciste eso, nena, y te estoy encubriendo. Podría haberlo contado todo a esa inspectora, pero no lo hice. Esa es la única verdad que necesitas saber.

No dice nada más. Ni falta que hace. Entiendo cuando me hablan alto y claro.

Sam echa a andar de nuevo, todavía hacia el sur, sabe Dios hacia dónde. Me quedo donde estoy; la culpa, el miedo y el agotamiento me impiden moverme. No me acuerdo de cuándo fue la última noche que dormí bien. Sé que fue antes de que Sam apareciera, eso sí. Su llegada ha reducido mi descanso a cero. No creo que eso vaya a cambiar pronto. Preveo semanas de insomnio, mis noches interrumpidas por sueños de Sam, de Rocky Ruiz, de Lisa inmovilizada mientras le abren las venas de las muñecas.

—¿Vienes? —pregunta Sam.

Niego con la cabeza.

—Tú misma.

—¿Adónde vas?

—Por ahí —dice Sam, con sarcasmo—. No me esperes levantada.

Se aleja, solo se vuelve a mirarme una vez. Aunque todavía está cerca, no alcanzo a distinguir su expresión. Las mismas nubes que han traído el frío han enmudecido el sol de la tarde, rompiendo el resplandor, y dividen su rostro entre la luz y la sombra.

Pine Cottage. 21:54 h

En vez de sofisticada, como Janelle pretendía, fue una cena apagada e incómoda, la pantomima de una reunión de adultos. Se sirvió vino. Se pasó la comida. Todos estaban demasiado concentrados en no mancharse la ropa, deseando liberarse de los absurdos vestidos de fiesta y corbatas acartonadas. Joe era el único que parecía remotamente cómodo, con su jersey gastado, indiferente a cómo destacaba del resto.

La situación se fue distendiendo solo después de la cena, cuando Quincy sacó la tarta con las veinte velas encendidas. Después de soplar, Janelle usó el mismo cuchillo con el que se había lastimado el dedo y cortó la tarta en trozos desiguales.

Entonces empezó la fiesta de verdad. La que llevaban postergando todo el día. Se sirvieron copas. Botellas enteras de licor se vaciaron en su menguante arsenal de vasos de plástico. Sonaba a todo trapo la música del iPod en los altavoces portátiles que Craig había traído. Beyoncé. Rihanna. Timberlake. T.I. Era la misma música que escuchaban en sus habitaciones de la residencia, solo que más fuerte, más desenfrenada, por fin a rienda suelta.

Bailaron en el salón. Con los vasos de plástico en alto, derramando la bebida. Quincy no tomó nada de alcohol. Había elegido matarse a Coca-Cola light. Sin embargo, eso no la inhibía en lo más mínimo. Bailaba tanto como los demás, dando vueltas en medio del salón, rodeada por Craig, Betz y Rodney. Amy estaba a su lado, meneando las caderas, riendo.

Janelle, con la cámara de Quincy a cuestas, se unió al jolgorio y le hizo una foto. Quincy sonrió y posó, se contoneó como una reina de la discoteca y a Janelle le dio un ataque de risa. Quincy se rio también. Mientras bailaba al ritmo de la música y todo daba vueltas a su alrededor, no recordaba otro momento en que se hubiera sentido tan a gusto, tan libre y feliz. Ahí estaba, bailando con un novio de ensueño, tendiendo la mano hacia su mejor amiga, viviendo la vida universitaria que siempre había imaginado.

Después de unas cuantas canciones más, Janelle rellenó los vasos. Amy y Betz se sentaron en el suelo del salón. Rodney sacó una cachimba y la hizo ondear por encima de la cabeza como una bandera, y cuando salió al porche, Janelle, Craig y Amy lo rodearon, haciendo cola para fumar.

A Quincy no le gustaba la marihuana. La única vez que la había probado la hizo toser, le dio la risa y luego más tos, y después se sintió mareada y a la deriva, con lo que se cortó el buen rollo. Así que mientras los otros fumaban se quedó en el salón tomando su Coca-Cola light, a la que sospechaba que Janelle había echado ron en un momento de descuido. Betz, la eterna peso ligero, estaba también allí, tumbada en el suelo después de tres vodkas con licor de arándanos.

—Quincy —dijo, con el aliento apestando a vodka barato—, no tienes por qué hacerlo.

—¿Hacer qué?

—Follar con Craig —a Betz se le escapó una carcajada tonta, como si fuera la primera vez que decía una palabra soez.

—A lo mejor me apetece.

—A Janelle le apetece que lo hagas —dijo Betz—. Básicamente porque a ella le encantaría hacerlo.

—Has bebido demasiado, Betz. Y dices tonterías.

Betz insistió.

—Tengo razón. Y lo sabes.

Soltó otra carcajada, que Quincy se esforzó en ignorar. Sin embargo, la risa ebria de Betz siguió resonando en su cabeza mientras iba hacia la cocina. Era una risa con un punto de malicia, que insinuaba algo que todo el mundo salvo Quincy parecía comprender.

En la cocina encontró a Joe apoyado en la encimera, acunando entre las manos uno de los brebajes que Janelle le había preparado. Su presencia la sobresaltó. Desde la cena había estado tan silencioso que Quincy prácticamente se había olvidado de él. Los demás parecían haber hecho lo mismo. Incluso Janelle, que lo abandonó a su suerte como un juguete la tarde de Navidad.

Pero allí estaba. Mirándolos a todos con sus gafas sucias, observándolos mientras bebían, mientras bailaban. Quincy se preguntó qué pensaría de su frivolidad. ¿Le hacía gracia? ¿Le daba envidia?

—Bailas bien —dijo, sin apartar la vista de su vaso.

—¿Gracias? —sonó a pregunta, como si Quincy no acabara de creerle—. Si te aburres, puedo acompañarte hasta tu coche.

—No te preocupes. Seguramente no es una buena idea conducir.

—Yo no he bebido —dijo Quincy, aunque sospechaba cada vez más que eso era mentira, gracias a Janelle. Empezaba a notar un ligero mareo—. Siento que Janelle te liara para quedarte. Puede ser muy... persuasiva.

—Me estoy divirtiendo —dijo Joe, aunque sonó como si dijera justo lo contrario—. Eres muy simpática.

Quincy volvió a darle las gracias, de nuevo añadiendo aquella inflexión de duda al final. Un interrogante invisible.

—Y bonita —dijo Joe, esta vez atreviéndose a levantar la mirada de su vaso—. Creo que eres muy bonita.

Quincy lo miró. Lo miró de verdad. Y entonces por fin vio lo que parecía ver Janelle. Era guapo, de un guapo

234

torpe. Como uno de esos chicos con cara de empollones que se vuelven atractivos cuando se quitan las gafas. Un halo de intensidad rodeaba su timidez, haciendo que todas sus palabras sonaran sinceras.

—Gracias —contestó ella, esta vez de veras. Sin interrogante.

Los otros volvieron a entrar en tropel justo en ese momento, exaltados y bulliciosos por la marihuana. Rodney levantó a Amy y la llevó cargada al hombro chillando hasta el salón. Janelle y Craig iban agarrados con la sonrisa puesta. Janelle le había pasado el brazo por la cintura, y no lo apartó ni cuando Craig fue tambaleándose hacia Quincy. Siguió enganchada detrás de él, estirando el brazo.

—¡Quincy! —exclamó—. ¡Te estás perdiendo toda la diversión!

Janelle tenía la cara colorada y reluciente, con un mechón de pelo oscurecido por el sudor pegado en la sien. Se ensombreció al advertir que Joe también estaba en la cocina, y lo miró antes de mirar a Quincy y volver a mirarlo.

—¡Ahí estás! —le dijo a Joe, saludándolo como a un viejo amigo—. ¡Te estaba buscando!

Lo guio hasta una de las butacas desvencijadas del salón y se apretujó a su lado, con las piernas dobladas de tal modo que sus rodillas quedaron en el regazo de Joe.

—¿Lo estás pasando bien? —le preguntó.

Quincy se volvió hacia Craig, que caminaba hacia ella. Estaba demasiado borracho y colocado, pero no le daba por reírse sin ton ni son, como a Betz, ni por ponerse eufórico, como a Janelle. Transmitía un aire plácido, una languidez de movimientos que a Quincy la seducía. Se apretó contra ella, dejándole sentir el calor que despedía su piel.

—¿Te apetece un poco de diversión esta noche? —le dijo.

—Cómo no —le susurró Quincy.

Se sintió arrastrada hacia el pasillo, pero advirtió la severidad con que Betz la observó al pasar. Al echar un último vistazo hacia el salón se fijó en Janelle, que seguía en la butaca y le acariciaba el pelo a Joe, aunque solo fingía prestarle atención. En realidad seguía a Quincy con una mirada centelleante y oscura, quizá de satisfacción, o de celos.

Quincy no pudo precisarlo.

23.

El cansancio se apodera de mí en cuanto vuelvo a casa. Consigo llegar hasta el salón antes de desplomarme de bruces en el sofá y caer dormida. Al cabo de varias horas me despierta Jeff, agachado a mi lado y sacudiéndome suavemente el hombro.

—Eh —dice, la preocupación dibujada en la cara—. ¿Estás bien?

Me siento, con la mirada borrosa, deslumbrada por el sol de la tarde que entra a raudales por la ventana.

—Sí, bien. Cansada, nada más.

—¿Dónde está Sam?

—Fuera —le digo.

—¿Fuera?

—Explorando la ciudad. Creo que empieza a cansarse de estar aquí enjaulada.

Jeff me da un beso en los labios.

—Conozco bien esa sensación. Y significa que también nosotros deberíamos salir.

Se esfuerza por hacer como si la idea se le acabara de ocurrir, aunque enseguida me doy cuenta de que es un entusiasmo ensayado. Lleva días esperando el momento de librarse de Sam.

Accedo, aunque la verdad es que no me apetece ir a ningún sitio. Siento la espalda, los hombros y el cuello doloridos por el agotamiento y la tensión. Además, tengo la página web abandonada, a punto de descolgarse del calendario. Mi yo responsable se tomaría un Advil y prepararía alguna receta para ponerme al día. En cambio, mi yo irresponsable necesita una distracción para no pensar que de hecho no sé nada de Sam. Por qué está aquí. Qué se trae entre manos. Incluso quién es realmente.

He abierto las puertas de nuestra casa a una completa desconocida.

Entretanto, yo misma me he vuelto una desconocida. Alguien capaz de dejar a un pobre tipo hecho puré en Central Park y luego mentirle a la policía. Alguien que solía vivir contenta con Jeff pero ahora se muere por estar sola.

Salimos a la calle y caminamos con el sol del ocaso a nuestras espaldas. Mi sombra se alarga ante mí en la acera, esbelta y oscura. Se me ocurre que tengo más en común con esa sombra que con la mujer que la proyecta. Me siento igual de insustancial. Como si, una vez oscurezca, vaya a disolverme hasta desaparecer del todo.

Recorremos unas pocas manzanas hasta un restaurante francés que decimos que nos encanta pero que casi no frecuentamos. Y aunque hace fresco, nos acurrucamos en una mesa en la terraza, Jeff con una cazadora Members Only que compró de segunda mano durante una breve fase ochentera, y yo envuelta en un cárdigan con cuello de esmoquin.

Evitamos hablar de Sam. Evitamos hablar del caso de Jeff. Eso deja poco margen de conversación mientras picoteamos *ratatouille* y *cassoulet*. Apenas tengo apetito, y me cuesta tragar lo poco que como. Cada pequeño bocado parece atragantárseme hasta que lo hago bajar con vino. Vacío la copa a una velocidad récord.

Cuando voy a alcanzar la jarra de tinto de la casa, Jeff se fija por fin en mi mano magullada.

—Hala —dice—. ¿Qué te ha pasado?

Sería el momento perfecto de contárselo todo. Que por poco mato a un hombre. Que me aterra que me descubran. Que casi me aterra más todavía recobrar algún otro recuerdo de Pine Cottage. Que sé que Sam estuvo en Indiana en fechas próximas a la muerte de Lisa.

En cambio, pinto una sonrisa en mi cara y hago la mejor imitación de mi madre. No pasa nada. Estoy igual que siempre. Si consigo creérmelo lo suficiente, será verdad.

—Bah, solo una quemadura tonta —contesto, con un deje de vaguedad—. Estaba torpe esta mañana y sin querer toqué una bandeja de hornear todavía caliente.

Intento apartar la mano pero Jeff me la agarra para observar la topografía de las costras que me recorren los nudillos.

—Pues no parece una tontería, Quinn. ¿Te duele?

—No mucho. Solo tiene mala pinta.

Intento apartar la mano de nuevo, pero Jeff no me suelta.

—Te tiembla el pulso.

—¿Ah, sí?

Miro hacia la calle, fingiéndome absorta en un Cadillac Escalade plateado que pasa. No puedo mirar a Jeff a los ojos. No merezco que sea tan dulce y considerado conmigo.

—Prométeme que irás al médico si se pone peor.

—Lo haré —digo con aire jovial—. Lo prometo.

Sigo tomando vino, vacío la jarra y pido otra antes de que Jeff pueda protestar. El vino es justo lo que necesito. Combinado con el Xanax que me tomé cuando volví a casa del parque, me hace sentir deliciosamente relajada. Adiós al dolor de espalda y de hombros. Apenas pienso en Sam, o en Lisa, o en Rocky Ruiz. Si me da por pensar, basta con servirme más vino hasta que el pensamiento pasa de largo.

De vuelta a casa desde el restaurante, Jeff me da la mano. Se inclina para besarme cuando nos detenemos en un paso de cebra, deslizándome la lengua en la boca lo suficiente para que me estremezca de deseo. Nos besuqueamos en el ascensor, sin preocuparnos de la cámara instalada en el rincón o del vigilante sudoroso y barrigón que probablemente nos observa por el monitor del sótano.

Al entrar en el apartamento, no pasamos del recibidor cuando ya estoy de rodillas chupándosela a Jeff, gozando al oírlo gemir tan fuerte que seguro que los vecinos lo oyen desde el otro lado de las paredes. Cuando me sostiene la cabeza con una mano, le cierro los dedos para que me agarre del pelo, con fuerza.

Necesito que duela. Solo un poco.

Merezco el dolor.

Luego, en la cama, Jeff me deja elegir la película. Escojo *Vértigo*. Cuando los créditos empiezan a girar en la pantalla con toda su gloria alucinógena y tecnicolor, me aprieto contra Jeff y le paso una mano por el pecho. Vemos la película en silencio, Jeff dando cabezadas y despertándose casi todo el rato. Pero está despierto en el momento culminante, cuando Jimmy Stewart arrastra a la pobre Kim Novak por esas escaleras hasta lo más alto del campanario, implorando la verdad.

—No tengo por qué ir —dice, cuando acaba la película—. A Chicago. Puedo quedarme aquí, si quieres.

—Es importante que vayas. Además, no será mucho tiempo, ¿no?

—Tres días.

—Pasarán volando.

—Puedes acompañarme —dice Jeff—. O sea, si te apetece.

—¿No estarás ocupado?

—A tope, la verdad. Pero eso no significa que tú no puedas pasarlo bien. Te encanta Chicago. Piénsalo: un buen hotel, pizza de masa gruesa, algún museo.

Con la cabeza sobre su hombro, puedo oír cómo se le acelera el corazón. Está claro que quiere que vaya. Yo también quiero. Me encantaría cambiar esta ciudad por otra, durante unos días. Nada más hasta olvidar lo que he hecho.

Pero no puedo. No, mientras Sam siga todavía por aquí. Al guiarme hasta el lugar donde agredí a Rocky Ruiz, Sam dejó claro que me hace un favor al guardar silencio. Un paso en falso por mi parte podría perturbar el delicado equilibrio de nuestras vidas. Sam tiene ahora el poder de destruirnos.

—¿Y Sam? —digo—. No podemos dejarla aquí sola sin más.

—No es un perro, Quinn. Puede cuidarse sola un par de días.

—Me sabría mal. Además, no es que vaya a quedarse aquí mucho más tiempo.

—La cuestión no es esa —dice Jeff—. Estoy preocupado por ti, Quinn. Algo no va bien. Desde que ella llegó, te veo rara.

Me separo poco a poco de él. La noche iba bien hasta que ha empezado a hablar.

—Tengo mucho con lo que lidiar.

—Y lo sé. Es un momento de locura y soportas mucha tensión. Pero siento que debajo hay algo más. Algo que no me estás contando.

Me tumbo boca arriba y cierro los ojos.

—Estoy bien.

—Ya, pero si no lo estuvieras, ¿me juras que me lo contarías?

—Sí. Y ahora te pido por favor que no vuelvas a insistir.

—Solo quiero asegurarme de que estarás bien en mi ausencia —dice Jeff.

—Claro que lo estaré. Tengo a Sam.

Jeff se gira, dándome la espalda.

—Eso es lo que me preocupa.

Espero una hora a que llegue el sueño, en la cama, tratando de respirar acompasadamente mientras me repito que me dormiré en cualquier momento. Sin embargo, mi cabeza bulle de pensamientos y no hay visos de que vayan a apaciguarse. Los imagino mezclados con la secuencia del sueño de *Vértigo,* espirales brillantes que giran sin cesar. Cada una es de un color. Rojo para el asesinato de Lisa. Verde para Jeff y su preocupación. Azul para Jonah Thompson al asegurarme que Sam me está mintiendo.

La espiral de Sam es negra, apenas visible mientras da vueltas a través de la oscuridad insomne de mi cerebro.

Cuando la una de la madrugada llega tal y como se va, salgo de la cama y camino silenciosamente por el pasillo. La puerta del cuarto de invitados está cerrada. No asoma luz por debajo. Quizá Sam ha regresado. Quizá no. Incluso su presencia se ha vuelto incierta.

En la cocina, enciendo mi ordenador. Ya que estoy despierta, podría aprovechar para poner un poco al día la página web. Aun así, en lugar de *Las delicias de Quincy,* los dedos me llevan al correo electrónico. Hay docenas de mensajes nuevos de periodistas depositados en mi bandeja de entrada, algunos de lugares tan lejanos como Francia, Inglaterra y hasta Grecia. Los paso rápido, las direcciones desfilan como un borrón monótono, y me detengo solo al distinguir una dirección que no es de ningún medio de prensa.

Lmilner75

Abro el correo, a pesar de que me sé el mensaje de memoria. Rosa fucsia, si usara la escala de colores mentales de *Vértigo.*

Quincy, tengo que hablar contigo. Es muy importante. Por favor, te lo ruego, no ignores este mensaje.

—¿Qué te pasó, Lisa? —susurro—. ¿Qué era tan importante?

Abro la ventana del navegador y entro directa a Google. Tecleo el nombre de Sam y me recibe el predecible batiburrillo de artículos sobre el Nightlight Inn, la muerte de Lisa y las Últimas Chicas. A pesar de varias noticias dispersas acerca de la desaparición de Sam, no encuentro ninguna pista que me indique dónde pudo haber estado.

Luego busco a Tina Stone y se desata una avalancha de información sobre un sinfín de mujeres con ese nombre. Hay perfiles de Facebook y necrológicas y actualizaciones de LinkedIn. Encontrar algo sobre una Tina Stone en concreto parece imposible. Me pregunto si Sam lo tuvo en cuenta al elegir ese nombre. Si, al igual que yo ahora, vio el pantano de Tina Stones en el mundo y decidió zambullirse allí, a sabiendas de que no resurgiría a la superficie.

Cierro la ventana de Google y vuelvo al correo electrónico de Lisa.

Quincy, tengo que hablar contigo. Es muy importante. Por favor, te lo ruego, no ignores este mensaje.

Mientras lo leo, las palabras de Jonah Thompson parecen colarse en el texto, transformándolo en algo más.

«Es sobre Samantha Boyd. Te está mintiendo.»

Estoy a punto de hacer otra búsqueda en Google cuando oigo algo detrás de mí. Es una tos ahogada. O tal vez un levísimo crujido del suelo. Entonces de pronto hay alguien ahí, justo a mi espalda. Cierro el ordenador de golpe y al volverme veo a Sam, callada y quieta en la cocina a oscuras. Tiene los brazos pegados a los costados. Su cara no delata ninguna expresión.

—Me has asustado —digo—. ¿Cuándo has vuelto a casa?

Sam se encoge de hombros.

—¿Cuánto llevas ahí?

Otro gesto de indiferencia. Podría llevar ahí todo el rato, o solo un segundo. Nunca lo sabré.

—¿No puedes dormir?

—No —dice Sam—. ¿Y tú?

Me encojo de hombros. Yo también sé jugar a ese juego.

A Sam le tiemblan ligeramente las comisuras de los labios, como si se resistiera a sonreír.

—Tengo algo que a lo mejor ayuda.

Cinco minutos después estoy sentada en la cama de Sam, con la botella de Wild Turkey en el regazo, intentando mantener las manos muy quietas mientras Sam me pinta las uñas. La laca es negra y reluciente, una diminuta marea negra en la punta de cada dedo. Combina bien con las costras de los nudillos, ahora del color de la herrumbre.

—Este color te favorece —dice Sam—. Es misterioso.

—¿Cómo se llama?

—Muerte negra. Lo pillé en Bloomingdale's.

Asiento, captando el doble sentido. Encontró un producto de ocasión.

Transcurren varios minutos sin que ninguna de las dos digamos nada.

—Somos amigas, ¿no? —me pregunta Sam de buenas a primeras.

Es otra pregunta en forma de muñeca rusa. Contestar una es contestarlas todas.

—Claro que sí —digo.

—Bien —dice—. Qué bien, Quinn. Imagínate si no fuera así.

Intento leer la expresión de su cara. Está en blanco. Es un vacío.

—¿A qué te refieres?

—Bueno, ahora que sé tanto de ti... —dice en voz baja—. Las cosas que eres capaz de hacer. Las cosas que has hecho realmente. Si no fuéramos amigas, podrían volverse en tu contra.

Tenso las manos entre las suyas. Lucho contra el impulso de apartarlas y salir corriendo de la habitación, con las uñas a medio pintar y veteadas de negro. En cambio, la miro con dulzura, esperando parecerle sincera.

—Eso nunca ocurrirá —digo—. Somos amigas para siempre.

—Bien —contesta Sam—. Me alegro.

Una vez más, se hace el silencio. Un silencio que persiste otros cinco minutos, hasta que Sam mete el pincel embadurnado de negro en el frasco, sonríe con una mueca rígida y me dice:

—Ya está.

Salgo del cuarto antes de que el esmalte se haya secado del todo, obligada a girar el picaporte torpemente sin cerrar los dedos. Me soplo las uñas en el pasillo, esperando a que se endurezca en una capa reluciente, y voy hasta mi habitación a echar un vistazo a Jeff para asegurarme de que sigue durmiendo. Después voy sigilosamente al cuarto de baño y echo el pestillo.

No me molesto en encender la luz. Mejor a oscuras. Me tiendo con la espalda pegada al suelo, los omóplatos fríos contra las baldosas. Entonces marco el número de Coop en el teléfono, indeleble en mi memoria.

Suena varias veces antes de que conteste, enronquecido por el sueño.

—¿Quincy?

Me basta con oír su voz para sentirme mejor.

—Coop —le digo—. Creo que estoy en apuros.

—¿Qué clase de apuros?

—Creo que me he metido en algo de lo que no puedo salir.

Oigo el tenue roce de las sábanas mientras Coop se incorpora en la cama. Se me cruza la idea de que quizá no esté solo. Puede que duerma con alguien la mayoría de las noches, y yo simplemente no lo sepa.

—Me estás preocupando —dice—. Dime qué ocurre.

Pero no puedo. Eso es lo más retorcido de todo este asunto. No puedo contarle a Coop mis sospechas sobre Sam sin mencionar también la atrocidad que he cometido. Ambas cosas están entrelazadas, una es inseparable de la otra.

—No es una buena idea —digo.

—¿Necesitas que vaya a verte?

—No. Solo quería oír tu voz. Y ver si tenías algún consejo que darme.

Coop se aclara la garganta.

—Es difícil dar un consejo si no sé lo que pasa.

—Por favor —digo.

Se hace un momento de silencio del lado de Coop. Me lo imagino saliendo de la cama y poniéndose el uniforme, preparándose para venir hasta aquí, tanto si lo quiero como si no. Al final, contesta.

—Lo único que puedo decirte es que si estás en un aprieto, lo mejor es intentar encararlo de frente.

—¿Y si no puedo?

—Quincy, eres más fuerte de lo que crees.

—No, no lo soy —digo.

—Eres un milagro y ni siquiera lo sabes —dice Coop—. La mayoría de chicas en tu situación habrían muerto esa noche en Pine Cottage. Pero tú no.

Veo en un fogonazo el recuerdo espantoso y martirizante que me asaltó en el parque. Él. De rodillas en el suelo de la cabaña. ¿Por qué, de entre todas las imágenes posibles, volvió esa a mi memoria?

—Solo porque tú me salvaste —digo.

—No —insiste Coop—. Ya estabas en proceso de salvarte tú misma. Así que, sea lo que sea en lo que estás metida, sé que tienes la capacidad de salir por tus propios medios.

Asiento, aunque no puede verme. Hago el gesto porque creo que, si Coop pudiera verme, le gustaría.

—Gracias —digo—. Perdona por haberte despertado.

—Nunca te disculpes por recurrir a mí —dice Coop—. Para eso estoy.

Lo sé. Y no tengo palabras para decirle cuánto se lo agradezco.

Cuando Coop cuelga me quedo tumbada en el suelo, con el teléfono en la mano. Lo miro, escrutando el resplandor, observando el reloj en lo alto de la pantalla hasta que pasa un minuto, luego otro. Después de once minutos más de ir y venir, sé lo que tengo que hacer, aunque la mera idea me revuelve el estómago.

Así que busco en el teléfono uno de los mensajes que Jonah Thompson me mandó. Le contesto, mis dedos debatiéndose con cada golpe de tecla.

quiero hablar. bryant park. 11:30 en punto

24.

Última hora de la mañana.

Bryant Park.

Una tregua antes de las inminentes hordas de la hora del almuerzo. Algunos oficinistas empiezan a llegar poco a poco desde los edificios adyacentes, escabulléndose temprano de sus cubículos. Los observo sentada a la sombra de la Biblioteca Pública de Nueva York, celosa de su camaradería, de sus vidas despreocupadas.

Es una mañana clara, aunque todavía fresca. Las frondas de los árboles que cubren los senderos han cobrado un polvoriento tono dorado. Alrededor de los troncos hay parcelas de hiedra preparada para afrontar el invierno.

Distingo a Jonah al otro lado del parque, una cabeza de pelo brillante que destaca entre la multitud. Va vestido como para acudir a una primera cita. Camisa a cuadros. Americana de *sport* con pañuelo en la pechera. Pantalones burdeos con vuelta en el bajo. Sin calcetines, a pesar de que los primeros fríos de octubre se hacen notar. Qué niñato capullo.

Yo llevo la misma ropa de ayer, porque estaba demasiado cansada para elegir otra cosa. La llamada a Coop me tranquilizó y conseguí dormir un poco, pero ni siquiera cinco o seis horas de sueño han bastado para recuperarme del cansancio de la semana.

Jonah sonríe al llegar a mi lado.

—Un compañero de trabajo y yo nos hemos apostado diez dólares a si vendrías o no.

—Felicidades —digo—. Acabas de ganar diez dólares.

Jonah niega con la cabeza.

—Aposté a que no te presentarías.

—Bueno, aquí estoy.

Ni siquiera intento ocultar mi cansancio. Hablo como alguien que tiene un grave problema de insomnio o una tremenda jaqueca. En realidad, tengo ambas cosas. La jaqueca descansa justo detrás de mis ojos, haciéndome entornar los párpados al mirar a Jonah cuando dice:

—Y ahora ¿qué?

—Ahora tienes un minuto para convencerme de que me quede.

—De acuerdo —dice, mirando su reloj—. Pero antes tengo una pregunta.

—Cómo no.

Jonah se rasca la cabeza, aunque su pelo permanece inmóvil. Debe de pasar horas acicalándose. Como un gato, pienso. O esos monos que no paran de despiojarse.

—¿Me recuerdas, por casualidad? —me pregunta.

Lo recuerdo acechando en la acera delante de mi edificio. Recuerdo haber vomitado a sus pies. Desde luego, recuerdo que me reveló la verdadera y terrible causa de la muerte de Lisa Milner. Aparte de eso, no hay nada más de Jonah Thompson en mi memoria, tal como deduce él mismo de mi falta de una respuesta rápida.

—No me recuerdas —dice.

—¿Debería?

—Fuimos juntos a la universidad, Quincy. Yo estaba en tu clase de Psicología.

Vaya, eso sí que es una sorpresa, sobre todo porque significa que Jonah es cinco años mayor de lo que pensé en un principio. O que me confunde con otra.

—¿Estás seguro? —digo.

—Totalmente —dice—. Sala Tamburro. Me sentaba una fila detrás de ti. Aunque no es que nos asignaran asientos ni nada.

Recuerdo el aula en la Sala Tamburro. Era un hemiciclo desangelado que caía en picado hasta el nivel del suelo.

Las filas de asientos estaban dispuestas en forma de gradas, de manera que las rodillas de la persona de atrás casi te rozaban la cabeza. Después de la primera semana todo el mundo se sentaba más o menos en el mismo sitio cada clase. El mío estaba cerca del fondo. Un poco hacia la izquierda.

—Lo siento —digo—. No me suenas de nada.

—Pues yo te recuerdo perfectamente —dice Jonah—. Muchas veces me saludabas cuando te sentabas antes de que empezara la clase.

—¿En serio?

—Sí. Eras muy simpática. Recuerdo que parecías siempre alegre.

Alegre. Francamente, no recuerdo la última vez que alguien usó esa palabra para describirme.

—Te sentabas con otra chica —continúa Jonah—. Ella solía llegar tarde.

Habla de Janelle, que entraba a hurtadillas cuando la clase ya había empezado, a menudo con resaca. A veces se quedaba dormida, con la cabeza recostada en mi hombro. Después de la clase yo le dejaba copiar mis apuntes.

—Erais amigas —dice—. Me parece. A lo mejor me equivoco. Recuerdo que discutíais mucho.

—No discutíamos —digo.

—Y tanto que sí. Había algo pasivo-agresivo entre vosotras. Como si fingierais ser grandes amigas pero en realidad no os soportaseis.

No recuerdo nada de eso, lo que no significa que no sea verdad. Al parecer ocurría con bastante frecuencia para que Jonah se acuerde.

—Éramos grandes amigas —digo en un hilo de voz.

—Ay, perdona —dice Jonah como si acabara de atar cabos, aunque finge fatal. Seguro que ya lo sabía. Dos chicas que se sentaban delante de él en la misma clase y que no volvieron después de un fin de semana de octubre—. No debería haberlo mencionado.

No, no debería haberlo hecho, y le soltaría un sermón si no me doliera la cabeza y tuviera tantas ganas de cambiar de tema.

—Una vez constatada mi pésima memoria, es hora de que me expliques por qué estoy aquí —le digo—. Tu minuto empieza a contar.

Jonah va directo al grano, como un vendedor acorralando a una posible clienta en el ascensor. Sospecho que ha practicado el discurso. Por cómo fluye, se nota que lo tiene bien ensayado.

—Has dejado muy claro que no quieres hablar de lo que te ocurrió. Lo entiendo y lo respeto. Ahora no se trata de tu situación, Quincy, aunque puedes contar conmigo si alguna vez te apetece comentar cualquier cosa. Se trata de Samantha Boyd y su situación.

—Me dijiste que me estaba mintiendo. ¿Sobre qué?

—Llegaremos a eso —dice—. Lo que quiero saber es cuánto sabes tú de ella.

—¿Por qué te interesa tanto Sam?

—No es solo a mí, Quincy. Deberías haber visto el interés que suscitó aquel artículo sobre vosotras. El tráfico en internet fue una locura.

—Si vuelves a mencionar ese artículo, me marcho.

—Lo siento —dice Jonah, mientras un ligero rubor le sube por el cuello. Me alegra ver que al menos se avergüenza un poco de sus actos—. Volvamos a Sam.

—Quieres que saque algún trapo sucio sobre ella —digo.

—No —contesta con tanto énfasis que sé que no voy desencaminada—. Solo quiero que compartas conmigo lo que sabes. Como si hicieras un perfil de ella, para entendernos.

—¿Quedaría entre nosotros?

—Preferiría que no —dice Jonah.

—Qué lástima —empiezo a irritarme, y siento que el dolor de cabeza late con un poco más de intensidad y que la inquietud me recorre las piernas—. Vamos a caminar.

Nos alejamos de la biblioteca paseando hacia la Sexta Avenida. Hay ya mucha gente en el parque, que llena los senderos de pizarra y ataja en busca de las codiciadas sillas que los bordean. Jonah y yo nos vemos empujados hasta que nuestros hombros casi se rozan mientras avanzamos.

—La gente realmente quiere saber más de Sam —me dice—. Cómo es. Dónde se ha escondido todo este tiempo.

—No se ha escondido —por alguna razón, aún siento la necesidad de defenderla. Como si fuera a enterarse si no lo hago—. Solo ha procurado no llamar la atención.

—¿Dónde?

Espero una fracción de segundo antes de contárselo, dudando si es prudente. Pero para eso he venido, ¿no? Aunque no dejo de repetirme que no.

—En Bangor, Maine.

—¿Por qué de pronto dejó de importarle no llamar la atención?

—Después del suicidio de Lisa Milner, quiso conocerme —le explico, aunque rectifico enseguida—. Asesinato, quiero decir.

—¿Y crees que ahora la conoces?

Pienso en Sam pintándome las uñas. «Somos amigas, ¿no?»

—Sí —digo.

Una palabra tan simple. Dos letras de nada, que sin embargo encierran mucho más. Sí, creo que la conozco, igual que ella me conoce. También sé que no confío en ella. E intuyo que ella siente lo mismo respecto a mí.

—¿Y estás segura de que no vas a compartir lo que sabes de ella? —me pregunta Jonah.

Hemos llegado a las mesas de ping-pong de Bryant Park: una de esas cosas «únicas de Nueva York». Ambas mesas están ocupadas, una por una pareja de ancianos asiáticos y la otra por dos esclavos de oficina, que golpean la pelota de un lado a otro, con las corbatas aflojadas. Me detengo un momento a observarlos mientras intento dar forma a una respuesta adecuada para la pregunta de Jonah.

—No es tan sencillo —digo.

—Sé algo que podría hacerte cambiar de opinión —me anuncia Jonah.

—¿A qué te refieres?

Es una pregunta absurda. Ya sé a qué se refiere. A la gran mentira que Sam me ha contado. Que Jonah tenga información que desconozco me irrita a más no poder.

—Cuéntame lo que sabes y ya está, Jonah.

—Me gustaría, Quincy —dice, rascándose la cabeza otra vez—. De verdad. Pero un buen periodista no comparte por las buenas lo que sabe con fuentes que no cooperan. Quiero decir que si de verdad quieres que te dé información secreta, necesito algo a cambio.

Más que nunca, me quiero marchar. Sé que debería hacerlo. Decirle a Jonah que me deje en paz y luego volver a casa y dormir un poco, que buena falta me hace. Sin embargo, también necesito saber hasta qué punto Sam me ha estado mintiendo. Una cosa anula la otra.

—Tina Stone —digo.

—¿Quién es?

—El nombre de Samantha Boyd. Se lo cambió legalmente hace años, para evitar a personas como tú. Así es como fue capaz de no llamar la atención todos estos años. Técnicamente, Samantha Boyd ya no existe.

—Gracias, Quincy —dice Jonah—. Creo que indagaré un poco en la vida de Tina Stone.

—Ya me contarás lo que averigües.

No es una pregunta. Jonah lo reconoce asintiendo.

—Por supuesto.

—Ahora te toca a ti —digo—. Cuéntame lo que sabes.

—Guarda relación con aquel artículo que juré que no volvería a mencionar nunca más. En concreto con las fotos que aparecían.

—¿Qué pasa con esas fotos?

Jonah respira hondo y levanta las manos, proclamando su inocencia antes de decir una palabra.

—Recuerda, yo solo soy el mensajero —dice al fin—. Por favor, no me mates.

25.

Sam está en la cocina, con el delantal puesto, haciéndose pasar por la maldita Betty Crocker. Haciéndose pasar por cualquier cosa salvo la mala pécora que es. Cuando entro, está inclinada sobre un cuenco, batiendo huevos para mezclarlos con una pila nevada de azúcar y harina.

—Tenemos que hablar.

No aparta la vista del cuenco.

—Dame un minuto.

Me precipito hacia ella. En un abrir y cerrar de ojos, el cuenco vuela de la encimera y choca contra el suelo. Una línea de masa de bizcocho traza su descenso, chorreando desde la encimera, por el armario y el suelo hasta el propio cuenco.

—¿Qué coño haces, Quinn? —dice Sam.

—Eso es justo lo que me pregunto yo, Sam. ¿Qué coño haces?

Se apoya en la encimera y me mira con recelo. Y entonces comprende. Sabe exactamente de qué le estoy hablando.

—¿Cuánto te ha contado?

—Todo.

Lo sé todo. Que el día después de que se conociera la muerte de Lisa, Sam fue a la redacción donde trabaja Jonah. Que le contó quién era y que había venido a Nueva York para verme. Que le preguntó a Jonah si quería conseguir la exclusiva fotográfica de su vida.

—Sabías que él estaba allí cuando me abordaste y me dijiste quién eras —digo—. Lo planeaste todo. Querías que saliéramos en primera página.

Sam no se mueve, sus botas apuntaladas en el suelo de la cocina mientras alrededor de una de ellas un lodo lento de masa de bizcocho forma un charco.

—Sí —dice—. ¿Y qué?

Agarro una espátula, lo primero que pillo, y la lanzo con todas mis fuerzas. Impacta en la pared junto a la ventana, dejando un manchurrón de masa pegado a la pintura. No me hace sentir mejor.

—¿Te das cuenta de la estupidez que cometiste? La gente vio esas fotos, Sam. Un montón de gente. Desconocidos que ahora saben quiénes somos. Saben dónde vivo.

—Lo hice por ti —dice ella.

Doy un puñetazo contra la encimera. No quiero saber nada más.

—Cállate.

—De verdad. Pensé que te ayudaría.

—¡Cierra la boca!

Sam da un respingo, sus cejas pintadas se elevan en arcos de asombro.

—Necesito que sepas por qué lo hice.

Hay una huevera de cartón justo a mi derecha, y dentro queda media docena de huevos. Cojo uno.

—¡Cierra...!

El huevo vuela hacia la cabeza de Sam, que se agacha y lo esquiva. El huevo estalla contra un armario.

—¡... la...!

Lanzo otro. Como una granada. Un quiebro seco de la muñeca. Cuando cae junto al cuenco del suelo, cojo dos más, tirándolos en rápida sucesión.

—¡... puta... boca!

Los dos huevos se rompen en el delantal de Sam. Detonaciones caóticas de baba amarillenta que la empujan contra la encimera, más por sorpresa que por velocidad. Trato de alcanzar los que quedan, pero Sam se abalanza hacia mí, cuidando de no resbalar en las baldosas. Aparta el cartón de un manotazo, y los huevos se hacen añicos contra el suelo.

—¿Puedes dejar que te lo explique? —grita.

—¡Ya sé por qué lo hiciste! —le grito—. ¡Querías que me enfadara! ¡Y estuve a punto de matar a un hombre! ¿Te basta con eso? ¿Qué más quieres que haga?

Sam me agarra de los hombros y me zarandea.

—¡Quiero que despiertes! Has estado escondiéndote todos estos años.

—Mira quién habla. No he sido yo la que desapareció. No soy yo la que no le ha dicho ni siquiera a su madre que sigue viva.

—No me refería a eso.

—Entonces ¿a qué te referías, Sam? Me gustaría que fueras coherente por una vez. He intentado entenderte, pero no puedo.

—¡Deja de hacerte pasar por alguien que no eres! —Sam decide lanzar cosas también. Hay otro cuenco en la encimera y lo barre con la mano para que caiga al suelo. Rueda hasta un rincón y queda dando vueltas sobre el borde—. Actúas como la chica perfecta con una vida perfecta que hace pasteles perfectos. Pero esa no eres tú, Quinn, y lo sabes.

Me empuja contra el friegaplatos, y el tirador se me clava en la base de la columna. Le devuelvo el empujón, que la hace patinar en el suelo embadurnado de huevos y harina.

—No sabes nada de mí —digo.

Sam arremete de nuevo, esta vez estampándome contra la encimera.

—Soy la única que te conoce. Eres una luchadora. Harás cualquier cosa para sobrevivir. Igual que yo.

Forcejeo con ella, atrapada.

—No tengo nada que ver contigo.

—Eres una de las Últimas Chicas, joder —dice Sam—. Por eso acudí a Jonah Thompson. Para que no pudieras seguir escondiéndote. Para que finalmente hagas honor al nombre que te ganaste.

Su cara está tan cerca de la mía que dejo de respirar. Su presencia es como un fuego que absorbe todo el oxígeno de la habitación. La aparto a un lado, recuperando espacio para darme la vuelta. Sam me agarra la mano, intentando atraerme hacia ella. Mi otra mano tantea la encimera, buscando cualquier objeto arrojadizo. Las jarras graduadas chocan contra mis nudillos. Una cuchara se me escurre entre los dedos y cae al suelo. Por fin logro asir algo y me giro de golpe hacia ella, blandiéndolo con una estocada amenazadora.

Sam da un grito y retrocede tambaleándose. Se cae al suelo y se encoge contra la puerta de un armario.

Avanzo hacia ella en actitud acechante, apenas consciente de que está repitiendo mi nombre una y otra vez. Su voz suena acuosa y distante, como si gritara desde las profundidades de un pozo.

—¡Quinn!

Ese grito es tan fuerte que hace vibrar los armarios. Tan fuerte que atraviesa la bruma de furia que me envuelve.

—Quincy —dice Sam, ahora en un mero susurro—. Por favor.

Bajo la mirada.

Hay un cuchillo en mi mano.

La cara lisa de la hoja apunta hacia el techo, reflejando la luz de la lámpara de la cocina con un destello centelleante.

Suelto el cuchillo, sintiendo aún un hormigueo en la mano.

—No pretendía hacer eso.

Sam se queda en el suelo hecha un ovillo, rozando con las rodillas los tirantes del delantal. No puede parar de temblar. Como si sufriera un ataque de nervios.

—No iba a hacerte daño —digo, con lágrimas en el fondo de la garganta—. Te lo juro.

A Sam le cae el pelo por la cara. Veo sus labios color rubí, la punta de la nariz, un ojo que escruta entre los mechones, brillante y aterrado.

—Quincy —dice—. ¿Quién eres?

Muevo la cabeza. La verdad es que no lo sé.

26.

Un zumbido en la puerta principal rompe el silencio que se ha hecho en la cocina. El timbre del portal. Hay alguien fuera. Cuando pulso el botón del interfono, oigo la voz metálica de una mujer que habla desde la calle.

—¿Señorita Carpenter?

—¿Sí?

—Hola, Quincy —dice la voz—. Soy Carmen Hernández. Disculpa por presentarme así, pero necesito que me dediques un minuto.

Pronto la inspectora Hernández está en el comedor, elegantemente vestida con una americana gris y una blusa roja. Lleva una pulsera en la muñeca derecha, que tintinea cuando toma asiento. Una docena de abalorios redondos cuelgan del aro de plata de ley. Un regalo de aniversario de su esposo, quizá. O tal vez un capricho que se dio ella misma, cansada de esperar a que él se lo regalara. En cualquier caso, es precioso. Una versión más audaz de mí intentaría robarlo. Me imagino mirando los abalorios y viendo una docena de versiones de mí misma.

—¿Te pillo en un buen momento? —dice, sabiendo que no. La cocina queda a la vista de cualquiera que pase por el vestíbulo hacia el comedor. El suelo es un estropicio pastoso de masa y yemas. Y aunque por casualidad no lo hubiera visto, Sam y yo estamos hechas un espantajo, cubiertas de harina y manchas de huevo.

—Sí —digo—. No hay problema.

—¿Estás segura? Pareces alterada.

—Ha sido uno de esos días de no parar —pongo una sonrisa radiante. Toda dientes y encías. Mi madre estaría orgullosa—. Ya sabe que la cocina puede ser una locura.

—En casa cocina mi marido —dice Hernández.

—Qué suerte.

—¿Por qué ha venido, inspectora? —pregunta Sam, hablando por primera vez desde que sonó el timbre del interfono. Se ha remetido el pelo detrás de las orejas, dándole a la inspectora una vista completa de su mirada implacable.

—Tengo algunas preguntas más acerca de la agresión de Rocky Ruiz. Nada serio. Mera rutina.

—Ya se lo hemos contado todo —digo, tratando de no parecer preocupada. Por más que me esfuerzo, sin embargo, una ansiedad estridente se oculta dentro de cada palabra—. La verdad es que no hay nada más que añadir.

—¿Estás segura?

—Desde luego.

Los abalorios de la pulsera de la inspectora tintinean de nuevo mientras saca un cuaderno del bolsillo interior de la americana y empieza a hojearlo.

—Bueno, tengo dos testigos que dicen lo contrario.

—¿Ah, sí? —digo.

Sam no dice nada.

Hernández anota algo en su cuaderno.

—Uno de ellos es un chapero que trabaja en la Rambla —dice—. Se llama Mario. Un agente de paisano lo trajo anoche a comisaría. Nadie se sorprendió mucho. Tiene una lista kilométrica de cargos por prostitución. Cuando el policía le preguntó si había visto algo la noche del ataque a Rocky, Mario dijo que no. Pero mencionó que la noche de antes sí vio algo inusual. Dos mujeres sentadas en el parque. Alrededor de la una de la madrugada. Una de ellas estaba fumando. Mario dice que le dio un cigarrillo.

Lo recuerdo. El tipo guapo vestido de cuero. Que lo mencione me altera, y con razón. Sam habló con él. Nos vio la cara.

—Le pedí que identificara a esas dos mujeres —dice Hernández—. Ustedes.

—¿Y cómo sabe que somos nosotras? —dice Sam.

—Las reconoció por el periódico. Supongo que saben que las dos fueron noticia de portada el otro día.

Tengo las manos sobre las rodillas, donde Hernández no puede verlas, con los puños apretados para contener los nervios. Cuanto más habla, más aprieto.

—Me acuerdo de él —digo—. Se acercó a nosotras mientras estábamos sentadas en el parque.

—¿A la una de la madrugada?

—¿Es ilegal? —pregunta Sam.

—No. Solo curioso —la inspectora Hernández ladea la cabeza—. Sobre todo teniendo en cuenta que fueron allí dos noches seguidas.

Me duelen los antebrazos de tanto apretar los puños. Trato de relajarlos, dedo por dedo.

—Le explicamos por qué estábamos allí —digo.

—Habían salido de copas, ¿correcto? —dice Hernández—. ¿Eso era lo que estaban haciendo también la noche que las vio Mario el gigoló?

—Sí —digo, piando la palabra.

Sam y yo nos miramos. Hernández vuelve a anotar algo en su cuaderno, lo tacha ostentosamente y escribe algo más.

—De acuerdo —dice—. Ahora, hablemos del segundo testigo.

—¿Otro puto? —pregunta Sam.

A la inspectora Hernández no le hace gracia. Mira a Sam con el ceño fruncido antes de continuar.

—Un vagabundo. Habló con uno de los policías que sondearon el parque en busca de testigos que pudieran dar alguna pista de la agresión a Rocky Ruiz. Ese hombre dice que vio a dos mujeres en ese estanque primoroso donde los niños echan a navegar sus barquitos. Salía en un libro, creo. Se lo leí a mis hijos. ¿Algo de un ratón?

—*Stuart Little* —digo, sin saber por qué.

—Exacto. Un lugar muy bonito. Desde luego, a ese vagabundo sin hogar se lo parece. A veces duerme en un banco cerca de allí. Pero la noche en que Rocky fue agredido, dijo que esas dos mujeres lo echaron. Lo sorprendieron mirando mientras una de ellas se lavaba las manos en el agua. Dijo que parecía que una de las dos estaba sangrando.

No me atrevo a preguntar si describió a esas mujeres. Está claro que lo hizo.

—La descripción que nos dio encaja con ustedes —dice Hernández—. Así que voy a arriesgarme a suponer que, en efecto, eran ustedes. ¿Alguna de las dos querría explicarme qué estaba pasando?

Enlaza las manos sobre la mesa, la de la pulsera arriba. Debajo de la mesa, mis puños son dos rocas. Trocitos de carbón prensados hasta formar diamantes. La presión hace saltar una de las costras de los nudillos. Un hilillo de sangre me resbala entre los dedos.

—Era exactamente lo que parecía —digo, hilando la mentira sin pensar. Sale de mi boca, sin más—. Tropecé mientras cruzábamos el parque. Me lastimé una mano. Sangraba bastante, así que fuimos al estanque a lavarme.

—¿Eso ocurrió antes o después de que les robaran el bolso?

—Antes —contesto.

Hernández me escruta con la mirada. Por debajo de su pelo impecable y su chaqueta a medida hay un hueso duro de roer. Probablemente se dejó la piel para llegar donde está. Más que cualquier hombre, de eso no cabe duda. Apuesto a que todos la subestimaron.

Igual que he hecho yo, y ahora aquí estamos.

—Es interesante —dice—. Nuestro amigo vagabundo no mencionó haber visto ningún bolso.

—Nosotras...

Por alguna razón, me contengo. La mentira desaparece como una pizca de sal, derritiéndose en mi lengua.

Hernández se inclina hacia delante, con un gesto casi amistoso, preparándose para empezar una charla en plan «entre nosotras».

—Miren, señoritas, no sé lo que pasó en el parque esa noche. Quizá Rocky estaba colocado y se le fue la cabeza. Quizá intentó hacerles daño y se les fue la mano al defenderse. Si ese es el caso, les convendría contarlo todo.

Se aparta de nuevo, dando fin al momento amistoso. La pulsera roza la mesa cuando ella coge otra vez el cuaderno.

—Hasta entiendo por qué no querrían confesar. Ese hombre está en coma. La situación es grave. Pero prometo que no las juzgaré. No hasta que conozca toda la historia —Hernández consulta sus notas, mira a Sam—. Señorita Stone, incluso pasaré por alto sus roces previos con la ley.

Dicho sea en su favor, Sam no reacciona. Su rostro es una máscara de serenidad. Sin embargo, noto que aguarda a ver mi reacción. La falta de respuesta por mi parte le dice todo lo que necesita saber.

—Solo quiero dejar claro que ninguna de esas cosas afectará en ningún sentido a ese trato —dice Hernández—. Si una de las dos decide entregarse, por supuesto.

—Descuide —dice Sam.

—Tómense algo de tiempo para pensarlo —al otro lado de la mesa, Hernández se levanta y se guarda el cuaderno bajo el brazo, haciendo tintinear la pulsera—. Háblenlo con calma. Pero no demasiada. Cuanto más esperen, peor será. Ah, y si resulta que una de ustedes lo hizo, recen para que Rocky Ruiz salga del coma. Porque si me cae encima un homicidio involuntario, no habrá contemplaciones.

—No vamos a decir nada —anuncia Sam cuando Hernández se marcha.

—No hay más remedio —digo.

Estamos aún en el comedor, atrapadas en una calma vertiginosa, insoportable. La luz del sol entra sesgada por la ventana, iluminando las motas de polvo que se arremolinan apenas por encima de la superficie de la mesa. Sin osar mirarnos la una a la otra, las observamos como quien aguarda una tormenta. Con los nervios a flor de piel y temores mudos.

—Claro que sí —dice Sam—. Está dando palos de ciego. No tiene nada contra nosotras. No es ilegal sentarse en Central Park de noche.

—Sam, hubo testigos.

—Un vagabundo y un chapero que no vieron nada.

—Si contamos la verdad ahora, será indulgente con nosotras. Es comprensiva.

Ni siquiera yo lo creo. La inspectora Hernández no tiene ninguna intención de ayudarnos. Es solo una mujer muy lista cumpliendo con su trabajo.

—Por Dios —dice Sam—. Estaba mintiéndonos, Quinn.

Vuelve el silencio. Contemplamos las motas de polvo en danza.

—¿Por qué no me contaste que habías estado en Indiana? —digo.

Sam me mira al fin. Su cara me resulta ajena, indescifrable.

—No vayas por ahí, nena. Hazme caso.

—Necesito respuestas —digo—. Necesito la verdad.

—La única verdad que necesitas saber es que lo que pasó en el parque es todo cosa tuya. Solo estoy intentando salvarte el pellejo.

—¿Mintiendo?

—Guardando tus secretos —dice Sam—. Ahora sé demasiado de ti. Más de lo que crees.

Se aparta de la mesa. Su gesto brusco desata una avalancha de preguntas dentro de mí, cada una más suplicante que la anterior.

—¿Conociste a Lisa? ¿Estuviste en su casa? ¿Qué más no me estás contando?

Sam me da la espalda y su pelo oscuro azota el aire, desdibujando su cara. Libera el recuerdo de una imagen similar. Tan tenue que parece más bien el recuerdo de un recuerdo.

—Sam, por favor...

Sale del comedor en silencio. Al cabo de un instante, la puerta del apartamento se cierra de golpe.

Me quedo sentada, demasiado exhausta para moverme, demasiado preocupada por desplomarme en el suelo si intento ponerme de pie. Vuelvo a recrear el gesto de Sam al marcharse, que me reconcome la memoria. He visto antes esa imagen. Sé que la he visto.

De pronto caigo en la cuenta y voy corriendo hasta mi ordenador. Entro en Facebook, en busca del perfil de Lisa. Más mensajes de condolencia llenan su muro. Cientos. Los ignoro y voy directa a las fotografías que Lisa había publicado, y enseguida encuentro la que buscaba: Lisa levantando una botella de vino, con una sonrisa de felicidad.

¡Hora del vino! LOL

Observo a la mujer que hay en segundo plano. El borrón oscuro que tanto me fascinó la primera vez que lo vi. Miro fijamente la foto, como si a fuerza de voluntad pudiera lograr enfocarla. Al final entorno los párpados, intentando poner la vista tan borrosa como esa figura a la espera del momento en que cobre nitidez. Hasta cierto punto, funciona. Una mancha blanca emerge en el borde del borrón oscuro. Dentro de esa mancha hay una gota de rojo.

Carmín.

El carmín de la barra de labios de Sam.

Brillante como la sangre.

Siento que mi cuerpo vibra con una aceleración interna. Como si fuera amarrada a un cohete que atravesara la capa de ozono, dejando una estela incandescente hasta que ambos explotamos.

27.

La cocina está limpia y mi equipaje preparado cuando Jeff vuelve a casa del trabajo. Una maleta. Un bolso de mano. Se detiene en la puerta de nuestro dormitorio, mirándome perplejo, como si fuera un espejismo.

—¿Qué estás haciendo? —pregunta.

—Me voy contigo —le digo.

—¿A Chicago?

—He comprado el billete por internet. El mismo vuelo, aunque no podamos sentarnos juntos.

—¿Estás segura? —pregunta.

—Fue idea tuya.

—Cierto. Solo que así, tan de repente... ¿Y qué pasa con Sam?

—Tú mismo dijiste que podemos dejarla sola unos días —digo—. No es un perro, ¿recuerdas?

A decir verdad, espero no encontrarla a nuestro regreso. Que se haya marchado discretamente. Sin jaleos. Un escorpión con tanta prisa por huir que se olvida de picar.

Jeff, entretanto, echa un vistazo a la habitación como por última vez y dice:

—Esperemos que quede algo cuando volvamos.

—Yo me encargo de eso —le digo.

Sam no vuelve hasta altas horas de la noche, mucho después de que Jeff y yo nos hayamos acostado. Antes de salir hacia el aeropuerto por la mañana, llamo a la puerta de su cuarto. Después de golpear varias veces sin respuesta, abro una rendija y atisbo dentro. Sam está en la cama, tapada hasta la barbilla. La manta se tensa mientras ella se agita debajo.

—No —gime—. Por favor, no.

Me acerco hasta la cama y la sacudo de los hombros. Apenas me da tiempo a apartarme cuando se incorpora de golpe, con los ojos desencajados.

—¿Qué pasa? —me pregunta.

—Una pesadilla —digo—. Tenías una pesadilla.

Sam me mira fijamente, para cerciorarse de que no soy parte del mal sueño. Parece una mujer a la que acaban de rescatar antes de que se ahogue, la cara colorada y sudorosa, el pelo pegado a las mejillas en largos mechones oscuros que recuerdan a las algas marinas. Incluso se estremece un poco, como si intentara sacudirse el exceso de agua.

—Uf —dice—. Ha sido de las malas.

Me siento en el borde de la cama, tentada de preguntarle qué soñaba. ¿Calvin Whitmer y su cara tapada con un saco? ¿O era algo distinto? Quizá Lisa, desangrándose en la bañera. Pero Sam sigue mirándome, sabe que algo está a punto de ocurrir.

—Jeff y yo vamos a estar unos días fuera —le digo.

—¿Dónde?

—En Chicago.

—¿Me estás echando? No puedo pagar un hotel.

—Lo sé —digo, procurando mantener un tono tranquilo y pausado. Nada de lo que diga debe molestarla. Es vital—. Puedes quedarte aquí mientras tanto. Como si nos cuidaras la casa. Quizá hacer algo de repostería, si te apetece.

—Eso suena bien —dice Sam.

—¿Jeff y yo podemos confiar en ti?

Una pregunta absurda. Por supuesto que no confío en ella. Esa es la razón de que me vaya a Chicago con Jeff, para empezar. Alejarme de ella es mi única opción.

—Claro.

Saco el dinero que me había guardado en el bolsillo justo antes de entrar en el cuarto. Dos billetes de cien dólares arrugados. Se los doy a Sam.

—Aquí tienes un poco de dinero para los gastos —le digo—. Compra comida, o ve al cine. Lo que sea.

Es un soborno, y Sam lo sabe. Frotando un billete con otro, dice:

—¿Y por cuidar de una casa no se cobra algo? Ya sabes, por ocuparse de todo. Asegurarse de que todo va bien.

Aunque lo plantea como una pregunta perfectamente razonable, eso no impide que la traición que siento me escueza como una bofetada. Recuerdo la primera noche que Sam pasó con nosotros, cuando Jeff le preguntó sin rodeos si venía en busca de dinero. Ella lo negó, y yo la creí. Ahora me da la sensación de que ese es el único motivo de que esté aquí. Las charlas de madrugada, la repostería, la amistad, en definitiva solo eran un medio para alcanzar ese fin.

—¿Qué te parece quinientos? —digo.

Sam pasea la mirada por la habitación. Veo que hace cálculos sopesando el valor potencial de cada objeto.

—Mil me parece mejor —dice.

Aprieto los dientes.

—Cómo no.

Voy a por mi bolso y vuelvo con un cheque al portador a nombre de Tina Stone y fechado para el día siguiente al que Jeff y yo tenemos previsto regresar. Sam no dice nada cuando ve la fecha. Se limita a doblarlo por la mitad y dejarlo con el dinero encima de la mesita de noche.

—¿Querrás que siga por aquí cuando volváis? —dice.

—Eso es decisión tuya.

Sam sonríe.

—Ahí le has dado.

En el avión, el pasajero que viaja solo a mi lado accede amablemente a cambiar de asiento con Jeff, y así podemos sentarnos juntos. Durante el despegue, Jeff me da la mano y aprieta con suavidad.

Después de aterrizar y registrarnos en el hotel, disponemos de toda una tarde y una velada para nosotros solos. No hay ni rastro de la incomodidad de hace un par de noches, cuando la ausencia de Sam era tan llamativa como un meñique amputado. Mientras paseamos por las calles del centro próximas a nuestro hotel, la tensión de la semana se derrite con la brisa que sopla desde el lago Michigan.

—Me alegro de que hayas venido, Quinn —dice Jeff—. Sé que anoche no lo parecía, pero lo digo en serio.

Cuando me tiende la mano, se la doy encantada. Es reconfortante sentir que Jeff está de mi lado. Y más teniendo en cuenta lo que me propongo.

De vuelta al hotel, los dos nos quedamos prendados de un vestido del escaparate de una boutique. Es blanco y negro, ceñido en la cintura y con una falda con vuelo que recuerda a los modelos de Dior de los cincuenta.

—Directamente importado de París —digo, citando a Grace Kelly en *La ventana indiscreta*—. ¿Crees que se venderá?

Jeff tartamudea, al estilo de James Stewart.

—Bueno, verás, eso depende.

—Es una ganga: mil cien dólares —digo, todavía haciendo de Grace.

—Ese vestido debería cotizar en Bolsa —Jeff deja la farsa y vuelve a ser él mismo—. Y creo que deberías comprártelo.

—¿En serio? —digo, también volviendo a ser yo.

Jeff despliega su sonrisa en cinemascope.

—Ha sido una semana dura. Mereces algo bonito.

En la tienda, me alivia saber que el precio del vestido es un poco más bajo de lo que calculé como Grace Kelly. Darme cuenta de que me favorece es un alivio aún mayor. Sin darle más vueltas, me lo compro.

—Un vestido así merece una ocasión a la altura —me dice Jeff—. Creo que conozco el lugar ideal.

Nos arreglamos para la cena, yo con mi nuevo vestido y Jeff con su traje más impecable. Gracias al conserje del hotel conseguimos una reserva de última hora en el restaurante más de moda y desorbitante de la ciudad. A instancias de Jeff, nos damos el lujo de pedir el menú degustación de nueve platos, regado con una botella de cabernet sauvignon. El postre es un suflé de chocolate tan divino que le suplico al maestro repostero que me dé la receta.

Volvemos al hotel, acaramelados por el vino y el cambio de aires, nos ponemos insinuantes y sensuales. Lo beso despacio mientras deshago el nudo de su corbata, enredando la seda estriada entre los dedos. Jeff se toma su tiempo con mi vestido. Me estremezco mientras me baja la cremallera, despacio, y arqueo la espalda.

Empieza a jadear cuando el vestido cae al suelo. Me agarra los brazos, apretándolos lo justo para que duela un poco. Hay lujuria en sus ojos. Una mirada salvaje que hace siglos que no veo. Me da la impresión de estar con un extraño, peligroso e imprevisible. Me recuerda a todos aquellos chicos bruscos de las hermandades y jugadores de fútbol con los que me acosté después de Pine Cottage. Que no temían arrancarme las bragas y ponerme a cuatro patas en la cama. Que no tenían ningún interés en saber quién era o qué quería.

Mi cuerpo se echa a temblar. Esto es prometedor. Esto es lo que necesito.

Pero de pronto desaparece, el deseo cae con la misma languidez con que la corbata de Jeff se me ha escurrido de las manos. Ni siquiera tomo conciencia de que se ha esfumado hasta que estamos en la cama y Jeff está dentro de mí, tan exasperantemente considerado como siempre. Preguntándome cómo me siento. Preguntándome qué es lo que quiero.

Quiero que deje de pensar en mis necesidades.

Quiero que cierre la boca y tome lo que quiere.

Nada de eso ocurre. El sexo acaba como de costumbre: Jeff agotado y yo tumbada boca arriba, con un nudo de insatisfacción en el estómago.

Jeff se da una ducha, y vuelve a la cama sonrosado y tierno.

—¿Qué planes tienes para mañana? —pregunta con voz distante, navegando ya en la barca hacia el país de los sueños.

—La típica ruta. El Instituto de Arte. La Alubia. Quizá algunas compras más.

—Estupendo —murmura Jeff medio dormido—. Te divertirás.

—A eso he venido —digo, cuando de hecho no es verdad.

La diversión no es lo que me ha traído aquí. Tampoco tiene nada que ver con Jeff. Mientras estaba en la ducha, quitándose el sudor y el olor del sexo rutinario, yo reservaba por teléfono un coche de alquiler.

Por la mañana iré a Indiana y por fin conseguiré algunas respuestas.

28.

Hay unos trescientos setenta kilómetros entre Chicago y Muncie, y los recorro a todo lo que da mi Camry alquilado. Mi objetivo es ir a la casa de Lisa y tratar de averiguar algo, lo que sea, antes de emprender el regreso a la ciudad para la noche. Es un viaje largo, unas siete horas en total, pero si piso el acelerador puedo estar de vuelta sin que Jeff se percate de que me he marchado.

En el viaje de ida tardo lo previsto, parando solo una vez en un colmado a pie de carretera en la I-65. Es uno de esos almacenes tristes, genéricos, que pretenden pasar por sucursales de una cadena, pero se les ve el plumero: todas esas latas de refrescos pegajosas, las baldosas del suelo rayadas y las revistas de destape envueltas en plástico transparente. Compro una botella de agua, una barrita energética y un paquete de galletas de queso. El desayuno de los campeones.

Encima del mostrador hay un expositor de mecheros plateados. Mientras el fumeta del dependiente casca un rulo de peniques para la caja registradora, birlo uno y me lo guardo en el bolsillo. El dependiente me ve, sonríe y me despacha con un guiño.

Me monto de nuevo en el coche, calculando la hora por la inclinación del sol sobre la cinta lisa del asfalto. El paisaje es rústico e inhóspito. Casas con tablones caídos y porches alabeados. Extensiones interminables de campos, con los tallos de maíz reducidos a muñones. Rótulos de salidas que apuntan hacia pueblos de mala muerte con nombres exóticos que inducen a confusión. Paris. Brazil. Peru.

Cuando el sol es un ojo impasible en el cénit ya estoy circulando por Muncie, buscando la dirección que Lisa me dio por si alguna vez le quería escribir.

Encuentro su casa en una tranquila bocacalle llena de pequeños ranchos y plátanos de sombra. La de Lisa es la más bonita y destaca sobre las demás, con los postigos recién pintados y unos impecables muebles de jardín en el porche de la fachada. En medio de la cuidada parcela de césped hay un parterre redondo, con una pila para pájaros de fibra de vidrio que se eleva en el centro como una seta gigantesca.

Frente a la entrada hay una camioneta con el distintivo del sindicato de policías pegado en el parachoques trasero. No es el coche de Lisa, desde luego.

Después de aparcar en la calle me echo un vistazo en el espejo retrovisor, asegurándome de parecer triste y curiosa, no alterada y acechadora. En el hotel puse mucho cuidado en elegir una ropa que se mantuviera en la fina línea entre la informalidad y el luto. Vaqueros oscuros, blusa morada, zapatos planos negros.

Me dirijo hacia la puerta principal por el sendero de losas que atraviesa el jardín. Cuando llamo, el timbre devuelve el eco desde las profundidades de la casa.

La mujer que abre la puerta va vestida con un conjunto liso de pantalones anchos color crema y un polo beige. Alta y angulosa, quizá de joven se pareciera a Katharine Hepburn. Ahora, en cambio, una trama de arrugas rodea sus ojos color avellana. Me recuerda a una campesina de Oklahoma sacada de una de las fotos de Walker Evans: delgada, curtida y cansada hasta los huesos.

Sé quién es.

Nancy.

—¿En qué puedo ayudarte? —dice con una voz tan recia como un viento de las llanuras.

No he pensado qué voy a hacer o decir. Lo único que me importaba era venir hasta aquí. Ahora que he llegado, no sé cuál será mi próximo paso.

—Hola —digo—. Soy...

Nancy asiente.

—Quincy. Lo sé.

Me mira las uñas de las manos, pintadas de negro con descuido. Mi mano derecha, con sus costras medio levantadas sobre los nudillos, llama su atención. La entierro en mi bolsillo.

—¿Has venido para el funeral? —pregunta.

—Pensé que ya se había celebrado.

—Mañana.

Debería haber imaginado que se demoraría, con todos los trámites de la autopsia, además de aquel fundamental informe toxicológico.

—Lisa os tenía un gran aprecio a las dos —dice Nancy—. Sé que le habría gustado que asistierais.

Y a la prensa también, pienso, que llegará en manada y salpicará el Salmo 23 con los flashes de las cámaras.

—No creo que sea una buena idea —digo—. Temo que mi presencia desviaría la atención.

—Entonces te agradecería que me explicaras por qué has venido. No soy ningún genio, pero sé que Muncie no está exactamente a un tiro de piedra de Nueva York.

—He venido para saber más de Lisa —le explico—. Quiero conocer los detalles.

Dentro de la casa de Lisa se respira orden, además de cierta desolación. El salón, la zona de comedor y la cocina, integradas en un gran espacio, ocupan la mayor parte de la vivienda. Las paredes están revestidas de madera, que le dan un aire mohoso y antiguo. Es el hogar de una viuda anciana, no de una mujer de cuarenta y dos años.

Nada delata que aquí tuviera lugar un asesinato. No hay agentes buscando huellas, ni tipos hoscos de la policía científica sacando muestras de la moqueta con pinzas. Esas tareas han concluido y están a la espera de resultados.

Pilas de cajas de cartón, algunas plegadas y otras no, atestan la sala, despojada ya de algunos adornos. En las superficies cubiertas de polvo se ven cercos que delatan que antes había jarrones y cuencos.

—La familia de Lisa me preguntó si podía empezar a embalar sus cosas —me cuenta Nancy—. No quieren volver a poner un pie en esta casa. Y no los culpo, la verdad.

Nos sentamos en la mesa ovalada del comedor. En la cabecera hay un mantel individual de plástico. Supongo que ahí es donde Lisa solía comer. Un servicio para una sola persona. Hablamos mientras tomamos té en unas tazas con rosas pintadas alrededor del borde.

Su nombre completo es Nancy Scott. Ha sido patrullera en Indiana durante veinticinco años, aunque probablemente el que viene por estas fechas ya se habrá jubilado. Está soltera, nunca se casó, tiene dos pastores alemanes que son perros policía retirados.

—Fui una de las primeras que entraron en la casa de la hermandad —dice—. Y la primera en darme cuenta de que Lisa no estaba muerta, a diferencia de los demás. Los muchachos, porque todos mis compañeros eran hombres, echaron un vistazo a los cuerpos y pensaron lo peor. Supongo que yo también. Uy, era escalofriante. Había sangre por todas partes.

Se interrumpe al recordar con quién está hablando. Con un gesto, le indico que continúe.

—Nada más ver a Lisa, supe que estaba viva. No sabía si sobreviviría, pero de alguna manera lo consiguió. Después de aquello, le tomé cariño. Era una luchadora, esa chica.

—¿Y estabais unidas?

—Lisa y yo estábamos unidas igual que Frank y tú estáis unidos.

Frank. Me desconcierta que lo llame así. Para mí es simplemente Coop.

275

—Sabía que podía acudir a mí siempre que lo necesitara —dice Nancy—. Que contaba conmigo para escucharla y ayudarla en lo que pudiera. Es algo delicado, ya sabes. Hay que demostrar que estás ahí para lo que sea, pero no implicarte más de la cuenta. Hay que mantener cierta distancia. Es mejor así.

Pienso en Coop y en todas las barreras invisibles que ha construido entre nosotros. Siempre saludándome con un gesto seco, nunca con un abrazo. No subió a mi apartamento hasta que no quedó más remedio. Es posible que Nancy le soltara el mismo sermón aconsejándole que guardara cierta distancia. No parece una mujer que se reserve sus opiniones.

—Fue solo en estos últimos cinco años cuando entablamos lo que podría llamarse una amistad —dice—. También estreché lazos con su familia. Me invitaban a la cena de Acción de Gracias, los cumpleaños...

—Por cómo hablas, parecen buena gente —digo.

—Lo son. Ahora están pasándolo mal, como es lógico. Ese dolor los acompañará el resto de sus vidas.

—¿Y tú? —digo.

—Ah, estoy furiosa —Nancy toma un sorbo de té. Sus labios se arrugan al notar el calor antes de tensarse en una línea rigurosa—. Sé que debería estar triste, que también lo estoy. Pero por encima de eso tengo un enfado de mil demonios. Alguien nos arrebató a Lisa. Después de todo lo que había sufrido.

Entiendo muy bien a qué se refiere. El asesinato de Lisa deja una sensación de derrota. Una chica del final de la película que terminó vencida.

—¿Siempre sospechaste que había algo turbio en su muerte?

—Desde luego que sí —dice Nancy—. Sabía que Lisa no podía haberse suicidado. No cuando luchó tanto para sobrevivir y había logrado tanto con las cartas que le habían tocado en suerte. Fui yo quien pidió el análisis toxicológico, al diablo con el conflicto de intereses. Y acerté, por supuesto. Encontraron todas esas pastillas en su organismo, pero ningún frasco ni receta del fármaco en la casa. Entonces se fijaron en las heridas del cuchillo, cosa que deberían haber hecho desde un principio.

—Cuando hablamos por teléfono, dijiste que no había ningún sospechoso. ¿Alguna novedad?

—No —dice Nancy.

—¿Y se sabe cuál pudo ser el móvil?

—Nada por ahora.

—Hablas como si no confiaras en que vayan a atrapar a quien lo hizo.

—Porque no confío —Nancy suspira—. Cuando esos patanes se dieron cuenta de lo que había pasado realmente, era demasiado tarde. La escena del crimen ya estaba comprometida. Yo con esas cajas. Algunos amigos y primos de Lisa. Todos entrábamos y salíamos contaminándola con Dios sabe qué.

Se inclina hacia delante, mirando la mesa.

—Aquí había un cerco de vino. De la copa desaparecida en la que nadie había reparado. Quien mató a Lisa se la llevó. Probablemente esté hecha añicos en la cuneta de una carretera, donde sea. Lanzada por la ventanilla de un coche.

Sobresaltada, retiro las manos de la mesa.

—Ya buscaron huellas dactilares —dice Nancy—. No encontraron ninguna. Tampoco en el cuarto de baño, el cuchillo o el teléfono de Lisa. Lo habían limpiado todo a conciencia.

—¿Y ninguno de sus amigos sabía nada? —le pregunto.

—La policía sigue indagando. Pero resulta difícil. A Lisa le gustaba estar rodeada de gente. Era muy sociable.

El rechazo de Nancy es evidente. Escupe la palabra como si pudiera dejarle mal sabor de boca.

—Crees que ser tan sociable se volvió en su contra —digo.

—Me parecía demasiado confiada. Por el suplicio que había sufrido, siempre estaba deseando ayudar a la gente necesitada. Chicas, sobre todo. Chicas complicadas.

—Complicadas ¿en qué sentido?

—Que estaban en riesgo. Porque tenían problemas con sus padres. O quizá porque huían de un novio al que le gustaba darles palizas. Lisa las acogía, las cuidaba, las ayudaba a reponerse. Para mí que con eso intentaba llenar el vacío que quedó en su vida después de aquella noche en la casa de la hermandad.

—¿Vacío? —pregunto.

—Lisa no tenía muchas citas —dice Nancy—. Le costaba confiar en los hombres, y tenía sus razones. Al igual que la mayoría de las chicas, quizá una vez había soñado con casarse, tener hijos y ser madre. Aquel día en la hermandad le arrebató esos sueños.

—¿Nunca salía con nadie?

—Poco —dice Nancy—. Nada que llegara a ser muy serio. Muchos hombres cortaban al saber lo que le había ocurrido.

—¿Te mencionó a alguno de ellos? ¿Si alguien la había acosado, tal vez? ¿O te habló en alguna ocasión de problemas con alguna de las chicas con las que entablaba amistad?

Sam. En realidad me refiero a ella. ¿Alguna vez Lisa mencionó a Samantha Boyd?

—A mí no —Nancy apura la taza de té. Mira la mía, sin duda esperando que haga lo mismo y me marche—. ¿Cuánto vas a quedarte por aquí, Quincy?

Consulto el reloj. Es la una y cuarto. Tengo que estar en la carretera a las dos y media si quiero volver a Chicago sin despertar las sospechas de Jeff.

—Una hora más —echo una ojeada a la habitación llena de cajas a medio embalar, luego veo cajas vacías plegadas contra la pared—. ¿Quieres que te eche una mano?

29.

Me ofrezco a recoger el dormitorio de Lisa mientras Nancy continúa en el salón. Se muerde el labio antes de acceder, como si no estuviera segura de que pueda confiar en mí, hasta que asiente y me da dos cajas.

—No te entretengas en clasificar nada —dice, señalando hacia el fondo del pasillo—. La familia se encargará de eso. Solo tenemos que vaciar la casa.

Cuando sé que no puede verme, recorro el pasillo asomándome a las tres habitaciones.

La primera es un cuarto de invitados, con pocos muebles e inmaculadamente limpio. Entro y recorro el perímetro, pasando un dedo por la cómoda, la cama, la mesilla de noche. No hay rastro de Sam, aunque puedo imaginarla fumando junto a la ventana abierta, como con toda probabilidad está haciendo en mi apartamento en este preciso instante.

Vuelvo al pasillo y me paro delante del cuarto de baño. Me niego a entrar aquí. Sería como profanar una cripta. Además, con mirar desde la puerta me basta. Del lavabo a la bañera y el inodoro, todo es un mar azul claro, donde aún se observan algunos restos del polvo de aluminio que se usa para tomar huellas dactilares. Turbada, contemplo la bañera.

Lisa murió justo ahí.

La imagino en esa bañera, sumergida en un agua rosada y turbia. Entonces pienso en Sam, de pie en el umbral igual que yo ahora. Observando. Asegurándose de que la faena quedara zanjada.

Cuando ya no puedo mirar la bañera ni un segundo más, me dirijo hacia el dormitorio de Lisa, luchando por sacudirme el escalofrío que me recorre de pronto. En la habitación todo es de color crema y rosa. Moqueta crema, cortinas rosas, colcha rosada sobre la cama. En el rincón hay una cinta de correr cubierta de polvo y con ropa colgada.

Me pregunto si alguna de las veces que hablamos por teléfono Lisa estaba aquí, dando consejos mientras caminaba por la cinta, o quizá acostada en la cama. Vuelve el recuerdo de su voz a través del auricular.

«No puedes cambiar lo que ha ocurrido. Solo está en tu mano elegir cómo sobrellevarlo.»

Voy hasta la cómoda, sobre la que hay accesorios para el pelo desparramados, cajas rebosantes de maquillaje y un viejo joyero musical. Cuando levanto la tapa, aparece una bailarina de porcelana con un diminuto tutú y empieza a dar vueltas.

Al otro lado de la cómoda hay varias fotos en marcos de plástico que pretenden imitar la madera. Está Lisa en la playa con Nancy, ambas de cara al sol con los ojos entrecerrados. Lisa con quienes supongo que son sus padres, frente a un árbol de Navidad. Lisa en el Gran Cañón, en un bar con un rótulo de neón detrás y una mano sobre el hombro en la que brilla un anillo rojo, en una fiesta de cumpleaños con la cara manchada de tarta.

Vacío la cómoda cajón por cajón, sacando los sujetadores, calcetines y bragas altas de Lisa a montones, sin pérdida de tiempo, procurando desoír el sentimiento de culpa por estar hurgando entre sus cosas. Me siento una intrusa. Como si hubiera allanado la vivienda y la estuviera saqueando.

Me ocurre lo mismo cuando voy al armario y empiezo a vaciarlo de vestidos, pantalones de vestir y tristes faldas de flores que pasaron de moda hace años. Hasta que de pronto encuentro lo que iba buscando: un archivador metálico en un rincón al fondo del armario, medio tapado por un canasto. Es pequeño, de un solo cajón. Advierto la cerradura minúscula de ese compartimento solitario, similar a la del cajón secreto que tengo en casa. Y, al igual que la de mi cajón, la cerradura está rodeada por unas marcas de arañazos que delatan que lo han forzado.

Ahora sé con seguridad que Sam estuvo aquí. Esos arañazos fueron obra suya. Tuvieron que serlo.

Por instinto me llevo la mano al collar con la llave de mi cajón. No me lo quito aunque esté tan lejos de casa. Me da una sensación de normalidad, a pesar de que en realidad Sam haya puesto mi vida patas arriba.

Doy un tirón y el compartimento se abre. Dentro hay tres carpetas apiladas con esmero, una encima de la otra.

La de arriba es azul y no está etiquetada. Al abrirla veo que se trata de una especie de álbum de recortes. Página tras página de noticias de prensa fotocopiadas, artículos de revistas, crónicas sacadas de internet. Todos giran en torno a la masacre en la casa de la hermandad. En algunos hay frases subrayadas con bolígrafo azul. Interrogantes y caras tristes inundan los márgenes.

Después están las otras dos carpetas, una roja y otra blanca. Solo con verlas sé que una es sobre Sam y la otra sobre mí. El cálculo es sencillo: tres Últimas Chicas, tres carpetas.

La carpeta de Sam es la roja. Dentro hay artículos acerca del Nightlight Inn, incluido el de la revista *Time* que de niña me traumatizó. Lisa había hecho anotaciones también en ellos. Palabras sueltas o frases enteras garabateadas en los márgenes.

Al final de la carpeta hay dos recortes de periódico, ambos sin fecha.

HEMLOCK CREEK, PENSILVANIA. Las autoridades siguen investigando la muerte de dos campistas que aparecieron apuñalados el mes pasado. La policía descubrió los cuerpos sin vida de Tommy Curran, de 24 años, y Suzy Pavkovic, de 23, en una tienda de campaña situada en una zona boscosa a tres kilómetros del pueblo. Ambas víctimas habían recibido múltiples puñaladas. Aunque había indicios de violencia en la escena del crimen, las autorida-

des informan de que no se echaron en falta objetos personales, lo que los llevó a descartar el móvil del robo.

El truculento suceso tiene en vilo a muchos habitantes de esta apacible localidad. Ocurre apenas un año después de que se hallara el cadáver de una mujer de 20 años en Valley Road, un acceso poco concurrido que utilizan los empleados del Hospital Psiquiátrico Blackthorn. La mujer, a quien las autoridades nunca pudieron identificar, murió estrangulada. La policía cree que la mataron en otro lugar y luego la arrojaron al bosque.

Según la policía, ambos crímenes no guardan relación entre sí.

HAZLETON, PENSILVANIA. Un hombre ha fallecido tras ser apuñalado en el domicilio que compartía con su esposa y su hijastra. Al acudir a la llamada de emergencia, la policía de Hazleton encontró a Earl Potash, de 46 años, muerto en la cocina de su casa adosada de Maple Street con numerosas heridas de arma blanca en pecho y abdomen. Las autoridades han dictaminado que se trata de un homicidio. La investigación sigue abierta.

Me llevo una mano a la frente. Noto la piel ardiendo. Es por la alusión al Blackthorn en el primer artículo. Ese nombre siempre me provoca un sudor nervioso. A pesar de que no recuerdo dónde, sé que he oído hablar antes de esos asesinatos del bosque. Ocurrieron más o menos un año antes de Pine Cottage, y en los mismos bosques. No alcanzo a entender por qué Lisa conservaba ese recorte de prensa en una carpeta dedicada a Sam.

Una segunda lectura no me aclara nada, así que vuelvo a guardar los recortes y los dejo a un lado. Toca echar una ojeada a la carpeta blanca.

Mi carpeta.

Al abrirla lo primero que veo es un folio suelto, donde aparecen mi nombre y mi teléfono. Empieza a cobrar sentido: ahora sé cómo Sam consiguió mi número y pudo llamarme la noche que la arrestaron.

A continuación hay artículos sobre Pine Cottage, sujetos con un clip rosa. Los voy pasando sin mirar, temiendo ver otra imagen de él. Debajo de los artículos hay una carta.

La carta.

La que destilaba tanta maldad que incluso Coop se inquietó.

```
n0 deberías estar viva.
deberías haber muert0 en aquella cabaña.
era tu destin0 ser sacrificada.
```

Verla me conmociona, pero consigo ahogar un grito por temor a que Nancy pueda oírlo. En cambio, me quedo mirando la carta, sin pestañear, mientras esos ceros fuera de lugar parecen ojos que a su vez me miran.

Una sola pregunta se clava en mis pensamientos. La pregunta obvia.

¿Cómo diablos consiguió Lisa una copia?

Otra pregunta, más apremiante, la sigue.

¿Por qué la tenía?

En el dorso de la carta, también sujeto con un clip, está la transcripción de una entrevista policial. Arriba aparecen mi nombre y una fecha. Una semana después de Pine Cottage. Pulcramente mecanografiados debajo, están los nombres de dos personas en las que no he pensado desde hace años: el inspector Cole y el inspector Freemont.

La voz de Nancy resuena al fondo del pasillo, en movimiento, acercándose.

—¿Quincy?

Cierro la carpeta de golpe. Me levanto la blusa por la espalda y encajo la carpeta por la cintura del pantalón lo suficiente para que no se me caiga mientras camino. Entonces me remeto la blusa, esperando que Nancy no repare en que cuando llegué la llevaba suelta por fuera.

Vuelvo a guardar las otras dos carpetas en el archivador y cierro el cajón justo cuando Nancy entra en el cuarto. Primero mira las cajas, después a mí, mientras me pongo de pie frente al armario de Lisa.

—Ya casi es la hora de irte —dice.

Vuelve a mirar las cajas, que están solo a medio llenar. Unos vaqueros de Lisa cuelgan por uno de los costados de una de ellas.

—Siento no haber adelantado más —digo—. Recoger las cosas de Lisa es más duro de lo que imaginaba. Significa que se ha ido de verdad.

Dejo que Nancy vaya delante mientras cargamos una caja cada una hasta el salón. Cuando nos despedimos en la puerta, me tenso temiendo que vaya a abrazarme y sus brazos huesudos choquen con la carpeta que me asoma del pantalón, pero al parecer ella es tan reacia al contacto físico como Coop. Ni siquiera me estrecha la mano. Se limita a fruncir los labios, y las arrugas que los rodean se amontonan.

—Cuídate, querida —dice.

Una semana después de Pine Cottage

Poli Bueno y Poli Malo miraban a Quincy, esperando algo que ella no podía ofrecerles. El inspector Freemont, aquel viejo bulldog, parecía demacrado, como si llevara varios días sin dormir. Quincy advirtió que tenía puesta la misma chaqueta de su primera entrevista, con el lamparón de mostaza todavía intacto. El inspector Cole, en cambio, seguía endiabladamente atractivo, a pesar del quiero y no puedo de su bigotillo lampiño, que se erizó en las comisuras cuando le sonrió.

—Tal vez estás nerviosa —dijo—. No lo estés.

Aun así, Quincy estaba muy nerviosa. Apenas hacía dos días que estaba fuera del hospital y su madre había tenido que traerla a una comisaría de policía en silla de ruedas, porque aún le dolía caminar.

«Qué fastidio —protestó por el camino su madre, exasperada—. ¿Acaso no se dan cuenta de las molestias que causa todo esto?».

Cuando recibieron la llamada, su madre estaba limpiando el baño de arriba, y contestó el teléfono con los guantes de goma puestos. Fastidio o no, se puso de todos modos un vestido floreado antes de salir hacia la comisaría. Quincy se quedó en pijama y albornoz, para consternación de su madre.

—¿Ocurre algo? —preguntó Quincy mirando a los dos inspectores desde su silla de ruedas, preguntándose por qué la habían hecho ir allí.

—Solo tenemos algunas preguntas más —dijo Cole.

—Ya les he contado todo lo que sé —dijo Quincy.

Freemont renegó apesadumbrado con la cabeza.

—Que es un montón de nada.

—Mira, no queremos que te sientas hostigada —dijo Cole—. Solo necesitamos asegurarnos de averiguar todo lo que pasó en esa cabaña. Por las familias. Seguro que lo comprendes.

Quincy no quería pensar en el dolor de tantos padres, hermanos y amigos. La madre de Janelle había ido a visitarla al hospital. Con los ojos enrojecidos, temblorosa, le suplicó a Quincy que le dijera que su hija no había sufrido, que había muerto sin padecer. «No sintió nada —mintió Quincy—. Estoy segura».

—Lo entiendo —le dijo a Cole—. Quiero ayudar. De verdad.

El inspector sacó una carpeta del maletín que tenía junto a sus pies y la dejó sobre la mesa. Acto seguido colocó un aparato rectangular encima de la carpeta: una grabadora.

—Vamos a hacerte unas preguntas —dijo—. Si no te importa, nos gustaría registrar la conversación.

Quincy se inquietó al ver la grabadora.

—Por supuesto —dijo, aunque la palabra salió con un temblor de incomodidad.

Cole apretó el botón de GRABAR antes de empezar.

—Ahora cuéntanos, Quincy, con la mayor precisión posible, lo que recuerdas de aquella noche.

—¿De toda la noche? ¿O cuando Janelle empezó a gritar? Porque apenas recuerdo nada después de eso.

—De toda la noche.

—Bueno... —Quincy se interrumpió, alargando el cuello para atisbar por la ventanilla que había en la parte superior de la puerta. La puerta la habían cerrado después de pedirle a su madre que aguardase fuera. Pero el panel cuadrado de vidrio solo revelaba un trozo de pared de color marfil y la esquina de un póster que alertaba de los peligros de conducir ebrio. Quincy no vio a su madre. No vio a nadie al otro lado.

—Sabemos que corrió el alcohol —dijo Freemont—. Y la marihuana.

—Así es —reconoció Quincy—. Yo no consumí ninguna de las dos cosas.

—Eres una buena chica, ¿eh? —dijo Freemont.

—Sí.

—Pero era una fiesta —dijo Cole.

—Sí.

—¿Y Joe Hannen estaba allí?

Quincy dio un respingo al oír su nombre. Las cicatrices de las tres puñaladas, todavía con los puntos tirantes, empezaron a latir.

—Sí.

—¿Pasó algo durante la fiesta? —preguntó Freemont—. ¿Algo que lo irritara? ¿Alguien se burló de él, lo insultó? ¿Quizá lo hirió de un modo que pudiera hacerle perder la cabeza?

—No —dijo Quincy.

—Y a ti, ¿hubo algo que te hiciera enfadar?

—No —dijo Quincy de nuevo, con énfasis, esperando que así la mentira sonara a verdad.

—Revisamos el examen del médico forense para casos de agresión sexual —dijo Freemont.

Se refería al reconocimiento ginecológico que le hicieron después de suturarle las heridas. No recordaba gran cosa. Solo que miraba al techo conteniendo el llanto mientras la enfermera le explicaba todo serenamente paso por paso.

—Dice que mantuviste relaciones sexuales esa noche. ¿Es así?

La vergüenza hizo que le ardieran las mejillas mientras asentía una sola vez.

—¿Fueron consensuadas? —dijo Freemont.

Quincy asintió de nuevo, y notó que el calor le subía por el cuello, la frente.

—¿Estás segura? Si no lo fueron, puedes contárnoslo.

287

—Sí —contestó Quincy—. O sea, que fueron consensuadas. No me violaron.

El inspector Cole carraspeó, con tantas ganas como ella de cambiar de tema.

—Prosigamos. Hablemos de lo que ocurrió después de que tu amiga Janelle surgiera del bosque y tú fueras apuñalada en el hombro. ¿Estás segura de que no puedes recordar nada de lo que pasó después de eso?

—Sí.

—Inténtalo —sugirió Cole—. Solo concéntrate unos minutos.

Quincy cerró los ojos, tratando como por enésima vez esa semana de evocar cualquier atisbo de aquella hora borrada de su memoria. Respiró hondo, y sintió los puntos tirantes con cada inhalación. Empezaba a dolerle la cabeza. Otra jaqueca crecía dentro de su cráneo como un globo. Lo único que veía era oscuridad.

—Lo siento —gimoteó—. No puedo.

—¿Nada de nada? —dijo Freemont.

—No —Quincy estaba temblando, al borde de las lágrimas—. No hay nada.

Freemont se cruzó de brazos con mala cara. Cole simplemente la miró, entrecerrando un poco los párpados, como si así pudiera verla mejor.

—Tengo sed —anunció, volviéndose hacia Freemont—. Hank, ¿serías tan amable de ir a buscarme un café de la máquina?

La petición pareció sorprender a Freemont.

—¿En serio?

—Sí. Por favor —Cole miró a Quincy—. ¿Te permiten tomar café?

—No lo sé.

—Mejor no arriesgarnos —decidió Cole—. La cafeína y todos esos analgésicos que tomas quizás no sean una buena combinación, ¿verdad? No te convendría, caramba.

Fue esa última palabra la que alertó a Quincy. Dicha con una alegría tan forzada, le hizo ver que estaba actuando. Cole, tan apuesto. Sus sonrisas cálidas, vagamente sensuales. Todo aquello no era más que una farsa.

Cole lo confirmó en cuanto Freemont salió de la sala.

—Tengo que reconocerlo —le dijo—. Eres buena.

—No me crees —dijo Quincy.

—Ni media palabra. Pero tarde o temprano vamos a averiguar la verdad. Piénsalo, Quincy. Imagínate cómo se sentirán los padres de tus amigos cuando sepan que has estado mintiendo todo este tiempo. Caramba.

Esta vez, lo dijo con un guiño. Su manera de indicarle a Quincy que sabía que ella sabía.

—Bueno, puedes repetir mil veces que no recuerdas nada —dijo—. Pero tanto tú como yo sabemos que sí.

De nuevo, un extraño cambio empezó a producirse dentro de Quincy. Un endurecimiento interior. Todo se galvanizó. Imaginó que su piel se convertía en metal, pulido y reluciente. Un escudo que la protegía de las acusaciones de Cole. La hizo sentir fuerte.

—Lamento que te irrite mi amnesia —dijo—. Puedes pasarte años interrogándome, pero hasta que recupere la memoria mis respuestas siempre serán las mismas.

—Puede que haga eso —replicó Cole—. Iré a tu casa. Cada mes. Qué demonios, cada semana. Sospecho que tus padres pronto empezarán a preguntarse por qué ese apuesto detective sigue viniendo a hacer preguntas.

Quincy esbozó una sonrisa sabihonda.

—No tan apuesto.

—Yo en tu lugar me guardaría esa sonrisa —dijo Cole—. Hay seis chicos muertos, Quincy. Sus padres quieren respuestas. Y la única superviviente eres tú, una mosquita muerta que dice que no recuerda nada.

—¿De verdad crees que yo lo hice?

—Creo que ocultas algo. Posiblemente para proteger a alguien. Tal vez cambie de opinión si me cuentas de una vez todo lo que viste esa noche, incluyendo las cosas que has olvidado por tu propia conveniencia.

—Os he contado todo lo que sé —dijo ella—. ¿Qué te hace suponer que estoy mintiendo?

—Porque no encaja —contestó Cole—. Tus huellas están en el cuchillo que mató a todos tus amigos.

—Igual que las de todos los demás —la rabia le hinchó el pecho al pensar por cuántas manos había pasado aquel cuchillo. Janelle, Amy y Betz lo habían usado, sin duda. Y él—. No debería ser yo quien os lo recordara, pero a mí también me apuñalaron. Tres veces.

—Dos heridas en el hombro y una en el abdomen —dijo Cole—. Ninguna hizo peligrar tu vida.

—No porque no lo intentara.

—¿Quieres oír lo que sufrieron los otros?

Cole cogió la carpeta de encima de la mesa. Cuando la abrió, Quincy vio fotografías. Las fotografías que había hecho ella misma. Con su cámara. Por supuesto, la policía la había encontrado en la cabaña y había descargado las imágenes.

El detective le pasó una fotografía desde el otro lado de la mesa. Aparecía Janelle sacando la lengua delante de Pine Cottage, posando para la cámara.

—Janelle Bennett —dijo Cole—. Cuatro puñaladas. En el corazón, el pulmón, el hombro y el estómago. Y por último degollada.

El escudo mental bajo el que Quincy se había sentido resguardada momentos antes se desvaneció de pronto. Se sintió completamente vulnerable.

—Basta —murmuró.

Cole no le hizo caso, estampando otra fotografía sobre la mesa. De Craig, esta vez. Erguido heroicamente en lo alto del peñasco que habían escalado.

—Craig Anderson. Seis puñaladas, de entre seis y quince centímetros de profundidad.

—Por favor.

Luego fue el turno de la foto de Rodney y Amy, estrujándose en un abrazo durante la excursión. Quincy recordaba lo que les había dicho al tomar la foto: «Hacedle el amor a la cámara».

—Rodney Spelling —dijo Cole—. Cuatro puñaladas. Dos en el abdomen. Una en el brazo. Una en el corazón.

—¡Basta! —chilló Quincy, tan fuerte como para que entraran Freemont y un policía uniformado que merodeaban junto a la puerta. Ella lo reconoció inmediatamente. El agente Cooper, escrutándola con su mirada azul protectora. Nada más verlo la llenó el alivio.

—¿Qué está pasando aquí? —preguntó—. Quincy, ¿te encuentras bien?

Quincy lo miró, aún al borde de las lágrimas, pero negándose a que la vieran llorar.

—Díselo —le suplicó—. Dile que yo no hice nada. Dile que soy una buena persona.

El agente Cooper se acercó y Quincy creyó que iba a abrazarla. Se sintió agradecida. Necesitaba sentirse a salvo en los brazos de alguien. Sin embargo, el policía solo le puso una mano grande y firme en el hombro.

—Eres una persona increíble —dijo, dirigiéndose a ella pero fulminando con la mirada al inspector Cole—. Eres una superviviente.

30.

Un enorme tráiler pasa con estruendo tocando el claxon y mece el Camry aparcado en el arcén de la autovía. Estoy sentada en el lado del copiloto, sacando las piernas por la puerta abierta. La luz interior arroja un tenue halo sobre la carpeta que agarro entre las manos.

Está abierta en la transcripción de la entrevista que me hicieron Freemont y aquel capullo de Cole. Me basta con ver las primeras líneas para recordar.

> COLE: *Ahora cuéntanos, Quincy, con la mayor precisión posible, lo que recuerdas de aquella noche.*
> CARPENTER: *¿De toda la noche? ¿O cuando Janelle empezó a gritar? Porque apenas recuerdo nada después de eso.*
> COLE: *De toda la noche.*

Tiro la transcripción hacia un lado, no quiero seguir leyendo. No necesito revivir aquella conversación. Con una vez fue suficiente.

Debajo hay varias páginas de correos electrónicos, impresos y grapados. Todos se enviaron alrededor de las mismas fechas, hace tres semanas.

> *Señorita Milner:*
> *Sí, sé quién es usted y recuerdo lo que le ocurrió hace ya tantos años. Le ofrezco tardíamente mis humildes condolencias y deseo decirle que admiro el valor y la entereza que ha demostrado desde aquel día. Por esa razón he adjuntado aquí la transcripción de nuestra entrevista grabada con la señorita Carpenter que usted nos ha pedido*

tan amablemente. Las dos pasaron por un suplicio parecido. A pesar del tiempo que ha transcurrido desde que traté con la señorita Carpenter, la recuerdo bien. Mi compañero y yo la entrevistamos varias veces tras los sucesos de Pine Cottage. A los dos nos pareció que no decía la verdad. Mi instinto me decía que algo había desencadenado los terribles sucesos que ocurrieron en la cabaña esa noche. Algo que la señorita Carpenter quiso mantener en secreto. Eso llevó a mi compañero a creer que ella podía tener algo que ver con la muerte de sus amigos. Yo no compartía esa opinión entonces, ni la comparto ahora, sobre todo a la luz del convincente testimonio que dio el agente Cooper en la vista preliminar. Aun así, hoy en día sigo pensando que la señorita Carpenter oculta algo acerca de lo que pasó en Pine Cottage. El qué, solo ella lo sabe.

Atentamente,
Insp. Henry Freemont

He dicho todo cuanto hay que decir en relación con los sucesos de Pine Cottage. Mi opinión acerca de Quincy Carpenter no ha cambiado.
Cole

Aparte de la elocuencia del inspector Freemont, nada en el contenido de esos correos electrónicos me sorprende. Cole cree que soy culpable. Freemont está en un punto intermedio. Sin embargo, estos correos me dan qué pensar, incluso más que el hecho de haber encontrado escondidas esas carpetas en su armario. Demuestran que Lisa estaba indagando en mi pasado. Y para colmo apenas unas semanas antes de que la asesinaran.

Intento convencerme de que una cosa no está relacionada con la otra, pero no es posible. Lo están. Lo sé.

Hay otro par de correos electrónicos después de los de Cole y Freemont. A diferencia de los primeros, estos me turban.

Me alegra tener noticias tuyas, Lisa. Como siempre, espero que te vaya todo bien. A Quincy también le va bien, así que tus preguntas sobre lo que pasó en Pine Cottage me sorprenden. De todos modos, agradezco que no se las plantearas a ella directamente y confío en que sigas haciendo gala de esa misma discreción. Solo puedo repetirte lo que he dicho desde el principio: Quincy Carpenter pasó por una experiencia terrible, como tú bien sabes y con la que sin duda te podrás identificar. Quincy es una superviviente. Igual que tú. Tengo la firme convicción de que no miente cuando asegura que no puede recordar casi nada de aquella noche. Como psicóloga infantil, tú sabes mejor que nadie que el síndrome de la memoria reprimida existe. Teniendo en cuenta lo que le ocurrió, no puedo culpar a Quincy de que su mente quiera olvidar.
Franklin Cooper

P. D.: No le contaré a Nancy lo que estás haciendo. Estoy seguro de que no lo vería con buenos ojos.

Al principio siento una punzada de decepción en las costillas al no entender por qué Coop no se molestó en contarme que Lisa se había puesto en contacto con él recientemente. Sería lógico que me lo hubiera dicho, sobre todo después de que la asesinaran. Sin embargo, me tranquilizo al releer cómo me defiende a capa y espada. Veo a Coop tal como es. Firme, correcto, sin revelar nada personal. Entonces me doy cuenta de por qué no me contó nada: no quería disgustarme.

Por más que me haya sorprendido el correo electrónico de Coop, nada me prepara para el que viene a continuación.

¡Hola, Lisa! Gracias por ponerte en contacto conmigo en lugar de escribir directamente a Quincy. Tienes razón. Vale más que esto quede entre nosotras. Para qué alterar-

la. Por desgracia, creo que no puedo ser de gran ayuda.
Quincy y yo no mantenemos tanto trato como antes, pero
así es la vida. ¡Siempre estamos tan ajetreadas! Si quieres
hablar, te doy mi número de teléfono y me llamas cuando
te venga bien.
    Sheila

El mensaje me impacta tanto que en un primer momento ni siquiera sé si es real. Parpadeo, esperando que haya desaparecido cuando abra los ojos. Pero sigue ahí, las palabras bien marcadas en la página blanca como la nieve.

La muy bruja.

Furiosa, salgo del coche de un brinco y aterrizo en el borde de la carretera. Junto a mis pies hay cristales rotos desperdigados. Una botella, probablemente, pero no puedo evitar pensar que es la copa de vino que desapareció de la casa de Lisa. Lanzada desde la ventanilla de un coche en marcha, que conducía un asesino a quien todavía le corría la adrenalina por las venas.

Saco el mechero del bolsillo y lo acerco a la esquina de la carpeta. Es un chisme barato y hacen falta varios intentos para que se encienda. No me extraña que el dependiente me dejara robarlo. Seguramente los dan gratis en la tienda.

La llama baila un instante, tarda un poco en hincar los dientes en la carpeta. Pronto prende uno de los costados. Cuando amenaza con quemarme la mano, dejo caer la carpeta, las lenguas del fuego resplandecen en el aire. El conductor de un tráiler que pasa lo ve y toca el claxon, sin detenerse. La carpeta arde en el suelo hasta que solo quedan las cenizas revoloteando en las ráfagas de los vehículos que circulan a toda velocidad.

Después de cerciorarme de que se ha destruido hasta la última página, saco la botella de agua del portavasos del coche y la vacío encima; las llamas se desvanecen en una humareda siseante.

Destruir pruebas. Esa es la parte fácil.

Lo que tengo que hacer a continuación va a ser mucho más duro.

Me monto en el coche y giro para volver a la I-65, hacia el norte. Sujeto el volante con una mano y el teléfono con la otra. Luego dejo el teléfono en el asiento del copiloto, con el altavoz puesto. Cada timbre suena alto y claro en el interior del coche. El ruido me recuerda a mis llamadas en el Día de la Madre, cuando cuento cada timbre, deseando con culpabilidad que nadie conteste. Hoy, alguien descuelga.

—¿Quincy? —dice mi madre, sin duda sorprendida de saber de mí—. ¿Ocurre algo?

—Sí —le digo—. ¿Por qué no me contaste que Lisa Milner se puso en contacto contigo?

31.

Se hace un silencio al otro lado. Tan largo que creo que mi madre ha colgado. Transcurren varios segundos sin que se oiga nada salvo el silbido del aire deslizándose por la carrocería del coche. Hasta que mi madre habla. Su voz es tibia y sin matices: el equivalente auditivo de un helado de vainilla derretido.

—Qué pregunta tan rara, Quincy.

Resoplo, enojada.

—Vi el correo electrónico, mamá. Sé que le diste tu número de teléfono. ¿Te llamó?

Otra pausa. Oigo una ligera interferencia antes de que mi madre conteste.

—Sabía que te ibas a enfadar si te enterabas.

—¿Cuándo hablasteis? —le digo.

—Ay, no lo sé.

—Sí lo sabes, mamá. Vamos, dímelo.

De nuevo una pausa. De nuevo las interferencias.

—Hace un par de semanas —contesta al fin.

—¿Lisa te explicó por qué de pronto tenía tanto interés en saber de mí?

—Me dijo que estaba preocupada.

Me recorre un escalofrío instantáneo.

Quincy, tengo que hablar contigo. Es muy importante. Por favor, te lo ruego, no ignores este mensaje.

—¿Preocupada por mí? ¿O yo le preocupaba?

—No lo dijo, la verdad, Quincy.

—Entonces ¿de qué hablasteis?

—Me preguntó cómo te iba, y le dije que estupendamente. Mencioné tu página web, tu bonito apartamento, a Jeff.

—¿Algo más?

—Preguntó... —mi madre se interrumpe, piensa, sigue adelante—. Preguntó si habías recordado algo más. De lo que ocurrió aquella noche.

Me estremezco de nuevo. Enciendo la calefacción del coche, esperando que con eso desaparezca.

—¿Por qué quería saberlo?

—No lo sé.

—¿Y qué le dijiste?

—La verdad. Que no puedes recordar nada.

Solo que esa no es la verdad. Ya no. Recuerdo algo. Como un atisbo de aquella noche por el ojo de una cerradura.

Respiro hondo, inhalando el aire caliente y polvoriento que sale por las rejillas de la calefacción. No me reconforta en absoluto, solo me hace sentir la garganta seca e irritada. Mi voz sale áspera cuando digo:

—¿Lisa mencionó por qué quería saberlo?

—Dijo que últimamente había estado pensando en ti. Dijo que quería comprobar que estabas bien.

—¿Y por qué no me llamó?

En lugar de eso, Lisa había tanteado a Cole, a Freemont, a Cooper y a mi madre. A todos menos a mí. Cuando por fin lo intentó, fue demasiado tarde.

—No lo sé, Quincy —dice mi madre—. Supongo que no quería molestarte. O quizá...

Otra pausa. Prolongada, esta vez. Tan larga que siento la distancia que se extiende entre mi madre y yo. Todos los campos, las ciudades y los pueblos que separan esta autovía de Indiana de su blanquísima casa en el condado de Bucks.

—¿Mamá? —digo—. Quizá ¿qué?

—Iba a decir que quizá Lisa pensó que no serías sincera con ella.

—Ella no dijo tal cosa, ¿verdad?

—No —dice mi madre—. Ni mucho menos. Sin embargo, me dio la impresión, aunque podría equivocarme, pero me dio la impresión de que sabía algo. O sospechaba algo.

—¿Sobre qué?

Mi madre baja la voz.

—Sobre lo que pasó aquella noche.

Me retuerzo en el asiento del conductor, agobiada de pronto por un calor insoportable. Noto la frente sudorosa. Me limpio el sudor y apago la calefacción.

—¿Qué te dio esa impresión?

—Más de una vez insistió en la suerte que habías tenido. En lo rápido que te recuperaste. En que tus heridas no fueron tan graves. Sobre todo comparadas con lo que les ocurrió a los demás.

En diez años, esta es la conversación más grande que he tenido con mi madre acerca de Pine Cottage. Cuatro tristes frases. Casi me parecería un avance, por retorcido que fuera, si la situación no fuese tan desesperada.

—Mamá —digo—, ¿acaso Lisa insinuó que yo tenía algo que ver con lo que ocurrió en la cabaña?

—Ella no insinuó nada...

—Entonces ¿por qué crees que sospechaba algo?

—No lo sé, Quincy.

Pero yo sí. Es porque mi madre también recela. No cree que matara a mis amigos, pero estoy segura de que, al igual que Cole y Freemont, se pregunta por qué me salvé cuando nadie más salió con vida. En el fondo, cree que me guardo algo.

Recuerdo cómo me miró después de que destrozara la cocina, hace años. El dolor que ensombreció su mirada. El miedo que brilló en sus pupilas. Cuánto me gustaría olvidar esa mirada tan completamente como olvidé aquella hora en Pine Cottage. Ojalá pudiera borrarla de mi memoria. Fundirla en negro para no verla nunca más.

—¿Por qué no me contaste nada?

—Lo intenté —dice mi madre, haciéndose la indignada—. Te llamé dos días seguidos. No me contestaste.

—Hablaste con Lisa hace dos semanas, mamá —digo—. Deberías haberme llamado enseguida.

—Quería protegerte. Soy tu madre, y esa es mi obligación.

—No con algo así.

—Solo quiero que seas feliz —me dice—. Es lo que siempre he querido, Quincy. Feliz y normal.

En esa última palabra estriban todas las esperanzas de mi madre, y todos mis fracasos. Cae en la conversación tan fuerte y potente como una granada. Solo que soy yo quien explota.

—¡No soy normal, mamá! —grito, haciendo que mis palabras reboten en el parabrisas—. ¡Después de lo que pasó, de ninguna manera puedo ser normal!

—¡Claro que lo eres! —replica mi madre—. Tuviste un problema, pero lo arreglamos y ahora todo va bien.

Me arden las lágrimas en los ojos. Trato de concentrarme para obligarlas a no caer, aunque se derraman de todos modos y me resbalan por las mejillas.

—Nada más lejos de la realidad —le digo.

Mi madre suaviza el tono. Detecto en su voz algo que no había oído en años: inquietud.

—¿Y por qué no me lo has dicho, Quincy?

—No debería hacer falta —digo—. Deberías haber visto que algo iba mal.

—Pero daba la impresión de que estabas bien.

—Porque me lo impusiste, mamá. Las pastillas y no hablar del tema. Todo eso fue por ti. Ahora, estoy...

No sé cómo estoy.

Jodida, evidentemente.

Tan jodida que podría hacerle a mi madre un inventario de todas las formas en que he fracasado como ser humano. Probablemente estoy en apuros con la policía. Posiblemente estoy cobijando a la asesina de Lisa en un apartamento que me pude comprar solo porque mis amigos murieron en una carnicería. Soy adicta al Xanax. Y al vino. Finjo no estar deprimida. Ni llena de rabia. Ni sola. Incluso cuando estoy con Jeff, a veces me siento insoportablemente sola.

Y lo peor es que no me habría dado cuenta si Sam no se hubiera estrellado contra mi vida. Hizo falta que me aguijoneara un poco, por supuesto. Alentándome con pruebas y desafíos a revelar algo de mí misma, a recordar detalles mínimos de algo que estoy más que contenta de haber olvidado.

Entonces me asalta una sospecha. Con fuerza. Como un mazazo, cae sobre mí y me hunde sin remedio en una certeza de la que no hay escapatoria posible.

—Mamá, ¿qué impresión te dio Lisa por teléfono?

—¿Qué quieres decir? Me pareció tal como la había imaginado.

—Necesito que seas concreta —digo—. ¿Cómo sonaba su voz? ¿Ronca? ¿Áspera?

—La verdad es que no me fijé... —la confusión de mi madre es evidente. La veo perpleja ante el teléfono, confundida—. Fuiste tú quien habló con Lisa hace años. Yo nunca había oído su voz.

—Por favor, mamá. Trata de pensar, cualquier detalle.

Por última vez, mi madre se sume en un profundo silencio. Agarro con fuerza el volante, esperando que rescate algo de la memoria. Y a pesar de que me ha fallado muchas, muchas veces en el pasado, en esta ocasión Sheila Carpenter no me decepciona.

—Hubo muchas pausas en la conversación —dice, ignorando la ironía que esconde su comentario—. Lisa hablaba, y luego guardaba silencio. Y con cada pausa, se oía una pequeña exhalación.

—¿Como un suspiro?

—Más sutil.

Eso es lo único que necesito saber. De hecho, me lo dice todo.

—Mamá, tengo que dejarte.

—¿Vas a estar bien? —me pregunta—. Prométeme que te cuidarás.

—Lo haré. Prometido.

—Espero que, sea lo que sea que esté ocurriendo, haya podido ayudarte.

—Sí, mamá —le digo—. Gracias. Me has ayudado más de lo que te imaginas.

Porque ahora sé que esas pausas que mi madre había oído no eran suspiros, ni mucho menos. La mujer que hablaba con ella estaba fumando.

Y eso significa que no era Lisa.

Mi madre habló con Sam.

La curiosa e inquisitiva Sam. Sabe más de lo que ha dejado entrever. Lo sabe desde el principio. Por eso apareció de la nada. No fue para ponerse en contacto conmigo. No fue por dinero.

Está intentando averiguar todo lo que pueda sobre Pine Cottage.

Sobre lo que hice allí.

Cuelgo el teléfono y bajo la ventanilla para que me golpee el aire frío y seco del Medio Oeste. Agarro con fuerza el volante y piso el acelerador. Observo el velocímetro mientras la aguja sube a cien, ciento veinte y roza los ciento treinta.

No sirve de nada, no importa lo rápido que conduzca. Sigo sintiéndome como una mosca, debatiéndome en la tela de araña que Sam ha tejido. Comprendo que solo hay dos maneras de liberarme: luchar o huir.

Sé cuál de las dos debo elegir.

Cambio la reserva de mi billete en cuanto llego al hotel. Hay un vuelo a las ocho de la tarde de Chicago a Nueva York. Iré a bordo de ese avión.

Jeff, claro está, no entiende por qué tengo que volver a Nueva York tan de repente. Me acribilla a preguntas mientras guardo a toda prisa mi ropa en la maleta. Contesto cada pregunta dos veces: la mentira en voz alta, la verdad en mi cabeza.

—¿Acaso tiene algo que ver con Sam?

—No.

«No te quepa duda.»

—Quincy, ¿ha hecho algo malo?

—Todavía no.

«Sí, ha hecho algo terrible. Las dos lo hemos hecho.»

—Es que no entiendo por qué has de irte así de pronto. ¿Por qué ahora?

—Porque tengo que volver cuanto antes.

«Porque Sam sabe cosas sobre mí. Cosas horribles. Igual que yo sé cosas horribles sobre ella. Ahora necesito apartarla de mi vida para siempre.»

—¿Quieres que te acompañe?

—Gracias, cariño, pero no. Todavía tienes trabajo pendiente.

«No puedes acompañarme, Jeff. Te he mentido. Sobre muchas cosas. Y si las averiguas, no querrás estar cerca de mí.»

Tras recoger mis cosas, voy hacia la puerta. Jeff me agarra y me estrecha entre sus brazos. Desearía quedarme exactamente ahí, contenida, reconfortada. Pero no puede ser. No mientras Sam siga en mi vida.

—¿Vas a estar bien? —me pregunta.

—Sí —le digo.

«No. A pesar de lo que puedas pensar, nunca voy a estar bien.»

El avión es pequeño y apenas hay asientos ocupados. Un viaje con el que la compañía pierde dinero pero que sirve para que mañana salga del JFK un vuelo más rentable. Dispongo de una hilera para mí sola. Después del despegue, me estiro en los asientos vacíos.

Procuro por todos los medios no pensar en Sam. Nada funciona. No consigo ignorar la sospecha que se cuela en mis pensamientos como una araña. La imagino poniendo las pastillas en la copa de vino de Lisa y luego observándola impasible mientras las ingiere sorbo a sorbo hasta que le hacen efecto. Imagino a Sam cortándole las venas con el cuchillo, contemplando los resultados mientras se muerde las uñas.

¿Es capaz de algo así?

Quizá.

¿Por qué iba a hacer algo así?

Porque buscaba información sobre mí. Tal vez Lisa se dejó convencer para ayudarla y luego se arrepintió, la rechazó, amenazó con echarla. Ahora me toca a mí hacer lo mismo. Rezo para que esta vez acabe de otra manera.

No sé cómo, pero me las arreglo para dormir la mayor parte del vuelo, aunque hasta eso ofrece poco alivio. Sueño con Sam, sentada con la espalda rígida en el sofá del salón de mi casa. Yo estoy en una silla frente a ella.

«¿Mataste a Lisa Milner?», le pregunto.

«¿Mataste tú a aquellos chicos en Pine Cottage?», dice.

«Estás esquivando la pregunta.»

«Tú también.»

«¿Crees que maté a alguien en la cabaña?»

Sam sonríe, con los labios tan rojos de carmín que su boca parece manchada de sangre. «Eres una luchadora. Harás cualquier cosa para sobrevivir. Igual que yo.»

Una azafata me despierta anunciando que iniciamos el descenso a Nueva York. Me incorporo, sacudiéndome el sueño. Miro por la ventanilla; el cielo nocturno y las luces del interior del avión la convierten en un espejo ovalado. Apenas reconozco el reflejo que me devuelve la mirada.

No recuerdo cuándo fue la última vez que reconocí ese rostro.

Pine Cottage. 22:14 h

En la habitación, Craig no perdió tiempo a la hora de desembarazarse de los pantalones. Quincy ni siquiera se dio cuenta de que se los había quitado hasta que lo tuvo encima, besuqueándola embriagado, empujándole el vestido hacia arriba mientras se apretaba contra sus muslos. Cuando llevó las manos hacia sus pechos, Quincy le puso las suyas encima dándole permiso.

Estaba preparada para eso. Janelle la había preparado. Sabía lo que la aguardaba. Era una vestal sobre el altar, a la espera de la eternidad.

Pero de repente la respiración de Craig se volvió jadeante y áspera. Igual que sus movimientos, embrutecidos por el exceso de alcohol y hierba. Cuando deslizó las rodillas entre sus piernas e hizo palanca para abrirlas, todo el cuerpo de Quincy se tensó.

—Espera —murmuró.

—Relájate y déjate llevar —dijo Craig. Tenía la cara enterrada en su cuello, sorbiéndolo, la piel pegada a su boca ávida.

—Es lo que intento.

—Ponle más ganas.

Craig volvió a intentar separarle las piernas con las rodillas. Quincy las mantuvo cerradas, tensando los muslos.

—Para.

Craig la hizo callar metiéndole la lengua en la boca. La aplastaba, inmovilizándola, resollando como un toro mientras embestía contra sus muslos cerrados. Quincy se sintió dominada, sofocada. Las manos de Craig bajaron de sus pechos hacia las rodillas, tratando de separarlas.

—¡Para! —dijo Quincy, esta vez con más fuerza—. Lo digo en serio.

Empujó a Craig, se escabulló para quitárselo de encima y se sentó, apoyando la espalda en el cabezal de la cama. La sonrisa de Craig tardó unos pocos segundos en desvanecerse.

—Pensaba que estábamos de acuerdo en hacer esto —dijo.

—Y lo estábamos.

—Entonces ¿cuál es el problema?

Quincy no sabía siquiera si había un problema. Su cuerpo latía de deseo, ansiaba sentir a Craig encima de ella, contra ella, dentro de ella. Sin embargo, una parte de ella sabía que no tenía que ser así. Si continuaban, sería apresurado y directo, casi como si estuvieran siguiendo una de las estúpidas reglas de Janelle.

—Quiero que mi primera vez sea especial.

Pensó que Craig lo comprendería. Que vería cuánto significaba realmente para ella.

—Ah, ¿así no te parece especial? —contestó él en cambio—. Pues es más de lo que yo tuve.

Confirmó algo que Quincy siempre había sospechado pero nunca había querido preguntar. Para Craig no era la primera vez. Había pasado por esto antes. La revelación se le antojó como una traición, pequeña pero dolorosa.

—Creía que lo sabías —dijo Craig, leyéndole el pensamiento.

—Simplemente supuse que estábamos en las mismas.

—Nunca te he dicho que fuera virgen. Lo siento si es lo que habías imaginado, pero no fue cosa mía.

—Lo sé —dijo Quincy.

Se preguntó cuántas otras chicas habían estado en la misma posición con él y si todas habían cedido sin más a la presión. Deseó que alguien más se hubiera resistido. Deseó no ser la única.

—No te mentí, Quincy. Así que vas a tener que buscarte una excusa mejor para decir que no.

—Pero no estoy diciendo que no —contestó Quincy, dando de pronto marcha atrás, y enfadada consigo misma por hacerlo—. Solo pensaba que...

—¿Que sería con velas y flores y romanticismo?

—Que significaría algo —dijo Quincy—. ¿Es que no significo nada para ti?

Craig se dio la vuelta y salió de la cama, cohibido de repente. Buscó los pantalones, mientras se tiraba de la camisa para cubrirse. Quincy no necesitó que dijera nada más. Aun así, trató de acercarse y atraerlo de nuevo a la cama antes de que se acabara de vestir.

—Va, no hagas un mundo —le dijo—. Sigo queriendo pasar la noche contigo. Quién sabe lo que pasará.

Craig encontró los pantalones en el suelo junto a la cama y empezó a ponérselos, sin atender a razones.

—No va a pasar nada. Creo que lo has dejado muy claro.

—Por favor, ven aquí. Solo necesito pensarlo un poco más.

—Piensa todo lo que quieras —Craig se subió la cremallera y se dirigió a la puerta—. Yo me he cansado de pensar.

Y volvió a la fiesta, dejando a Quincy acurrucada en la cama, llorando. Dos lágrimas redondas cayeron en el vestido blanco prestado y se extendieron oscureciendo la seda.

32.

Es más de medianoche cuando llego a casa. En lugar de sentirme repuesta después de haber dormido en el avión, estoy amodorrada y débil. Me tiemblan las manos al girar la llave en la cerradura, en parte por el cansancio, en parte por la incertidumbre. No sé qué me espera al otro lado de la puerta. Imagino que al abrir veo cómo todas nuestras pertenencias han desaparecido y solo queda el cheque tirado en el suelo. Y eso sería mejor que encontrar a Sam esperándome entre las sombras del recibidor, blandiendo un cuchillo.

Suelto el equipaje nada más cruzar el umbral, liberando las manos por si necesito defenderme. Sin embargo, no está Sam empuñando un cuchillo. No está Sam ofreciendo una copa de vino llena de pastillas. Un rápido vistazo alrededor parece confirmar que todo sigue igual que cuando me marché. El apartamento está a oscuras y se diría que no hay nadie. Se respira un aire de abandono, como si alguien acabara de salir hace poco y se barruntaran aún restos de su esencia.

—¿Sam? Soy yo.

Mi corazón late con fuerza mientras aguardo una respuesta que no llega.

—He decidido volver antes de lo previsto —alzo la voz, con el pecho lleno de esperanza—. Tomé un vuelo a última hora.

Recorro el apartamento, encendiendo las luces a mi paso. Cocina, comedor, salón. No hay indicios de robo. No hay indicios de Sam.

Se ha ido. No me cabe duda. Se ha largado de la ciudad, tal y como había esperado. Llevándose sus secretos y dejando los míos atrás.

Hurgo en el bolso hasta dar con mi teléfono. Mandé un mensaje a Jeff al aterrizar, diciéndole que había llegado sin contratiempos y que lo llamaría cuando todo acabara. Ahora se ha acabado, y estoy en el pasillo, teléfono en mano, a punto de pulsar la tecla de llamada.

Es entonces cuando advierto que la puerta del cuarto de invitados sigue cerrada. La luz que se filtra por debajo topa con mis zapatos cuando me detengo delante. Suena música al otro lado, amortiguada por la madera.

El corazón me da un vuelco.

Sam todavía está aquí.

—¿Sam?

Agarro el picaporte y cede bajo mi mano, la puerta no está cerrada con llave. Abro sin titubear.

La habitación está bañada por una luz rojiza y dorada. El rojo es de la lámpara de la mesilla. El dorado viene de varias velas encendidas alrededor. La música sale de un viejo reproductor de CD rescatado del trastero. Peggy Lee, arrullando «Fever».

En el suave resplandor de la media luz, distingo a Sam en el borde de la cama. Creo que es ella, por lo menos. La veo tan distinta que tardo en reconocerla. Lleva un atuendo muy diferente de los ropajes negros desaliñados con que la vi por primera vez: un vestido rojo, con manga ranglán, falda de vuelo y un seductor escote que deja entrever sus pechos. Además, zapatos de tacón a juego y el pelo recogido, exponiendo su cuello pálido.

No está sola.

Hay un hombre a su lado, con un polo negro recién planchado y pantalones de pinzas. Lo reconozco al instante.

Coop.

Con una mano acaricia la piel pálida de Sam, justo debajo de la barbilla. Sam también acaricia a Coop, recorriendo su musculoso brazo izquierdo con un dedo. Están cara a cara, muy juntos, a punto de besarse.

—¿Qué...?

«¿Qué coño pasa aquí?»

Eso es lo que pretendo decir, pero solo sale la primera palabra. Sam deja caer la mano de su brazo. La mano de Coop se queda inmóvil, todo su cuerpo paralizado por la sorpresa. No lo he visto tan impactado desde nuestro primer encuentro en el bosque que rodeaba Pine Cottage. Su expresión es la misma de aquella noche. No tan intensa, no tan horrorizada. Pero ahí está. Una copia ligeramente emborronada de la original.

—Quincy —dice—. Estoy tan...

—Largo de aquí.

Consigue ponerse de pie y da un paso hacia mí.

—Puedo explicarlo.

—Largo de aquí —repito, mascullando las palabras.

—Pero...

—¡Que te largues!

Me abalanzo hacia Coop, le doy un zarpazo con una mano mientras con la otra suelto una serie de bofetadas. Cierro los puños y sigo pegándole, sin importarme dónde caigan con tal de darle. Y le doy sin parar, mientras Coop se limita a quedarse quieto y aguantar los golpes, pero en ese momento Sam se interpone, como un fogonazo rojo, y consigue inmovilizarme contra la pared.

—¡Vete! —le dice a Coop entre dientes.

Él se detiene en la puerta y me mira mientras gimo y pataleo y doy cabezazos contra la pared, a cuál más fuerte.

—¡Vete de una puta vez! —le chilla Sam.

Coop obedece y sale de la habitación. Me dejo caer al suelo, llorando. El dolor me obliga a encogerme, apretando los brazos sobre el estómago. Siento como si una hoja afilada me atravesara las tripas, apuñalándome una y otra y otra vez.

Pine Cottage. 22:56 h

Tras agotar el llanto, Quincy salió de la habitación en busca de Janelle. Necesitaba esa combinación de aspereza y consuelo que solo Janelle podía ofrecerle. Era como una lija humana en ese sentido. Brusca y arrulladora a partes iguales.

En el salón encontró a Ramdy en una de las butacas. Amy estaba sentada en el regazo de Rodney con un brazo enlazado a su cuello, mientras se daban el lote. A Quincy le recordaron a unos nadadores, las bocas abiertas, jadeando.

—¿Dónde está Janelle?

La mitad femenina de Ramdy salió a la superficie, recobrando el aliento, molesta por la interrupción.

—¿Qué?

—Janelle. ¿La habéis visto?

Amy negó con la cabeza antes de sumergirse de nuevo.

Entonces Quincy salió fuera, haciendo crujir los tablones del porche. Era una noche despejada, la luna llena teñía los árboles de un gris pálido. Se detuvo en los escalones, aguzando el oído para detectar algún indicio de Janelle. Pisadas en la hierba, por ejemplo. O la risa gutural que podría reconocer entre una multitud. No oyó nada salvo los últimos trepadores de la temporada en los árboles y el ulular distante, desamparado, de un búho.

En lugar de volver adentro, Quincy siguió caminando, atraída por la espesura. Se encontró siguiendo el mismo sendero que habían recorrido aquel día, las hojas todavía pisoteadas. Fue solo cuando el suelo del bosque empezó a elevarse cuando Quincy pensó en dar media vuelta. Para entonces ya era demasiado tarde. Necesitaba seguir adelante, aunque no sabía por qué. Por un pálpito, quizá. Por instinto. Una certeza, incluso, que de pronto corría con la sangre por sus venas.

El peñasco asomó a lo lejos a medida que se acercaba a lo alto de la cuesta. Descollaba abriendo una brecha en la cúpula que tejían las ramas de los árboles. Era como un agujero en una sombrilla, por el que la luz plateada de la luna se colaba y caía sobre dos siluetas encima del peñasco.

Una era Janelle.

La otra era Craig.

Él yacía boca arriba, con el torso desnudo y la camisa arrugada debajo de su cabeza a modo de almohadón improvisado. Tenía los pantalones bajados hasta los tobillos, rodeándolos como unos grilletes. Janelle estaba a horcajadas encima de él, montándolo. Cada embestida sacudía la falda de su vestido. Un vaivén de tela que iba y venía como una marea sobre los muslos de Craig. Llevaba el corpiño del vestido remangado hacia abajo exponiendo sus pechos, tan pálidos que prácticamente refulgían a la luz de la luna.

—Sí —gemía, la palabra una brizna mezclada con el aire de la noche—. Sí, sí, sí.

Quincy sintió un nudo de rabia y dolor en el estómago, como si una mano le apretara las entrañas hasta retorcerlas en un puño.

Sin embargo, no podía apartar la mirada. Era imposible dejar de mirar a Janelle gimiendo así, con movimientos más desesperados que apasionados. Todo resultaba demasiado hermoso y cruel y grotesco.

Quincy empezó a sollozar inconteniblemente, pero se tapó la boca con la mano. A pesar de que no debería haberle importado que la oyeran. A pesar de que lo único que quería era gritar al cielo, su alarido de alma en pena surcando la brisa.

Pero el puño furioso dentro de ella seguía apretando, haciendo crecer su rabia, su dolor. Volvió con sigilo a través del bosque, y lágrimas nuevas se formaron donde las antiguas se habían secado. Aún alcanzaba a oír a Janelle mientras bajaba la cuesta, sus gemidos acechándola como un ave burlona en las ramas.

«Sí, sí, sí.»

33.

—¿Por qué? —digo, todavía en el suelo.

Sam no me hace caso. Cruza la habitación y apaga la música del CD. Luego va hacia el macuto, de donde saca sus vaqueros negros y empieza a ponérselos por debajo de la falda del vestido rojo.

—¿Por qué?

—Porque era necesario —dice Sam.

—No, no es cierto —digo, poniéndome de rodillas—. Simplemente a ti te pareció que era necesario.

Sabiendo cuánto me dolería enterarme. Y desde luego pensaba asegurarse de que me enterara: una forma más de manipularme, hacerme despertar, enfurecerme.

Me agarro a la pared para ponerme en pie. Vacilante aún, mantengo un punto de apoyo mientras miro a Sam de frente. Se ha quitado el vestido y está poniéndose la camiseta de los Sex Pistols. Luego se sienta en la cama para cambiarse los tacones de furcia por sus botas de combate.

—Estás enferma —le digo—. Lo sabes, ¿no? No puedes soportar la idea de que una de nosotras lleve una vida normal. Que al menos una de nosotras pudiera ser feliz.

Sam va hasta la ventana, la abre de golpe y enciende un cigarrillo. Echando el humo, dice:

—Me tienes calada, ¿eh?

—Desde luego. Viniste aquí y viste que yo era normal y estable y decidiste que tenías que echarlo todo a perder.

—¿Estable? Mandaste a un tipo al hospital, nena. Todavía está en coma, maldita sea.

—¡Por tu culpa! ¡Tú querías que lo hiciera!

—Sigue pensando eso, Quinn. Si necesitas esa mentira para ser capaz de vivir contigo misma, adelante, no te cortes.

Aparto la mirada, sin saber qué creer.

Es como si la gravedad hubiese fallado y todo lo que antes era seguro y sólido en mi vida estuviese ahora dando vueltas en el aire, de pronto fuera de mi alcance.

—¿Por qué Coop? —le pregunto—. Estás en Manhattan. Habrías podido elegir entre un millón de hombres. Así que ¿por qué él?

—Como salvoconducto.

—¿De qué?

—Esa inspectora que volvió a venir esta mañana —dice Sam—. Hernández. Dijo que quería hablar contigo. Cuando le conté que estabas fuera, dijo que volvería a pasarse y que no deberías haber salido de la ciudad.

Porque fugarme con mi novio abogado me hacía parecer sospechosa. Lógicamente.

—Como no sabía qué hacer, llamé a Coop —dice Sam.

Trago saliva, muda de repente.

—No le has contado lo del parque, ¿verdad?

Sam me lanza una mirada de incredulidad mientras echa el humo.

—Claro que no. Le dije que debíamos conocernos mejor. Que viniera a la ciudad si podía. Y vino.

—Y lo sedujiste.

—Yo no diría eso —dice Sam—. Parecía más que dispuesto.

—Entonces ¿por qué lo hiciste?

Sam suspira con hastío. Parece tan cansada, tan derrotada por la vida.

Tan destrozada.

—Porque pensé que nos convendría —dice—. A ti, especialmente. Si la policía logra vincularnos con la paliza a aquel tipo, vamos a necesitar a alguien de nuestro lado. Alguien aparte de Jeff.

—Un policía —digo, entendiendo sus turbias intenciones—. Alguien que dé la cara por nosotras delante de sus colegas. Alguien demasiado cegado por los sentimientos para cumplir con su deber y entregarnos si sospecha algo.

—Bingo —dice Sam—. Aunque tú ya sabes de qué va eso, ¿eh?

—Yo nunca he intentado liarme con Coop.

Sam suelta un bufido, echando el humo por la nariz.

—Como si eso importara. Lo utilizas de todos modos. Llevas años utilizándolo. Mandándole mensajes a horas intempestivas. Haciéndolo venir a la ciudad sin previo aviso. Coqueteando con él de vez en cuando para mantener vivo su interés.

—No es cierto —digo—. Yo nunca le haría eso.

—Lo haces constantemente, Quinn. Te he visto.

—No adrede.

—¿Ah, no? —dice Sam—. ¿Pretendes decirme que este rollo raro y perverso que hay entre vosotros dos no tiene nada que ver con lo que ocurrió en Pine Cottage? ¿Que nunca te has percatado, ni por asomo, de que lo tienes comiendo de tu mano?

—No es así —digo.

Sam apaga su cigarrillo. Enciende otro.

—Mentiras, mentiras y más mentiras.

—Hablemos de mentiras —digo separándome de la pared, impulsada por la rabia—. Mentiste al decirme que no conociste a Lisa. La conociste. Te quedaste en su casa.

Sam deja de inhalar el cigarrillo, las mejillas un poco succionadas, aguantando el humo en la boca. Cuando separa los labios, una nube blanquecina sale oscilando como un banco de niebla.

—Estás loca.

—Eso no es una respuesta —digo—. Por lo menos reconoce que estuviste allí.

—De acuerdo. Estuve allí.

—¿Cuándo?

—Hace unas semanas —dice—. Pero eso tú ya lo sabes.

—¿Por qué fuiste? ¿Lisa te invitó?

Sam niega en silencio.

—¿Así que te presentaste por las buenas, como hiciste conmigo?

—Exacto —dice Sam—. A diferencia de ti, ella sí que me dijo hola cuando se dio cuenta de quién era.

—¿Cuánto tiempo pasaste allí?

—Una semana, más o menos —dice Sam.

—Entonces ¿a ella le gustó tenerte en casa?

Es una pregunta malgastada. Claro que a Lisa le gustó tener a Sam en casa. Eso era lo que daba sentido a su vida: acoger a mujeres con problemas bajo su ala y ayudarlas. Probablemente Sam era la más problemática de todas ellas.

—Sí —dice Sam—. Al principio. Pero al final de la semana, Lisa ya no podía conmigo.

Puedo deducir el resto. Sam apareció de la nada, con un macuto lleno de Wild Turkey y consignas de solidaridad entre hermanas. Lisa la dejó de buen grado instalarse en su cuarto de invitados, pero eso no bastó. Para Sam no fue suficiente. Necesitaba entrometerse, pincharla. Sacarla de su complacencia. Hacer enfadar a Lisa para que la rabia la transformara en una superviviente.

Lisa no se lo permitió. Yo sí. Ambas hemos pagado un precio muy distinto.

—En ese caso, ¿por qué has mentido?

—Porque sabía que harías un drama si te lo contaba. Que empezarías a recelar.

—¿Por qué? —insisto—. ¿Tienes algo que ocultar? ¿Mataste a Lisa, Sam?

Ahí está. La pregunta que me asedia desde hace días, pronunciada al fin, cobrando realidad. Sam me mira resignada, como si me compadeciera.

—Pobre Quincy, qué pena. Estás más tocada de lo que pensaba.

317

—Dime que no tuviste nada que ver con su muerte —le pido.

Sam tira el cigarrillo y lo aplasta ostentosamente en el parqué con la punta de la bota.

—Diga lo que diga, no vas a creerme.

—No me has dado ninguna razón para hacerlo —replico—. ¿Por qué voy a empezar ahora?

—Yo no maté a Lisa —dice Sam—. Créeme o no me creas. Me importa una mierda.

Suena un pitido en el fondo de mi bolsillo. El teléfono.

—Seguro que es tu novio —dice Sam con marcado desdén—. Uno de ellos, al menos.

Reviso el teléfono. Como cabía esperar, hay un mensaje de Coop.

tenemos que hablar

—¿Cuál de los dos es? —me pregunta Sam junto a la ventana.

No contesto, y eso de por sí es una respuesta. Miro la pantalla, con el corazón encogido ante la perspectiva de ver a Coop de nuevo. No solo esta noche, siempre.

Sam se mete otro cigarrillo entre los labios y dice:

—Ve corriendo con tu pequeño policía, Quincy Carpenter. Pero recuerda: vigila lo que dices. Mis secretos son tus secretos. Y puede que al agente Cooper los tuyos no le gusten.

—Vete al infierno —digo.

Sam enciende el pitillo y sonríe.

—Ya he estado allí, nena.

Pine Cottage. 23:12 h

Quincy llegó a la cabaña sin aliento. Los pulmones le ardían, lacerados por la carrera y el crudo aire de la noche. A pesar del relente, una fina capa de sudor cubría su piel, fría y pegajosa.

Dentro reinaba un caos silencioso, todo eran platos sucios y botellas de licor de las que solo quedaban los culos. El salón estaba abandonado. Hasta el fuego se había apagado, un rastro de calor con olor a leña era el único vestigio de que hubiera existido.

Dormir. Eso era lo único que Quincy quería. Quedarse dormida y despertar habiendo olvidado lo que había visto. Era posible, lo sabía. Su cerebro ya empezaba a decirle que estaba confundida, que la vista la había engañado. Quizá Janelle estaba con otro. Joe, tal vez. O quizá Quincy solo creyó ver a Craig tumbado boca arriba, con la cara contorsionada, embistiéndola.

Sin embargo, en el fondo sabía que no.

Secándose las lágrimas, Quincy recorrió el pasillo con sigilo, pasando junto a la habitación vacía de Janelle. En el cuarto de enfrente Betz se había ido a la cama, la puerta cerrada ocultaba aquellas tristes literas. La puerta del cuarto de Ramdy también estaba cerrada, aunque no acallaba del todo las violentas sacudidas de la cama de agua. Gruñidos ocasionales de Rodney se levantaban con la marea.

Quincy entró en la habitación de Craig.

A la mierda Craig.

Ahora era su habitación.

Pero no estaba vacía. Había alguien en la cama, una silueta imprecisa en la penumbra de la luz de la luna. Estaba acostado con las manos enlazadas en la nuca. Quincy distinguió los ojos abiertos detrás de las gafas sucias.

—No sabía dónde dormir —dijo Joe.

Quincy lo miró fijamente, celosa de verlo tan cómodo, tan ajeno a todo. Se le escapó un sollozo. Atrapó una lágrima antes de que le resbalara por la cara.

—¿Estás bien? —preguntó él.

—Tienes que irte —dijo Quincy.

Él se irguió, con un destello de inquietud en los ojos medio velados.

—No estás bien.

—No me digas —dijo Quincy, sentándose en la cama. Cayó otra lágrima. Esta vez no fue capaz de contenerla.

—Los vi marcharse juntos. Fueron hacia el bosque.

—Ya lo sé.

—Lo siento.

Le tocó el hombro, y ese gesto inesperado le hizo a Quincy retroceder.

—Vete, por favor —dijo.

—No te merece.

Cuando le tocó el hombro por segunda vez, Quincy consintió. Envalentonado, su mano se deslizó por el brazo de Quincy hasta su cintura. De nuevo, ella se dejó hacer.

—Eres mejor que él —susurró Joe—. Mejor que cualquiera de los dos. Y eres preciosa.

—Gracias —dijo Quincy.

—Lo digo en serio.

Quincy se volvió hacia él, agradecida por su presencia. Parecía tan sincero. Tan inexperto. Al contrario que Craig.

Se inclinó y lo besó. Sintió sus labios calientes al besarla. Sintió su lengua al entrar en su boca. Vacilante. Explorando. Hizo que Quincy casi olvidara que había estado en el bosque. Que había visto a Janelle encima de Craig, montándolo, su cuerpo irradiando lujuria y dolor.

Pero eso no bastaba. Quincy quería olvidar completamente.

Sin una palabra, se puso a horcajadas sobre él, sorprendida de sentirlo tan sólido. Como un árbol caído. Un roble recio. Quincy le quitó el jersey, que olía vagamente a desinfectante industrial. El olor le penetró en la nariz mientras lanzaba el jersey al suelo y le tiraba de la camiseta hasta sacársela por la cabeza.

Quincy lamió su pecho liso, recorriendo con las manos la piel lechosa. Tan pálida. Tan fría. Como un fantasma.

Luego se quitó las bragas. Los pantalones de pana de él estaban bajados hasta las rodillas.

En el suelo junto a la cama estaba la mochila de Craig. Dentro había una caja de condones. Quincy sacó uno y lo puso en la mano temblorosa de Joe.

—¿Estás segura? —le preguntó él.

—Sí.

—Avísame si te duele —susurró—. No quiero hacerte daño. Solo quiero hacerte sentir bien.

Quincy respiró hondo y se deslizó hacia abajo, preparándose para el placer y el dolor, sabiendo que no sería una cosa o la otra.

Serían ambas a la vez, entrecruzadas para siempre.

34.

Coop me manda en un mensaje el nombre de un hotel a pocas manzanas de mi apartamento y el número de la habitación en que se aloja. No sé si reservó la habitación antes o después de venir a la ciudad para encontrarse con Sam. Opto por no preguntar.

Me detengo frente a su puerta, sin saber si seré capaz de mirarlo a la cara de nuevo. Sé que no quiero. Preferiría estar en cualquier lugar salvo este lúgubre pasillo de hotel donde zumba una máquina de hielo y que apesta a espuma limpiamoquetas. Pero tenemos una historia en común. A pesar de lo que Coop haya hecho, le debo la oportunidad de explicarse.

Llamo y la puerta se abre con un chirrido apenas golpeo. Sigo con el puño cerrado cuando veo a Coop venir hacia mí.

—Quincy —me saluda asintiendo con un gesto breve, avergonzado—. Pasa. Si quieres.

El pasado es lo único que me retiene ahí. Mi pasado. El papel de Coop en mi historia. El hecho innegable de que no habría siquiera un pasado de no ser por él. Así que entro en la minúscula habitación, poco más que una caja de cerillas donde alguien se las ha ingeniado para meter una cama y una cómoda. Apenas un par de pasos separan la cama y la pared, por lo que resulta difícil entrar sin rozar a Coop cuando cierra la puerta.

No hay ninguna silla. Antes que sentarme en la cama, me quedo de pie.

Sé exactamente lo que tengo que hacer, que no es otra cosa que contárselo todo a Coop. Explicarle lo que ha hecho Sam. Lo que yo he hecho. Quizá entonces pueda empezar a reconducir mi vida a la normalidad. Por más que después de Pine Cottage nunca haya sido normal.

Pero no puedo confesarme con Coop. Ni siquiera soy capaz de mirarlo a los ojos.

—Acabemos con esto de una vez —digo, con los brazos cruzados y el peso en la pierna izquierda, en actitud indignada.

—Seré breve —dice Coop.

Acaba de ducharse, flota el vaho en el minúsculo cuarto de baño. Su pelo corto sigue aún mojado, y su cuerpo parece destilar una humedad sofocante y con aroma a jabón.

—Necesito explicarme. Explicar mis actos.

—Lo que hagas en tu tiempo libre no es asunto mío —digo—. No siento nada por ti.

A Coop se le crispa la cara, y siento una agradable punzada de fuerza. También puedo herirle. Hacerle sangre.

—Quincy, los dos sabemos que eso no es verdad.

—¿Ah, no? —digo—. Si sintiéramos algo el uno por el otro, no habrías ido a mi apartamento para intentar follarte a Sam durante mi ausencia.

—No estaba allí para eso.

—Pues te aseguro que a mí me lo ha parecido.

—Ella me llamó, Quincy —dice Coop—. Dijo que estaba preocupada por ti. Así que vine. Porque hay algo que me ronda por dentro. No me fío de ella, Quincy. Ha sido así desde que llegó. Está tramando algo, y yo quería averiguar qué es.

—La seducción es un método de interrogación interesante —le digo—. ¿Lo usas a menudo?

—Lo que has visto no estaba planeado, Quincy. Pasó, sin más.

Le lanzo una mirada de impaciencia, poniéndome grandilocuente y dramática, como solía hacer Janelle.

—Esa es la excusa más vieja del manual.

—Es cierto —dice Coop—. No sabes qué solo me siento, Quincy. Vivo completamente solo. En una casa donde cabrían cinco personas, pero nada más estoy yo. Hay habitaciones en las que no entro hace años. Están vacías, las puertas cerradas.

Su confesión me deja sin habla. Es la primera vez que Coop se abre de esta manera conmigo. Resulta que tenemos más en común de lo que hubiera imaginado. Aun así me niego a dejarme llevar por la lástima. No estoy dispuesta a perdonarlo.

—¿Y para eso me has hecho venir? —le digo—. ¿Para que te compadezca?

—No. Quería que vinieras porque debo contarte algo. Hay una razón... —Coop guarda silencio y carraspea—. Una razón por la que he intentado que siempre pudieras contar conmigo. Una razón de que haya estado disponible día y noche. Quincy...

De manera instintiva, sé lo que viene a continuación. Niego en silencio, gritando mentalmente «No, por favor, Coop, no lo digas».

Lo dice de todos modos.

—Te quiero.

—No —digo, esta vez en voz alta—. No vuelvas a decir eso.

—Pero es la verdad —dice Coop—. Y lo sabes, Quincy. Siempre lo has sabido. ¿Por qué si no crees que cojo el coche y vengo aquí en cuanto me llamas? Es para verte. Para estar contigo. No me importa si es un minuto o una hora. Ese largo viaje solitario merece la pena solo por verte.

Hace ademán de acercarse a mí y retrocedo, acorralada en una esquina entre la cómoda y la pared. Coop sigue avanzando, no se detiene hasta estar justo delante de mí.

—Nunca he conocido a nadie como tú, Quincy —dice—. Créeme, no lo digo por decir. Eres tan fuerte... Una auténtica superviviente.

Me mira; sus ojos azules hacen que me flaqueen las rodillas. Me acaricia la cara con un pulgar, y lo desliza hasta mi boca.

—Coop —digo, notando su dedo áspero en los labios—. Para.

—Tú sientes lo mismo que yo —susurra con voz ronca—. Lo sé.

Me asalta la imagen de Coop junto a Sam, acariciando su cuello, sus bocas a punto de encontrarse. Odio a Coop por haber hecho algo así. Debería haber sido solo mío.

—Te equivocas —digo.

—Estás mintiendo.

Hace calor en la habitación. Un calor asfixiante, de hecho. El aparato de aire acondicionado que zumba bajo la ventana sirve de poco para mitigarlo. Y además está Coop, tan cerca de mí, emanando un calor de otra especie.

—Debo irme —digo.

—No, no debes.

Se acerca aún más y trato de apartarlo. Siento su pecho sudoroso bajo la camisa. La tela bajo mis manos se pega a su piel.

—¿Qué quieres de mí, Coop? Has dicho lo que tenías que decir. ¿Qué más quieres?

—A ti —dice suavemente—. Te quiero a ti, Quincy.

En contra de lo que le dije a Sam, a veces he pensado en qué podría hacerme sucumbir a mi atracción por Coop. Esos ojos azules siempre se me han antojado los posibles culpables. Brillan como láseres, viéndolo todo. Pero al final es su voz lo que me puede. Esa suave confesión me atrae hasta sus brazos.

Es nuestro primer abrazo desde Pine Cottage. La primera vez que me envuelve entre sus brazos fuertes. Aguardo a que la memoria empañe este momento. No sucede. Solo lo hace más dulce.

Con él me siento a salvo.

Desde siempre.

Le doy un beso. Aun sabiendo que está mal. Sus labios ávidos me buscan también, mordaces. Años de deseo acumulado por fin se liberan, y el resultado es más necesidad que pasión. Más dolor que placer.

Pronto estamos en la cama. No hay otro lugar adonde ir. Me quedo desnuda. No sé cómo. La ropa simplemente parece desprenderse de mi cuerpo, igual que la de Coop.

Él sabe lo que quiere.

Y yo dejo que lo tome. Que Dios se apiade de mí.

Pine Cottage. 23:42 h

Él todavía estaba dormido cuando Quincy se levantó de la cama y cruzó el cuarto de puntillas, buscando sus zapatos, su vestido, sus bragas. Al moverse se notó entumecida. Sentía un dolor entre las piernas que se avivaba al agacharse. Aun así, no era tan grave como había temido. Eso era un consuelo.

Se vistió deprisa, notando de pronto la habitación helada. Era como si tuviese fiebre. Temblaba de frío, a pesar de que le ardía la piel.

Quincy fue directa al cuarto de baño, sin molestarse en encender la luz. No tenía la menor gana de ver su crudo reflejo bajo la bombilla del techo. Solo escudriñó su rostro oscuro en el espejo, la mayor parte de sus rasgos borrados. Se había convertido en una sombra.

Un estribillo le vino a la cabeza. Una canción del colegio. Ella y sus amigas en el vestuario de las chicas, tenebroso como boca de lobo, repitiendo un nombre.

«Bloody Mary. Bloody Mary. Bloody Mary.»

—Bloody Mary —dijo Quincy, los ojos fijos en su propia imagen de ojos desdibujados.

Salió del baño y se detuvo en la entrada del salón temiendo encontrarse a Craig y Janelle borrachos y risueños, fingiendo que no había pasado nada entre ellos. Solo siguió adelante tras comprobar que no se oía nada. La cabaña estaba en silencio.

Quincy fue hacia la cocina y se quedó allí sopesando cuál sería su siguiente paso. ¿Debía plantarles cara? ¿Exigirles que volvieran a casa? Quizá buscaría las llaves de Craig y se llevaría su coche, dejándolos a todos tirados y sin teléfonos móviles.

La idea la hizo sonreír. Ya había entrado en la segunda fase del dolor, que aprendió en clase de Psicología solo tres días antes. Janelle se saltó esa sesión, y Quincy aún tenía que pasarle los apuntes. Ella no conocía ese segundo peldaño en la escala del dolor. Quincy, en cambio, sí.

Era la rabia.

Rabia desatada, rabia de mil demonios.

Quincy la sintió tibia en el estómago. Como un ardor, pero más intenso. Latía hacia fuera, extendiéndose hacia los brazos y las piernas.

Fue al fregadero dispuesta a dar salida a esa energía furiosa. Esa era la táctica de su madre. La buena de Sheila Carpenter, modelo pasivo-agresivo, que en lugar de chillar limpiaba, que en lugar de romper ordenaba la casa. Sin expresar nunca, jamás, lo que sentía.

Quincy no quería ser esa mujer. No quería limpiar todo lo que los demás ensuciaban. Quería enfadarse, maldita sea. Estaba enfadada. Tanto que sacó un plato sucio del fregadero y se dispuso a estamparlo contra la encimera.

Fue su propio reflejo lo que la detuvo. La cara pálida que la miraba desde la ventana que había sobre el fregadero. Esta vez no pudo esquivarlo. Esta vez se vio claramente.

Los ojos enrojecidos por el llanto. Los labios contorsionados en un gruñido. La piel sonrosada, latiendo aún con la rabia y el desengaño y la vergüenza de haberse entregado a un perfecto desconocido.

Esa no era la Quincy que ella había creído ser. Era alguien completamente distinto. Alguien a quien no reconocía.

La oscuridad se cernió a su alrededor. Quincy sintió cómo la acechaba. Una marea negra que barría la orilla. Pronto la había rodeado, encogiendo la cocina, eclipsándola. Quincy solo podía ver el rostro que le devolvía la mirada. El rostro de una extraña. Hasta que también acabó consumido por la oscuridad.

Quincy devolvió el plato al fregadero, y echó mano a otro objeto.

El cuchillo.

No supo por qué lo cogió. Desde luego, no tenía ni idea de lo que iba a hacer con él. Solo sabía que se sentía bien al sostenerlo.

Empuñando el cuchillo con firmeza, salió por la puerta trasera de Pine Cottage y cruzó el porche en tres zancadas. Fuera, los árboles más próximos a la cabaña se alzaban como centinelas grises que custodiaran el resto del bosque.

Al pasar, Quincy golpeó un tronco con la cara lisa de la hoja. El impacto reverberó en su mano y le subió por el brazo mientras se adentraba en la espesura.

35.

Una puerta se cierra de golpe y el eco que retumba en el pasillo me arranca del sueño. Abro los ojos jadeando, el aire seco me rasca la lengua. El sol radiante de la mañana entra por la ventana en un haz diagonal que aterriza justo en mi almohada. Claro y afilado, siento como si me clavaran agujas en las retinas. Maldiciendo el sol me doy la vuelta mientras tanteo con un brazo el otro lado de la cama.

Está vacío.

De pronto recuerdo dónde estoy.

Con quién estaba.

Lo que he hecho.

Me levanto de un salto, aturdida, la habitación da vueltas. Consigo llegar al minúsculo cuarto de baño antes de desplomarme en el suelo, desnuda sobre las baldosas frías, con las rodillas dobladas hacia el pecho. Tengo el pensamiento nublado, poco claro. Como si estuviera en este mundo pero ajena a él.

Me doy cuenta de que tengo resaca. Una resaca de culpa. No he tenido una desde hace años.

Los recuerdos afloran poco a poco, pero sin pausa, como el tictac del segundero de un reloj. Al cabo de un minuto, todo toma forma en mi memoria. Hasta el último detalle sucio y sórdido.

Coop se ha marchado, es evidente. Quizá haya sido quien dio el portazo, aunque sospecho que se ha escabullido en silencio, prefiriendo no despertarme. No lo culpo, la verdad.

Al menos ha tenido el detalle de dejar una nota, garabateada con prisa en una hoja con el membrete del hotel.

La he visto junto al televisor mientras me tambaleaba hasta el cuarto de baño.

La leeré luego. Cuando consiga reunir fuerzas para levantarme del suelo.

Noto todo el cuerpo dolorido, pero con la satisfacción de haberle dado lo que quería. Así es como me siento a veces después de salir a correr. Exhausta y saciada, aun sospechando que quizá he forzado un poco la máquina.

Esta vez no me cabe duda. He forzado la máquina hasta hacer que todo salte por los aires.

Me miro las manos. Del esmalte de uñas negro de Sam solo quedan restos, se ha descascarillado. Tengo mugre debajo de las uñas. Más esmalte, posiblemente. O quizá escamas de la piel de Coop, de cuando le arañé la espalda suplicándole que me follara más fuerte. Su olor me impregna las manos. Huelen a sudor, a semen y, débilmente, a Old Spice.

Me pongo de pie apoyándome en la pared y me acerco hasta el lavabo, del tamaño de un cuenco. Me echo agua fría en la cara, cuidando de no mirarme en el espejo. Temo lo que voy a ver. Más bien temo no ver nada.

Con un par de pasos estoy de nuevo en la cama, sentada. La nota de Coop me acecha al lado del mando a distancia del televisor, y por fin me decido a leerla.

Querida Quincy, estoy avergonzado de mi comportamiento. Por más que deseaba que esto ocurriera, ahora comprendo que ha sido un error. Creo que será mejor que no nos comuniquemos durante un buen tiempo. Lo siento.

Y ya está. Diez años de protección, amistad e idolatría perdidos en una sola noche. Lanzados por la borda con la misma facilidad que ahora lanzo la nota arrugada a la papelera de plástico que hay junto a la pared. Fallo el tiro y la bola de papel rebota en el suelo, así que me agacho a recogerla y la echo dentro.

Entonces levanto la papelera y la estampo contra la pared.

Choca con estrépito y cae boca abajo. Luego pillo lo primero que encuentro. El mando a distancia. También vuela por los aires y se rompe contra el cabezal de la cama.

Agarro las sábanas enredadas que cuelgan hasta rozar el suelo y las arranco, enroscándolas en mis puños cerrados antes de llevármelas a la boca para ahogar el llanto.

Coop se ha ido.

Siempre supuse que tarde o temprano llegaría este día. Diablos, ya estuvo a punto de suceder justo antes de que aquella carta amenazadora lo atrajera de nuevo a mi órbita. Pero no estoy preparada para una vida en la que Coop no esté ahí cuando lo necesito. No sé si podré apañármelas sola.

Sin embargo, ahora no tengo elección. Ahora no queda nadie en mi vida aparte de Jeff.

Jeff.

Joder.

Al darme cuenta de cómo lo he traicionado, una oleada de náusea me oprime las entrañas, apuñalándome. Sé que esto lo destrozaría.

En ese momento decido que nunca, jamás, le contaré lo que he hecho. Es mi única opción. Hallaré la manera de olvidar esta habitación con olor a moho, estas sábanas enredadas, el torso de Coop contra mis pechos, su aliento caliente en mi oreja. Igual que con Pine Cottage, desterraré todo de mi memoria.

Y cuando me encuentre con Jeff de nuevo, no sospechará nada. Solo verá a la Quincy que cree conocer. La Quincy normal.

Atado el plan, me incorporo procurando ignorar la culpa que me atenaza por dentro. Es una sensación a la que tendré que acostumbrarme.

Reviso mi teléfono y veo tres mensajes en el contestador y uno de texto de Jeff. No puedo escuchar sus mensajes. Oír su voz me desarmaría. En cambio leo el mensaje de texto, cada palabra lastrada por la preocupación.

por qué no coges el teléfono? va todo bien??

Le contesto.

perdona. me quedé dormida en cuanto volví a casa. te llamo luego.

Agrego un *te quiero* pero lo borro, por temor a que le haga recelar. Ya empiezo a pensar como una impostora.

Además de las de Jeff, hay otra llamada perdida. De Jonah Thompson, recibida poco antes de las ocho. Hace apenas una hora. Lo llamo y contesta a la primera.

—Por fin —dice.

—Buenos días a ti también —digo.

Jonah no me hace caso.

—Hice algunas indagaciones sobre Samantha Boyd, también conocida como Tina Stone. Creo que te interesará mucho ver lo que he encontrado.

—¿Qué has averiguado?

—Es difícil de explicar por teléfono —dice Jonah—. Has de verlo en persona.

Suspiro.

—Fuente de Bethesda. En veinte minutos. Lleva café.

Pine Cottage. 23:49 h

La luna se había deslizado tras unas nubes, dejando el bosque más oscuro que antes. Quincy a duras penas podía seguir el sendero, pisando a tientas entre las hojas y la maleza. Pero había llegado a la cuesta. Sintió el peso del esfuerzo añadido tensándole las pantorrillas.

No tenía ningún plan. Nada en concreto. Solo quería plantarles cara. Quería ir hasta aquel peñasco, plantarse delante de sus cuerpos jadeantes, veteados por la luna, y decirles lo dolida que estaba.

El cuchillo ayudaría a que la creyeran. Los asustaría.

Pronto Quincy llegó a la mitad de la pendiente. Su corazón bombeaba sangre caliente. Su aliento escapaba en bufidos entrecortados. Conforme subía, la embargó la impresión de que la observaban. No fue nada más que un cosquilleo en la nuca, advirtiéndole que no estaba sola. Se detuvo y miró alrededor. Aunque no vio nada, no pudo sacudirse la sensación de que unos ojos ajenos la vigilaban. Pensó en los fantasmas de los indios que según los rumores rondaban el bosque. Dio la bienvenida a esos espíritus vengativos, deseando que se unieran a su causa.

Un sonido atravesó la espesura. El rumor de unos pasos veloces a través de las hojas caídas. Por un momento Quincy pensó que realmente había fantasmas en el bosque, que acudían hacia ella en tropel. Echó un vistazo a su espalda, esperando verlos entre los árboles. Sin embargo, ese fantasma era demasiado humano. Quincy oyó sus resuellos por encima de su propia respiración. Pronto los sintió justo detrás de ella y la hicieron volverse de golpe.

Joe apareció en la oscuridad. Se notaba que se había vestido con prisa al despertarse. Llevaba el jersey al revés. La etiqueta le rozaba la nuez mientras miraba fijamente a Quincy.

—Necesito estar sola —le dijo ella.

Con la respiración aún agitada, Joe contestó jadeando.

—No lo hagas.

Quincy se volvió. El mero hecho de mirarlo la incomodaba. Todavía lo sentía dentro. El ardor entre las piernas la avergonzaba y la excitaba a un tiempo.

—No sabes lo que voy a hacer.

—Sí lo sé —dijo él—. Y no merece la pena.

—¿Cómo lo sabes?

—Porque yo lo he hecho. Y me sentí igual que tú te sientes ahora.

—Déjame en paz.

—Sé que quieres hacerles daño —dijo.

La ofuscación que se había apoderado de Quincy se desvaneció de repente, dejándola aturdida y desorientada. Vio el cuchillo que empuñaba en la mano y respiró hondo. No podía recordar por qué lo había cogido. ¿De verdad había tenido la intención de usarlo contra ellos? ¿Contra sí misma?

La vergüenza la quemó por dentro. Sacudió la cabeza. El bosque oscuro se desdibujó.

—No es lo que imaginas —dijo.

—¿Ah, no?

—No iba a...

Calló, sabiendo que cualquier cosa que dijera carecería de sentido. Las palabras le habían fallado.

—Deberías volver —dijo Joe—. No está bien que andes vagando por aquí.

—Me han hecho daño —dijo Quincy, rompiendo a llorar de nuevo.

—Lo sé. Por eso ahora deberías volver.

Quincy se secó las lágrimas. Se detestó por que la viera llorar. Detestó cómo había gozado con él. Detestó que, de todos los que estaban en esa cabaña, fuera el único que veía a la auténtica Quincy.

—Sí —dijo—. Y tú, ¿adónde vas?

Joe miró hacia delante, como buscando un lugar a lo lejos, algún sitio más allá de los árboles.

—A casa —dijo—. Tú deberías ir a casa también.

Quincy asintió.

Dejó caer el cuchillo.

Aterrizó de lado, sobre el manto de hojarasca.

Entonces volvió corriendo por donde había venido, dejando a Joe atrás, intentando ignorar el modo en que la luz de la luna empañaba sus gafas, volviendo las lentes opacas. Como una niebla.

36.

Veinticinco minutos después de colgar a Jonah estoy en Central Park, cruzando como una exhalación el pasaje barroco que desemboca en Bethesda Terrace. A través de los arcos ornamentados del final del pasaje, lo distingo en el pretil de la fuente. Camisa rosa, pantalones azules, chaqueta *sport* gris. A su lado se alza el Ángel de las Aguas, con una bandada de palomas posadas en sus alas extendidas.

—Disculpa el retraso —digo, sentándome a su lado.

Jonah arruga la nariz.

—Puf...

Sé que huelo a rayos. Hubiera querido tomar una ducha en el hotel, pero no salía agua caliente. Tuve que apañármelas con un aseo selectivo en el lavabo antes de ponerme la misma ropa del día anterior.

Mientras me vestía, pienso en cuántos kilómetros ha viajado esa ropa en apenas veinticuatro horas. De Chicago a Muncie, ida y vuelta. De Chicago a Nueva York, hasta ese triste cuarto espartano. Y ahora ha llegado a Central Park, apestosa y manchada de sudor. Creo que voy a quemarla cuando me la quite.

—¿Una noche movidita? —pregunta Jonah.

—Ahórrate los comentarios —le digo—. ¿Dónde está mi café?

Hay dos vasos de cartón a sus pies, al lado de una bandolera en la que espero que haya información suficiente sobre Sam para obligarla a salir de mi vida. Si no, me conformaré con que se vaya de mi casa.

—Elige —dice Jonah, levantando los vasos—. ¿Solo, o con crema de leche y azúcar?

—Crema de leche y azúcar. Preferiblemente intravenoso.

Me da el vaso marcado con una equis. Tomo la mitad sin respirar siquiera.

—Gracias —digo—. Por muchas buenas acciones que hagas hoy, nada superará esta.

—Vas a cambiar de opinión dentro de un momento —dice Jonah, agachándose a coger la bandolera.

—¿Qué has encontrado?

Abre la cremallera del bolso y saca una carpeta color crema.

—Una bomba.

La carpeta está llena de papeles sueltos. Jonah los pasa con dedos hábiles; solo alcanzo a atisbar que son artículos de periódico fotocopiados y archivos de internet impresos.

—Una búsqueda de Samantha Boyd arroja la típica información acerca del Nightlight Inn —dice—. La única superviviente. Una Última Chica. Su rastro se perdió hace ocho años, y nunca se la volvió a ver ni se supo de ella hasta hace unos días.

—Eso ya lo sé —le digo.

—Con Tina Stone es otra historia —Jonah deja por fin de buscar en la carpeta, al dar con un recorte de prensa. Me lo entrega—. Esto se publicó en el *Hazleton Eagle*. Hace doce años.

El corazón empieza a latirme con fuerza en el pecho en cuanto veo el recorte. Lo reconozco. Es el mismo que vi en casa de Lisa.

Hazleton, Pensilvania. Un hombre ha fallecido tras ser apuñalado en el domicilio que compartía con su esposa y su hijastra. Al acudir a la llamada de emergencia, la policía de Hazleton encontró a Earl Potash, de 46 años, muerto en la cocina de su casa adosada de Maple Street con numerosas heridas de arma blanca en pecho y abdomen. Las autoridades han dictaminado que se trata de un homicidio. La investigación sigue abierta.

—¿Cómo lo has encontrado?

—Busqué a Tina Stone en LexisNexis —dice Jonah.

—Pero ¿esto qué tiene que ver con ella?

—Según ese periódico, la hijastra de Earl Potash confesó haberlo asesinado, alegando años de abusos sexuales. Como la agresión sexual era un atenuante, su nombre quedó protegido en el proceso penal.

Ahora sé por qué Lisa tenía el artículo.

—Fue ella —digo—. Tina Stone. Mató a su padrastro.

Jonah asiente con firmeza.

—Me temo que sí.

Tomo otro trago de café, esperando que ahuyente la jaqueca que vuelve a fraguarse en mi cabeza. Creo que ahora mismo mataría por un Xanax.

—Sigo sin entender —digo—. ¿Por qué Sam cambió su nombre por el de una mujer que mató a su padrastro?

—Esa es la cuestión —dice Jonah—. No estoy seguro de que realmente lo hiciera.

Saca de la carpeta varias páginas de informes médicos. En la parte superior figura el nombre de Tina Stone.

—¿No se supone que los historiales clínicos son información clasificada? —le pregunto.

—Veo que has subestimado mis capacidades —dice Jonah—. Los sobornos son una gran motivación.

—Eres despreciable.

Hojeo los informes, que empiezan el año anterior y retroceden en el tiempo. Tina Stone fue al médico esporádicamente, siempre de urgencias, y por lo general sin seguro sanitario. Veo una fractura de muñeca hace cuatro años, por un accidente de motocicleta. Una mamografía un año antes, para analizar un bulto que resultó ser benigno. Una sobredosis de anitrofilina hace ocho años. Eso me pone alerta.

Hay un segundo intento de sobredosis una página y dos años antes. Compruebo la fecha. Tres semanas después de la matanza de Pine Cottage.

—No puede tratarse de Sam —digo—. Las fechas no cuadran. Me dijo que no se cambió de nombre hasta varios años después de Pine Cottage.

La revelación, cuando me alcanza, por poco me tira de espaldas a la fuente. Se me cae la carpeta, los papeles se esparcen por el suelo y Jonah se ve obligado a agacharse para recuperarlos antes de que salgan volando.

Cuando regresa a mi lado con la carpeta bajo el brazo, sigo paralizada.

—Ahora lo entiendes, ¿verdad?

—Tina Stone y Samantha Boyd —digo—. No son la misma persona.

—Y entonces la pregunta es: ¿cuál de las dos está en tu apartamento?

—No tengo ni idea.

Pero he de averiguarlo. Inmediatamente. Cuando me pongo de pie, dispuesta a marcharme, me flaquean las rodillas.

Jonah me detiene y me mira contrito.

—Por desgracia, la cosa no queda ahí —dice.

Abre la carpeta y empieza a buscar entre los papeles hasta dar con uno hacia el final.

—Hay un episodio de sobredosis.

—Lo sé —digo—. Fue antes del presunto cambio de nombre.

—Quizá quieras saber dónde ocurrió.

Jonah señala el nombre de la clínica donde Tina Stone fue tratada.

Hospital Psiquiátrico Blackthorn. El manicomio que había justo al otro lado del bosque de Pine Cottage.

Al verlo siento un vértigo instantáneo. Un mareo peor que cuando me desperté esta mañana. Casi tanto como el instante en que comprendí que había dejado a Ricardo Ruiz al borde de la muerte de una paliza.

Tina Stone fue paciente en Blackthorn.

En la misma época en que él estuvo ingresado.

Justo en la época en que él fue a Pine Cottage y abrió mi mundo en canal.

Pine Cottage. Medianoche

El primer grito llegó cuando Quincy puso un pie en el porche trasero de la cabaña. Salió de las profundidades del bosque mientras ella subía los toscos escalones de madera. Quincy se volvió, demasiado sorprendida para sentir miedo.

El miedo vendría después.

Escudriñó el oscuro bosque, paseando la mirada de árbol en árbol como si el grito hubiera surgido de uno de ellos, a pesar de que ya conocía su origen.

Janelle.

Quincy estaba segura.

Un segundo alarido surgió de la espesura. Más largo que el primero, hasta perforar el cielo. También más fuerte. Tanto como para ahuyentar a un búho de las últimas ramas de un árbol cercano. El ave pasó rozando los tablones del porche con un aleteo sordo, antes de desaparecer por encima del techo de la cabaña.

Mientras se batía en retirada, se oyó un rumor cada vez más próximo.

Pasos. Pasos atropellados.

Al cabo de un momento Craig emergió del bosque. Tenía la mirada perdida, pero en sus movimientos había una brusquedad desquiciada. Llevaba la camisa puesta. También los pantalones, aunque Quincy advirtió la cremallera bajada y el cinturón desabrochado que aleteaba con la hebilla colgando.

—Corre, Quincy —se abalanzó hacia ella, fuera de sí—. Tenemos que huir.

Intentó agarrarla del brazo para arrastrarla adentro, pero Quincy se soltó. No pensaba ir a ningún sitio. No hasta que Janelle estuviera con ellos.

—¿Janelle? —gritó.

Su voz hizo eco, propagándose por el bosque, creando nuevas llamadas, cada vez más débiles. La única respuesta fue otro alarido. Craig ahogó un sollozo al oírlo. Se estremeció, como si intentara sacudirse algo de la espalda.

—¡Vamos! —le gritó a Quincy.

Sin embargo, un cuarto grito la impulsó hacia delante, hasta que los dedos de sus pies asomaron por el borde del primer escalón del porche. Detrás de ella, Craig se debatía por entrar en la cabaña empujando a los otros, que trataban de salir.

—¿Qué ha sido eso? —preguntó Amy, el miedo rasgándole la voz.

—¿Dónde está Janelle? —preguntó Betz.

—¡Muerta! —aulló Craig—. ¡Está muerta!

Pero no, no lo estaba. Quincy aún oía sus resuellos angustiosos atravesando la noche. Pisadas quedas, como las de un gato, avanzando a tientas por el bosque.

Janelle apareció de pronto, materializándose como uno de sus fantasmas indios en la orilla del bosque que se abría detrás de la cabaña. Más que caminar parecía que levitara; solo el instinto de tenerse en pie la mantenía erguida. Oscuras flores rojas punteaban su vestido en el hombro, el pecho, el abdomen.

Se agarraba el cuello con ambas manos, apretando una encima de la otra. La sangre se escurría por debajo de las palmas y resbalaba por el pecho en una cascada carmesí.

Fue entonces cuando el miedo golpeó de pleno.

Un miedo visceral, paralizante que dejó a los demás inmóviles frente a la puerta del porche trasero.

Solo Quincy logró moverse; el miedo la empujó a salir del porche y avanzar sobre la hierba que recién empezaba a condensar la escarcha y crujió bajo sus pies mientras se acercaba a Janelle. Un frío húmedo le caló los zapatos.

Al llegar a su lado tendió los brazos justo a tiempo de sostenerla cuando se precipitaba hacia ella. Las manos de Janelle resbalaron, exponiendo su garganta degollada. La sangre salió a borbotones de la herida, caliente y viscosa, empapando el vestido blanco de Quincy.

Ella trató de taparle la herida con las manos, y sintió el cosquilleo de la sangre en las palmas. Hasta que Janelle se quedó exánime y se desplomó sobre Quincy, obligándola a doblar las rodillas para no caer. Acabó sentada en el suelo, con Janelle en su regazo como una muñeca de trapo, mirándola con los ojos muy abiertos y aterrados entre estertores agónicos.

—¡Ayuda! —chilló Quincy, aunque sabía ya que nada podría ayudar a Janelle—. ¡Ayuda! ¡Por favor!

Los otros se quedaron en el porche. Amy acurrucada contra Rodney, el volante de su camisón ondeando. Betz rompió en un llanto incontrolable, que subía y bajaba. Solo Craig las miraba. Quincy sintió que él podía ver en lo más hondo de su corazón. Como si supiera todos y cada uno de sus terribles, terribles secretos.

Sostuvo su mirada y vio que sus ojos se llenaban de miedo una vez más.

—¡Quincy! ¡Corre!

Pero Quincy no pudo, porque Janelle yacía aún moribunda en sus brazos. Ni siquiera cuando sintió cernirse una nueva presencia. Algo vil, que destilaba odio.

Él se le echó encima antes de que Quincy pudiera volverse a mirar. Unos dedos se hundieron en su pelo y tiraron con fuerza. Encogida de dolor mientras la zarandeaban, vio lo que los otros veían.

Una silueta imponente.

Un cuchillo en alto.

Un destello plateado.

Las puñaladas llegaron prácticamente a la vez, una detrás de otra. Dos estocadas le atravesaron el hombro. Calientes. Rasgando piel y músculo. Tocando hueso.

Quincy no chilló; dolía demasiado. El dolor chilló a través de todo su cuerpo.

Cayó de bruces y Janelle rodó de su regazo. Mientras las dos yacían tendidas en el suelo, cara a cara, Quincy miró los ojos muertos de Janelle. La sangre encharcó la hierba entre las dos, derritiendo la escarcha, despidiendo un ligero vapor.

Él aún estaba allí. Quincy oyó el ritmo constante de su respiración.

Una mano volvió a tocarle el pelo. Sin tirones. Acariciándola.

—Ya pasó, ya pasó —dijo él.

Quincy solo alcanzó a ver una figura borrosa, todavía una sombra. Y cuando esperaba el golpe de gracia, él empezó a moverse.

Pasó de largo y la dejó a un lado.

Pasó de largo y dejó a un lado a la que una vez había sido Janelle.

Y siguió hacia Pine Cottage.

Fue lo último que Quincy vio antes de sucumbir al dolor, la pena y el miedo. Se le nubló la vista, el mundo se hizo borroso. Cerró los ojos, entregándose a la inconsciencia, dejándose invadir por la oscuridad.

37.

A pesar de que Jonah insiste en acompañarme a casa, no se lo permito. Dice que es demasiado peligroso que vaya sola, y tiene razón. Sin embargo, su presencia solo complicaría las cosas. Esto ha de ser entre Sam y yo.

O Tina.

O quien demonios sea.

Una vez más, entro con cautela en el apartamento. Y una vez más, deseo que ella no esté.

Pero está. Desde el recibidor oigo correr el agua en el cuarto de baño del pasillo. Sam está en la ducha. Me acerco a la puerta, aguardando hasta que oigo algún ruido al otro lado. Una tos de Sam. Un carraspeo de su garganta de fumadora. El grifo de la ducha sigue abierto.

Sin pérdida de tiempo voy hasta el cuarto de Sam, donde su macuto sigue aún en el rincón. No consigo abrirlo, me tiemblan demasiado las manos.

Respiro hondo varias veces, ansiando tomar un Xanax aun a sabiendas de que necesito mantener la cabeza despejada. Al final la adicción me vence y entro en la cocina lo justo para meterme un Xanax en la boca. Me trago la pastilla con refresco de uva, y continúo bebiendo hasta calmar la sed.

Revigorizada, vuelvo al cuarto de Sam. Ahora que tengo el pulso más firme, el macuto se abre sin dificultad. Meto la mano y empiezo a sacar prendas robadas, camisetas negras y una serie de sujetadores y bragas muy usados. Aparece una botella de Wild Turkey, todavía sin abrir. Rueda por el suelo hasta chocar con mis rodillas.

Luego tanteo varios objetos que han resbalado hacia las profundidades del macuto. Un cepillo, desodorante, un frasco de pastillas vacío. Compruebo la etiqueta. Ambien, no anitrofilina.

Encuentro el iPhone que Sam cogió de mi cajón secreto. El mismo teléfono que yo robé en el café. Está apagado, posiblemente sin batería.

En el fondo de todo, palpo con la yema de los dedos unas hojas satinadas. Una revista.

La saco de un tirón, y paso las páginas hasta encontrar la portada. Es un ejemplar de *Time,* con las esquinas dobladas y cuyas grapas amenazan con desprenderse del lomo. En la fotografía se ve un motel destartalado rodeado por coches patrulla y pinos pobres cargados de barba de monte. El titular, en letras rojas estampadas sobre un cielo gris pizarra, dice: LA POSADA DE LOS HORRORES.

Es el mismo número de *Time* que devoré de niña temblando bajo las sábanas, sabiendo que llenaría mis noches de pesadillas. Paso las páginas hasta encontrar el artículo que desencadenó mis temores infantiles. Aparece otra imagen del Nightlight Inn: una toma exterior de una de las habitaciones. En el vano de la puerta hay un destello blanco. Una de las víctimas tapadas con una sábana.

El artículo empieza en una columna de texto junto a la foto:

Crees que solo pasa en las películas. Que no podría pasar en la vida real. No así, por lo menos. Y desde luego, no a ti. Pero pasó. Primero en una hermandad universitaria en Indiana. Luego en un motel de Florida.

El pasaje me resulta familiar. Como un *déjà vu.* No de mi infancia, aunque desde luego lo leí entonces. Es un recuerdo más reciente.

Sam dijo esas mismas frases la primera noche que pasó aquí. Cuando nos quedamos las dos charlando acurrucadas. Mientras nos pasábamos el Wild Turkey. Su sincero soliloquio sobre el Nightlight Inn.

Era una patraña, sacada palabra por palabra de esta revista.

Vuelvo a guardar a toda prisa sus pertenencias en el macuto. Solo me reservo la revista, por si necesito sacar municiones contra ella, y el iPhone robado, que puede utilizarse en mi contra. Me guardo la revista enrollada bajo el brazo y el teléfono por dentro de la camisa, sujeto con el tirante del sostén.

Tras comprobar que la habitación está casi como cuando entré, vuelvo a la cocina. Doy otro trago de refresco de uva mientras abro el ordenador y entro en YouTube. En la pestaña de búsqueda, tecleo «entrevista samantha boyd». Aparecen varias versiones de la única aparición televisiva de Sam, todas subidas por los mismos tipos raros que llevan los portales de sucesos. Abro el primer enlace y empieza el vídeo.

Aparece en pantalla la misma presentadora que había deslizado la oferta para una entrevista en un sobre perfumado con Chanel N.º 5 por debajo de mi puerta. Su expresión es bondadosa; una máscara de imparcialidad. Solo sus ojos, negros y hambrientos, la delatan. Los ojos de un tiburón.

Una mujer joven está sentada de espaldas a la cámara, apenas dentro del encuadre. Solo se adivina su silueta a contraluz. Es una chica a medias, borrosa hasta resultar irreconocible.

—¿Recuerdas lo que te ocurrió esa noche, Samantha? —pregunta la locutora.

—Por supuesto, lo recuerdo.

Esa voz. No se parece a la de la Sam que yo conozco. La voz de la Sam de la entrevista no es tan clara, la dicción es menos precisa.

—¿Piensas en ello a menudo?

—Mucho —contesta la Sam de la entrevista—. Pienso en él a todas horas.

—¿Te refieres a Calvin Whitmer, verdad? ¿Al Hombre del Saco?

La oscuridad se hace más intensa cuando la Sam de la entrevista asiente y dice:

—Todavía puedo verlo, ¿sabes? Cuando cierro los ojos. Había recortado unos agujeros en el saco, para mirar. Además de una raja bajo la nariz para que entrara el aire. Nunca olvidaré cómo aleteaba la arpillera con su respiración. Se había atado un cordel alrededor del cuello para que el saco no se le moviera.

También robó esas frases. Me las dijo como si fuese la primera vez.

Vuelvo al principio del vídeo, ligeramente mareada mientras Miss Chanel N.º 5 apunta con sus ojos de tiburón a la Sam de la entrevista.

—¿Recuerdas lo que te ocurrió esa noche, Samantha?

Parpadeo, sintiendo de pronto que me pesan los ojos.

—Desde luego, lo recuerdo.

Las voces del ordenador se hacen distantes y vagas.

—¿Piensas en ello a menudo?

Un entumecimiento se apodera de mi cuerpo. Primero las manos, luego me sube por los brazos, como una hilera de hormigas de fuego.

—Mucho. Pienso en él a todas horas.

La pantalla del portátil se vuelve difusa, la cara de la entrevistadora desenfocada. Al apartar la mirada, veo la cocina convertida en trazos borrosos de color. Contemplo el refresco de uva, que se ha iluminado hasta adquirir un tono morado fosforescente, como el traje de Willy Wonka. Las manos no me responden cuando intento levantar la botella, así que la derribo con un codo, los restos burbujean. En el fondo se arremolinan polvos azules de Xanax.

Surge una voz a mi espalda.

—Sabía que tendrías sed.

Me vuelvo de golpe y la veo en la cocina, vestida y seca. El agua de la ducha sigue corriendo a lo lejos, tan amortiguada como la voz de la Sam de la entrevista que sale del ordenador. Era una artimaña. Una trampa.

—Qué...

No puedo hablar. Siento la lengua hinchada, como un pez coleando en mi boca.

—Shhhh —dice ella.

Se ha convertido en una mancha velada, igual que la doble que todavía habla en mi portátil. Una Sam de carne y hueso. Solo que no es Sam. Ni siquiera las pastillas que causan estragos en mi sistema nervioso pueden suprimir esa certeza. Es un momento de lucidez. Quién sabe cuándo tendré otro.

Tal vez nunca.

—Tina —digo, la lengua gruesa aún coleando—. Tina Stone.

Da un paso hacia mí. Trato de alcanzar un cuchillo del bloque de madera de la encimera, pero mi brazo se mueve a cámara lenta. Agarro el cuchillo más grande. Se diría que pesa cincuenta kilos en mi mano.

Me tambaleo hacia delante, las piernas inútiles, los pies tan pesados como rocas. En un amago, consigo blandir el cuchillo antes de que se me escurra entre los dedos, lánguidos como espaguetis. La cocina se escora, aunque sé que en realidad soy yo, que caigo redonda hacia un lado mientras todo da vueltas a mi alrededor hasta que mi cabeza golpea el suelo.

Un año después de Pine Cottage

Tina fue de las últimas en marcharse. Sentada en su cama chirriante, tenía la mirada perdida en el catre arrumbado contra la pared de enfrente, donde hasta hacía poco dormía una pirómana greñuda llamada Heather. Habían quitado las sábanas y solo quedaba un colchón lleno de bultos con una mancha oblonga de orina. En la pared junto a la cama, no del todo tapadas por una capa de pintura, seguían las palabrotas que había garabateado con carmín la predecesora de Heather, May. Cuando la trasladaron, legó su alijo de pintalabios a Tina.

En total, Tina había vivido más de tres años en aquella habitación. La temporada más larga que había pasado internada. No es que tuviera elección. El estado decidía por ella.

Pero ahora había llegado el momento de irse. La enfermera Hattie lo anunció a voces desde el pasillo, con aquel acento áspero de campesina.

—¡Hora de echar el cierre, amigas! ¡Todo el mundo fuera!

Tina levantó su macuto, que estaba apoyado contra la cama. Antes había sido de Joe. Sus padres lo dejaron cuando vaciaron su habitación, después de que lo mataran. Ahora le pertenecía, y todas sus posesiones, que no eran muchas, estaban dentro. Al comprobar qué poco pesaba, se asombró.

Cuando salió de la habitación, no miró atrás. Había dado bastantes tumbos para saber que una última mirada no facilitaba las cosas. Aunque te hubieras muerto de ganas de largarte desde el mismo momento en que llegaste.

Tina se puso en la cola del pasillo con las otras rezagadas para un último recuento. En lugar de comprobar si estaban todas, los celadores se aseguraron de que ninguna se quedara atrás. A mediodía, las puertas de Blackthorn se cerrarían para siempre.

La mayoría de los pacientes de Blackthorn todavía estaban demasiado locos para que los soltaran. Ya los habían trasladado a otro centro estatal, Heather entre ellos. Tina era una de las pocas a las que consideraban mentalmente preparada para volver afuera. Había cumplido su condena. Ahora era libre de marcharse.

Después del recuento las hicieron pasar por la sala de recreo, amplia y diáfana, de donde ya estaban sacando los muebles. Tina vio el televisor desmontado de la pared y la mayoría de las sillas apiladas en un rincón. Su mesa, en cambio, seguía allí. La mesa junto a la ventana enrejada donde Joe y ella se sentaban y atisbaban el bosque que había al otro lado del recinto cubierto de maleza del hospital, mientras enumeraban todos los lugares a los que irían cuando salieran.

Tina le dedicó una última mirada a esa mesa y lo lamentó en el acto, porque la hizo pensar en Joe. Le habían ordenado que no pensara en él.

Aun así, no podía evitarlo. Pensaba en él a todas horas. Marcharse no cambiaría eso.

También le habían ordenado que no pensara en aquella noche. En las cosas terribles que ocurrieron. Todos esos chicos muertos. Pero ¿cómo no iba a hacerlo? Era la razón de que el hospital cerrara. La razón misma de que a ella y a los demás los obligaran a marcharse.

Algunos de los celadores se acercaron a verlos partir. Allí estaba Matt Cromley, aquel capullo con permanente. Le había metido la mano bajo las bragas a Tina tantas veces que ella había perdido la cuenta. Lo miró con asco mientras pasaba, y él le guiñó un ojo y se pasó la lengua por los labios.

Fuera había aparcada una furgoneta que los llevaría a la estación de autobuses. Después, a nadie le importaba un comino adónde fueran, mientras no volvieran allí.

Cuando Tina iba a subir, la enfermera Hattie le entregó un sobre grande. Dentro estaba el nombre de la agencia de asistencia social que la ayudaría a encontrar empleo, su historial médico, todas las recetas necesarias y dinero en efectivo con el que Tina sabía que solo podría tirar un par de semanas.

La enfermera Hattie le puso una mano en el hombro y sonrió.

—Te deseo lo mejor, Tina. Haz algo con tu vida.

Dos años después de Pine Cottage

No había nadie en casa, se decía Tina mientras llamaba otra vez a la puerta descolorida por el sol. No había nadie en casa, así que ya podía dar media vuelta y marcharse.

Sin embargo, no podía marcharse. Había apurado hasta el último dólar.

Tina había intentado salir adelante, y durante un tiempo lo había hecho. Gracias a aquella señora entrañable de los servicios sociales consiguió un empleo, aunque fuera metiendo en bolsas la compra en un supermercado de suelo arenoso, y un sitio donde vivir en una pensión pensada para gente como ella. Pero todas esas infracciones de las normas sanitarias liquidaron el establecimiento, de manera que ya no podía pagarse el alquiler. Los cheques del paro apenas dieron para cubrir la comida y el billete de autobús.

Así que ahora estaba de nuevo en Hazleton llamando a la puerta de una casa adosada que no había visto en cuatro años, mientras rogaba que nadie contestara. Cuando oyó que alguien se acercaba, Tina estuvo a punto de echar a correr. Prefería morir de hambre antes que quedarse allí. Pero obligó a sus piernas a no moverse de aquel felpudo gastado de la entrada.

La mujer que abrió estaba más gorda que cuando Tina la había visto por última vez. Un culo tan ancho como un sillón. Aguantaba a un bebé en la cadera, un mocoso berreante y de cara colorada que se retorcía con un pañal medio caído. Tina le echó un vistazo y se le cayó el alma a los pies. Otro crío. Otro pobre desgraciado más.

—Hola, mamá —dijo Tina—. He vuelto a casa.

Su madre la miró como si fuera una extraña. Metió los rollizos mofletes, frunciendo los labios.

—Esta no es tu casa —dijo la mujer—. Tú misma te cerraste la puerta.

A Tina se le encogió el corazón, aunque eso era exactamente lo que había esperado. Su madre nunca creyó que Earl le hiciera aquellas cosas. Los toqueteos y las caricias y el meterse en su cama a las tres de la madrugada. «Calladita —solía decirle él, con el aliento apestando a cerveza—. No se te ocurra contarle nada a tu mamá».

—Mamá, por favor —dijo Tina—. Necesito ayuda.

El bebé siguió armando escándalo. Tina se preguntó si al crío le habrían hablado de su media hermana. Se preguntó si alguna vez la mencionaban.

Una voz de hombre se oyó entre los berridos, proveniente del salón. Tina no tenía ni idea de quién era.

—¿Quién ha llamado a la puerta?

La madre de Tina la miró impertérrita.

—Nadie importante.

Tres años después de Pine Cottage

El bar estaba abarrotado, para ser un martes por la noche. Todos los taburetes ocupados. Las mesas también. Nada como dar cervezas a dos pavos para atraer a los alcohólicos que a duras penas podían llevar una vida normal. Tina no pudo tomarse ni un descanso durante todo el turno, porque no dejaban de llegarle montones de tazas vacías y platos manchados de kétchup. No paró de fregar, tuvo las manos sumergidas en el agua tanto rato que los dedos se le quedaron arrugados y blancuzcos.

Cuando acabó el turno se desprendió la redecilla del pelo y se arrancó el delantal, y los metió a presión en el cubo de la ropa sucia junto a la puerta trasera de la cocina, antes de dirigirse hacia la barra a reclamar la bebida gratis que le correspondía como empleada y con la que el dueño supuestamente compensaba los míseros sueldos.

Lyle atendía la barra esa noche. A Tina le gustaba más que los otros. Tenía un bigote de manubrio, una sensual mandíbula prominente y unos antebrazos gruesos y peludos. Le sirvió la copa sin preguntarle siquiera lo que quería.

—Y un Wild Turkey para la señorita Tina —dijo, poniéndose otro para él.

Hicieron chocar los vasos.

—Salud —dijo Tina antes de tomar el bourbon de un solo trago.

Pidió otro. Lyle se lo obsequió, aunque ella le dijo que podía pagarlo. Este lo tomó a pequeños sorbos, en el extremo de la barra, observando al personal. El gentío era una masa confusa, un escaparate intercambiable de melenas, tripas cerveceras y caras coloradas por el alcohol. A Tina le sonaban vagamente casi todos.

Entonces vio a alguien a quien reconoció de verdad. Estaba metido en un reservado del fondo y trataba de manosear a una pelirroja que a todas luces no quería que la manosearan. Habían pasado varios años, pero se conservaba igual. Ni siquiera su irrisoria permanente masculina había cambiado.

Matt Cromley.

El celador que les metía mano a Heather y a ella y sabe Dios a cuántas otras internas de Blackthorn. Verlo al cabo de todos esos años descerrajó la caja donde Tina guardaba los malos recuerdos. La hizo pensar en todas las veces que la había obligado a entrar en aquel cuarto de los productos de limpieza y le hundía la mano bajo las bragas mientras le susurraba con lascivia: «No vas a contárselo a nadie, ¿me oyes? Puedo complicarte la vida, ya lo sabes. Y mucho».

Joe fue la única persona a quien se lo contó. Se enfureció tanto que se ofreció a apuñalar a aquel baboso, que era precisamente el motivo por el que había ido a parar a Blackthorn. Un capullo del centro de formación profesional no dejaba de acosarlo. Joe al final se las hizo pagar todas juntas clavándole un cuchillo de cocina en el costado.

Tina rehusó el ofrecimiento. Solo ahora deseó haber aceptado. Los cabrones como Matt Cromley no deberían salirse con la suya como si nada.

Por eso Tina apuró el trago. Se escabulló hasta la cocina a buscar unos pocos utensilios. Luego se acercó furtivamente hasta el reservado, le dedicó una sonrisa de sirena y le dijo:

—Qué pasa, forastero.

Diez minutos después estaban entre los matorrales del descampado de detrás del bar. Matt ya le había metido una mano por la cremallera de los vaqueros, mientras con la otra se acariciaba desesperadamente la minúscula picha.

—Te gusta, ¿eh? —gruñó—. ¿Te gusta que Matty te ponga a cien?

Tina asintió, aunque en realidad le daba ganas de vomitar que la tocara. Aun así, aguantó. Sabía que no duraría mucho.

—¿A cuántas chicas se lo hiciste, allí en Blackthorn? —le preguntó.

—No sé... —Matt prácticamente resollaba, su voz le raspaba los oídos—. Diez, once, doce.

El cuerpo de Tina se puso rígido.

—Esto va por ellas.

Le dio un codazo en el estómago, que lo hizo doblarse y recular, apartando su mano fría y viscosa. Acto seguido, Tina tomó impulso y le pegó. Un puñetazo tras otro. Ganchos rápidos y secos, directos a la nariz. Matt pronto estuvo de rodillas, con las manos en la nariz tratando de contener la sangre que salía a borbotones.

Tina lo pateó. En el abdomen. En las costillas. En la entrepierna.

Una vez quedó tumbado boca arriba y revolcándose de dolor, Tina le embutió un trapo de cocina en la boca. Le quitó los vaqueros y los calzoncillos a tirones. Le arrancó la camisa, rasgando las costuras hasta que no quedaron más que trizas pegadas a los hombros. Luego lo ató de pies y manos con la cuerda que había encontrado debajo del fregadero de la cocina. Una vez lo tuvo bien sujeto, Tina sacó el rotulador negro que había birlado de la pizarra blanca donde se anotaban las bebidas especiales del día. Apresando el capuchón con los dientes, lo destapó y garabateó tres palabras en el torso desnudo de Matt Cromley.

Acosador. Pervertido. Escoria.

Tina se llevó su ropa cuando se marchó.

Nueve años después de Pine Cottage

Era octubre, y por eso inevitablemente estaba pensando en Joe. Siempre le ocurría cuando entraba el otoño. Incluso al cabo de nueve años, ese frío cortante del aire la devolvía a Joe, con su jersey color arena, escabulléndose por el pasillo. «¡Espérame!», le había susurrado ella frenéticamente en la puerta trasera, intentando alcanzarlo.

Cada año pensaba que sería distinto, que los recuerdos se desvanecerían, pero ahora, sin embargo, sospechaba que eran una parte indeleble de sí misma. Igual que el tatuaje de su muñeca.

Mientras fumaba detrás de la cafetería durante una pausa, Tina se pasó el pulgar por el tatuaje, sintiendo la oscura suavidad de las letras.

SUPERVIVIENTE

Hacía seis años que se lo había hecho. Mucho antes de irse hacia el norte, hasta Bangor. Se lo hizo en un arrebato de inspiración después de pintarrajear el cuerpo rosado y fofo de Matt Cromley. No lo lamentó ni un ápice. Se sintió fuerte, aunque al principio le preocupaba que disuadiera a algunos clientes y le dejaran menos propina. Sin embargo, la mayoría le dejaban más. Propinas de compasión. Gracias a eso, pudo comprarse un coche. No era más que un Ford Escort de tercera mano, pero no le importaba. La llevaba y la traía.

En la cafetería empezaba a llegar la clientela del almuerzo. Tina reconoció a casi todos. Había trabajado allí lo suficiente para saber quiénes eran y qué querían. Solo un cliente le resultó desconocido, un chaval de negro con aspecto siniestro. El modo en que la seguía con la mirada la incomodó. Cuando se acercó a tomarle la comanda, le preguntó:

—¿Te conozco?

El chico la miró.

—No, pero yo te conozco a ti.

—No creo.

—Eres aquella chica —dijo, con los ojos clavados en su tatuaje—. La chica que estuvo a punto de morir asesinada en aquel hotel hace años.

Tina chasqueó la lengua.

—No sé de qué hablas.

—Tu secreto está a salvo conmigo —el chico bajó la voz hasta convertirla en un susurro—. No le contaré a nadie que eres Samantha Boyd.

Cuando su turno acabó, Tina fue directamente a la biblioteca y su banco de ordenadores anticuados. Sentada entre los ancianos y aquellos que no disponían de internet en casa, introdujo en Google el nombre «Samantha Boyd».

No se parecían tanto como para que las tomaran por gemelas. Ella era un poco más delgada que Samantha, y los ojos de la una y la otra les daban un aire distinto en la mirada. Aun así la similitud era indudable. Incluso podía acentuarse si Tina se teñía el pelo tan oscuro como el de aquel chaval siniestro.

Pensó de nuevo en Joe. No pudo evitarlo. Al introducir su nombre en el buscador salía la misma fotografía que se había publicado en todas partes después de los asesinatos de Pine Cottage. Y allá donde aparecía la imagen de Joe, siempre salía la de aquella chica.

Quincy Carpenter. La superviviente.

Tina contempló la fotografía de Quincy. Luego la de Joe. Luego de nuevo la de Samantha Boyd, su doble de pelo negro.

En la parte posterior de su cerebro, algo chasqueó. Un plan.

Nueve años y once meses después de Pine Cottage

Tina sacó el macuto del maletero de su Escort mientras se repetía que podía lograrlo. Llevaba casi un año preparándose. Había hecho los deberes. Había memorizado el papel.

Estaba lista.

Con el macuto colgado al hombro, Tina subió por el sendero de losas y llamó al timbre de la puerta. Cuando una rubia de mirada afable abrió, Tina sabía exactamente a quién tenía delante.

—¿Lisa Milner? —preguntó—. Soy yo, Samantha.

—¿Samantha Boyd? —contestó Lisa, con la voz entrecortada por la sorpresa.

Tina asintió.

—Prefiero Sam.

38.

Estoy despierta, solo que mis ojos todavía no lo saben. Los párpados se niegan a abrirse, por más que gesticule con la cara. Intento levantar las manos y abrir un párpado a la fuerza con un dedo. No puedo. Mis manos son de plomo, pesan sobre mi regazo.

—Sé que puedes oírme —dice Tina—. ¿Puedes hablar?

—Sí —la palabra ni siquiera puede calificarse de susurro—. Qué...

Es lo más que puedo articular. Mis pensamientos son igual de débiles. Caracoles dejando surcos en un campo de barro.

—Se te pasará —dice Tina.

Ya se me empieza a pasar. Un poco. Lentamente voy recuperando los sentidos. Al menos para saber que estoy sentada, sostenida por algo que me sujeta el pecho en diagonal. Un cinturón de seguridad. Estoy en un coche.

Tina está sentada a mi izquierda. Noto su presencia. Oigo el roce correoso del volante en sus manos, aunque el coche no se mueve y el motor está apagado.

Intento moverme, debatiéndome con el cinturón de seguridad.

—Por qué...

—Cálmate —dice Tina—. Ahorra fuerzas. Pronto las vas a necesitar.

Continúo retorciéndome en el asiento. Intento alcanzar el tirador de la puerta. Mis dedos torpes no logran más que dar un zarpazo al aire.

—Podrías habérmelo puesto fácil, Quinn —dice Tina—. Créeme, yo pretendía que fuera fácil. Calculaba que sería cuestión de un día. Dos, como mucho. Aparezco, me congracio contigo y luego te sonsaco todo lo que recuerdes de Pine Cottage. Entrar y salir.

Mis dedos por fin conectan con el tirador de la puerta y, no sé cómo, consigo accionarlo. La puerta se abre y noto en la cara un aire otoñal con aroma a bosque. Me inclino, intentando dejarme caer hacia fuera, pero el cinturón me lo impide. Con la mente tan espesa, olvidé ese detalle. Tampoco es que importe. Aun cuando consiguiera librarme del cinturón y salir del coche, no lograría escapar. Mientras la mayor parte de mi cuerpo parezca de mármol, es inútil.

—Basta —dice Tina enderezándome en el asiento. Cuando alarga el brazo para cerrar la puerta del coche, intento pegarle. Los manotazos son tan débiles que casi parecen caricias. Ella continúa—: Esto no tiene por qué complicarse, nena. Solo quiero la verdad. ¿Qué recuerdas de Pine Cottage?

—Nada —digo, notando cómo se me destraba la lengua. Incluso puedo decir una frase entera—. No recuerdo nada.

—Siempre dices lo mismo. Pero resulta que no te creo. Lisa lo recordaba todo. Estaba en su libro. Sam también. Se lo contó todo a aquella entrevistadora.

Mi mente continúa ganando velocidad. Mi boca va a la zaga.

—¿Cuánto llevas haciéndote pasar por ella?

—No mucho. Un mes, más o menos. Solo cuando me di cuenta de que podía salirme bien.

—¿Por qué?

—Porque necesitaba saber cuánto sabías tú, Quinn —dice—. Después de tanto tiempo, tenía que saberlo. Pero necesitaba ayuda. Y como de otro modo Lisa y tú no me habríais dado ni la puta hora, me hice pasar por Sam. Sabía que era arriesgado, y que quizá no saldría bien, aunque también sabía que me haríais caso. Sobre todo Lisa. Ella me ayudó cuanto pudo a averiguar más cosas acerca de Pine Cottage. Le dije que era por tu bien, que recordar ayudaría en tu proceso de curación. Se lo tragó durante unos días, hasta que empezó a dudar.

—Pero no tiraste la toalla —le digo—. Llamaste a mi madre.

Tina no parece sorprendida de que lo sepa.

—Sí, cuando me di cuenta de que Lisa no iba a hacerlo. Luego me echó.

—Porque descubrió quién eras en realidad —digo, recobrando las fuerzas a medida que hablo. La energía se agita dentro de mí. Siento las manos más ligeras. Hablo sin necesidad de pensar.

—Encontró mi carné de conducir. Hizo algunas indagaciones.

—¿Por eso la mataste?

Tina aporrea el volante con tanta fuerza que todo el vehículo se sacude.

—¡Yo no la maté, Quincy! La apreciaba, por el amor de Dios. Me quedé hecha una mierda cuando se enteró de la verdad.

—Pero acudiste a mí de todos modos.

—Estuve a punto de desistir. No parecía una idea brillante —suelta una carcajada, inoportuna y cargada de ironía—. Y mira por dónde, di en el clavo.

—¿Qué estás buscando?

—Información.

—¿Sobre qué?

—Sobre Joe Hannen —dice Tina.

El nombre me atraviesa como un rayo y me despierta de golpe. Abro los ojos y parpadeo hasta acostumbrarme a la luz anaranjada que se prende a mis pestañas. La puesta de sol. Una franja de luz mortecina se proyecta en el salpicadero, captando y reflejando un objeto metálico.

Un cuchillo. Mi cuchillo de cocina, que Tina ha puesto ahí.

—Adelante, intenta cogerlo. Te aseguro que seré más rápida —me advierte.

Apartando la vista del cuchillo, miro por el parabrisas, sucio de las marcas de las escobillas y la hojarasca mojada. A través de la mugre veo árboles, un camino de grava, una cabaña destartalada con las ventanas rotas a ambos lados de una puerta moteada por el moho.

—No —digo, cerrando de nuevo los ojos—. No, no, no.

Sigo diciéndolo, con la esperanza de que a fuerza de repetirlo no sea verdad. Que sea solo una pesadilla de la que pronto despertaré.

Pero no es ninguna pesadilla. Es real. Lo sé en cuanto vuelvo a abrir los ojos.

Tina me ha traído de vuelta a Pine Cottage.

39.

El tiempo no ha tratado bien este lugar, que se hunde bajo el peso del deterioro y el abandono. Más que una construcción, parece algo vil surgido del suelo del bosque. Un hongo. Un veneno. Las hojas cubren el tejado y rodean la chimenea de piedra, medio desmoronada como un diente podrido. El revestimiento, ennegrecido por la intemperie, está salpicado de moho y plantas moribundas que brotan enroscadas de los recovecos de la madera. A pesar de que el tablón sigue colgado encima de la puerta, uno de los clavos se ha desprendido por la herrumbre y se lee torcido.

—¡No pienso entrar ahí! —la histeria tiñe mis palabras, que salen en alaridos aterrados—. ¡No puedes obligarme a entrar ahí!

—No tienes por qué —contesta Tina con toda la calma—. Solo cuéntame la verdad.

—¡Ya te he contado lo que sé!

Se vuelve hacia mí y apoya un codo en el volante.

—Quinn, nadie cree que no seas capaz de recordar nada. Leí aquella transcripción. Esos policías están convencidos de que mientes.

—Coop me cree —le digo.

—Solo porque quería follar contigo.

—Por favor, créeme cuando digo que no recuerdo nada —le suplico—. Te lo juro por Dios, es la verdad.

Tina suspira con resignación, antes de abrir la puerta.

—Entonces supongo que vamos a entrar —dice.

Un hormigueo me recorre de pies a cabeza. La adrenalina me agita la sangre. Veo el cuchillo en el salpicadero y me abalanzo a por él. Tina lanza una mano como un látigo y me lo arrebata.

Tiene razón. Ella es más rápida.

Así que trato de alcanzar el llavero de plástico, pero de nuevo Tina llega antes que yo. Arranca las llaves del contacto y se las lleva junto con el cuchillo fuera del coche.

—Vuelvo en un segundo —dice—. No intentes huir. No llegarás lejos.

Va hacia la cabaña, y al quedarme sola empiezo a devanarme la cabeza en busca de un plan. Hundo el pulgar en el anclaje del cinturón de seguridad, que se enrosca con un chasquido. Luego me palpo los bolsillos en busca del teléfono.

No está.

Tina me lo ha quitado.

Pero tengo otro. El recuerdo baila como un derviche enloquecido en mi cerebro embotado por la droga. Me palpo bajo la camisa y noto con los dedos el teléfono robado prendido aún con el tirante del sujetador.

A través del parabrisas observo a Tina, ya delante de la puerta de entrada de la cabaña. Se planta justo debajo del rótulo torcido de Pine Cottage y empieza a forcejear con el picaporte. Cuando se da por vencida, toma impulso y embiste la puerta con el hombro.

Enciendo el teléfono, conteniendo la respiración mientras compruebo el nivel de batería. Está en rojo. Además, apenas hay cobertura. Una sola barra aparece y desaparece intermitentemente. Calculo que hay pila y señal para una única llamada.

O eso espero.

Llamar al 911 no es una opción: Tina me oiría hablar, me quitaría el teléfono o algo peor. No puedo correr ese riesgo, aunque sospecho que lo peor va a llegar de todos modos tarde o temprano.

Solo me queda la opción de mandar un mensaje. Así que solo me queda Coop. Sé que, como este no es mi teléfono, no reconocerá el número. Eso podría jugar en mi favor, teniendo en cuenta lo que pasó anoche.

Miro de nuevo hacia la cabaña y veo que Tina sigue arremetiendo contra la puerta. Esta es mi única oportunidad.

Tecleo el mensaje a toda prisa, rescatando su número de mi memoria turbia, deslizando los dedos sobre la pantalla del teléfono, que se agota por momentos.

soy quinn sam me tiene rehén en pine cottage ayuda

Le doy a ENVIAR y un pitido confirma que el mensaje está en camino. Entonces la pantalla se apaga en mi mano, ha muerto la batería. Me guardo el teléfono en el bolsillo.

En la cabaña, Tina consigue por fin derribar la puerta. Se abre de par en par, el umbral una boca oscura y purulenta, dispuesta a engullirme. Los faros del coche apuntan directamente hacia el vano, los haces de luz rasgan la penumbra creciente hasta la cabaña y alumbran un pedazo de suelo polvoriento.

Solo de atisbar el interior de la cabaña, el pavor que me inunda el pecho se triplica. Siento como si un cristal me perforara el tejido esponjoso de los pulmones, cortando el flujo de aire. Cuando veo que Tina vuelve caminando hacia el coche, sé que mi única alternativa es huir.

Solo que no puedo.

Levantarme es muy diferente a estar sentada. Ahora que estoy de pie fuera del coche, la droga se apodera de nuevo de mi cuerpo y me hace perder el equilibrio. Me tambaleo hacia un lado, preparándome para la caída inevitable. Pero Tina está ahí y me sostiene erguida. Veo relampaguear el cuchillo, siento el roce de la hoja en el cuello.

—Lo siento, nena —me dice—. No vas a librarte de esta.

Tira de mí hacia la cabaña, obligándome a avanzar a rastras. Hundo los talones en la grava, pero no consigo frenarla; unos surcos gemelos son la única huella de mi resistencia. Uno de mis brazos está atrapado debajo de uno de los suyos. Con el otro empuña el cuchillo, que no alcanzo a ver aunque sé que sigue ahí. El mango me roza la barbilla cada vez que grito. Que es a menudo.

Cuando no grito, intento disuadir a Tina.

—No puedes hacerme esto —mascullo, espurreando saliva—. Tú eres como yo. Una superviviente.

Tina no contesta. Se limita a seguir arrastrándome hacia la puerta de la cabaña, que ya está apenas a diez metros.

—Tu padrastro abusaba de ti, ¿verdad? ¿Por eso lo mataste?

—Algo parecido, sí —dice Tina.

Siento que su mano se afloja. Apenas. Lo imprescindible para saber que aún puedo conmoverla.

—Te mandaron a Blackthorn —digo—. Aunque no estabas loca. Solo te protegías. De él. Y eso es lo que has intentado hacer desde entonces. Proteger a las mujeres. Castigar a los hombres que les hacían daño.

—No sigas hablando —dice Tina.

No hago caso.

—Y en Blackthorn, lo conociste a él.

Ya no estoy hablando de Earl Potash. Tina lo sabe, porque dice:

—«Él» tenía nombre, Quincy.

—¿Estabais unidos? ¿Era tu novio?

—Era mi amigo —dice Tina—. El único amigo que he tenido. En toda mi puta vida.

Detiene nuestro impetuoso avance hacia la cabaña. Me agarra con fuerza del cuello y presiona el filo del cuchillo justo debajo de mi barbilla. Quiero tragar, pero no puedo, por temor a que la hoja me rasgue la piel.

—Di su nombre —me ordena—. Tienes que decirlo, Quincy.

—No puedo —le digo—. Por favor, no me obligues.

—Puedes. Y lo dirás.

—Por favor —la palabra sale constreñida, apenas audible—. Por favor, no.

—Di su maldito nombre.

Trago saliva sin poder evitarlo. En ese acto mecánico la hoja del cuchillo se hunde más en mi carne. Arde como una quemadura. Caliente y palpitante. Se me saltan las lágrimas.

—Joe Hannen.

Un borbotón de vómito se lleva las palabras recién escupidas. Tina sostiene el cuchillo donde está mientras mi estómago se vacía. Café y refresco de uva mezclados con restos de pastillas que mi cuerpo aún no ha digerido.

Después no me siento mejor. No, con el cuchillo todavía al cuello. No, con los cinco metros escasos que me separan de Pine Cottage. Sigo mareada, aturdida. Sobre todo estoy agotada, con el cuerpo debilitado al borde de la parálisis.

Tina vuelve a tirar de mí hacia la cabaña, y por fin me rindo. No me quedan fuerzas para resistirme. Solo puedo llorar, con hilos de vómito chorreándome por la barbilla.

—¿Por qué? —le pregunto.

Aunque ya sé por qué: ella también estaba aquí esa noche. Con él. Ella lo ayudó a matar a Janelle y a todos los demás. Igual que lo había ayudado a asesinar a aquellos campistas en el bosque. Igual que luego ella misma mató a Lisa, por más que lo niegue.

—Porque necesito saber cuánto recuerdas —dice Tina.

—Pero ¿por qué?

Porque la ayudará a decidir si yo también debo morir. Como Lisa.

Hemos llegado a la puerta, esa boca insidiosa. Una ráfaga gélida susurra desde el fondo, débil y escalofriante.

Empiezo a chillar, presa del pánico. Alaridos desde el fondo de mi garganta recubierta de bilis.

—¡No! ¡Por favor, no!

Agarro el dintel de la puerta con mi mano libre, clavando las uñas en la madera. Tina da un tirón seco y el marco cede bajo mis dedos con un chasquido. Suelto el trozo de madera astillada y sigo chillando.

Pine Cottage me da la bienvenida.

40.

Callo de golpe en cuanto pongo un pie dentro.

No quiero que Pine Cottage sepa que estoy aquí.

Tina me suelta y me empuja. Doy varios traspiés hasta el centro del salón, resbalando en el suelo. Por suerte, dentro reina la oscuridad. Las ventanas sucias tamizan la poca luz de fuera. La puerta abierta deja pasar el resplandor amarillento de los faros: un rectángulo de luz proyectado en el suelo. En el medio se recorta la sombra de Tina, con los brazos en jarras, bloqueándome la huida.

—¿Recuerdas algo? —me pregunta.

Miro a mi alrededor con una mezcla de terror y curiosidad. Las manchas de humedad oscurecen las paredes. O quizá sea sangre. Procuro no fijarme. Hay más manchas en el techo, en forma de cercos. Goteras, definitivamente. Nidos y telarañas atestan las vigas. Hay franjas en el suelo salpicadas de cagadas de pájaro. Un ratón muerto yace en un rincón, reseco hasta el pellejo.

La cabaña está vacía, se han llevado todos aquellos muebles rústicos; ojalá los hayan quemado. Hace que la estancia parezca más grande, salvo por la chimenea, que es más pequeña de lo que la recordaba. Al verla me vienen a la memoria Craig y Rodney, arrodillados delante, un par de chicos tratando de hacerse los hombres, trajinando con leña menuda y fósforos.

Otros recuerdos me asaltan en ráfagas breves, inesperadas. Como si estuviera recorriendo canales de televisión y me detuviera solo un segundo en cada uno, captando retazos de películas que sé que he visto.

Janelle, bailando descalza en el centro de la habitación, coreando aquella canción que a las dos nos encantaba hasta que todos los demás empezaron a aborrecerla.

Betz y Amy, preparando el pollo, discutiendo hasta que se les escapó la risa.

Él. Mirándome desde el otro lado del salón. Las lentes sucias de sus gafas velan sus ojos. Casi como si supiera lo que los dos haremos después.

—No —digo. Mi voz retumba en el cuarto vacío—. Nada.

Tina se aparta de la entrada y me levanta de un tirón.

—Echemos un vistazo.

Me arrastra hacia la cocina abierta, que ahora es un mero esqueleto de lo que fue en otros tiempos. Han quitado el horno, dejando un hueco de hojas caídas, porquería y franjas de fino polvo. También han desaparecido las puertas de los armarios y solo quedan las baldas desnudas, sembradas de cagarrutas de ratón. Pero el fregadero sigue ahí, perforado por el óxido en cuatro sitios distintos. Me agarro al borde en busca de apoyo. Todavía me flaquean las piernas. Apenas las siento. Como si estuviera flotando.

—¿Nada? —insiste Tina.

—No.

Así que seguimos hacia al pasillo, Tina delante, agarrándome implacable el brazo hasta estrujármelo. Avanza a pisotones, mientras que yo floto.

Nos detenemos en el cuarto de las literas. El de Betz. Vacío, salvo por un trapo gris hecho un guiñapo en medio del suelo. La habitación no alberga recuerdos. Hasta hoy, yo nunca había puesto un pie dentro.

Al ver que no digo nada, Tina me conduce hasta el cuarto que al principio yo iba a compartir con Janelle. Igual que en la universidad. Queda una de las dos camas, aunque sin colchón. Apartada de la pared, no es más que un armazón herrumbroso.

Esta habitación sí me trae recuerdos. Pienso en Janelle y en mí hablando de sexo mientras nos probábamos los vestidos. Todo sería distinto si no me hubiera puesto aquel vestido blanco que me prestó Janelle. Si hubiera insistido en pasar la noche aquí y no en el cuarto del final del pasillo.

Tina me lanza una mirada.

—¿Algo?

—No —se me saltan las lágrimas. Estar aquí de nuevo, reviviendo todo lo ocurrido. Es demasiado.

Tina no pierde tiempo a la hora de arrastrarme a la habitación del otro lado del pasillo. La cama de agua no está, por supuesto. No hay nada. Solo queda en el cuarto vacío una franja en el suelo oscurecida por la podredumbre. Llega hasta la puerta y sigue bajo nuestros pies antes de cruzar el pasillo hacia el último dormitorio.

Mi dormitorio.

Titubeo en el umbral, resistiéndome a entrar. No deseo recordar lo que hice ahí dentro. Con él. Y lo que hice luego. Vagando como una demente por entre los árboles. Blandiendo aquel cuchillo. Tirándolo cuando recobré el sentido común. Poco menos que entregándoselo en bandeja.

Todo es por mi culpa.

Puede que él y Tina los asesinaran, pero la culpa es mía.

Sin embargo, aunque tuvo la oportunidad de hacerlo, él no me mató. Se aseguró de que siguiera viva, con unas puñaladas que no serían letales y que tanto harían sospechar a Cole y Freemont. Me perdonó por lo que había hecho conmigo. Por lo que le dejé que me hiciera.

Acostarme con él fue lo que me salvó la vida.

Ahora lo sé.

Lo he sabido siempre.

Tina advierte algo en mi expresión. Un temblor. Un leve sobresalto.

—Has recordado algo nuevo.

—No.

Es mentira.

Hay algo, sí. Un recuerdo que nunca había tenido.

Estoy en esta habitación.

En el suelo.

Por debajo de la puerta cerrada entra agua, que se acerca hacia mí poco a poco hasta que me rodea. Empapa mi pelo, mis hombros, todo mi cuerpo, convulsionado de dolor y pánico. Hay alguien sentado junto a mí. Resuena el llanto en su aliento jadeante.

«Tranquila, saldrás de esta. Los dos saldremos de esta.»

A través de la puerta llega un chirrido escalofriante. Chapoteo de pisadas. Justo al otro lado.

Más recuerdos. Retazos breves. Golpes en la puerta. El picaporte se sacude. Un porrazo. Un crujido cuando la puerta cede y se abre. El destello de la luz de la luna en el cuchillo ensangrentado.

Grito.

Entonces.

Ahora.

Los dos gritos colisionan hasta que no alcanzo a distinguir si pertenecen al presente o al pasado. Unas manos me agarran y empiezo a chillar y patalear, debatiéndome, sin saber quién me zarandea o cuándo o qué me está ocurriendo.

—Quincy —es la voz de Tina, abriéndose paso en la confusión—. Quincy, ¿qué te ocurre?

La miro, firmemente anclada en el presente. Empuña aún el cuchillo, advirtiéndome de que no puedo defraudarla.

—Empiezo a recordar —le digo.

375

41.

Detalles.

Por fin.

En mi memoria, pierdo y recobro la conciencia, mis ojos se abren y se cierran. Como si estuviera en una habitación aislada y alguien jugueteara con las luces. Me he tendido boca arriba para mitigar el dolor de las cuchilladas que me atraviesan el hombro, pero sirve de poco.

Al parpadear veo el cielo estrellado y oigo a los demás en el porche, que chillan y se afanan por entrar en la cabaña.

«¿Y Quinn? —creo distinguir la voz de Amy, a pesar de los gimoteos—. ¿Qué pasa con Quinn?».

«Está muerta.»

Conozco esa voz. Es Craig, sin duda.

La puerta de atrás se cierra de golpe. Chasquea una cerradura.

Quiero mirar, pero no puedo. El dolor me desgarra el hombro cuando intento girar la cabeza. Es insoportable. Como si estuviera ardiendo. Y la sangre. Tanta sangre. Borbotea al ritmo del latido aterrorizado de mi corazón.

Él sigue ahí. Oigo sus pisadas a través de la hierba cubierta de escarcha en dirección a la cabaña; al llegar al porche resuenan con un crujido en la madera. Dentro de la cabaña reverbera un grito junto a la ventana, amortiguado por el vidrio.

A continuación la ventana se hace añicos.

Oigo otro chasquido, la puerta que chirría al abrirse, gritos de diferentes personas que huyen en desbandada hacia las habitaciones. Se van apagando hasta que nada más se oye un grito. Amy, de nuevo. Chilla sin parar, justo al otro lado de la puerta. De pronto el grito se corta en seco. Le sigue un gorgoteo espantoso.

Amy ha enmudecido.

Gimo y cierro los ojos.

Las luces se apagan de nuevo.

Me despierto de repente al notar unas manos en los brazos, que me agarran hasta ponerme en pie. El movimiento reaviva la llamarada del dolor que me atraviesa el hombro. Doy un grito, pero me acallan al instante.

«Silencio», susurra alguien.

Abro los ojos y distingo a Betz a un lado y a Rodney al otro. Betz tiene las manos ensangrentadas. Deja una huella roja en todo lo que toca. Estoy cubierta de ellas. Rodney también tiene la cara y el hombro cubiertos de sangre. Lleva un torniquete en el antebrazo, ya empapado.

«Venga, Quinn —susurra—. Vamos a salir de aquí».

Me sostienen, uno de cada brazo, sin reparar en que me duele tanto que quiero gritar. Ahogo el grito.

Mientras nos alejamos alcanzo a ver a Janelle tendida de costado en el suelo, igual que la dejé. Con la cabeza colgando, los ojos muy abiertos y un brazo retorcido hacia delante sobre la hierba encharcada de sangre, como suplicándome que me quede.

Nos marchamos sin ella, los tres cruzando el claro hacia la cabaña. Betz y Rodney hacen todo el trabajo: yo solo puedo dejarme llevar, débil por la pérdida de sangre, delirante de dolor. Tan desvalida que Rodney se ve obligado a subirme a cuestas por los escalones del porche.

Los dos intercambian susurros mientras me ponen de nuevo erguida.

«¿Está ahí?»

«No lo veo.»

«¿Dónde ha ido?»

«No lo sé.»

Callan, a la escucha. También yo aguzo el oído, pero solo distingo ruidos de la noche: los últimos grillos de la temporada, ramas peladas que crujen, el murmullo espectral de las hojas al caer. Por lo demás, todo está en silencio.

Nos ponemos en marcha de nuevo, ahora más rápido, pisoteando los vidrios rotos junto a la puerta antes de entrar atropelladamente en la cabaña.

Amy está justo al otro lado del umbral, recostada contra la pared como una muñeca rota. Incluso se parece a una muñeca. Los ojos tan vacuos como botones de plástico, los brazos caídos.

«No mires —susurra Rodney, y la voz se le quiebra—. No es real. Nada de esto es real».

Quiero creerlo. Y de hecho por poco lo creo. Pero entonces pisamos un charco de sangre y resbalo hacia delante soltando un grito. Rodney me tapa la boca con la mano. Niega en silencio.

Seguimos de nuevo hasta el salón, hacia la ventana que hay junto a la puerta principal.

«¿Adónde vamos?», susurro.

Rodney contesta también con un murmullo.

«Tan lejos como podamos.»

Los tres nos quedamos junto a la ventana, observando, aunque no sé muy bien qué. Hasta que de pronto me doy cuenta.

Craig está fuera. Corre agachado hacia el todoterreno en que nos trajo aquí. El todoterreno donde guardamos todos nuestros teléfonos móviles. Craig abre la puerta despacio, le tiemblan las manos y da un respingo cuando se enciende la luz del interior. Luego se monta y arranca.

«¡Ahora!», grita Rodney.

Betz abre la puerta de golpe y corremos hacia fuera a la luz de los faros, que proyectan nuestras sombras imponentes en la fachada de la cabaña. Me vuelvo a mirarlas: tres gigantes oscuros, altos y amenazantes.

Un cuarto gigante se les une. Empuña un cuchillo que se alarga más de un metro en la pared.

De repente me veo arrastrada de nuevo hacia Pine Cottage. Hay más gritos. De Betz. Quizá también míos.

Una vez dentro, Rodney cierra de golpe la puerta y la atranca con el sillón raído. Betz y yo nos volvemos hacia la ventana. Las luces de los faros del todoterreno resbalan sobre nosotras mientras Craig da marcha atrás.

«¡Se va! —aúlla Betz—. ¡Se va sin nosotros!».

El coche gira un par de metros antes de estamparse contra un gran arce a la vera del camino, que suelta una lluvia de hojas sobre el parabrisas. Empieza a salir humo de la rejilla abollada del radiador. El motor da unos estertores y se cala.

Craig se ha desplomado sobre el volante, apretando el claxon con la barbilla. El estruendo incesante rompe el silencio de la noche.

La sombra con el cuchillo se cierne en el acto sobre el vehículo, abre la puerta de un tirón y saca a rastras a Craig del asiento delantero.

El claxon deja de sonar. Vuelve a reinar el silencio.

Aunque se ha golpeado contra el volante, Craig está consciente todavía. Sin embargo, no articula ningún sonido mientras lo empujan hasta que cae de rodillas junto al todoterreno. Tan solo puede mirar con los ojos desencajados de terror.

Me aparto de la ventana, mareada. Me desplomo contra la pared y resbalo, sintiendo que el suelo se eleva hasta encontrarme. Justo antes de que todo se oscurezca, Craig finalmente grita.

Más tarde.

No sé cuánto tiempo ha pasado.

Estoy en el suelo de uno de los dormitorios. Mi habitación. Reconozco los tapices de la pared. Entra agua por debajo de la puerta. No sé de dónde viene. ¿Una tubería reventada? ¿Una inundación?

Solo sé que estoy empapada y sangrando y más asustada de lo que he estado en toda mi vida. Cuando gimo, Rodney dice:

«Tranquila, saldrás de esta. Los dos saldremos de esta.»

Está acurrucado a mi lado, con uno de los tapices de retales echado sobre los hombros. Tiene el pelo pegoteado de sangre.

«¿Dónde está Betz?», susurro.

Rodney no contesta.

Fuera de la habitación todo está en silencio. Incluso los grillos. Incluso los árboles y las hojas. Pero entonces se oye algo al otro lado de la puerta.

Pasos.

Pasos lentos, cautelosos, que chapotean en el agua del pasillo. Me recuerdan al ruido de la fregona cuando mi madre limpiaba el suelo de la cocina.

Chof.

Chof.

Se detienen justo delante de la puerta.

Miro a Rodney, preguntándole con los ojos lo que no me atrevo a decir en voz alta: «¿Has echado la llave?».

Asiente. El picaporte se mueve.

Luego algo embiste la puerta, que cede un poco al combarse la madera hacia dentro. Me pongo de pie impulsada por el pánico, mientras la puerta se sacude con otra embestida. Se abre de golpe y veo un cuchillo, destellando oscuramente.

Grito.

Cierro los ojos.

El cuchillo se hunde en mi estómago. Hasta el fondo, penetrándome con el acero afilado. Suelto el aire por entre los dientes apretados sintiendo cómo la hoja sale, y caigo de bruces.

«¡No, Quincy!»

Es Rodney, que me aparta para cubrirme con su cuerpo. No abro los ojos. No puedo. Las luces se han apagado. Solo alcanzo a oír forcejeos y pasos tambaleantes hacia el pasillo. Oigo a Rodney, que gruñe, maldice, se debate.

Luego, un aullido sofocado.

Luego, nada.

Más tarde aún.

De nuevo me despierto en el suelo mojado de la habitación. Mi habitación.

La cabaña está en silencio. También los grillos y los árboles y las hojas. Todos han muerto o han huido. Todos salvo yo.

Me incorporo a duras penas, doblegada por el dolor de la puñalada en el estómago, más intenso que el del hombro. Ambas heridas siguen sangrando. Tengo el vestido empapado de sangre y agua. Sobre todo de sangre. Es más espesa.

No sé cómo, consigo ponerme de pie, ahora descalza, a saber dónde estarán los zapatos. No sé cómo, esas piernas cansadas me llevan hasta la puerta abierta. Y no sé cómo, consigo no caerme en el pasillo, incluso después de ver de reojo a Betz, muerta en la otra habitación, rodeada por el líquido de la cama de agua acuchillada.

Rodney está un poco más adelante en el pasillo, también muerto. Evito mirarlo cuando paso por encima de su cadáver.

«No es real —susurro—. Nada de esto es real».

A él no lo veo hasta que llego al salón y me detengo junto a la chimenea, temblando por el frío y la pérdida de sangre. Está a gatas agachado junto a Amy, como un perro que olisquea un animal putrefacto, decidiendo si merece la pena hincarle el diente.

Unos sonidos extraños surgen de su garganta. Gimoteos apenas audibles. El perro sufre.

De pronto se vuelve y me ve. El cuchillo está en el suelo, a su lado, ennegrecido por la sangre fresca. Lo empuña y lo levanta.

«Ya me iba —dice respirando trabajosamente—. Oí gritos. Volví. Y vi...».

No alcanzo a oír el resto, porque echo a correr. El terror y el dolor y la rabia me arden por dentro, mezclándose, borboteando bajo mi piel como una reacción química. Sigo corriendo.

Me alejo de la cabaña.

Me adentro en el bosque.

Sin parar de gritar.

42.

Los recuerdos llegan todos a la vez. Una horda de zombis que tratan de agarrarme con sus manos descarnadas. Intento ahuyentarlos, pero no puedo. Rodeada, abrumada, me retuerzo desesperadamente mientras los recuerdos vuelven, uno tras otro. Todos los sonidos e imágenes que había contenido tanto tiempo de pronto se agolpan en mi mente, sitiándola, reproduciéndose sin cesar en un bucle interminable.

Amy y sus ojos inertes de muñeca.

Craig, sacado a rastras del todoterreno.

Betz y Rodney, con el espanto y la desesperación grabados en los rostros. Ellos vieron más que yo. Ellos lo vieron todo.

Sin embargo, yo vi algo. Lo vi a él. Gateando junto a Amy, gimoteando, empuñando el cuchillo, blandiéndolo en alto.

Esa imagen es la que más se repite. Hay algo que no encaja en la escena, algo que no acabo de entender.

Forcejeo hasta que Tina me suelta y me precipito hacia el pasillo, con las piernas entumecidas, espoleadas solo por el insistente aguijón de la memoria. Tengo la respiración agitada, el corazón me martillea el pecho.

Sigo hasta el salón. Vuelvo a estar donde empezó todo. Me detengo en el lugar exacto donde hace una década lo vi a él por última vez. Se diría que sigue ahí, que ha estado diez años inmóvil. Veo el cuchillo levantado entre sus manos. Veo las lentes opacas de sus gafas. Tras las lentes, sus ojos desorbitados y atónitos son lunas llenas de miedo.

Miedo de mí.

Tenía miedo *de mí.*

Pensó que iba a hacerle daño. Que yo había matado a los demás.

Me caigo de rodillas y respiro entrecortadamente, tragando el aire polvoriento y tosiendo.

—No fue él —digo, sacudida por la tos—. Él no lo hizo.

Tina corre hacia mí, bajando el cuchillo, ya olvidado. Se agacha frente a mí y me agarra con fuerza. Tan fuerte que me duelen los brazos.

—¿Estás segura? —la esperanza cala sus palabras. Una esperanza trémula, insegura, patética—. Dime que estás segura.

—Absolutamente.

Ahora comprendo por qué estamos aquí. Por qué Tina buscó a Lisa, y luego a mí. Quería que lo recordara todo, para demostrar la inocencia de Joe, para que declarara de una vez por todas que él no lo había hecho.

Lo hizo por él.

Por Joe.

—Quise venir con él —dice Tina—. Quise huir. Que huyéramos juntos. Pero me dijo que me quedara. Incluso cuando lo seguí por el vestíbulo hasta la puerta rota del hospital. Dijo que volvería a buscarme. Así que me quedé allí. Y luego vinieron a decirme que había muerto. Que había asesinado a un grupo de chavales. Pero yo sabía que no.

—Yo no lo sabía —digo—. Estaba convencida de que había sido él.

—Entonces ¿quién lo hizo? ¿Quién los mató?

La incredulidad sube como la bilis por mi garganta. Vuelvo a toser, tratando de que no me ahogue.

—Otra persona.

—¿Tú? —me pregunta—. ¿Fuiste tú, Quinn?

Dios sabe que tiene todo el derecho a suponerlo. Había olvidado tanto... Y me ha visto furiosa. Ese era su objetivo, al fin y al cabo. Hostigarme, hacerme enfadar, ver de qué soy capaz. No la defraudé.

—No —digo—. Lo juro, no fui yo.

—Entonces ¿quién?

Niego con la cabeza. Estoy sin aliento, exhausta.

—No lo sé.

Pero sí lo sé. Al menos, eso creo. Aflora otro recuerdo. Rezagado. Es un recuerdo donde voy corriendo por el bosque, y veo algo más.

A alguien más.

—Estás recordando algo —dice Tina.

Asiento. Cierro los ojos. Pienso. Pienso hasta que siento que me va a estallar la cabeza.

Es en ese momento cuando lo veo, tan nítido como el día que ocurrió. Voy corriendo por el bosque, gritando, hasta que aquella rama gruesa me golpea en la frente. Veo luces de faros. Veo la silueta de un hombre a contraluz.

Un policía. Veo su uniforme.

Tiene la ropa cubierta de algo oscuro y húmedo. Bajo el resplandor de la luna, casi parecen manchas de aceite de motor, pero sé que no es el caso. Mientras corro hacia él, sé que su uniforme está cubierto de sangre.

Mi sangre. La sangre de Janelle. La sangre de todos.

Aun así, estoy demasiado aterrorizada para pensar con claridad. Y más sabiendo que Joe está en el bosque, detrás de mí. Persiguiéndome. Siento todavía el sabor de sus labios en los míos.

Así que atajo hacia el policía y me lanzo a sus brazos, refugiándome contra su cuerpo, pegando mi vestido a su uniforme.

Sangre con sangre.

«Están muertos —consigo balbucir—. Están todos muertos. Y él aún anda suelto».

Y de repente ahí está Joe, irrumpiendo entre los árboles. El policía desenfunda la pistola y dispara tres balas. Dos en el pecho, una en la cabeza. Suenan en mi memoria tan fuertes como sonaron en la vida real.

Oigo un cuarto disparo.

Demasiado fuerte para ser un recuerdo.

Sin duda es real.

Atraviesa la cabaña, retumbando en las paredes. La energía del proyectil proviene de la puerta de entrada. Tiene una presencia, una fuerza que llena la estancia.

Un chorro caliente y viscoso me salpica la cara.

Chillo espantada y al abrir los ojos veo que Tina cae de lado en el suelo. Una de sus manos queda tendida hacia fuera por encima de la cabeza, los nudillos contra el suelo, y el cuchillo se le resbala de entre los dedos. Un charco de sangre empieza a formarse debajo de ella y a extenderse rápidamente.

No se mueve. No sé si aún está viva.

—¿Tina? —digo, sacudiéndola—. ¡Tina!

Llega un ruido desde la puerta. Un resuello. Levanto la mirada y veo a Coop en el umbral. Incluso a oscuras, distingo el brillo de sus ojos azules cuando baja el arma.

—Quincy —dice, saludándome con un gesto seco.

Siempre ese gesto.

43.

Enseguida me fijo en el anillo. El anillo de graduación rojo que lleva en lugar de una alianza. Me resulta familiar, y a la vez ajeno. Tantas veces lo he visto que he acabado por no verlo. Me pasaba inadvertido, igual que muchos otros detalles de Coop.

De ahí que no lo reconociera en la fotografía que encontré en la cómoda de Lisa Milner. La cara de Coop no se veía, solo aparecía su mano rodeando el hombro de Lisa, el anillo justo allí, oculto a plena vista.

En cambio ahora es lo único que veo, destellando en la misma mano que empuña la Glock. A pesar de que ha bajado el arma, el dedo índice sigue temblando sobre el gatillo.

—¿Estás herida? —me pregunta.

—No.

—Bien —dice Coop—. Menos mal, Quincy.

Da otro paso hacia mí, sus largas piernas cubren el doble de distancia de una zancada normal. Con un paso más se planta a nuestro lado, irguiéndose imponente por encima de nosotras. O quizá solo de mí. Probablemente Tina esté muerta. No puedo saberlo.

Coop le da una patada al cuchillo tirado cerca de la mano de Tina y lo manda hacia un rincón, donde se lo tragan las sombras.

No tiene sentido intentar huir. Coop no aparta el dedo del gatillo en ningún momento. Un disparo bastaría para abatirme. Igual que a Tina. Ni siquiera sé si podría correr. El dolor, las pastillas y el peso de los recuerdos de aquella noche me han dejado paralizada.

—Durante unos años, al principio, siempre me pregunté cuánto sabías —dice Coop—. Cuando pediste verme en el hospital aquel día, pensé que estabas jugando conmigo. Que me querías presente cuando les contaras a los inspectores que lo recordabas todo. Estuve a punto de no ir.

—¿Y por qué fuiste?

—Porque creo que ya te amaba.

Me tambaleo ligeramente, mareada por el asco. Cuando me inclino demasiado hacia la izquierda, Coop tensa el dedo alrededor del gatillo. Me obligo a dejar de moverme.

—¿Cuántos iban ya? —le pregunto—. Antes de aquella noche.

—Tres.

No vacila. Lo dice con la misma serenidad con la que pide un café. Esperaba que al menos hubiera una pausa.

Tres. La mujer estrangulada en la cuneta de la carretera y los dos campistas apuñalados en su tienda. Todos se mencionaban en el artículo que encontré en casa de Lisa. Creo que ella sabía lo que les había sucedido. Creo que por eso murió.

—Es una enfermedad —dice Coop—. Tienes que entenderlo, Quincy. Nunca quise hacer esas cosas.

Sollozo. Cuando empiezo a moquear, no me molesto en limpiarme.

—Entonces ¿por qué las hiciste?

—Me he pasado la vida en estos bosques. Dando caminatas, cazando, haciendo cosas para las que era demasiado joven. Perdí la virginidad en ese peñasco de lo alto de la colina —Coop arruga la cara con repugnancia al recordarlo—. Era la fulana del colegio. Dispuesta a hacerlo con cualquiera. Incluso conmigo. Cuando acabamos, vomité en los arbustos. Dios, cómo me avergoncé de lo que había hecho. Tan avergonzado estaba que pensé en retorcerle el cuello allí mismo, en el peñasco, solo para que no se lo pudiera contar a nadie. Si no lo hice, fue solo por miedo a que me pillaran.

Sacudo la cabeza y me llevo una mano a la sien. Con cada palabra, un pedazo de mi corazón se desgarra y cae.

—Basta, por favor.

Coop sigue hablando, desatado por el alivio de la confesión.

—Pero sentía curiosidad. Que Dios me perdone, pero era así. Pensé que en el ejército se me pasaría. Que matar por mi país aplacaría mi pulsión. Pero no funcionó. Las atrocidades que vi allí solo hicieron que fuera a más. Y al poco de volver a casa me encontré de nuevo en estos bosques, en un coche, con una puta que intentaba llegar a Nueva York en autoestop haciéndome una mamada. Esa vez no tuve miedo. La guerra me había quitado a golpes todo el miedo. Esa vez lo hice de verdad.

Trato de permanecer imperturbable, deseando con todas mis fuerzas no delatar el terror y el asco que me revuelven por dentro. No quiero que sepa lo que estoy pensando. No quiero que se altere.

—Me juré no hacerlo nunca más —dice Coop—. Quitármelo de la cabeza. Pero seguía viniendo a estos bosques. Normalmente con un machete. Y cuando vi a aquellos dos campistas, supe que no me había librado de la enfermedad.

—¿Y qué me dices de ahora?

—Me estoy esforzando, Quincy. Me estoy esforzando mucho.

—Aquella noche no te esforzaste —digo temblorosa, deseando desafiarlo con la mirada, mostrarle cuánto lo odio. No queda nada de mi corazón. Está hecho trizas.

—Quería ponerme a prueba —dice Coop—. Viniendo a esta cabaña. Así era como lo hacía. Aparcaba abajo en la carretera y subía hasta aquí, atisbaba por las ventanas, a la vez esperando y temiendo ver algo que hiciera volver la enfermedad. Nunca hubo nada. Hasta que te vi.

Creo que voy a desmayarme. Rezo para perder la conciencia.

—Se suponía que debía buscar al chico que escapó del psiquiátrico —dice—. Pero en lugar de eso empecé a dar vueltas por aquí, dispuesto a ponerme a prueba otra vez. Hasta que te encontré, en el bosque. Con el cuchillo. Pasaste justo a mi lado. Tan cerca que podría haberte tocado con solo alargar el brazo. Pero estabas demasiado furiosa para verme. Qué furiosa estabas, Quincy. Y extremadamente triste. Me conmovió.

—No iba a hacer lo que supones —digo, esperando que me crea. Esperando poder creerlo también yo algún día—. Tiré el cuchillo.

—Lo sé. Te vi soltarlo cuando él apareció. Entonces te marchaste. Y él también se fue. Pero quedó el cuchillo. Así que lo recogí.

Coop da un paso más, acercándose. Tanto que siento su olor. Una mezcla de sudor y *aftershave*. Me asaltan fogonazos de la noche anterior. Coop encima de mí. Dentro de mí. Huele exactamente igual.

—En ningún momento me propuse que pasara todo aquello, Quincy. Tienes que creerme. Solo quería ver adónde te encaminabas con aquel cuchillo. Quería saber qué podía enfurecer tanto a una criatura tan perfecta como tú. Así que subí a la roca y los vi, y entendí por qué te habías disgustado. Follaban como animales en celo. Eso es lo que parecían. Dos animales inmundos a los que había que sacrificar.

Coop balancea con suavidad la pistola en la mano, doblando y estirando el codo, como si ya no deseara apuntarme.

—Pero en ese instante tu amigo echó a correr —dice—. Craig. Así se llamaba, ¿no? Y no podía permitir que escapara, Quincy. Sencillamente no podía. Y allí estabas tú. Y tus amigos. Y supe que debía deshacerme de todos vosotros.

No puedo seguir conteniendo el llanto. Lágrimas de vergüenza, de pena y de confusión me mojan la cara.

—¿Por qué no me mataste a mí también? Mataste a los demás, ¿por qué no a mí?

—Porque me di cuenta de que eras especial —dice Coop despacio, como si su fascinación se mantuviera intacta después de todos estos años—. Y no me equivoqué. Deberías haberte visto corriendo por el bosque, Quincy. Fuerte, incluso entonces. Y corrías hacia mí, ni más ni menos, pidiéndome ayuda.

Me contempla con los ojos brillantes de admiración. Impresionado.

—No tenía derecho a romper el hechizo.

—¿Aun arriesgándote a que recordara de pronto que habías sido tú?

—Aun así —dice Coop—. Porque sabía lo que ocurría. Acababa de crear a una nueva Lisa Milner. A una nueva Samantha Boyd.

—Sabías quiénes eran —digo.

—Soy policía. Claro que lo sabía —dice Coop—. Las Últimas Chicas. Mujeres fuertes, desafiantes. Y yo había hecho nacer a otra. Yo. Pensé que así compensaría todas mis malas acciones. Y me juré que nunca permitiría que te ocurriera nada malo. Me aseguré de que siempre me necesitaras. Aun cuando pareciera que te alejabas de mí.

Al principio no sé a qué se refiere. De pronto, sin embargo, siento el peso de una constatación abrumadora sobre los hombros, doblegándome.

—La carta —digo con un hilo de voz—. Tú escribiste aquella carta.

—Fue necesario —dice Coop—. Te estabas apartando demasiado de mí.

Es cierto, me aparté. Conseguí que mi página web despegara, me fui a vivir con Jeff y al fin me convertí en la mujer que siempre había querido ser. Así que Coop fue hasta Quincy, Illinois, y envió aquella amenaza escrita a máquina, a sabiendas de que me haría volver corriendo a su lado en un suspiro. Y volví.

Una pregunta se despliega en mi mente, abriéndose como una flor. Temo formularla, pero debo.

—¿Qué más has hecho, después de aquella noche? ¿Hubo otras cosas malas?

—Me he portado bien —dice Coop—. O casi.

Su respuesta me estremece. Cuánto horror encierran esas pocas sílabas.

—Ha sido duro, Quincy. A veces estaba a punto de caer, pero pensaba en ti y lograba contenerme. No podía correr el riesgo de perderte. Tú me has hecho ir por el buen camino.

—¿Y Lisa? —digo—. ¿Qué ocurrió con ella?

Coop agacha la cabeza, parece sinceramente arrepentido.

—No quedó más remedio.

Porque Lisa sospechaba. Probablemente después de que Tina llegara buscando respuestas sobre Pine Cottage. Lisa indagó, porque ella era así, exhaustiva con los detalles. Y siguió indagando después de que Tina se marchara. Encontró aquellos artículos sobre los asesinatos en el bosque, escribió varios correos electrónicos, dedujo que Joe ni siquiera físicamente habría sido capaz de matarlos a todos en la cabaña. No a un chico tan corpulento como Rodney o tan atlético como Craig. Coop era el único de los presentes esa noche con la fuerza necesaria para superarlos.

Por eso Lisa me mandó un mensaje justo antes de que la asesinaran. Quería alertarme sobre Coop.

—La conocías, ¿verdad? —pregunto—. Por eso te invitó a pasar, te ofreció vino, confiaba en ti.

—No confiaba en mí —dice Coop—. Esa noche, no. Intentó hacerme confesar.

—Pero antes había confiado en ti.

Coop asiente.

—Hace años.

—¿Fuisteis amantes?

Asiente de nuevo. Casi imperceptiblemente.

No estoy sorprendida. Vuelvo a pensar en la foto del cuarto de Lisa. El modo en que el brazo de Coop rodeaba sus hombros sugería desenvoltura e intimidad.

—¿Cuándo? —digo.

—No mucho después de lo que pasó aquí. Le pedí a Nancy que nos pusiera en contacto. Una vez que me di cuenta de que había creado a una Última Chica, quise conocer a las demás. Quise saber si ellas eran tan fuertes como tú.

Coop lo explica con naturalidad, como si ese razonamiento retorcido tuviera perfecto sentido. Como si esperara que precisamente yo entendiese su afán por compararnos y equipararnos.

—Lisa era impresionante, debo reconocerlo —dice—. Ella solo quería ayudarte. No puedo contar las veces que me preguntó cómo te iba, si necesitabas apoyo. Siento lo que le pasó. Su preocupación por ti era admirable, Quincy. Noble. No como Samantha.

Procuro no dejar traslucir ningún asombro. No quiero darle esa satisfacción. Sin embargo, Coop lo detecta igualmente y esboza una media sonrisa, orgulloso de sí mismo.

—Sí, conocí a Samantha Boyd —dice—. La verdadera. No esta impostora barata.

Señala con la barbilla el cuerpo de Tina y frunce los labios. Durante un instante nauseabundo, pienso que va a escupirle encima. Cierro los ojos para no ver si lo hace.

—¿En todo momento supiste que ella no era Sam?

—Desde luego —dice—. Lo supe en cuanto os vi a las dos en el periódico. Hay cierto parecido, sin duda. Pero supe que no podía ser la verdadera Samantha Boyd. Lo que no sabía es qué hacer al respecto.

Retrocedo mentalmente hasta la noche anterior, cuando llegué a casa y encontré a Tina y a Coop juntos. Recuerdo la mano de Coop en su cuello. Parecía una caricia. También podría haber estado a punto de estrangularla. Había planeado matar a Tina también. Quizá allí mismo, en el cuarto de invitados.

—¿Por qué no me advertiste?

—No podía —contesta Coop—. No, sin revelar que Samantha Boyd estaba muerta.

Se me escapa un gemido, desbordada al fin por el dolor y la pena. Sigo gimiendo, cada vez más fuerte, intentando acallar la confesión de Coop, aunque ya he oído demasiado. Ahora sé que Coop también mató a Samantha Boyd. No desapareció del mapa. Él la borró.

—¿Por qué? —protesto.

—Porque ella no era como tú, Quincy. No merecía que la mencionaran cuando te nombraban a ti. Viajé hasta un pueblo de mala muerte de Florida solo para conocerla. Y lo que encontré fue un pedazo de escoria débil y rechoncha. Nada que ver con la Samantha Boyd que había imaginado. No podía creer que fuera la chica que había salido con vida de aquel motel. Era asustadiza y apocada, el polo opuesto a ti. Y desesperada por complacer. Caramba, prácticamente se me echó encima. Al menos Lisa se contuvo un poco.

De repente todo encaja. Hasta el último detalle. Como un collar de abalorios. Ensartados uno después del otro, formando un círculo completo.

Coop se había acostado con las tres.

Sam, Lisa y yo.

Ahora ellas están muertas.

Yo soy la única que sigue viva.

No puedo parar de llorar. La pena me oprime como un puño, haciendo brotar las lágrimas.

—Ni siquiera preguntó por ti —continúa Coop, como si eso justificara su muerte—. Samantha Boyd, una Última Chica como tú, estaba tan ansiosa por abrirse de piernas que ni se molestó en preguntar cómo te iba.

—¿Y cómo me iba, Coop? —digo, mis palabras tan amargas como mis lágrimas—. ¿Me iba bien?

Aparta el arma y la guarda, deslizándola en la funda. Luego se acerca, esquivando el cuerpo de Tina, y se arrodilla junto a mí hasta que sus ojos azules me miran de frente.

—Te iba fenomenal.

—¿Y ahora?

Tiemblo, temerosa de que me toque. Temerosa de saber con qué intención me tocará.

—Aún estás a tiempo de que todo siga igual —dice Coop—. Puedes olvidarlo todo. Lo de esta noche. Lo que pasó hace diez años. Olvidaste una vez. Puedes volver a olvidar.

Noto algo en el suelo que se clava en mi pierna. Algo afilado.

—¿Y si no puedo? —le pregunto.

—Podrás. Yo te ayudaré.

Me arriesgo a lanzar una mirada hacia el suelo, y veo una navaja. La navaja que se le cayó a Rocky Ruiz del bolsillo aquella noche. Tina la guardó por precaución. Y ahora la empuja hacia mí, de alguna manera todavía viva, mirándome con un ojo ensangrentado.

De la manga de su chaqueta asoma el tatuaje. Aun boca abajo, la palabra sigue siendo clara.

SUPERVIVIENTE

—Podemos irnos lejos —explica Coop—. Solos tú y yo. Empezaremos una nueva vida. Juntos.

Suena tan convencido. Casi como si creyera que es posible. Pero no lo es. Los dos lo sabemos.

Aun así, le sigo la corriente. Asiento. Despacio al principio, pero cada vez con más vehemencia cuando Coop se inclina y me acaricia la mejilla.

—Sí —digo—. Me gustaría.

Continúo asintiendo hasta que Coop me besa. Primero en la frente, luego en las mejillas. Cuando sus labios rozan los míos, contengo con todas mis fuerzas el asco y procuro no gritar ni resistirme. Correspondo a sus besos mientras dejo caer la mano derecha hasta el suelo.

—Quincy —susurra Coop—. Mi dulce, hermosa Quincy.

Entonces me rodea el cuello con las manos y aprieta suavemente, como si intentara no hacerme demasiado daño.

También está llorando. Sus lágrimas se mezclan con las mías al tiempo que ciñe las manos alrededor de mi garganta.

Rozo la hoja de la navaja y deslizo un dedo por su escalofriante filo.

Coop sigue apretándome el cuello. Siento la presión de sus pulgares en la tráquea. Luego me besa de nuevo. Insuflándome aire en los pulmones a la vez que me estrangula. Sigue llorando. Gimiendo palabras en mi boca.

—Quincy. Dulce, dulce Quincy.

Mis dedos encuentran el mango de la navaja. Se cierran al empuñarla.

No puedo respirar. He agotado hasta el último soplo de aire, por más que Coop siga besándome, jadeando disculpas que rozan mis labios.

—Lo siento —susurra.

Levanto el cuchillo.

Coop sigue apretando, sigue besando, sigue disculpándose.

—Lo siento mucho, lo siento mucho...

Temo que su cuerpo vaya a ofrecer resistencia, como si estuviera hecho de algo más que piel y tejidos, pero el cuchillo se hunde en su costado sin esfuerzo. Coop se paraliza por la sorpresa.

—Quincy.

Hay perplejidad en esa única palabra. Perplejidad y decepción y, sospecho, un punto de admiración.

No me suelta el cuello hasta que retiro el cuchillo. La sangre mana de la herida, viscosa y caliente. Coop intenta apartarse de mí, pero soy más rápida. El cuchillo se hunde de nuevo, esta vez en mitad de su estómago.

Retuerzo el mango y Coop se sacude entre espasmos. Espurrea un borbotón de sangre y baba.

Pone una mano sobre la mía, intentando extraer la hoja del cuchillo. Aprieto los dientes, gruño, mantengo el cuchillo donde está. Cuando la mano de Coop se afloja, retuerzo el mango por última vez.

—Quincy —vuelve a decir, con la garganta encharcada de sangre.

Me despido con un gesto seco, asegurándome de que
lo vea antes de que se le pongan los ojos en blanco. Quiero
que sepa que soy más que una superviviente, más que la
luchadora que siempre vio en mí.

Soy su creación, forjada con sangre y dolor y el frío
acero de una cuchilla.

Joder, soy una Última Chica.

Cuatro meses después de Pine Cottage

A Tina no le sentaba bien el color crudo. La hacía parecer aún más pálida, su piel apenas se distinguía de la tela. Aparte de la palidez, tenía buen aspecto. Las mismas facciones tersas. Los mismos gestos ariscos. Solo su pelo había cambiado. Ahora lo llevaba más corto, de un tono castaño oscuro en vez de negro azabache.

—Parecerás otra cuando salgas —le dijo Quincy.

—Ya veremos —contestó Tina—. Quince meses es mucho tiempo.

Ambas sabían que con suerte sería menos. O no. Era una situación atípica. Cualquier cosa podía ocurrir. A Quincy le sorprendió que le cayera una condena tan larga, pero no a Tina. Es increíble de cuántas maneras la policía puede pillarte cuando te haces pasar por otra persona. Suplantación ilícita. Robo de identidad. Una docena de fraudes distintos. Los cargos contra Tina eran tan diversos, y reincidentes en varios estados, que Jeff le advirtió de que podía pasarse hasta dos años entre rejas.

Quincy confiaba en que serían menos. Tina ya había sufrido bastante, aunque ella juraba que todo había merecido la pena.

Puede que en parte sí. Sobre todo la parte de limpiar el nombre de Joe Hannen. Se había proclamado su inocencia, que era lo que ella había pretendido desde el principio.

Pero Tina había estado a punto de morir, gracias a él, el hombre a quien ahora Quincy no podía nombrar. La bala le pasó a escasos milímetros del pulmón izquierdo. Faltó aún menos para que le diera en el corazón. La hemorragia fue tan grave como para que los médicos se preocuparan, pero al final se recuperó bien. Estuvo curada justo a tiempo para ingresar en prisión.

—Ya sabes que no tienes por qué aguantar esto —dijo Quincy, no por primera vez—. Basta una palabra tuya y lo confesaré todo.

Echó un vistazo alrededor de la sala, abarrotada de otras mujeres con el uniforme de color crudo y sus respectivas visitas. Llegaban murmullos de las conversaciones de las mesas vecinas, en un crisol de lenguas. A través de la rejilla que cubría la ventana, Quincy vio nieve sucia apilada contra una alta verja de seguridad rematada con una espiral de alambre de púas. Sinceramente no sabía cómo Tina podía soportar ahí dentro, aunque según ella no era para tanto. Decía que le recordaba a Blackthorn.

—Tampoco es que tu confesión fuera a sacarme antes de aquí —dijo—. Además, tenías razón. Yo te obligué a hacerle aquello a Rocky Ruiz

Rocky salió del coma más o menos en el mismo momento en que Quincy le daba a él la estocada final con aquella navaja. Sin embargo, Rocky estaba confuso, no recordaba lo ocurrido con claridad, no tanto por la paliza como porque en esa época estaba enganchado al crack. Aun así, sabía que lo habían agredido. Tina, desoyendo a Quincy, cargó con la culpa. Rocky no puso objeción, y la inspectora Hernández no le dio más vueltas al asunto. Jeff propuso un acuerdo para que Tina cumpliera simultáneamente la condena por agresión y fraude.

—Tú no me obligaste a hacer nada —dijo Quincy—. Yo soy la responsable de mis actos.

Eso era cierto. Fueron las consecuencias de esos actos lo que no pudo controlar.

—¿Han encontrado ya a la verdadera Samantha? —preguntó Tina—. Cada tanto les pregunto a los guardias si hay novedades.

—No —dijo Quincy chasqueando los labios—. Siguen buscando su cadáver.

Una vez quedó claro que Samantha Boyd había sido asesinada, la policía de Florida hizo un despliegue para intentar recuperar su cuerpo. Quincy había pasado los últimos cuatro meses siguiendo las noticias de cerca mientras las autoridades peinaban ciénagas, dragaban lagos, vaciaban terraplenes. Pero Florida era un estado grande, y las posibilidades de que alguna vez la encontraran eran escasas.

Quincy llegó a la conclusión de que quizá era lo mejor. Hasta que localizaran a Samantha, podría sentir que en el mundo había otra chica que había salido con vida al final de la película. Que no se había quedado sola.

—¿Y qué tal está Jeff? —preguntó Tina—. ¿Cómo le va?

—Posiblemente tú hablas más con él que yo —dijo Quincy.

—Quizá. La próxima vez que lo haga, lo saludaré de tu parte.

Quincy sabía que eso no cambiaría las cosas. Jeff había dejado muy claro lo que pensaba aquella noche larga y tortuosa en la que ella confesó todas sus fechorías. La destrozó ver cómo se debatía entre el amor y la ira, la lástima y la repulsión. En un momento dado, Jeff se aferró a ella, suplicándole una razón lógica para haberse acostado con él.

Quincy no pudo dársela.

Por eso decidió que lo mejor era que tomaran caminos distintos, aun cuando Jeff hallara una forma de perdonarla. No estaban hechos el uno para el otro. Ambos deberían haberlo visto desde el principio.

—Sería estupendo —dijo Quincy—. Dile que le deseo lo mejor.

Era sincera. Jeff necesitaba a alguien normal. Y ella necesitaba centrarse en otras cosas. Como retomar la marcha de la página web, para empezar. Y moderarse con el vino. Y dejar el Xanax.

El día después de que Jeff se mudara, la madre de Quincy llegó para una larga visita. Hicieron todas las cosas pendientes desde hacía años. Hablar. Llorar. Perdonar. Juntas, tiraron todas las pastillitas azules por el váter. Ahora, cuando Quincy sentía el impulso de tomarse una, bebía unos sorbos de refresco de uva intentando engañar a su cerebro. A veces funcionaba. A veces no.

—Leí tu gran entrevista —le dijo Tina.

—Yo no —contestó ella—. ¿Qué tal quedó?

—Jonah hizo un buen trabajo.

Después de Pine Cottage, Segunda Parte, Quincy concedió una única entrevista: una exclusiva para Jonah Thompson. Creyó que era justo, teniendo en cuenta que la había ayudado, a su meliflua manera. Todos los boletines de noticias desde Trenton hasta Tokio se hicieron eco de la primicia. Todo el mundo quería un pedazo del pastel, pero como ella guardó silencio, recurrieron a Jonah, que fue capaz de invertir toda la atención en una apuesta mayor y mejor. Ese lunes había empezado a trabajar en el *New York Times*. Quincy esperaba que supieran lo que se les venía encima.

—Me alegro —dijo.

La sala empezó a vaciarse a su alrededor. La hora de visita casi se había acabado. Quincy sabía que tenía que irse también, pero aún le rondaba una pregunta más en la cabeza.

—¿Sospechabas que él era el responsable de lo que ocurrió en Pine Cottage?

—No —dijo Tina, sabiendo exactamente a quién se estaba refiriendo—. Lo único que sabía es que no había podido ser Joe.

—Siento haberlo culpado todos estos años —dijo Quincy—. Siento que te causara tanto dolor.

—No pidas perdón. Me salvaste la vida.

—Y tú salvaste la mía.

Se miraron a los ojos en silencio, hasta que el guardia apostado en la puerta anunció que era hora de marcharse. Cuando Quincy se puso de pie, Tina dijo:

—¿Crees que volverás alguna vez? ¿Aunque sea para pasar a saludarme?

—No lo sé. ¿Quieres que vuelva?

Tina se encogió de hombros.

—No lo sé.

Al menos eran honestas la una con la otra. En cierto modo, siempre lo habían sido, aun cuando mentían.

—Entonces supongo que habrá que esperar a ver qué pasa —dijo Quincy.

La boca de Tina se curvó en un esbozo de sonrisa.

—Estaré esperando, nena.

Quincy volvió a la ciudad con el coche que había alquilado, deslumbrada por el reflejo del ocaso en la nieve amontonada en el arcén de la autopista. El paisaje que discurría por la ventanilla era anodino, a lo sumo. Una hilera monótona de naves industriales, iglesias y sitios de compraventa de coches usados salpicados de blanco por la sal de la carretera. Sin embargo, un establecimiento captó su atención: una fachada encajada entre una pizzería y una agencia de viajes cerrada durante el fin de semana. Un rótulo de neón fucsia brillaba en el escaparate.

Tatuajes

Sin pensar, Quincy se metió en el aparcamiento, cerró el coche y entró. Una campanilla sobre la puerta anunció su llegada. La mujer detrás del mostrador tenía unos labios en forma de corazón pintados de rojo rubí y una constelación de estrellas rosas grabadas con tinta en el cuello. Su pelo era del mismo color que llevaba Tina cuando la conoció.

—¿Puedo ayudarte? —le preguntó.

—Sí —dijo Quincy—. Creo que sí.

Una hora más tarde estaba acabado. Dolía, pero no tanto como Quincy había esperado.

—¿Te gusta? —preguntó la chica de las estrellas rosas.

Quincy giró el brazo para examinar la destreza del trabajo. La tinta todavía estaba húmeda, oscura bajo la piel irritada y el vello de la muñeca. Cada letra parecía bordeada por puntitos de sangre, como luces en una marquesina, pero la palabra se leía a primera vista.

SUPERVIVIENTE

—Es perfecto —dijo Quincy, maravillada con su tatuaje. Ahora era una parte de sí misma. Tan indeleble como sus cicatrices.

Seguía admirándolo cuando una noticia de última hora relampagueó en el televisor del local. Quincy había hurtado una mirada de vez en cuando mientras le inyectaban la tinta justo debajo de la piel, más centrada en el dolor que en lo que ofrecía la pantalla. En cambio, ahora se quedó absorta, paralizada por lo que vio.

Varios adolescentes habían aparecido muertos en un domicilio de la localidad de Modesto, California, anunciaba el presentador. En total nueve personas habían sido asesinadas.

Quincy salió precipitadamente del salón de tatuajes y condujo rápido hasta la ciudad.

Una vez en casa, pasó el resto de la noche saltando de un canal de noticias a otro en busca de más datos sobre la que ya denominaban Masacre de Modesto. Ocho de las víctimas eran estudiantes de bachillerato y estaban en la fiesta que uno de los chicos había montado en su casa en ausencia de sus padres. El noveno fallecido era un operario de mantenimiento de su escuela, que se presentó sin previo aviso con un par de tijeras de podar afiladas. La única superviviente era una chica de dieciocho años, Hayley Pace, que logró escapar después de dar muerte al asesino de sus amigos.

A Quincy no le sorprendió que uno de los reporteros mencionara su nombre. Era el primer suceso de esta clase desde Pine Cottage, al fin y al cabo. Su teléfono había vibrado toda la noche con llamadas y mensajes de distintos medios informativos.

A las tres de la madrugada apagó el televisor. A las cinco, estaba en el aeropuerto. Cuando el reloj dio las siete volaba ya con rumbo a Modesto, sintiendo aún el doloroso latido del tatuaje en la muñeca.

Quincy aguardó a que empezara la conferencia de prensa antes de colarse en el hospital. Los carroñeros de noticias que aleteaban cerca de la puerta principal estaban demasiado distraídos por el parte médico y las declaraciones de los padres de Hayley para reparar en que ella entraba como una sombra, oculta detrás de unas gafas de lentes redondas que había encontrado en la tienda de obsequios del aeropuerto.

Una vez dentro, no tuvo dificultad en engatusar a la maternal recepcionista para que le diera el número de habitación de Hayley.

—Soy su prima —le contó Quincy—. He venido en avión directa de Nueva York y necesito de verdad verla.

La habitación estaba en penumbra, ahogada de flores. Se respiraba solemnidad, como en un santuario. Como si Hayley ya fuera camino de que la consagraran.

Estaba despierta cuando Quincy entró, recostada sobre una pila de almohadas. Era una chica de aspecto corriente. Bonita, pero no arrebatadora. Pelo castaño liso y naricita respingona. Entre una multitud, habría pasado fácilmente desapercibida.

Salvo por aquellos ojos.

Fueron sus ojos los que atrajeron a Quincy hacia el interior de la habitación. Tan verdes y brillantes como esmeraldas, destellaban fuerza e inteligencia, aun en un momento de profundo dolor. Quincy vio un poco de sí misma en esos ojos. Y también algo de Tina.

Eran radiantes.

—¿Cómo te encuentras? —preguntó mientras se acercaba a la cama.

—Dolorida —dijo Hayley, con la voz un tanto aletargada por la mezcla de fatiga, calmantes y pena—. Todo el cuerpo.

—Eso es natural —dijo Quincy—, pero con el tiempo pasará.

Hayley no dejó de mirarla en ningún momento.

—¿Quién eres? —preguntó.

—Me llamo Quincy Carpenter.

—¿Por qué estás aquí?

Quincy tomó una de las manos de Hayley entre las suyas y la apretó con ternura.

—Estoy aquí —dijo— para enseñarte cómo ser una Última Chica.

Agradecimientos

Escribir un libro es un empeño solitario. Publicarlo, en cambio, es un deporte de equipo, y me siento privilegiada de formar parte de un colectivo brillante y entregado que abarca varios continentes.

Gracias a mi agente, Michelle Brower, cuyo entusiasmo por *Las Supervivientes* me ayudó a escribir en un tiempo récord; a Chelsey Heller, que lo puso en manos de editores del mundo entero, y a todos en Kuhn Projects y Zachary Shuster Harmsworth. Un agradecimiento especial para Annie Hwang, de Folio Literary Management, que hizo la primera cala a mi pesado borrador inicial.

En Dutton, debo dar las gracias a Maya Ziv, una increíble y magnífica editora con la que es un gusto trabajar; a Madeline Newquist, por conseguir que todo fuera como la seda; a Christopher Lin, por su estupendo diseño de cubierta, y a Rachelle Mandik, por ahorrarme muchas vergüenzas gramaticales. También a todos en mi editorial británica, Ebury, en especial a mi editora, Emily Yau, cuyo entusiasmo incansable por este libro quedó claro desde el principio.

Vaya también mi enorme gratitud a los escritores Hester Young, Carla Norton y Sophie Littlefield, por dar su visto bueno a una versión previa del libro. Vuestro apoyo fue esencial.

Por último, no puedo dejar de mencionar a los amigos y familiares que me brindaron su apoyo durante el oscuro periodo en que se escribió *Las Supervivientes,* en especial a Sarah Dutton. Ojalá que tus casas de pan de jengibre ganen siempre bandas azules. En cuanto a ti, Mike Livio, ni un millón de gracias bastarían. Nada de esto habría sido posible sin tu fortaleza serena y tu alentadora insistencia en que, sí, podía lograrlo. Así ha sido, y te lo debo todo a ti.